FANTASY

Ravenloft-Bücher im Goldmann Verlag:

Christie Golden
Schloß der Vampire (24584)

James Lowder
Ritter der schwarzen Rose (24585)

Christie Golden
Reigen der Toten (24586)

J. Robert King
Die Stunde der Wölfe (24599)

Elaine Bergstrom
Hort des Bösen (24600)

J. Robert King
Die Maske des Teufels (24601)

Weitere Bände in Vorbereitung.

FANTASY

6

J. ROBERT KING

Die Maske des Teufels

Aus dem Amerikanischen
von Andreas Decker

GOLDMANN VERLAG

Das Buch erschien im Original
unter dem Titel »Ravenloft™/Carnival of Fear«
bei TSR, Inc., Lake Geneva, WI, USA

Deutsche Erstveröffentlichung

*In Erinnerung an Frank W. King,
der einen guten Witz, gute Bücher,
Enkel und Träume zu schätzen wußte.*

Umwelthinweis:
Alle bedruckten Materialien dieses Taschenbuches
sind chlorfrei und umweltschonend.
Das Papier enthält Recycling-Anteile.

Der Goldmann Verlag
ist ein Unternehmen der Verlagsgruppe Bertelsmann

Published in the Federal Republic of Germany by
Wilhelm Goldmann Verlag, München
Umschlaggestaltung: Design Team München
Umschlagillustration: Phillip Babb
Satz: IBV Satz- und Datentechnik GmbH, Berlin
Druck: Elsnerdruck, Berlin
Verlagsnummer: 24601
Lektorat: Andreas Helweg/SN
Herstellung: Peter Papenbrok
Made in Germany
ISBN 3-442-24601-6

1 3 5 7 9 10 8 6 4 2

Prolog

Ferin Eisengruft trat von dem hohen, rechteckigen Granitstein zurück und betrachtete die Buchstaben, die er gerade eingemeißelt hatte. Die scharf umrissenen Einkerbungen funkelten im Licht der Nachmittagssonne. Der Handwerker wischte sich den Steinstaub von den kleinen Zwergenfingern und schob gedankenverloren den Meißel in seine Handwerkerschürze.

»Großer Rummelplatz von L'Morai, hm?« murmelte er. »Großer Rummelplatz...« Er blies den Steinstaub vom Bogen des M, spuckte auf die glatte Steinoberfläche und begann, sie mit einem Lappen zu polieren. »Wohl eher Monstrositätenschau.«

Eine Windböe wehte über den grasbewachsenen Hügel, auf dem Ferin stand, und trieb Heidekraut vor sich her. Es war ein einsamer Platz für einen Rummelplatz; das klagende Klatschen der Zeltplanen im Wind verstärkte diesen Eindruck noch.

Der Steinmetz wandte sich einen Augenblick lang von seiner Arbeit ab und schaute den sandigen Pfad hinauf, der zum Rummelplatz auf der Heide führte. Er bestand aus einer losen Ansammlung von Zelten, Wohnwagen und Buden, die von den Elementen schon arg in Mitleidenschaft gezogen waren. Der Platz wurde von einer Brombeerhecke umgeben, vor der ein kleiner Graben entlanglief. Allein das schmiedeeiserne Tor erlaubte den Eintritt zum Rummelplatz, und der kostete einen Silber-Lorin.

Zu Ferins Linker lag ein fast dreieckiges Areal aus Bretterhütten und Wohnwagen, in dem die Artisten lebten. Den Hütten entstiegen dünne, grauschwarze Rauchwolken, die geistergleich dem Himmel entgegentrieben. Ein weißer Zaun trennte diese Hütten von den daneben befindlichen Buden, Zelten und den mit Sägespänen bestreuten oder mit abgetretenen Planken ausgelegten Wegen. Die meisten dieser Buden bestanden aus Zeltplane; einige wenige waren aus Holz errichtet, dessen weiße Farbe abblätterte. Am Abend würden sich hier die Menschen von L'Morai drängeln, aber jetzt lag alles verlassen da.

Ferin lehnte sich gegen den großen Stein und betrachtete die Schilder über den Buden. »Freak-Gasse«, las er kopfschüttelnd und ließ den Blick weiterschweifen. »Der Erstaunliche Feuerfresser... Die Dreibeinige Frau... Der Pferdeköpfige Junge... Das Wilde Volk der Feen.« Das letzte Schild ließ ihn zusammenzucken; in dem nur von Menschen besiedelten L'Morai wurden Zwerge, Elfen und Halblinge in Käfigen als Kuriositäten zur Schau gestellt.

»Bewundern wir meinen Rummelplatz?« Die wie Donner grollende Stimme erscholl von hinter dem großen Stein.

Ferin drehte sich erschrocken um. »Monsieur Cygne«, flüsterte er und starrte den dunkel gekleideten Rummelplatzbesitzer an. Der Mann war groß und mißgestaltet; das voluminöse Gewand aus dicker Wolle, das seinen Körper verhüllte, besaß eine schwarze Kapuze, unter der eine massige Stirn, eine Hakennase und breite, gelbe Zähne im Schatten lagen. Ferin sah zu Boden und zeigte auf den Granit, der als Eckstein dienen sollte. »Das stimmt wohl. Ihr habt da einen beeindruckenden Rummelplatz.«

Monsieur Cygne nickte. Ein flüchtiges Lächeln huschte über das dunkle Gesicht. »Vielleicht willst du nach dem Abschluß deiner Arbeit ja zu uns kommen. Ich könnte einen Schwertschlucker gebrauchen. Oder du könntest bei dem Feen-Rudel mitmachen.«

Ferin runzelte die Stirn. »Ein Käfig ist kein Platz für einen Zwerg.«

»Vielleicht nicht für einen zivilisierten«, erwiderte die finstere Gestalt mit dröhnender Stimme, »aber unsere Feen sind praktisch Wilde, das kann ich dir versichern.«

Ferin bemerkte, daß er den Meißel aus seiner Handwerkerschürze gezogen hatte und ihn wie einen Dolch in der Hand hielt. »So behandelt man keine Menschen, ob es nun Wilde sind oder nicht.«

»So behandle ich alle Mißgeburten«, erwiderte Monsieur Cygne leichthin. Er streckte eine Hand aus, auf der die Adern hervortraten, und zeichnete mit den krummen langen Nägeln die eingemeißelten Buchstaben nach. »Davon einmal abgesehen, würde es mich und meinen Rummelplatz nicht geben, würden die Menschen L'Morais alle Elfen und Zwerge jagen und töten – einschließlich der zivilisierten Zwerge.« Er hielt inne. »Ein Freak bleibt ein Freak«, fügte er mit leise knirschenden Zähnen hinzu.

Ferin sah nervös zu, wie die Hand des Mannes über den Stein strich. »Wie Ihr seht, ist die Überschrift fertig. Darunter habe ich mit den Anfangsbuchstaben eurer Namen begonnen!«

Die Finger verharrten auf dem *M*. »Begonnen?« fragte Cygne kalt. »Die Arbeit muß heute abend fertig sein.«

»Ich habe auch nicht vor, länger zu bleiben«, murmelte Ferin und betrachtete verstohlen die nachmittägliche Sonne.

Cygne nickte, der von der Kapuze verborgene Kopf bewegte sich steif. »Laß dich durch meine Anwesenheit nicht von der Arbeit abhalten, kleiner Mann.«

Ferin sah verärgert auf. Da bemerkte er zum ersten Mal die tiefe Narbe an der Stelle, wo der Nasenflügel gespalten war. Er errötete, wandte wieder den Blick ab und tat so, als würde er nach seinem Hammer suchen. Er fand ihn neben dem Stein, hob ihn auf, stemmte den Meißel gegen den Granit und begann mit dem Buchstaben *G* des Wortes »Gegründet«. Der Meißel grub sich in den Fels. Ferin spürte, daß der Rummelplatzbesitzer näher kam und sich über seine Schulter beugte. Der Atem des Mannes ging unregelmäßig. Ferin versuchte seinen Zuschauer zu ignorieren und arbeitete weiter.

»Warte! Was tust du da?« stieß Cygne plötzlich hervor.

Der Zwerg biß die Zähne zusammen und schnaubte. Er deutete auf den unvollendeten Buchstaben. »Was meint Ihr damit, was ich da tue? Ich meißele ein *G*.«

Cygnes krallenähnliche Hand vergrub sich in Ferins Gewand, während er mit der anderen die Gravierung entlangfuhr. »›Gegründet von André und Juron Cygne‹? Was soll das?«

»Monsieur, falls Euer Name dort als erster stehen soll, müßt Ihr vorher mit Eurem Bruder sprechen«, sagte Ferin mit zitternder Stimme.

»*Ich* bin der Herr über diesen Rummelplatz, Zwerg, nicht mein Bruder«, zischte Cygne. »Auf diesem Stein wird allein *mein* Name stehen!«

»Als sich Euer Bruder mit mir in Verbindung gesetzt hat...«

Knotige Hände legten sich um Ferins Hals und schnitten jedes weitere Wort ab. Sein Herz blieb fast stehen, und er verlor den Boden unter den Füßen. Wild zappelnd trat er um sich, wollte sich befreien, doch die Hände um seinen Hals hielten fest wie Eisen. Seine Augen quollen hervor; der Himmel nahm plötzlich einen roten Farbton an. Ferins Gesicht näherte sich gezwungenermaßen dem deformierten unter der Kapuze, und als der Rummelplatzbesitzer zu sprechen begann, hüllte ihn der Gestank von Fäulnis wie eine Wolke ein.

»Das hier ist kein Grabstein, Zwerg. Das ist ein Eckstein. Der Name meines Bruders hat auf diesem Stein nichts zu suchen. Tu, was ich dir sage. Entferne es.« Der aufgeschlitzte Nasenflügel klaffte bei jedem Wort auseinander.

Ferin blinzelte, um sein Einverständnis zu zeigen; sein Gesicht war knallrot. Monsieur Cygne grinste ihn kalt an. Dann stellte er Ferin langsam wieder auf den Boden. Der Zwerg keuchte und holte tief Luft. Er stolperte gegen den Stein und stemmte die staubigen Finger gegen die kühle Oberfläche.

»Was immer Ihr wollt, Herr. Aber ich habe bereits mit dem *G* angefangen. Ohne den Namen Eures Bruders wird die Zeile nicht symmetrisch.«

»Schmier das *G* mit Mörtel zu und fang von vorn an«, fauchte Cygne und wandte sich von dem Zwerg ab. »Es muß heute abend fertig sein.« Ohne ein weiteres Wort zu verlieren, ging Juron Cygne auf den Rummelplatz zu.

Bevor an diesem Abend die Sonne unterging, hatte Ferin das *G* wieder ausgefüllt und die Inschrift fertiggestellt. Er nahm den Rest seines Lohnes in Empfang, warf der im Osten herannahenden Dunkelheit einen besorgten Blick zu und eilte davon.

Nachdem Juron Cygne die Arbeit des Zwerges begutachtet hatte, schwang er sich auf die Oberfläche des Steines und sah hinter Ferin her. Seine Lippen verzogen sich zu einem wissenden Lächeln. Du *wirst* zurückkehren, dachte er und lachte innerlich. Ich werde schon dafür sorgen, daß mein Rummelplatz bald über einen ausgezeichneten Schwertschlucker verfügt.

Ein paar Abende später lag Juron Cygne auf dem Stein und blickte in den dunklen und sternenlosen Himmel. Etwa dreihundert Meter weiter drängten die Besucher durch die Tore des Rummelplatzes. Das Licht ihrer Fackeln bildete auf dem im Dunkeln liegenden Heideweg eine auseinandergezogene Kette. Die Menschen waren gehorsam gekommen, und sie würden gehorsam bezahlen.

Zufrieden lauschte Juron dem erwartungsvollen Gemurmel der Menge, dem Klingeln der in die Körbe fallenden Silber-Lorins und der Musik, dem Geschrei und dem Gelächter des Vergnügungsortes. »*Mein* Rummelplatz«, flüsterte Juron und schlug die schwarze Kapuze zurück. Langsam verzogen sich seine Lippen zu einem zufriedenen Lächeln, und er drehte sich auf die Seite, um die Menge der Bürger betrachten zu können, die sich durch das schmiedeeiserne Tor wälzte.

Ihre geröteten, ungebildeten Gesichter strahlten im Fackelschein, während sie einer nach dem anderen eintraten. Ein Bäcker griff in seine Tasche und warf einen Lorin in den Korb vor ihm. Dann ging er wie benommen weiter und starrte die Animateure an, die hinter dem Tor in einer Reihe ihre Sensationen anpriesen.

»Hereinspaziert! Hereinspaziert!« rief ein schmächtiger Mann, der ein gestreiftes Hemd trug und einen Zigeunerschal um die Stirn geschlungen hatte. »Seht die Mißgeburten von L'Morai – lebende, atmende Geschöpfe, von der Natur verflucht, vom Schicksal verabscheut! Spaziert über den Rummelplatz des Grotesken und stellt euch euren tiefsten Ängsten!«

Neben ihm saß ein fetter Mann im roten Satinanzug in einer weißgetünchten Bude. »Das Glück wartet. Sucht seine launische Hand auf dem Weg des Glücks. Tausend Spiele des

Glücks und der Geschicklichkeit erwarten euch! Aus Bettlern werden Könige, und aus Königen werden Bettler!«

»Mächtige und wilde Bestien, jede von ihnen tödlich. Seht, wie sie gezähmt werden! Seht, wie sie getötet werden! Seht, wie sie in der Arena bis zum Tode kämpfen«, rief ein dritter Mann, auf dessen muskulöser, gebräunter Schulter eine Streitaxt ruhte.

Juron schaute selig zu, wie sich die Zuschauerflut auf den Rummelplatz ergoß. »Sie kommen den ganzen Weg von L'Morai«, murmelte er, »wie Vieh ins Schlachthaus, harmlos und mit staunend aufgerissenen Augen.«

Dann senkte er den Blick auf den kleinen Jungen, der auf den gewaltigen Stein zuschlenderte. Der Kleine strich gedankenverloren mit den Fingern über den glattpolierten Block. Er trat zurück und schaute zur Inschrift hoch, ohne die finstere Gestalt zu bemerken, die oben auf dem Stein lag.

»Gr... Großer Ru... Rummelplatz von... L'Morai. Gegründet von Juron Cy... gne... Cygne. Im Jahre 1272.« Der Junge lächelte freudig über seine Leistung und griff nach den Buchstaben. Seine kleinen Finger strichen über das ausgespachtelte *G*. Der Mörtel war getrocknet, dabei hatten sich ein paar Einkerbungen gebildet, die an Augen, Nase und Mund eines Totenschädels erinnerten.

»Ja, mein Junge«, sagte Juron, und seine Stimme krächzte rabengleich aus der Höhe. »In diesem Jahr, 1272, wird die Arena errichtet werden!«

Die scheinbar aus dem Nichts ertönende Stimme ließ das Kind erschrocken zusammenfahren. Schreiend lief es davon. Cygne verfolgte jeden Schritt, den das Kind auf dem großen Rummelplatzgelände tat. Schließlich verschwand der Junge in einem großen Zelt.

Cygne setzte sich mit einem Seufzer aufrecht hin. Er griff in die tiefe Tasche seines Umhangs und holte eine Kerze und eine Zunderbüchse hervor. Die Büchse war im Nu geöffnet, und er entnahm ihr Feuerstein und Stahl. Dann schlug er einen Funken und zündete die Kerze an. Der plötzliche Lichtschein blendete ihn, und er deckte die Flamme mit der knotigen Hand ab.

»Wie geht es meinem Zwillingsbruder heute abend?« fragte er aufgeregt.

Er beugte sich vor und zog einen handgroßen Granitkeil aus der Oberfläche des Steins. Die entstandene Öffnung erlaubte Einblick in einen dunklen Raum, der in den massiven Granit hineingemeißelt worden war. Ein scharfer Geruch entstieg dem Hohlraum und brachte die Kerzenflamme zum Flackern.

Juron nahm die Kerze und ließ sie vorsichtig in die Tiefe fallen. Sie landete etwa einen Meter tiefer auf dem Boden und kam auf der Seite zum Liegen. Die Flamme flackerte und wurde heller. Die Überreste von sieben oder acht anderen Kerzen waren zu sehen. Ihr Wachs war auf dem Steinboden zerflossen und erkaltet, und ihre Dochte waren abgebrannt.

Juron sah hinunter in den Hohlraum. Sein Blick glitt von den abgebrannten Kerzen zu dem Bein des Mannes, der nackt in einer Ecke der finsteren Gruft lag. Unter seiner dünnen und von Blutergüssen verfärbten Haut traten die Knochen hervor. Er schlief unruhig, und seine geschlossenen Augen lagen tief in ihren Höhlen. Seine Lippen waren trokken und aufgesprungen. Es entging dem verzerrt grinsenden Juron nicht, daß die Kerze, die er gerade hatte fallen lassen, direkt neben dem Bein des Mannes lag. Die Flamme ließ die Haut bereits rot anschwellen.

Der Mann erwachte, hustete keuchend und schmerzerfüllt und zog das Bein von der Kerze fort. Müde schlug er die Augen auf und sah dann zu der Öffnung hoch. »Juron, bist du das?« flüsterte er.

»Du gleichst mir jeden Tag mehr, Bruder«, erwiderte der Rummelplatzbesitzer.

André schüttelte den Kopf und lehnte sich an die Steinwand. »Warum... tust du mir das an?«

»Weißt du es nicht mehr, André? War die Droge so stark?«

»Bitte, Juron, ich habe Durst.«

»Vergib mir, Bruder«, kam die kalte Erwiderung. »Für dich wird es weder Wasser noch Nahrung geben. Du hast den Stein bereits genug beschmutzt. Für dich ist es an der Zeit zu sterben.«

»Womit verdiene ich dieses Elend hier? Was habe ich dir getan?«

»Es ist besser, wenn ich dir das verschweige«, erwiderte Juron schlicht. »Sonst könntest du um Vergebung beten.« Er beugte sich tiefer über die Öffnung und zog einen schimmernden, an einer Kette befestigten Rubin aus dem Gewand. »Hast du schon gesehen? Ich habe ihn gefunden.«

Andrés Stimme klang verzweifelt. »Gib ihn mir, Juron! Er ist *mein*, das Recht des Erstgeborenen verlangt es!«

»Du brauchst dir nur noch über das Todesritual Gedanken zu machen. Außerdem wirken seine Heilkräfte nur gegen Krankheiten, nicht gegen den Hunger.«

»Wenn du mich schon töten mußt, dann laß mich wenigstens mit meinem Anhänger sterben. Ich flehe dich an...«

»Hast du ihn mich tragen lassen, als mich das Fieber verunstaltet hat?«

Andrés Flehen verwandelte sich in ein wildes Knurren. »Gib ihn mir, Juron, oder ich werde dich verfluchen. Ich werde dich verfluchen, und deine Qualen werden doppelt so groß sein wie die meinen.«

»Morgen wird mit dem Bau der Arena begonnen. Man wird die erste Steinreihe mauern, Bruder, und sie werden mit dem Eckstein anfangen, in dem du liegst. Und dann folgt die nächste Reihe und die übernächste ...«

»Ich werde schreien.«

»So wie gestern und vorgestern? Das glaube ich nicht. Dieses Pulver wird dich zum Schweigen bringen«, sagte Juron und öffnete eine gläserne Phiole.

»Ich hasse dich, Juron. Meine Liebe zu dir hat sich in Haß verwandelt.«

»Endlich fühlen wir das gleiche«, erwiderte Juron, als er den Inhalt der Phiole in die enge Gruft seines Bruders schüttete.

1

Marie strich sich eine Locke ihres kohlrabenschwarzen Haares aus dem Gesicht und steckte sie hinter das Tuch, mit dem ihre Augen verbunden waren. Dann legte sie alle ihre Dolche auf dem neben ihr stehenden Stuhl ab. Sie wählte einen aus und hob ihn in die Höhe. Die Zuschauer hielten den Atem an. Mit einer kräftigen Bewegung aus dem Handgelenk warf die junge Frau den Dolch steil nach oben in die schwüle Luft. Die scharfe Klinge kreiselte immer höher. In der Stille konnte Marie hören, wie der Dolch durch die Luft sauste. Ansonsten war da nur das angespannte Schweigen der in der Arena versammelten Menge und das träge, vom Wind verursachte Flattern des hoch über ihr befindlichen Segeltuchdaches.

»Ihr seht«, rief sie mit ihrer melodischen Bühnenstimme, »Jonglieren ist keine Sache der Augen, sondern des Instinktes.«

Sie suchte sich mit den nackten Füßen einen festen Stand im Sand; ihrer Erfahrung nach hatte der Dolch nun den höchsten Punkt seiner Flugbahn erreicht. »Ihr habt euch bereits davon überzeugen können, daß ich blind bin. Und für die, die noch immer zweifeln, trage ich diese Augenbinde.« Sie streckte die Hand mit nach oben gerichteter Handfläche aus. »Aber um einen Dolch zu fangen, brauche ich Hände, keine Augen.«

Das Publikum stöhnte auf und übertönte das Sirren der herabfallenden Klinge. Der Griff traf ihre Handfläche. Beim Aufprall zuckte sie zusammen, und ihre Finger schlossen sich um den Griff. »Instinkt ist besser als Augen«, verkündete sie mit breitem Lächeln auf den Lippen.

Die Zuschauer brachen in Applaus aus, und Marie verbeugte sich. Dann tastete sie nach dem Stuhl, nahm zwei weitere Dolche, holte tief Luft und konzentrierte sich. Die Arena war verraucht und roch nach Schweiß; sie mußte ausverkauft sein. Marie warf den ersten Dolch in die Luft, der zweite folgte sofort. Sie fing den ersten mit der anderen Hand und warf den dritten. Die Menge wurde still, und Marie lauschte dem Rhythmus ihrer Dolche, dem ständigen Fangen und Werfen.

»Die Kunst des Jonglierens ist alt und edel«, sagte sie. »Auch der Rat von L'Morai besteht aus Jongleuren, die Recht, Gerechtigkeit und Freiheit auf ihre nie enden wollenden Kreisbahnen schicken. Ich für meinen Teil bin froh, daß sie so geschickt im Werfen und Auffangen sind. Und sogar wir, das einfache Volk, sind Jongleure.« Sie warf einen der Dolche höher, schnappte sich eine weitere Klinge vom Stuhl und jonglierte jetzt mit vier Dolchen. Das Publikum applaudierte.

»Natürlich ist keiner von uns, sei es Ratsherr oder einfacher Bürger, ein perfekter Jongleur. Wir sind Menschen. Wir werden älter, und unsere wie Uhren schlagenden Herzen kommen aus dem Takt.« Bei diesen Worten fing Marie an, die Dolche zunächst schneller und schließlich langsamer zu jonglieren. »Schließlich läßt der Schlag unserer Herzen nach.« Sie nahm zwei Dolche weg und jonglierte die beiden übrigen mit einer Hand weiter. »Wir werden alt. Und irgendwann bleibt das Uhrwerk in unserer Brust stehen.« Die beiden Dolche schnellten ein letztes Mal in die Höhe und bohrten sich dann in den sandigen Boden zu ihren Füßen. »Und wir sterben. Doch wenn ein neues Herz zu schlagen beginnt« – sie nahm fünf Dolche und ließ sie eine breite Kreisbahn beschreiben –, »lebt etwas weiter.«

Plötzlich wurde Marie wie von einem Faustschlag an der Stirn getroffen. Benommen stolperte sie rückwärts und kämpfte um ihr Gleichgewicht. Ihr Fuß stieß gegen das Stuhlbein, und die dort noch liegenden Dolche fielen herunter. Eine Klinge ritzte ihr die Wade auf. Marie setzte sich unbeholfen in den Sand, zog das Bein an und legte eine schweißbedeckte Hand auf den Schnitt.

Erst jetzt hörte sie das Gelächter der Zuschauer, während ihr der Geruch des verfaulten Apfels in die Nase stieg, der sie getroffen hatte. Sie hielt sich die Wunde und versuchte, wieder aufzustehen, doch in ihrem Kopf drehte sich alles.

»Nach welchem Takt schlägt dein Herz nun?« rief jemand von den Rängen.

Maries Gesicht verzerrte sich vor Schmerz. Sie biß die Zähne zusammen. Die Menge war wie ein bösartiges Tier. Sie fühlte, daß das Blut der Wunde in den Sand tropfte. Aus ihrer Kehle löste sich ein Stöhnen.

Durch das Lachen der Menge hörte sie Zigeunersamt rascheln und übergroße Schuhe aufstampfen. »Die Harlekins«, flüsterte sie erleichtert.

Ein Harlekin trampelte auf sie zu und rief: »Verdammt gutes Schauspiel, Marie! Verdammt toll!« In den einsetzenden Applaus mischte sich das Gejohle der anderen Spaßmacher. Zwei in Handschuhen steckende Hände legten sich auf die Wunde an Maries Wade, und zwei andere ergriffen je einen Arm.

Die Harlekins bedachten die Menge mit leisen Flüchen, während sie Marie auf ihre Schultern hoben und davontrugen. Alle fünf Schritte warfen sie die Jongleurin ein Stück in die Luft, riefen: »Hey!« und fingen sie wieder auf.

Der Lärm wurde von der tiefen Stimme des Herrn der Manege unterbrochen. »Applaus für Marie, die erstaunliche, blinde Jongleurin!« Er hielt inne, als der Beifall ertönte. »Und nun möchte ich Artisten ankündigen, die weder Maries Anmut noch ihre Schönheit haben: die Harlekins von L'Morai!«

Während der Applaus aufs neue einsetzte, trugen die Harlekins Marie durch den bogenförmigen Bühneneingang aus der Arena.

»Hast du sie, Anton?« krächzte der eine Harlekin, als er den Griff verlagerte. »Wir müssen wieder raus.«

»Schon in Ordnung«, ertönte Antons dröhnende Stimme, als er die verletzte Frau an seine breite Brust drückte. »Ich werde sie zu ihrem Wohnwagen bringen.«

Marie drückte die beschmutzte Halskrause des Harlekins von ihrem Gesicht weg und nickte ihnen dankend zu.

Der mit einer faßförmigen Brust ausgestattete Anton lachte und trug Marie an einer Reihe kläffender Hunde und zwei auf Stelzen laufenden Harlekins vorbei. Der Lärm in der Arena ließ nach, als sie den tunnelähnlichen Ausgang erreichten und in die kühle Nachtluft hinaustraten. »Wie lange steht dieser Rummelplatz schon auf dieser Heide«, murmelte Anton, »und noch immer werfen sie mit Äpfeln.«

»Vierhundert Jahre, mein Freund«, bestätigte Marie, »und es sind verfaulte Äpfel.« Ihre pupillenlosen Augen schienen zu der hell erleuchteten Arena zurückzublicken. »Je mehr Zuschauer es sind, desto unangenehmer ist es.«

»Fürchte ich auch, Marie«, seufzte Anton. »Sie haben bei sich jegliche Vergnügungen verbannt, darum kommen sie zu uns, um sich auf unsere Kosten zu amüsieren.«

»Ich möchte dir und der Bruderschaft der Narren danken«, sagte Marie lachend; ihre Hand hielt noch immer die Wunde zu.

»Hey«, sagte Anton mit vorgetäuschter Ungläubigkeit, »wir Freaks müssen zusammenhalten.« Sie waren an der Tür von Maries Wohnwagen angelangt. »Da sind wir. Wenn du möchtest, helfe ich dir, die Wunde zu verbinden.«

»Du warst mir eine große Hilfe«, sagte Marie leise. »Es geht schon. Es ist nur ein Kratzer. Geh lieber, sonst kommst du zu spät für die Eimer-Nummer«, fügte sie mit einem schwachen Lächeln hinzu. »Der Puppenspieler wird deinen Kopf fordern, wenn du nicht auftauchst.«

»Glaubst du, ich würde einen guten Kopflosen abgeben?« fragte Anton lachend, als er sie auf den Boden hinabließ. »Und du kommst bestimmt allein zurecht?«

Marie stand bereits auf der Treppe ihres Wohnwagens. »Man hat mich schon mit Schlimmerem beworfen. Sollte dir jemand mit Apfelsaft an den Fingern begegnen, darfst du ihm in meinem Namen eine runterhauen.« Sie machte mit ihrer blutverschmierten Hand eine entsprechende Geste.

»Zu Befehl!« Anton erstarrte zu einem übertriebenen Salut, wirbelte auf dem Absatz herum und marschierte davon.

Marie lächelte schmerzverzerrt, legte die Finger auf den Türgriff und drückte ihn hinunter. Plötzlich bereitete ihr der Blutgeruch Übelkeit, und sie stützte sich auf die Klinke.

»Ich muß die Blutung zum Stillstand bringen«, stieß sie durch die zusammengebissenen Zähne hervor.

Sie öffnete die Tür, betrat den überladenen Wohnwagen und eilte zu der Waschschüssel in der Ecke. Mit zitternder Hand griff sie nach der Zinnkanne, die neben der Schüssel stand, und füllte sie. Nachdem sie sich die Hände gewaschen hatte, nahm sie ein fadenscheiniges Handtuch von der Kommode, zerbiß den Saum und riß einen dünnen Streifen ab, den sie ins Wasser tauchte. Sie säuberte die Wunde und band sich dann den Rest des Handtuchs um die Wade.

Es war nicht das erste Mal, daß sie sich bei ihrer Nummer geschnitten hatte, doch immer war es ein Unfall gewesen, und nie hatte das Publikum dabei gelacht. Marie stützte sich auf den Waschtisch. Das laute Gelächter dröhnte noch in ihren Ohren. *Lachen und Blut. Lachen und Blut.* Das war eine Zeile eines alten Kinderreimes, den ihr Vater ihr immer vorgelesen hatte. Sie besaß das Buch noch, es stand mit anderen Märchen auf einem Regal neben der Tür. Doch mit den Büchern konnte sie nichts mehr anfangen: Das Fieber hatte ihren Vater das Leben und sie das Augenlicht gekostet.

Marie drehte sich auf ihrem gesunden Bein herum und setzte sich auf den Stuhl, der neben dem Waschtisch stand. Der Sitz war warm und feucht. Sie stand wieder auf, rieb über den Rock und roch an den Fingern. Noch mehr Blut. »Das Bein muß schlimmer bluten, als ich gedacht habe«, murmelte sie leise, tastete nach der Waschschüssel und griff erneut nach dem Stoffstreifen. Benommen schüttelte sie den Kopf und beschloß, sich einen Augenblick lang hinzulegen und das Blut später aufzuwischen.

Sie humpelte auf ihr Bett zu, rutschte auf dem Holzfußboden aus und konnte sich gerade noch an dem kalten Herd festhalten.

Der Boden war feucht.

Blut.

Ihr Herz schlug plötzlich schneller. Sie sog prüfend die Luft ein und erstarrte. Dann begab sie sich zum Bett, setzte sich vorsichtig und mußte feststellen, daß auch das Bett feucht war. Ihr Herzschlag beschleunigte sich noch mehr. Sie fuhr mit der Hand über den Bettrahmen und zog sie sofort zurück. Warmes Blut klebte an ihren Fingern. Entsetzen stieg in ihr auf, als sie zur Mitte der schmalen Liege hinübertastete.

Ihre Hand kam auf einem Bein zu liegen.

Marie stand auf. Kein Laut war zu hören, von ihrem eigenen, erschrockenen Herzschlag einmal abgesehen. Zitternd tastete sie erneut nach dem Bein und berührte es. Es bewegte sich nicht. Sie kniff zu. Keine Reaktion. Der Mann war tot.

Aber es war kein Mann: Das Bein war kurz und stämmig, das Bein eines Zwerges. Marie beugte sich nervös über die Leiche und tastete sich über die muskulöse Wade, strich über das Knie und weiter über ein rauhes, nasses Hosenbein. Je weiter sie sich nach oben tastete, desto blutdurchtränkter war die Kleidung. Es hätte sie nicht überrascht, wenn sich der reglose Zwerg plötzlich aufgerichtet und sie an der Kehle gepackt hätte, doch dann stießen ihre Finger auf einen Gegenstand, der diese Vorstellung sofort zunichte machte. Aus seinem Leib ragte ein scharfes Stück Stahl hervor... eine Schwertspitze.

Marie wich von dem Bett zurück, wobei sie einen kleinen, auf dem Boden liegenden Bücherstapel umwarf.

In dem folgenden Augenblick der Stille hörte sie jemanden atmen. Am entgegengesetzten Ende des Wagens mußte er stehen – und hatte in aller Ruhe zugesehen, wie sie eingetreten war, ihre Wunde gesäubert und verbunden hatte und zum Bett gegangen war, um die Leiche zu entdecken.

Der Mörder.

Sie konnte seine Blicke spüren, sein brutales Lächeln fühlen. Sie wich langsam zurück und tastete nach ihrem Nachtschränkchen. Zitternd schloß sich ihre Hand um den Knauf der obersten Schublade und zog sie auf.

Marie hörte einen Schritt.

Sie griff in die Schublade, holte einen Dolch hervor und warf ihn in Richtung des Geräusches. Ein überraschter und schmerzerfüllter Schrei ertönte – es war eine Männerstimme –, dann stürmte jemand zur Tür. Marie griff erneut in die

Schublade und packte den nächsten Dolch, diesmal am Griff. Sie warf sich auf den Eindringling, als dieser gerade die Tür aufriß. Die Dolchspitze durchdrang Kleidung und Haut. Marie zog die Klinge über den Körper des Mörders, und die Schneide zerteilte deutlich hörbar Stoff. Der Mann schrie auf und stolperte zur Tür hinaus. Marie war direkt hinter ihm, mußte sich aber am Türrahmen festhalten, um nicht erneut auf dem blutigen Boden auszurutschen. Sie vernahm eilige Schritte, die sich mit dem Lärm des bevölkerten Rummelplatzes vermischten, und da wußte sie, daß der Mann fort war.

Sie stolperte die Treppe ihres Wohnwagens herunter und fiel auf dem Weg auf die Knie. »Hilfe!« rief sie. »Zu Hilfe! Es ist ein Mord geschehen!«

Das Spruchband über der Bude trug die Aufschrift HERMOS, DER ERSTAUNLICHE RIESENMENSCH. Der Träger dieses Namens lud sich einen kleinen Jungen auf die Schultern und richtete sich langsam auf. Als er seine volle Größe erreichte – seine Hüften befanden sich in Höhe der Köpfe der erwachsenen Zuschauer –, stellte sich der Kleine auf den Schultern des Riesen auf die Beine.

»Seht her!« rief das Kind. »Ich bin so groß wie ein Baum!«

In diesem Moment zerriß ein angsterfüllter Schrei den Lärm des Rummelplatzes. »Hilfe! Zu Hilfe! Jemand wurde ermordet!« Die Worte kamen von den dunklen Quartieren der Artisten her, die von einem Zaun abgetrennt wurden.

Mit einem kräftigen Schulterzucken stieß Hermos den Jungen von den Schultern und fing das kreischende Kind auf. Er setzte ihn auf dem Boden ab, war mit einem Schritt bei seiner Geldkassette, klappte den Deckel zu und verriegelte sie. Dann bahnte er sich von enttäuschten Rufen begleitet einen Weg durch die Zuschauermenge vor seiner Bude und stürzte sich in das Meer der Besucher, das die Budengasse verstopfte.

»Jemand wurde ermordet!«

Hermos drängelte sich durch die Besucher, die wegen der Rufe stehengeblieben waren, und setzte mit einem Sprung über den zwei Meter hohen Zaun, der die Quartiere der Artisten umgab. Er folgte den Rufen und stürmte durch die schlecht beleuchteten Gassen. Schließlich umrundete er eine verlassene Hütte und entdeckte die Frau: Es war Marie die blinde Jongleurin.

Sein Herz klopfte bis zum Hals hinauf; er hatte sie oft an seiner Bude vorbeigehen sehen. Einmal war sie sogar stehengeblieben, um dem aufgeregten Gelächter der Kinder zuzuhören, die dort brav in einer Reihe aufgestellt warteten. Ihr langes Haar, das so schwarz wie die Nacht war, und ihre mondweißen Augen waren ihm im Gedächtnis geblieben. Trotz ihrer Blindheit war sie eine Schönheit. Das hatte er nicht vergessen.

Hermos ließ sich neben Marie, deren Arme, Beine und Kleid blutverschmiert waren, auf die Knie. Sie zitterte am ganzen Körper vor Angst und öffnete den Mund, um erneut zu schreien, doch da schlang Hermos bereits seine Arme um sie.

»Du bist in Sicherheit, kleine Dame«, stieß er mit belegter Stimme verlegen hervor.

Marie legte die Arme um seine schmale Brust. »Ich habe ihn gehört. Er... war immer noch da«, stammelte sie.

»Jetzt bist du in Sicherheit«, wiederholte Hermos und tätschelte ihren Rücken mit den Fingern seiner klauenähnlichen Hand.

Mittlerweile eilten andere heran: ein hinkender Stalljunge, zwei geschminkte Harlekins, Panol und sein Parasitenzwilling, das Mädchen mit dem Ziegengesicht. Ihre Schritte verlangsamten sich, als sie näher kamen.

»Seht das Blut!«

»Liegt Marie im Sterben?«

»Was tut Hermos da?«

Hermos sah von der blinden Jongleurin zu der größer werdenden Menge auf. Die Artisten musterten ihn ängstlich, doch keiner bot ihm Hilfe an.

»O je«, murmelte ein beleibter Mann, der sich einen Weg durch die Menge bahnte. Er schlug den schwarzen Umhang von den schmalen Schultern zurück, rückte das rote Seidenwams zurecht und zog eine Reihe aneinandergeknoteter Taschentücher aus einer seiner vielen Taschen. Er hob den Stoff an die von einem Schnurrbart geschmückte Oberlippe, befeuchtete ihn mit Spucke und kniete neben Hermos nieder. »Alles in Ordnung mit ihr?« fragte er, wischte Maries Stirn ab und betrachtete besorgt ihr Gesicht.

Hermos wich dem stechenden Blick des Mannes aus. »Sie hat geschrien«, sagte er grollend.

»Es ist ein Mord geschehen!« rief Marie und löste sich von dem Riesenmenschen.

»Ein Mord?« wiederholte der schwarzgekleidete Mann gedankenverloren und betrachtete stirnrunzelnd den Blutfleck auf seinem seidenen Taschentuch. »Wer wurde ermordet?«

»Es ist Borgo«, stieß Marie hervor und schlug die Hände vors Gesicht. »Ich glaube es zumindest. Die Leiche ist in meinem Wagen.«

»Wirklich«, flüsterte der Mann leise und sah zu dem vom Mondlicht beleuchteten Wohnwagen hinüber. Der Wagen war dunkel, seine Tür stand einen Spalt breit offen. Eine in der Nähe befestigte Laterne warf ihren warmen Lichtschein auf die hellen Blumenmuster, mit denen die Wände bemalt waren, doch im Inneren war kein Licht. Der Mann erhob sich steif. »Monsieur Riesenmensch?«

»Hermos«, brummte der Riesenmensch.

»Hermos«, wiederholte der Mann, und ein Lächeln huschte über sein Gesicht. »Paß auf sie auf. Ich sehe nach.« Er warf erst Hermos und dann Marie einen Blick zu. »Ich bin Morcastle, Magier extraordinaire.«

Hermos nickte ernst, als der Magier die ersten, zögernden Schritte auf den Wagen zu machte. Die Aufmerksamkeit der Menge richtete sich von der blutverschmierten Frau der offenstehenden Tür zu. Als sich Morcastle ihr näherte, verlor sein Gesicht jegliche Farbe, und sein gezwirbelter schwarzer Schnurrbart zuckte. Er stopfte sich die Taschentücher in den Ärmel, holte sich eine Laterne von einem der Pfosten und leuchtete damit zur Tür. Dann trat er die Stufen hinauf und leuchtete in den Wagen.

Das Innere sah aus, als hätte man es in Blut getaucht. An den Wänden klebte, von den Deckenbalken tropfte Blut. Die Kommode mit der Kleidung, der Sack Getreide, die Äpfel auf der Fensterbank. Alles war mit Blut besudelt. Vor allem das Bett.

Morcastle schluckte schwer und hielt sich den Saum des Umhangs vor Mund und Nase. Unwillkürlich mußte er kurz die Augen schließen und am Türrahmen nach Halt suchen. »Alles in Ordnung«, beschied er sich wenig überzeugend, »dir geht es gut. Du *mußt* es dir ja nicht ansehen.« Trotz dieser Versicherung öffnete er langsam die Augen.

Auf dem Bett lag eine Leiche. Es war Borgo der schwertschluckende Zwerg, einer der Artisten, die schon am längsten dabei waren. Er war schon seit Hunderten von Jahren beim Rummelplatz und hatte Schwerter geschluckt, die länger als er selbst gewesen waren. Jetzt lag er steif auf der scharlachroten Decke, die knorrigen Hände an den Seiten liegend und zu Fäusten geballt. Sein übergroßer Kopf lag ganz gerade, und die weit aufgerissenen Augen starrten den riesigen Schwertgriff an, der aus seinem Mund ragte. Die breite zweischneidige Klinge verschwand in seiner Kehle, und ihre Spitze ragte blutig aus seinem Leib. Auf dem Hosenbein des Zwergs zeichnete sich der blutige Handabdruck einer Frau ab.

Morcastle wich von der Tür zurück und sank auf der Treppe auf die Knie. Er stellte die Laterne neben sich ab und vergrub das Gesicht in den Händen. Andere Artisten kamen näher und flüsterten angsterfüllt miteinander. Einer von ihnen nahm die Laterne und ging auf die Tür zu. Morcastle stand kopfschüttelnd auf und stolperte zu Hermos und der blinden Jongleurin zurück.

»Ich kann es nicht glauben«, stöhnte er mit graugrünem Gesicht. »Ich kann es nicht glauben.«

Marie wandte dem Magier ihr tränennasses Gesicht zu. »Der Mörder war noch da, als ich eintrat. Ich habe ihn verletzt – ein langer bogenförmiger Schnitt auf dem Rücken.«

Die Stirn des Magiers war mit kaltem Schweiß bedeckt. »Bring sie hier weg, Hermos. Nimm sie mit in dein Zelt. Sieh zu, daß ihr nichts passiert. Ich werde einen Gendarmen aus L'Morai rufen lassen.«

Hermos' dunkle Augen blitzten; er zögerte, dann griff er nach der Blinden. Er legte den einen Arm um ihren Rücken und den anderen in ihre Kniekehlen, doch bevor er sie hochheben konnte, wich Marie vor ihm zurück.

»Schon gut. Ich kann gehen«, sagte sie und stand auf. »Ich bin blind und nicht lahm«, wies sie ihn leise zurecht. Ein flüchtiges Lächeln nahm den Worten ihren Stachel. »Außerdem will ich zurück in meinen Wagen.«

Morcastle stellte sich ihr in den Weg. »Bitte, meine Liebe. Das ist kein Ort für eine Dame.«

»Es ist aber mein Wohnwagen!« beharrte sie müde. Sie stieß ihn beiseite und ging. »Ich muß das Blut aufwischen.«

Hermos ging ihr nach, er war wie ein riesiger Schatten.

»Das geht nicht«, rief ihr Morcastle hinterher. Der Magier seufzte. »Es ist alles ruiniert.«

Als sich Marie dem Wagen näherte, verlangsamte sich ihr Schritt. Ihre tastenden Hände fanden seine bemalte Außenwand, und sie ging an ihr entlang auf die Tür zu.

»Die Laken, die Kleidung, das Bett, der Boden«, sagte Morcastle und holte sie ein, »es ist alles voller Blut.«

Hermos musterte das blinde Mädchen stumm; er runzelte besorgt die Stirn. Marie blieb vor der Tür stehen.

Morcastle legte ihr tröstend die Hand auf die Schulter. »Du kannst vor der Ankunft der Gendarmen nichts saubermachen. Und selbst dann habe ich meine Zweifel, daß es dir gelingen wird. Ich glaube, du könntest deine Laken hundertmal waschen, und sie hätten noch immer Blutflecken.«

»Ich bin blind«, erwiderte Marie. »Flecken stören mich nicht.«

»Komm«, murmelte Hermos leise.

Sie schürzte die Lippen und nickte.

Hermos duckte sich, als er das große Zelt betrat, das er sein Heim nannte. Zaghaft führte er die Blinde herein. Marie umklammerte seine Hand und bewegte sich behutsam auf dem sandigen Boden. Trotz ihrer Blindheit drehte sie den Kopf, als würde sie sich in dem Raum umsehen.

»Den Geräuschen und der Stille nach zu urteilen handelt es sich um ein enges Quartier«, bemerkte sie und schnupperte. »Aber es riecht sauber.«

Hermos lächelte nervös, und seine Lippen enthüllten lange weiße Zähne. Marie hatte in beidem recht. Obwohl das Zelt hoch war, umspannten die Segeltuchplanen nur einen engen Grundriß. Als Hermos seine beiden Pritschen in das Zelt gebracht hatte, hatte er sie hintereinander aufstellen müssen, Fußende an Fußende. Die Pritschen standen noch immer so da und teilten den ohnehin schon kleinen Raum. Aber Hermos war das egal. Er hatte nur wenig Besitztümer, das wichtigste davon war die Artistentruhe, die ihm der Puppenspieler, der Herrscher des Rummelplatzes, gegeben hatte. Es war ein einfacher schwarzer Kasten, dessen Ränder mit widerstandsfähigen stählernen Beschlägen versehen waren und der statt eines Schlosses nur einen Riegel besaß.

Hermos trat unbeholfen zurück und führte Marie zu einer der Pritschen. Sie stieß mit dem Knie an den Holzrahmen und setzte sich vorsichtig. Hermos ließ ihre Hand los und setzte sich auf die Pritsche daneben. Sie quietschte protestierend unter seinem Gewicht.

»Du hast zwei Pritschen?« fragte Marie erstaunt.

Hermos nickte langsam, hielt dann aber inne. »Eine für oben und eine für unten.«

Marie lächelte; das Lächeln verlieh ihren schmutzigen Gesichtszügen eine liebliche Schönheit. »Du brauchst für dich allein zwei Pritschen zum Schlafen? Konnte der Puppenspieler dir kein Bett besorgen, das groß genug ist?«

»Habe nicht daran gedacht«, erwiderte Hermos.

Marie nickte. »Du redest nicht viel?«

Er schüttelte den Kopf und sah auf sie hinunter. Sie erschien ihm klein und zerbrechlich, war noch immer mit Blut beschmiert und zitterte vor Angst. Er schluckte. »Und was ist mit dir?« fragte er mühsam.

Maries Gesicht wurde nachdenklich. »Ich unterhalte mich

gern. Vor dem Fieber habe ich immer viel mit meinem Vater geredet und ihm vorgelesen. Ich habe sogar die Bücher noch.«

Beide schwiegen einen Moment lang. »Vor dem Fieber?« fragte Hermos dann.

»Ja«, erwiderte Marie mit einem leichten Erröten. »Wir haben immer gemeinsam die Märchen gelesen. ›Der Hase mit den verknoteten Ohren‹ oder ›Das Pferd und der Speer‹ – du weißt schon.«

Der hagere Mann schüttelte den Kopf. »Ich hätte nicht fragen sollen.«

Marie sah mit einem fragenden Ausdruck im Gesicht in Hermos' Richtung. »Wie meinst du das?«

»Niemand spricht gern über das Fieber«, erwiderte Hermos.

»Oh, mir macht das nichts aus«, meinte Marie. Sie legte ihm die Hand aufs Knie. »So kann ich wenigstens über meinen Vater sprechen.«

»Er hat dir vorgelesen?« fragte Hermos wie aufs Stichwort.

»Ja. Und ich ihm.« Sie ließ die Schultern sinken. »Ich fürchte, die Bücher sind jetzt hin, bei all dem Blut!«

»Ich könnte sie saubermachen«, bot Hermos an. »Ich könnte dir vorlesen.«

»Du kannst lesen?«

»Ja«, erwiderte der Riese verlegen. »Schon seit langem.«

Maries Miene verfinsterte sich. »Nun, wenn dich blutverschmierte Seiten nicht stören, sind wir im Geschäft.« Sie schüttelte den Kopf. Eine unbehagliche Stille kehrte ein. Schließlich sagte Marie, um das Schweigen zu brechen: »Was tust du… ich meine, in deiner freien Zeit?«

»Ich schlafe und esse«, fing Hermos an. »Und manchmal… schnitze ich… Dinge.«

»Wirklich?« Maries Gesicht hellte sich auf. »Zeigst du mir etwas, das du geschnitzt hast?«

Wortlos stand Hermos auf. Er trat über die Pritsche, öffnete seine Artistentruhe und griff hinein. Als er sich wieder aufrichtete, hielt er ein geschnitztes Holzpferd von der Größe einer Katze in der Hand. Die auf Hochglanz polierte Oberfläche glänzte. »Hier«, sagte er, beugte sich zu Marie herüber und legte ihr das Pferd in die Hände. »Ein Pferd.«

Marie seufzte, als sie mit den Händen über die Figur strich. »Es ist wunderschön.« Sie fuhr über den knochigen Kopf, die muskulösen Schultern, die schlanken Beine. »So sehen also Pferde aus. Ich habe schon ihre Nüstern berührt und ihnen über die Mähne gestreichelt – ich bin sogar schon einmal auf einem geritten. Doch selbst als Kind habe ich nie eins zu Gesicht bekommen, oder falls doch, hat das Fieber die Erinnerung daran genau wie mein Augenlicht ausgelöscht. Aber das hier, diese Statue, zeigt mir, was ein Pferd *ist*.«

»Das ist Prin-zah«, sagte Hermos schüchtern. Er griff erneut in die Truhe und holte zwei weitere Figuren heraus, die kleiner als die erste waren. Er reichte sie Marie. »Der Hund ist Hech-lahr, und die Katze ist Schlechar.«

Marie lachte erfreut. »Das waren also deine Tiere, bevor du zum Rummelplatz gekommen bist.«

Hermos' Gesicht wurde ernst, und er nahm ihr das Pferd ab. »Nein. Das sind Götter.«

»Götter?« erwiderte Marie, und die Überraschung in ihrer Stimme ließ sie erröten. »Es tut mir leid. Ich habe mir einfach nicht vorstellen können, daß jemand vom Rummelplatz an Götter glaubt.«

Hermos nahm die beiden anderen Skulpturen entgegen.

»Es tut mir sehr leid«, wiederholte Marie und sah traurig mit ihren blinden Augen zu ihm hoch.

»Schon gut.« Hermos verstaute die Statuen wieder in der Truhe.

»Ich wünschte, ich hätte Götter, an die ich glauben könnte«, sagte Marie. »Erzähl mir von ihnen. Wer ist Prinzah?«

Hermos schluckte. »Er ist der Gott der Pferde.«

»Oh?« erwiderte Marie. »Und Hech-lahr ist der Gott der Hunde? Und Schlechar die Göttin der Katzen?«

»Ja«, antwortete Hermos. Er sprach weiter, als würde er einen kindischen Katechismus rezitieren. »Und es gibt einen für Schweine und Kühe und Lämmer und Krähen und Ratten und Hasen.«

»Sie haben alle Namen?«

»Ja.« Hermos musterte sie einen Augenblick lang mit zusammengekniffenen Augen, dann wandte er sich wieder der Truhe zu und öffnete sie. »Ich habe eine Schnitzerei, auf der sie alle zu sehen sind.« Er hob einen etwa sechzig Zentimeter langen, dreieckigen Holzblock, der von der Form her an den Giebel eines Hauses erinnerte, aus der schwarzen Truhe. »Wenn es einmal fertig ist, wird es über meiner Haustür hängen.« Er legte Marie das Kunstwerk andächtig in den Schoß.

»Oh«, sagte sie, als sie das Gewicht auf den Beinen spürte. Sie ertastete die Schnitzereien, die den Rand des Dreiecks schmückten, und konzentrierte sich dann auf die Figuren im Inneren. Prin-zah, der Gott der Pferde, stand mit seinen muskulösen Flanken in der Mitte. Er wurde von Hech-lahr, dem Gott der Hunde, und Schlechar, der Göttin der Katzen, flankiert. Um sie herum befanden sich die anderen Tiere: Grun-zahr das Schwein, Blinzar die Kuh, Kre-har der Hahn, Blö-ckar das Lamm, Cro-rah die Krähe und Farius die Ratte. Aus der einen Ecke des Giebels ragte eine kleine, unvollendete Schnitzerei heraus.

Marie strich mit den Fingern darüber. »Was ist das?«

»Das ist Schlaohr, der Gott der Hasen«, erwiderte Hermos. »Er ist noch nicht fertig«, fügte er verlegen hinzu.

»Gibt es auch Götter für Menschen?«

Hermos schüttelte den Kopf. »Ich glaube nicht. Den Göttern der Menschen soll etwas zugestoßen sein.«

Marie fragte zögernd weiter. »Zu welchem der Götter betest du?«

»Hauptsächlich zu Prin-zah«, sagte Hermos und nahm den Giebel wieder an sich. »Er ist der Stärkste. Der Schnellste.«

»Wenn du nichts dagegen hast«, sagte Marie, »werde ich auch zu Prin-zah beten.«

»Das kann nur von Nutzen sein.« Hermos verstaute die Schnitzerei behutsam in der Truhe. »Du hast ihn gesehen... ihn gehört? Den Mörder?«

Das Lächeln auf Maries Gesicht verblaßte; ihre Lippen verzogen sich zu einem grimmigen Strich. »Ja, ich habe ihn gehört. Und ihn verletzt. Ich habe ihm eine Schnittwunde auf dem Rücken zugefügt.«

Hermos griff nach dem Umhang, der am Mittelpfosten des Zeltes hing, und legte ihn Marie um die Schultern. »Hattest du Angst?«

»Ja«, erwiderte Marie müde und zog den Umhang enger um ihren Körper. »Nun, nicht die ganze Zeit. Es geschah zu schnell, um Angst haben zu können. Aber jetzt habe ich Angst.«

»Das tut mir leid«, meinte Hermos. Das waren Worte, denen anzuhören war, daß er sie schon viel zu oft benutzt hatte. Er stand von der Pritsche auf und ging auf den Zelteingang zu. Dort blieb er stehen und schaute in die dunkle Nacht. »Hast du Borgo gekannt?«

»Jeder hat Borgo gekannt«, sagte Marie in Erinnerung versunken. »Er hat geschnitzt, genau wie du. Eigentlich war er ja Steinmetz. Als ich vor Jahren hergekommen bin, hat er mir einen wunderschönen, kleinen Baum aus Quarz geschnitzt. Und dieser kleine Baum war so perfekt, so vollendet, daß man jedes kleine Blatt erkennen konnte. Er hat gesagt, da ich keine Bäume mehr sehen könnte, wollte er, daß ich fühlen kann, wie sie aussehen.«

Marie stand von der Pritsche auf und ging auf den Riesenmenschen zu, der am Eingang des Zeltes stand. Sie ertastete den Weg an der Zeltwand entlang, bis sie ihn erreicht hatte. Dann blieb sie stehen. Hermos sagte nichts, blinzelte nur langsam.

»Also, und was tust du hier beim Rummelplatz?« fragte sie.

»Ich bin groß«, sagte er einfach.

»Ich weiß«, sagte Marie mit einem Lachen. »Aber was *tust* du?«

Der Riesenmensch kratzte sich am Kopf. »Ich hebe die Kinder hoch, so daß sie den ganzen Rummelplatz sehen.«

»Du hebst sie in die Höhe, damit sie sehen können«, wiederholte Marie gedankenverloren und verschränkte die Arme vor der Brust. »Wie sieht der Rummelplatz aus, ich meine von so weit oben? Hübsch?«

Der Blick des Riesenmenschen verdüsterte sich, und er drehte sich um, um zum Rummelplatz zu blicken. Die Zeltspitzen und Budendächer leuchteten mit einem grellen Licht, während sich die Besucher in dunklen Schwärmen zwischen ihnen entlangbewegten. »Ja.«

Schwere Stiefelschritte dröhnten über den Weg, der zu dem Zelt führte. Als die Zeltplane zur Seite geschlagen wurde, trat Hermos zurück. Ein Gendarm kam mit erhobener Laterne herein. Ihr gelbes Licht funkelte grell und warf einen riesigen Schatten von Marie und einen noch größeren von Hermos an die Zeltwand. Der Riesenmensch zuckte zusammen und warf die Arme hoch, um seine Augen zu bedekken. Der Gendarm keuchte, als er Hermos erblickte.

»Freaks«, murmelte er kaum hörbar.

Marie setzte sich wieder auf eine der Pritschen. »Ja, Monsieur, zwei Freaks mit ausgezeichneten Ohren.«

Der Gendarm errötete, verbeugte sich kurz und stellte die Laterne auf dem Boden ab. Er strich seinen kurzgeschnittenen Schnurrbart gerade und nahm die Mütze vom Kopf. »Verzeihung.«

»Ihr braucht Euch nicht feinmachen«, sagte Morcastle, der hinter dem Gendarm eingetreten war. Er achtete sorgfältig darauf, den Ordnungshüter ehrerbietig anzusprechen, so wie die Leute vom Rummelplatz alle Bürger L'Morais ausgesucht ehrerbietig ansprachen. Natürlich erwiderten die diese Höflichkeit nicht, für sie waren alle Freaks etwas, auf das man heruntersehen konnte, bei dem man sich einmal in einem erbärmlichen Dasein selbst als Herr fühlen konnte. Der Gendarm hörte auf, an seiner engen Uniformjacke herumzuzupfen und legte die Hände an die Seiten. »Sie ist blind«, fügte der Magier bedeutsam hinzu.

»Blind?« fragte der Mann. »Wo ist dann dein Stock?«

»Ich kenne diesen Rummelplatz besser als jeder andere«, antwortete Marie höflich. »Ich brauche keinen Stock.«

Der Gendarm ignorierte sie und sah Morcastle finster an. »Sie ist blind? Hast du nicht eben erzählt, daß sie die Zeugin ist?«

»Das bin ich«, erwiderte Marie.

Der Gendarm ging zu der Pritsche, auf der Marie saß, und schnauzte: »Wie kannst du dann eine Zeugin sein?«

»Von dem Klang Eurer Stimme zu urteilen, seid Ihr drei Zentimeter größer als Morcastle, und Euren Schritten zufolge schätze ich Euer Gewicht auf etwa neunzig Kilo. Ich kann das Öl in Eurem Haar riechen und könnte Eure Stimme aus hundert anderen heraushören«, sagte Marie kühl. »Wäret Ihr der Mörder, würde ich es wissen.«

Der Gendarm, dessen Gesicht nun knallrot war, zog einen Stift und ein Stück Papier aus der Tasche. »Erzähl mir von dem Mörder. Wo ist die Tat geschehen?«

»In meinem Wohnwagen«, erwiderte die junge Frau ruhig. »Ich betrat ihn, um einen Schnitt an meinem Bein zu verbinden, und da lag die Leiche.«

»Wer war es?« fragte der dünne Mann und machte sich Notizen.

»Ein Zwerg«, sagte Marie. »Einer von uns.«

»Borgo der Schwertschlucker«, unterbrach Morcastle.

Der Gendarm kratzte sich am Kopf und kicherte. »Ach so, ein Schwertschlucker? Riskanter Beruf. Was war die Mordwaffe?«

»Ein Schwert«, sagte Morcastle. Er strich sich über die gewachsten Enden seines Schnurrbarts und sah den Gendarm fast schon herausfordernd an.

Der Gendarm blickte ungläubig. Er hörte auf zu schreiben und verstaute den Stift wieder in der Tasche. »Ein Schwert?«

»Ja«, erwiderte der Magier, dessen Stimme unsicher wurde.

»Laß mich raten«, sagte der Gendarm und verschränkte die Arme vor der Brust. »Das Schwert ging direkt durch seine Kehle...«

»Und kam aus seinem Leib heraus, ja«, vollendete der Magier gereizt den Satz. »Aber es war kein Unfall.«

»Ach nein?« spottete der Mann und schlug die Stiefelabsätze zusammen. »Wie sollte ein Schwertschlucker denn sonst ein Schwert verschlucken?«

Marie stand auf und ging auf den Gendarmen zu. »Der Wohnwagen ist voller Blut, und ich habe jemanden verjagt. Er war größer als der Durchschnitt und auch schwerer. Dem Geruch nach zu urteilen ein einfacher Handwerker. Und von meiner Beschreibung einmal abgesehen muß es noch andere Spuren geben – Hand- oder Fußabdrücke.«

Der Gendarm trat auf den Eingang zu und zog weiße Handschuhe an. »Wir werden sehen.«

Morcastle stand auf dem Treppchen zu Maries Wohnwagen und hielt die neugierigen Artisten zurück. Er sah zu, wie der Gendarm im Wagen umherging und die Spuren des Verbrechens betrachtete. Selbst wenn man das Blut, das überall klebte, außer acht ließ, war der Wagen übel zugerichtet. Gardinen waren von den Fenstern gerissen, der Stuhl neben dem Waschbecken war umgestürzt, die Tür des schmalen Kleiderschranks stand offen, Kleider waren von ihren Haken an den Wänden gefallen, Bettlaken lagen in zerknitterten Haufen neben der strohgefüllten Matratze. Und natürlich lag die Leiche auf dem Bett.

Morcastle wandte den Blick von dem steifen Zwerg ab und ließ ihn durch den Raum schweifen. An der Wand zeichneten sich zahllose scharlachrote Handabdrücke auf dem weißgetünchten Holz ab. Die meisten der Abdrücke waren klein, doch ein paar von ihnen hatten den Umfang einer großen Männerhand. Morcastle sah genauer hin, und er stellte fest, daß dem linken Handabdruck des Mannes der Zeigefinger fehlte.

Morcastle merkte sich das und richtete seine Aufmerksamkeit dann auf die blutgetränkten Laken neben dem Bett. Auf einem der Laken war nicht weit von einem weiteren Abdruck der vierfingerigen Hand ein Stiefelabdruck zu sehen. In der Mitte des Stiefelabdrucks klebten zwei kleine Sägespäne, die anscheinend von draußen mit hereingebracht worden waren. An der Innenseite des Abdrucks war ein dünner Rand zu sehen, der aus einem bräunlichen Pulver bestand. Morcastle beugte sich in den Wagen vor und berührte das Pulver. Es war weich und fein gemahlen. Wie Mehl.

»Zurück!« befahl der Gendarm und trat genau auf die Stelle, an der sich das Pulver befunden hatte.

Morcastle wich zurück und sah, wie das Pulver vom Stiefel des Mannes aufgewirbelt wurde. »Ihr habt gerade Spuren zerstört...«, protestierte Morcastle.

»Wer bist du, daß du mir sagen willst, was Spuren sind und was nicht?« fauchte der Gendarm. Kopfschüttelnd beugte er sich über die Leiche auf dem Bett. Er rümpfte die Nase, als er an der blutverkrusteten Kleidung des Zwerges zupfte. Der Tote war steif, die Hände lagen zu Fäusten geballt an den Seiten, und die Augen waren weit aufgerissen. Die breite Klinge hatte die Mundwinkel des Zwerges zerschnitten, als sie hinuntergetrieben worden war, und zu beiden Seiten des Mundes waren rote Blutrinnsale zu sehen. Der Schwertgriff war mit großer Kunstfertigkeit gearbeitet und poliert worden, doch an seiner unteren Kante befanden sich einige seltsame, seitlich verlaufende Kratzer. Der Gendarm betrachtete die breite Schwertspitze, die aus dem Leib des Toten herausragte. Sie war scharf und nur an wenigen Stellen verschrammt, wies an der breiten Stelle allerdings etliche Kratzer auf.

»Erst kürzlich geschärft«, brummte der Gendarm und machte sich eine Notiz. Er schob das Papier in die Tasche und rollte dann die steife Leiche auf die Seite.

Am Haaransatz im Nacken des Zwerges fehlte ein kleines, münzgroßes Stück Haut – man hatte es herausgeschnitten. Der Schnitt war präzise, keineswegs ungenau, hastig oder zufällig. Der Gendarm legte die Leiche wieder auf den Rükken. Er zog den Zettel wieder hervor und kritzelte etwas darauf.

Dann wirbelte er auf dem Absatz herum und verließ den Wohnwagen. »Tod durch Schwertschlucken«, bemerkte er trocken.

Morcastle sah ihm entsetzt nach. »Was denn?« rief er und ging hinter dem Gendarmen her. »Versucht nicht, die Angelegenheit einfach so abzutun. Das war ein Mord.«

»Freaks, die Untersuchungsbeamte sein wollen«, sagte der Gendarm verächtlich. Er steckte ruhig Zettel und Stift ein und ging weiter.

»Wie erklärt Ihr das runde Hautstück, das im Nacken herausgeschnitten wurde?«

»Er muß sich den Kopf am Bettpfosten gestoßen haben, nachdem er das Schwert geschluckt hat.« Der Gendarm begegnete einem Stallburschen, der unterwegs zu seinen Pferden war. Er nahm ihm einen vollen Wassereimer ab. »Es gab keinen Mord. Es war ein Unfall.«

»Was ist mit den Handabdrücken? Was ist mit dem Fußabdruck? Was ist mit der Zeugin?« rief Morcastle, dessen fleischige Wangen sich röteten.

Der Gendarm wirbelte herum. »Deine angebliche Zeugin ist blind und eine Frau. Dein angebliches Opfer ist ein Schwertschlucker, der daran gestorben ist, daß er ein Schwert geschluckt hat. Dein angeblicher Tatort stand die ganze Zeit offen, während eine ganze Parade von Freaks durchmarschiert ist. Was soll ich also deiner Meinung nach aus dem Ganzen schließen?«

»Ihr versteht nicht...«, setzte Morcastle an, doch der Gendarm unterbrach ihn mit einer herrischen Geste.

»Kein Wort mehr«, fauchte er. Mit zwei Schritten stand er vor der Tür des Wohnwagens. Er schwang den Eimer und schüttete das Wasser gegen die blutroten Wände. Es platschte laut und verteilte sich sogar auf die Leiche auf dem Bett. Die Handabdrücke verschwammen. Rote Tropfen fielen zu Boden, und eine scharlachrote Wasserflut kam aus der Wohnwagentür geschossen. Die Zuschauermenge trat eilig zurück, als die rötliche Flüssigkeit in den Sägespänen vor ihren Füßen versickerte.

»Ich würde vorschlagen, daß ihr die Ärmel hochkrempelt«, brummte der Gendarm den zuschauenden Artisten zu. »Ihr habt noch einiges zu putzen, bevor die Frau hier wieder schlafen kann.«

2

»Was ist so eine Maschine ohne einen eifrigen Scharfrichter?« fragte Morcastle mit einem Lachen und zeigte mit einer großen Geste auf die Guillotine an seiner Seite. »Mit Sicherheit hat doch einer von euch Lust, mich hinzurichten!«

Das Publikum starrte die schwarze Eisenkonstruktion begierig an, viele Hände hoben sich unter Rufen. Morcastle war verblüfft. Er wollte nicht, daß sein Scharfrichter zu eifrig war. »Zeigt es mir! Wer von euch hat die schärfsten Augen?«

Während sich die Anzahl der Zurufe verdoppelte, kamen mehr Besucher von der Budengasse auf das Zelt zu, das Morcastles kleine Bühne umgab. Am Eingang saß ein Junge, der die Beine um ein kleines Faß mit einem Schlitz auf der Oberseite geschlungen hatte. »Ducre, Madame? Ducre, Monsieur?« fragte er in müder, unablässiger Wiederholung. Zögernd griffen die näher kommenden Leute in ihre Taschen und Geldbeutel und suchten im Licht der frühen Abenddämmerung mit zusammengekniffenen Augen die Münzen heraus. Die schartigen Zähne des Jungen sahen im Licht der Laterne gelb aus, als er bei jeder gespendeten Münze mechanisch lächelte. Die Besucher bezahlten und gingen dann wie hypnotisiert durch den Eingang auf die Guillotine mit der funkelnden Klinge zu, die auf einer Bretterbühne aufgebaut war.

Morcastle lächelte grimmig und schlenderte zu der Guillotine. Er streichelte mit den Händen über ihre kalten Ecken. »Man braucht scharfe Augen, um eine so tödliche Maschine zu bedienen.«

Er trat dahinter und löste das Fallbeil aus. Es sauste mit dem schabenden Knirschen von Stahl auf Eisen in die Tiefe. Die Klinge verschwand im oberen, beweglichen Halsjoch und raste in die grüne Melone, die dort steckte. Die beiden Hälften fielen sauber geteilt zu Boden, während die in unmittelbarer Nähe vor der Bühne stehenden Leute zurückwichen. Morcastle hob die Melonenhälften auf und präsentierte sie den Zuschauern mit einer Verbeugung. »Ich habe euch einen sauberen Schnitt versprochen.« Der rote Melonensaft tropfte auf den fleckigen Bretterboden.

Noch mehr Hände flogen in die Höhe. Morcastle legte die

Melone hin und breitete die Arme aus. »Also gut, es soll gerecht zugehen. Ich werde mir die Augen verbinden und durch das Publikum gehen. Die Person, die ich berühre, soll der Scharfrichter sein.«

Morcastle zog eine Binde aus dem Ärmel und legte sie an. Dann verschränkte er die Arme vor der Brust. »Scharfrichter – ich komme!«

Er schlenderte zum Bühnenrand, sprang hinunter und watete durch die Menge. Die aufdringlicheren unter den Freiwilligen drängten sich ihm in den Weg und stießen die Konkurrenz mit den Ellbogen zur Seite. Aber Morcastle ging weiter, blinzelte durch den dünnen Stoff und ging dann auf das Mädchen zu, das er von der Bühne aus entdeckt hatte.

Die Kleine war sieben oder acht Jahre alt und mit einem Kleidchen aus schmutzigem Sackleinen bekleidet. Morcastle breitete die Arme aus und legte ihr die Hände auf die Schultern. »Eine *kleine* Scharfrichterin!« rief er in vorgetäuschtem Erstaunen aus. Das Mädchen lächelte nervös und zuckte mit den Schultern. Morcastle riß sich die Binde vom Gesicht, nahm das Kind bei der Hand und rief: »Applaus für diese kleine Mörderin.«

Die Leute klatschten und machten Platz, um die beiden durchzulassen. Als sie die Bühne erreicht hatten, waren die Augen des Mädchens voller Tränen, und sein schmutziges Gesicht rötete sich. »Aber, aber«, flüsterte Morcastle und tätschelte seine Hand. »Es ist in Ordnung. Ja. Du brauchst keine Angst zu haben. Es ist alles nur vorgetäuscht.« Während die Menge sich wieder der Bühne zuwandte und auf die Vorstellung wartete, beruhigte Morcastle das kleine Mädchen.

»Wie heißt du, Kind?«

Die Kleine rieb sich mit den winzigen Fäusten die Augen. »Anna«, murmelte sie.

Morcastle wandte sich dem Publikum zu und rief: »Wie wäre es mit einem Applaus für meine liebliche Assistentin Anna!«

Die Zuschauer reagierten mit lautstarkem Beifall, und Annas Gesicht hellte sich etwas auf. Sie betrachtete die Leute schüchtern, und ein zaghaftes Lächeln umspielte ihre Lippen. Morcastle führte sie zu der riesigen, schwarzen Guillotine.

Dann kniete er neben dem Instrument des Todes nieder und legte Annas Hand auf die große Kurbel. Er fing an zu drehen. »Unsere kleine Scharfrichterin wird nun die Guillotine wieder einsatzbereit machen«, verkündete er. Anna biß die Zähne zusammen und kurbelte das Fallbeil mühsam wieder in die Höhe. Bei jeder Drehung der Kurbel ertönte das gleichmäßige Klicken der Ketten, und die schwere Klinge hob sich. Während das Kind arbeitete, legte Morcastle heimlich einen kleinen Hebel um, der sich auf dem oberen Halsjoch befand. Er konnte spüren, wie der mit Eisen verstärkte Holzblock nach vorn glitt und sich quer über die Öffnung legte, durch die das Fallbeil glitt. Der Block würde die Klinge aufhalten.

Aus der Bude, die an Morcastles Bühne angrenzte, ertönten Gelächter und Rufe, und er lächelte. Er deutete auf die bemalte Zeltplane, die als Wand diente. »Ihr müßt euch unbedingt die Vorstellung des Bauchredners Panol und seiner Puppe Banol ansehen.« Tatsächlich war es keine Bauchrednernummer, eine Tatsache, die Panol und Banol am Ende einer jeden Vorstellung enthüllten. Obwohl Banol vorgab, eine Puppe zu sein, war er doch in Wirklichkeit ein parasitärer Zwilling, der mit Panols Leib verwachsen war.

Ein lautes Klicken verkündete, daß das Fallbeil das obere Ende der Guillotine erreicht hatte. Bei dem Laut verdüsterte sich Annas Gesicht sofort, und sie wich vor dem eisernen Instrument zurück.

Morcastle ergriff sie an den Oberarmen und sagte leise: »Alles ist in Ordnung. Es ist alles nur vorgetäuscht. Sieh mal, wenn du mir nur einen Augenblick lang hilfst, bekommst du einen von diesen hier!« Seine flinken Finger verschwanden in der weißen Manschette seines Ärmels und zogen einen bunten Strauß Gänseblümchen hervor. Anna lächelte. Sie griff mit ihren schmutzigen Fingern nach dem Strauß, aber Morcastle zog ihn zurück. Er klemmte ihn am Rahmen der Guillotine fest und sagte: »Die gehören dir, wenn du das tust, was ich dir sage, in Ordnung?«

Sie nickte, wobei sie die Blumen nicht aus den Augen ließ.

»Siehst du diesen Hebel an der Maschine?« fragte Morcastle. Er zeigte auf den Hebel, der sich gerade noch in Reichweite des Mädchens befand. »Wenn ich es dir sage, möchte ich, daß du an diesem Hebel ziehst. Aber erst dann, wenn ich es dir sage.«

Das Mädchen nickte erneut und zog die Nase hoch.

Morcastle wandte sich dem Publikum zu. »Und jetzt, wer von euch möchte das Dahinscheiden Morcastles, des großen und wunderbaren Magiers, durch die Hand eines kleinen Mädchens sehen?« rief er.

Die Zuschauer applaudierten heftig. Morcastle verbeugte sich dramatisch, dabei hielt er den Saum seines Satinumhangs fest. Er wandte sich der Guillotine zu, schob das obere Joch hoch und legte sich auf die davor befindliche Deliquentenbank. Anna sah mit weit aufgerissenen Augen zu; gelegentlich streifte ihr Blick zu den Blumen, die an der schwarzen Guillotine befestigt waren. Morcastle nahm eine bequeme Position ein, legte den Hals in das Joch und schob die obere Hälfte hinunter.

Das Publikum verstummte, aber die Rufe, die von Panols und Banols Bühne herüberdrangen, wurden laut und wütend.

Auf Morcastles Stirn trat kalter Schweiß; er verdrängte die Laute aus seinem Bewußtsein und dirigierte das Mädchen zu dem Hebel. Anna trat vorsichtig und ernst näher. Morcastles Gesicht rötete sich, als er bedeutungsvoll auf den Hebel deutete. Er schenkte der Kleinen ein steifes Lächeln.

Sie sah ihn mit großen Augen an. Dann stellte sie sich auf die Zehenspitzen und griff mit ausgestrecktem Arm nach dem Hebel. Dabei mußte sie sich mit der anderen Hand am Eisenrahmen der Guillotine festhalten, und ihre Finger legten sich über die Schiene, durch die das Fallbeil rasen würde.

Morcastle sah es aus den Augenwinkeln. »Warte! Tu die Hand da weg!«

Zu spät. Anna zog den Hebel zurück. Klirrend wurde das Fallbeil ausgelöst und stürzte kreischend in die Tiefe. Aufschreiend sprang die Kleine zurück und zog die Finger einen Sekundenbruchteil zurück, bevor die Klinge vorbeirauschte. Das Publikum zuckte zusammen, als der blitzende Stahl in dem Joch verschwand. Morcastle packte den Rahmen so fest, daß sich seine Fingerknöchel bei dem schweren Aufprall weiß verfärbten. Der Holz- und Eisenblock hatte das Fallbeil aufgehalten, obwohl es den Zuschauern so vorkam, als wäre es glatt durch das Joch gegangen.

Sogar Panols und Banols Publikum war verstummt.

»Nun, habt ihr etwa gehofft, sie würde funktionieren?« fragte Morcastle trocken.

Die Zuschauer fingen an zu applaudieren. Morcastle befreite sich aus dem Joch und schwang sich von der Bank. Er verbeugte sich mit ausgebreiteten Händen. »So endet die Vorstellung, meine guten Freunde. Guillotinen neigen dazu, die Dinge zu beenden!« Als der Applaus versiegte und die Menge auf den Ausgang zustrebte, spürte Morcastle, wie jemand am Saum seines Umhangs zog. Er sah hinunter. Dort stand Anna mit traurigem Blick und zeigte auf die Blumen. Der Magier lächelte und tätschelte ihr den Kopf. Dann ging er zu dem schwarzen Apparat, nahm die Blumen, kniete nieder und gab sie dem kleinen Mädchen.

»Ich hatte noch nie einen so hübschen Scharfrichter«, sagte er mit einem flüchtigen Lächeln, während er sich über die Spitzen seines gewachsten Schnurrbarts fuhr.

Anna blinzelte glücklich, nahm die Blumen und lief von der Bühne. Morcastle sah ihr mit einem Seufzen nach. Es war eine gute Vorstellung gewesen. Sie mußten mindestens zehn Lorin eingenommen haben, bei einem Kupfer-Ducre pro Nase. Der Magier holte ein Seidentuch aus der Tasche, wischte sich die Stirn ab und rechnete. Zog man den Anteil des Puppenspielers und des Jungen an der Kasse ab, blieben ihm fast drei Lorin. »Nicht schlecht«, murmelte er. »Natürlich könnten es mehr sein, schließlich ist es mein Hals.«

Er kniete neben der Guillotine nieder und kurbelte das Fallbeil wieder hoch. Dabei fragte er sich, wie Panols und Banols Vorstellung gelaufen war. Nie zuvor hatte das Publikum so lautstark auf ihre Darbietung reagiert. Panol und sein Parasitenzwilling riefen bei den meisten Zuschauern entweder eine seltsame Faszination oder Ekel hervor. Dieses Publikum hatte sich jedoch wütend angehört. Erst wütend, dann still. Morcastle fand das merkwürdig. Er kurbelte schneller und arretierte das Fallbeil.

Dann ging er zu dem bemalten Bühnenhintergrund, zog die Plane in der Ecke zurück und betrat vorsichtig die lehmige Gasse, die seine und Panols Bude voneinander trennte. Er schlug die Zeltplane beiseite.

Der Zuschauerraum war menschenleer, genau wie die Bühne. In der Mitte der grob zugehauenen Planken lag Panols Hocker direkt neben einem umgestürzten Kulissentisch. Morcastle trat vor und musterte den umgestürzten Hocker mit zusammengekniffenen Augen.

Zwischen Hocker und Tisch war ein Blutfleck. Der Magier trat zurück; die Bilder von Maries blutgetränktem Wohnwagen blitzten vor seinem inneren Auge auf. Die Plane hinter der Bühne raschelte. Er sah unwillkürlich zu ihr hin. Direkt hinter dem umgeworfenen Hocker war ein schmaler, vertikaler Schlitz in die Zeltwand geschnitten worden. Die Öffnung war groß genug für einen Mann. Kein Wunder, daß die Plane so laut schlug, dachte Morcastle. Er schob die beiden Hälften auseinander.

Auf dem Boden davor war ein Stiefelabdruck zu sehen, den Morcastle schon kannte.

Das Messezelt der Artisten war vielleicht der lauteste, dunkelste und am meisten besuchte Ort des Rummelplatzes. Das verblichene Zeltdach war fleckig und hing von den Jahrzehnten des Gebrauchs durch. Hier versammelten sich die Artisten an den Tischen, die Gesichter halb abgeschminkt, vor Schmutz starrend oder von Erschöpfung gezeichnet. Ihr Gelächter war rauh wie das Gelächter von Soldaten, die in die Schlacht zogen.

Hermos saß an diesem Abend allein am Tisch und stocherte gedankenverloren mit einer dreizinkigen Gabel auf dem Zinnteller herum. Die gekochten Karotten dampften nicht länger, sie lagen kalt und rot neben der dünnen Scheibe Hammelfleisch. Hermos war das egal. Seine tiefliegenden Augen blickten quer durch das bevölkerte Messezelt zu einem entfernteren Tisch. Dort saß die blinde Jongleurin unter dem herabhängenden Zeltdach. Ihr rabenschwarzes Haar und die rote Satinbluse boten einen starken Kontrast zum Weiß ihrer Augen und zu dem sanften Lächeln ihrer Lippen.

Sie war nicht allein, so wie Hermos. Einige junge, ansehnliche Männer umringten sie: Harlekins, Trapezkünstler, Stallburschen... sie alle drängten sich eifrig um die wunderschöne Blinde.

»Bis jetzt sind es vier«, meinte Anton der Harlekin, der die Schar der Bewunderer anführte. Er hob den Hut vom Tisch, und die darin befindlichen Münzen klimperten. »Die Chancen steigen, Jungs.« Er schüttete die Münzen in den Geldbeutel, der an seinem Gürtel hing. »Ich wette drei zu eins, daß sie jeden von euch Freaks an seinen Händen erkennen kann.«

Marie lächelte flüchtig über sein Lob. »Jeden, den ich kenne«, schränkte sie ein.

»Bist du sicher, daß sie blind ist?« jammerte ein dicklicher Stallbursche, der bereits vier Ducres verloren hatte.

Ein kleiner, drahtiger Harlekin namens Tor fuchtelte wild mit der Hand vor Maries Gesicht herum. Sie reagierte nicht. Der Harlekin wedelte weiter mit der Hand herum, starrte die anderen ungläubig an und kratzte sich an seinem schwarzen Haarschopf. Ein schmieriges Grinsen formte sich auf seinem Gesicht, und er schielte absichtlich. Seine Gefährten lachten.

Maries Hand schoß einem weißen Blitz gleich vom Tisch in die Höhe und packte seine Finger. »Anscheinend haben wir da einen neuen Freiwilligen, was sagst du, Anton?« fragte Marie, während sie den Griff verstärkte.

Tor errötete und versuchte vergeblich, die Hand zu befreien.

»Sag mir, wer das ist«, sagte Anton trocken.

»Das dürfte nicht schwerfallen«, erwiderte Marie. »Es ist

die Hand eines Mannes, doch sie ist weich, als würde er den ganzen Tag Handschuhe tragen. Offensichtlich ist der Bursche, dem diese Hand gehört, ein fauler Kerl, der noch keiner ehrlichen Arbeit nachgegangen ist. Er muß ein Harlekin sein!«

»Sie hat dich erkannt!« brüllte ein Mann mit einer Echsenzunge.

»Wie gut, daß ich nicht auf ihn gewettet habe«, sagte ein Trapezkünstler im blauen Trikot.

»Und von den Sehnen deiner Hand und der Kürze der Finger zu urteilen«, fuhr Marie fort, »würde ich sagen, du bist klein und drahtig. Ich habe zuerst an Herciol den Harlekin gedacht, aber der ist vor drei Wochen weitergezogen. Mal sehen. Das borstige Haar auf deinem Handrücken bedeutet vielleicht, daß du der Sohn eines Affen bist.« Sie hob den Kopf und blinzelte dem Harlekin mit einem blinden Auge zu. »Also mußt du Tor Vasalbaab sein.«

Tor seufzte ärgerlich. »Stimmt, Marie.« Seine Kameraden bejubelten die erfolgreiche Raterin, klopften Tor auf den Rücken und versetzten ihm Ellbogenstöße.

»Du brauchst eine Maniküre, Tor.«

Der Harlekin fiel in das Gelächter der anderen ein, während er erneut versuchte, die Hand wegzuziehen. Marie ließ nicht los. »Hast dich an mich gewöhnt, was, Marie?« fragte er. »Ich hätte gern meine Hand zurück.«

Marie schürzte die Lippen, und ein durchtriebenes Grübchen zeigte sich in ihrer Wange. »Du mußt bezahlen, Tor.«

Die Zuschauer stießen Pfiffe und Rufe aus. »Tu besser, was sie sagt«, rief Anton. »Vergiß nicht, sie ist auch Messerwerferin.« Marie lächelte kalt.

Tor murmelte in gespieltem Zorn etwas, stellte den Schuh auf den Tisch und zog mit der freien Hand eine Münze aus ihm hervor. Er hielt den Ducre hoch, damit alle ihn sehen konnten. »Vielleicht will ich ja gar nicht zahlen. Dann kann ich die Hand der schönen Dame für alle Ewigkeiten halten.«

Maries Miene verhärtete sich. Einer von Tors Knöcheln knackte.

»Schon gut, schon gut«, protestierte er und warf die Münze in den Hut. Marie ließ ihn los; auf seiner Hand zeichneten sich deutlich die Abdrücke ihrer Finger ab.

»Wer ist der nächste? Wer ist der nächste?« rief Anton.

Eine in einen schwarzen Umhang gehüllte Gestalt schob sich durch die Menge und nahm einem gewaltigen Raben gleich gegenüber von Marie Platz. Sie wurde von einer dunklen, Schweigen gebietenden Aura umgeben; die Umstehenden verstummten. Aus dem mitternachtsschwarzen Gewand zuckte eine knochige Hand hervor und warf einen Gold-Reavoire in den Hut.

Maries Stimme klang plötzlich ernst. »Ich brauche Eure Hände nicht betasten, um Euch zu erkennen, Puppenspieler.«

»Das habe ich auch nicht erwartet«, kam die leise Erwiderung; sie erinnerte an das Schnurren einer Katze. Der Puppenspieler bedeutete den Umstehenden mit einer Geste, daß sie gehen sollten. »Ich möchte allein mit Marie sprechen.«

Anton nahm den Hut, steckte das Geld ein und verschwand in der Menge. Innerhalb dreier Herzschläge waren alle weg, und Marie und der Puppenspieler saßen allein am Tisch.

»Gut«, sagte der Puppenspieler. »Wir können offen sprechen.« Seine langen, krallenähnlichen Hände brachten eine Puppe zum Vorschein; eine Frau mit kohlrabenschwarzem Haar, die mit einer roten Bluse und einem schwarzen Wollrock bekleidet war. Die Augen der Puppe waren weiß angemalt. Der Puppenspieler holte noch einen kleinen Holzblock aus der Tasche und legte ihn auf den Tisch. Dann positionierte er die Puppe so, daß sie haargenau wie Marie dasaß.

»Wie ich von der Gendarmerie gehört habe, hat es gestern abend in deinem Wohnwagen Schwierigkeiten gegeben«, sagte er leise.

Marie strich mit dem Finger am Rand ihres Tellers entlang. »Nur ein Toter«, erwiderte sie steif. »Etwas Alltägliches, soweit es den Gendarm betraf.«

»Sarkasmus«, erwiderte der Puppenspieler heiser, während er die Hand der Figur führte, um Maries Bewegungen nachzuahmen. »Das war es, was mir gleich an dir gefallen hat, meine Liebe. Du bist klüger, viel klüger als der Rest meiner Artisten. Darum hättest du es auch besser wissen müssen, als die Gendarmen zu rufen. Du hättest wissen sollen, daß ich mich selbst um die Meinen kümmere – daß ich es bin, der die Angelegenheiten der Artisten vor dem Rat von L'Morai vertritt. Du hättest wissen müssen, daß den Gendarmen die Freaks egal sind.«

»Ja«, sagte Marie und fuhr sich mit den Fingern durchs Haar. »Bei der nächsten Ratsversammlung könnt Ihr erwähnen, daß der Gendarm die Beweise für den Mord einfach beseitigt hat.«

»Genau«, sagte der Puppenspieler und führte die Hand der Puppe durch ihr Haar. »Also hat der Mann den Mord abgestritten, oder? Hat ihn zu einem Unfall erklärt?« Der Puppenspieler nickte und sah auf die Figur in seinen Händen hinab. »Die Gendarmen kümmern sich nur um die Bürger von L'Morai, um die Normalen, nicht um die Freaks.«

»Beim nächsten Mal weiß ich es besser.«

»Allerdings, das wirst du. Wir müssen den Mord selber aufklären. Borgo ist ermordet worden, das weißt du genausogut wie ich... und vermutlich von einem Normalen. Die Gendarmen oder gar das Gericht werden uns keine Gerechtigkeit verschaffen«, sagte er und faltete der Puppe die Arme unter der Brust. »In L'Morai haben sie ein großes Buch voller Gesetze; man kann schon eingesperrt werden, wenn man einen anderen Bürger mit einem Stirnrunzeln bedenkt. Aber Freaks sind keine Bürger, also ist der Mord an einem Freak für sie auch kein Verbrechen.«

Marie seufzte und verschränkte die Arme vor der Brust. »Soll das heißen, daß Ihr vorschlagt, wir sollten einen Bürger töten, um das Gleichgewicht wiederherzustellen?«

»Nein«, erwiderte er mit einem humorlosen Lachen. Zum ersten Mal nahm er die Hände von der Puppe. »Ich werde mich um die Angelegenheit kümmern. Es wird keine weiteren Morde an Artisten geben.«

Marie beugte sich vor und streckte die Hände aus. »Ich möchte Eure Hände berühren, Puppenspieler.«

Der hünenhafte Mann stieß schnell die Puppe aus dem Weg ihrer tastenden Fingerspitzen und legte seine klauenähnlichen Hände in die ihren. Ihre kleinen, zarten Finger schlossen sich um seine, und sie strich mit den Daumen über seine harte, schuppige Haut. »Gut«, sagte sie mit einem nervösen Lächeln. »Ihr habt alle Eure Finger.«

Der Puppenspieler zog die Hände zurück. »Dein Mörder etwa nicht?«

»Morcastle hat gesagt, daß ihm der Zeigefinger der linken Hand fehlt«, sagte Marie. »Ich bin froh, daß das bei Euch nicht der Fall ist.«

»Welche anderen Spuren hat der Gendarm vernichtet?«

»Einen Stiefelabdruck mit Mehl am Innenrand«, erwiderte Marie. »Oh, und ich habe ihm eins mit dem Messer auf dem Rücken verpaßt; der Schnitt führt von der rechten Schulter zur linken Hüfte.« Als sie den Verlauf der Wunde auf die Tischplatte malte, stieß sie gegen die Puppe. Sie nahm sie, bevor der Puppenspieler sie fortnehmen konnte. Ihr Gesichtsausdruck wurde wütend. Der Puppenspieler stieß ein heiseres Lachen aus, und Marie warf ihm die Puppe entgegen. »Spart Euch Eure Magie für die Leichtgläubigen, Monsieur Sienne.«

Der Puppenspieler ergriff ihre Hände. Sein Arm zitterte vor Wut. »Ich bin der Herrscher dieses Rummelplatzes, meine Liebe. Fall mir nicht in den Rücken.«

Ein Paar Hände – schmal und knochig – legte sich schwer auf Maries Schultern. Sie fühlte, wie sich der Griff des Puppenspielers löste, und zog die Hände zurück. »Wer...?«

»Ich benötige deine Hilfe, Marie«, unterbrach Hermos sie. Der Riesenmensch legte die Hände unter Maries Achseln und zog sie von ihrem Stuhl.

Marie stand auf und stieß dabei gegen den hageren Mann. »Monsieur, ich muß gehen«, teilte sie dem Puppenspieler überflüssigerweise mit.

»Vergiß nicht, was ich dir gesagt habe«, knurrte er.

Hermos nickte dem Mann im schwarzen Umhang zu, zog Marie an sich und ging. Sie mußte zwei Schritte machen, wenn er einen tat, und sich an seiner Hand festklammern, um nicht ins Stolpern zu geraten. Sie hatten fast den Ausgang erreicht, als sich Hermos zu ihr hinunterbeugte. »Morcastle will dich sehen«, flüsterte er.

»Warum?« fragte Marie atemlos. »Was ist geschehen?«

»Noch ein Mord!«

»Wie du siehst, führen die Spuren zu dieser Stelle«, sagte Morcastle und öffnete die Blende der Laterne ein Stück, so daß ein winziges Dreieck von Licht auf den lehmigen Boden fiel. Hermos musterte den letzten Stiefelabdruck der Spur, die von Panols und Banols Bühne fortführte. Die Fährte hatte sie zur Umzäunung des Rummelplatzes geführt. Dann war sie durch die ihn umgebende Hecke und über einen Baumstamm, der den schlammigen Graben überbrückte, weitergegangen, bis sie sich schließlich in der dichten Vegetation der Heide verlor.

Marie sog prüfend die Luft ein und richtete ihr Ohr nach dem Wind aus. »Er ist da entlang?« fragte sie und nickte in Richtung der riesigen, schwarzen Heide, die sich vor ihnen erstreckte. »L'Morai liegt in der anderen Richtung. Da draußen ist doch nichts.«

»Nichts, außer vielleicht einem Mörder«, erwiderte Morcastle düster. In der hereinbrechenden Dunkelheit blickte er über die grauschwarze Heide, die sich bis zu den in der Ferne liegenden Berggipfeln erstreckte. Über ihm bildeten die leuchtenden Sterne hell strahlende Punkte am tintenschwarzen Nachthimmel.

»Glaubst du, wir können ihn finden?« fragte Marie stirnrunzelnd.

Morcastle seufzte und stellte die Laterne auf dem Boden ab. »Ich konnte nicht einmal Panol und Banol finden. Vielleicht habe ich auch die Spuren auf der Bühne falsch gedeutet: der umgestürzte Hocker, der Blutfleck, die zerschnittene Zeltplane. Aber sie waren weder in ihrer Hütte noch in der Arena oder dem Messezelt.«

Marie verschränkte die Arme und schüttelte den Kopf. »Vielleicht sind sie ja doch irgendwo auf dem Rummelplatz. Wir können es nicht mit Bestimmtheit sagen.«

»Vielleicht hat der Mörder sie in ihrer Gewalt – auf der Heide«, meinte Hermos. »Möge sich Prin-zah ihrer erbarmen«, fügte er murmelnd hinzu.

Marie wandte ihm das Gesicht mit den blinden Augen zu, ein trauriges Lächeln spielte um ihre im Schatten liegenden Lippen. »Du hast recht, Hermos. Wir können sie nicht einfach im Stich lassen.«

Hermos' Finger schlossen sich um die Laterne, und er hob sie hoch. »Wir brauchen Licht...«

»Warte«, rief Morcastle aus und griff nach der Laterne. Sie befand sich bereits außerhalb seiner Reichweite. »Wenn du damit leuchtest, wird der Puppenspieler wissen, daß wir über die Heide gehen. Was ist mit dem Verbot? Ich habe gehört, daß er Artisten, die sich nicht an das Verbot halten, einsperrt.«

In dem Bemühen, die Laterne zu erreichen, sprang Morcastle in die Höhe, aber Hermos stieß den Magier mit einer Leichtigkeit zur Seite, als wäre er ein Kind. Er hob die heiße Lampe hoch in die Luft und öffnete die Blende. Gelbes Licht fiel auf die Heide und beleuchtete das im Wind wehende Gras und die dichten Sträucher. Morcastle und Marie warfen riesige Schatten. Der schmale Umriß der Jongleurin hatte eine Länge von fast dreißig Metern, während Morcastles Schatten an eine hünenhafte Leiche erinnerte, die auf der unebenen Heide lag.

»Da ist es«, murmelte der Riesenmensch und zeigte auf eine Spur niedergetrampelten Grases, die ins Dunkle führte.

»Mach nicht so viel Licht, um der Götter willen!« fauchte Morcastle. »Wir brauchen nur einen kleinen Lichtstrahl, um der Spur zu folgen.« Hermos gehorchte, senkte die Laterne und schob die Blende wieder vor. Morcastle riß sie dem Riesenmenschen aus der Hand und ging entschlossen voran.

Hermos ließ die Laterne gefügig los und hielt Marie eine seiner breiten Hände hin. »Laß mich dich zurückbringen.«

»Ich habe die hier zu unserem Schutz mitgebracht«, sagte

Marie und klopfte auf die Messer in ihrem Gürtel. »Zu unser *aller* Schutz.«

»Ich werde dich zurückbringen«, sagte er und griff nach ihr.

»Nein.« Sie schlug seine Hand beiseite. »Ich habe das Recht mitzukommen.« Sie ging in die Richtung los, aus der sie Morcastles Schritte gehört hatte, aber ihr Fuß verfing sich unter der Wurzel eines Stechginsterstrauches. Sie knickte mit dem Knöchel ein und stürzte nach vorn. Der Riesenmensch fing sie auf, bevor sie auf dem Boden landete, und hob sie einfach hoch. Sie wand sich unbehaglich in seinem Griff, und ihr Gesicht rötete sich vor Verlegenheit und Wut.

»Ich würde dich gerne tragen«, sagte er leise.

»Kommt schon, ihr beiden«, fauchte Morcastle.

Hermos blickte auf die Blinde hinunter. »Darf ich?«

Ihre Wut wich und ließ lediglich das Glühen der Verlegenheit zurück. »Ja, natürlich.«

Der Pfad war schmal, doch ausgetreten, als wären hier schon mehr Männer als nur einer entlanggegangen. Als die drei Artisten weitergingen, flüsterte Morcastle: »Vielleicht hat der Mörder Panol und Banol gezogen. Vielleicht ist das Gras darum platt getreten.«

Der Riesenmensch schüttelte den Kopf. »Keine Stiefelabdrücke. Kein Blut.«

Morcastle blickte zurück zum Rummelplatz, um sich zu vergewissern, daß sie von niemandem beobachtet wurden, dann öffnete er verstohlen die Laternenblende ein Stück. Der Riesenmensch hatte recht. Es gab keine Anzeichen, daß man die Zwillinge über das Gras gezogen hatte. Morcastle warf seinen Gefährten einen fragenden Blick zu. »Haltet ihr es für möglich, daß der Mörder über diesen Weg wieder zurückkommt?«

Hermos zuckte mit den Schultern und sagte nichts. Auch Marie, die immer noch von dem Riesenmenschen gehalten wurde, gab keine Antwort.

Sie folgten dem Pfad bis zu einem steilen Abhang. Unten befand sich ein grasbewachsenes Tal, das in feuchten, nachgiebigen Boden überging: ein Moor, das sich durch die Niederungen der Heide wand.

»Sieht gefährlich aus«, bemerkte Morcastle, als er am Abhang stehenblieb. Hermos ging ohne Erwiderung an dem Magier vorbei. Morcastle hob konsterniert die Hände in die Luft, schloß sich den beiden aber trotzdem an.

Am Fuß des Hügels verlor sich der Pfad, doch anscheinend führte er in das feuchte Moor weiter. Die Luft war vom Gezirpe der Grillen erfüllt. Hermos blieb stehen, und Morcastle schloß sich ihm mit einem ernsten Nicken an.

»Sieht so aus, als würde der Weg hier enden.«

Hermos blickte finster auf den Magier hinunter, setzte Marie in seine Armbeuge und schnappte sich mit der anderen Hand die Laterne. Er öffnete die Blende und leuchtete auf der Suche nach einem Pfad weit ins Moor hinein. Nach ein paar Augenblicken entdeckte er ein paar umgeknickte Schilfhalme. Etwa einen Steinwurf entfernt begann der Pfad erneut, führte in weitem Bogen ums Moor herum und verschwand zwischen verkrüppelten Bäumen, die ein kleines Wäldchen bildeten. »Hier entlang«, sagte er. Er ging am Rand des feuchten, trügerischen Untergrunds entlang, und Morcastle mußte sich bemühen, mit ihm Schritt zu halten.

Auf der anderen Seite des Moores betraten sie den Wald. Birken ragten weiß empor und wanden sich wie Rauchsäulen, und das Licht der Laterne blitzte geisterhaft an ihnen auf. Statt der Frösche und Grillen hörte man jetzt ein unheimlicheres Rascheln im Unterholz.

»Wir wissen doch gar nicht, ob das hier noch der Pfad des Mörders ist. Er könnte auch von einem Hirsch oder einem Wolf sein.«

»Er ist es«, sagte Hermos. »Prin-zah hilft uns.« Er blieb stehen, setzte Marie ab und hängte die Laterne an einen Baum. Morcastle, der sich noch immer hinter ihm befand, wäre beinahe gegen seine Beine gelaufen, dann entdeckte er den Erdhügel.

Das Unterholz war entfernt worden und lag – noch grün – auf der anderen Seite des Hügels zu einem Haufen aufgeschichtet. Überall auf dem Boden waren Stiefelabdrücke zu sehen. Es sah aus, als wären hundert Mann über die Erde getrampelt, und an ein paar Stellen waren deutlich die Abdrücke von Schaufeln zu erkennen.

»Was ist?« flüsterte Marie und streckte die Hände aus, um einen ihrer Gefährten zu berühren.

»Ein Grab«, erwiderte Morcastle, während er auf den Erdhügel zuging. »Zumindest halte ich es dafür.«

Der Magier warf Hermos einen besorgten Blick zu und richtete die Aufmerksamkeit dann wieder auf den Grabhügel. Er strich mit den Fingern über die lose Erde. »Ich wünschte, ich hätte eine Schaufel.«

»Ich habe meine Dolche dabei«, sagte Marie, als sich Hermos neben dem Magier niederkniete. »Man kann mit ihnen graben, auch wenn es mühsam ist.«

»Nein«, fauchte Morcastle und stieß die Finger in den Boden. Er warf eine Handvoll der krumigen Erde beiseite. »Entschuldige, meine Liebe. Es ist nur, ein Grab mit einem Dolch zu öffnen, scheint so ein... Sakrileg zu sein.«

Marie erwiderte nichts. Sie fiel neben Hermos auf die Knie, der bereits zu buddeln begonnen hatte. Die Artisten schwiegen, während sie immer mehr Erde fortschaufelten und die schwarze Erde sich unter ihren Fingernägeln festsetzte. Morcastle rechnete jeden Augenblick damit, feuchtes, nachgiebiges Fleisch zu berühren. Doch er grub weiter und fand nichts als feuchte Erde.

»Man sollte denken, es wäre ein flaches Grab«, sagte er und stemmte einen großen Stein aus dem Boden.

»Wenn die Wölfe die Leiche wittern und sie ausgraben ...« Marie verstummte. Einen Augenblick lang war nur der unablässige Aufprall aus dem Loch geschaufelter Erde zu hören. »Falls Wölfe die Leiche ausgraben, könnte man dem Verrückten auf die Schliche kommen ... Seid ihr sicher, daß wir in diesem Wald allein sind?« fuhr sie dann fort.

Morcastle riß die Augen auf, hob den Kopf und sah sich auf der neu geschaffenen Lichtung um. Das Licht der Laterne erhellte den Wald in alle Richtungen ein kurzes Stück. Er konnte nichts als die weiße Borke der Bäume und das dichte Unterholz entdecken. Der Mörder hätte sich mühelos zehn Meter von ihnen entfernt verstecken können, ohne daß sie ihn entdeckt hätten. »Kann man nicht mit Sicherheit sagen«, erwiderte er, biß die Zähne zusammen und grub weiter. »Aber halte die Dolche bereit.«

Hermos' große, knochige Hände gruben sich wie Schaufeln in den Boden. Als das Loch tiefer wurde, ließ Morcastle den Riesenmenschen allein weitergraben. Feuchte Erdklumpen und Sand flogen förmlich von seinen Fingerspitzen, und Rinnsale aus Schweiß flossen seine Schläfen hinunter. Sie hatten nun einen halben Meter tief gegraben – und noch immer nichts.

Plötzlich verharrte Hermos. Er stöhnte entsetzt wie ein Kind auf. Dann holte er noch eine Handvoll loser Erde aus dem Grab, und Morcastle beugte sich vor und sah in das Loch.

Ein rundes, kindgleiches Gesicht starrte in die Höhe; Schmerz hatte sich in seine Züge eingegraben. Erde lag auf unnatürliche Weise in den Winkeln der geschlossenen Augen und füllte den offenstehenden Mund. Zwischen den Zähnen hatte sich Dreck abgesetzt und klebte am Zahnfleisch. Hermos schüttelte in ungläubigem Entsetzen den Kopf, wischte noch mehr Erde beiseite und enthüllte die blutleeren Wangen, Lippen und Bartspitzen eines jungen Mannes.

»Panol«, stöhnte der Riesenmensch und zog angeekelt die Hände zurück. Er sah kurz zu Morcastle herüber, der mit zitternden Händen auf den Fersen hockte.

»Ich kann es einfach nicht glauben«, sagte Marie und tastete nach dem Grab.

Die riesige, dreckverkrustete Hand des Riesenmenschen schloß sich um ihr Handgelenk. »Nein. Laß sie ihn berühren«, sagte Morcastle. »Ihre Hände sind ihre Augen.« Hermos nickte langsam und ließ sie los.

Wortlos kroch Marie nach vorn und ertastete sich den Weg zu dem Loch. Sie griff hinein, und ihre Finger kamen auf Panols verzerrter Stirn zum Ruhen, fuhren dann über seine Nase, die Wangen und den Mund. Einen kurzen Augenblick später zog Marie die Hand zurück.

»Ich hatte mir fast schon eingeredet, daß wir uns etwas vormachen«, flüsterte Marie, »bis jetzt.«

Der Riesenmensch beugte sich vor und grub links neben Panols Kopf weiter, auf der Suche nach Banols Gesicht. Er warf eine Handvoll Erde beiseite, dann eine zweite und schließlich eine dritte. Auf seinem Antlitz zeigte sich Überraschung, dann Verwirrung, und er grub noch tiefer.

»Er ist nicht da.«

»Was?« fragte Morcastle.

»Banol ist nicht da.«

»Was ist...« Maries Stimme klang hohl. »Was ist, wenn der Mörder sie voneinander getrennt hat?«

Morcastle erbleichte und betrachtete den Boden um sie herum. »Wie meinst du das?« Sein Blick blieb an einem anderen kleineren Erdhügel neben einer hellen Buche hängen. Er tippte Hermos auf die Schulter und zeigte auf den kleineren Erdhügel. »Du hast recht«, sagte er dann zu Marie. »Da ist noch ein Grab, direkt neben dem Baum da.« Er hielt einen Augenblick lang inne. »Müssen wir ihn ausgraben?«

»Ja«, sagte Marie ohne jedes Zögern. »Ja, grabt ihn aus. Sie sollten zusammen ruhen.«

Morcastle erhob sich und ging schwerfällig zu dem anderen Hügel. Er ließ sich auf die Knie fallen und fing an zu graben.

Marie fuhr sich mit dem Handrücken über die Stirn. »Was haben wir also?« murmelte sie mit unsicherer, weinerlicher Stimme. »Einen neunfingerigen Mann, einen Stiefelabdruck mit Mehl an der Innenseite, eine halbmondförmige Verletzung... Morcastle, hast du auf der Bühne noch andere Spuren gefunden?«

Der Magier schaufelte grunzend Erde aus dem Grab. »Nun, eigentlich nicht. Wer auch immer der Mörder ist, er kennt sich gut auf dem Rummelplatz aus. Er hat sich Panols Bude durch die Artistengasse genähert, hinter der Bühnenwand. Dann – vermutlich als das Publikum gegangen war – hat er einen Schlitz in die Zeltplane geschnitten und die beiden hindurchgezogen.« Morcastle holte keuchend die letzte Erde aus dem Grab. Er wischte die schmutzigen Hände an den Hosenbeinen ab und setzte sich auf, um die Leiche zu betrachten. Es war Banol, die Miniaturausgabe seines Bruders. Er sah wie eine Puppe aus, sein langer Leib hatte die Dicke eines Männerarms und endete in einem zerfetzten Stumpf. Er hatte keine Hüften, keine Beine, keine Füße. Wo er einst mit seinem Zwilling verbunden gewesen war, befanden sich jetzt nur noch mit Erdklumpen durchsetzte Knorpel.

Morcastle wandte sich angewidert ab. »Es ist Banol. Sagt Bescheid, wenn das Grab soweit ist.«

Der Riesenmensch antwortete mit einem Grunzen und schaufelte die Erde von Panols Leiche. »Sofort.« Panols Körper war unversehrt, sah man einmal von dem lehmigen Loch in seinem Leib ab, wo man seinen Zwilling weggeschnitten hatte.

Als Morcastle Hermos' Nicken sah, griff er mit zitternden Fingern nach dem abgetrennten Parasitenzwilling. Er nahm die schmale Leiche in die Hände, zog sie mit einem Schaudern aus der Erde und trug sie zu dem anderen Grab hinüber. Der Riesenmensch nahm sie ihm ab und legte sie neben ihren Bruder. Dann versenkte er die Hände in das lose Erdreich und fing an, das Grab wieder zu füllen.

»Warte«, sagte Marie und griff nach Hermos' Arm. »Seht euch die Rückseiten ihrer Köpfe an.«

Der Riesenmensch warf Marie einen gequälten Blick zu und biß sich dann auf die Lippe. Er hob Banols Leichnam langsam in die Höhe und drehte ihn um. Hinten im oberen Nackenbereich war ein kreisrundes Stück Haut herausgeschnitten worden. Hermos legte Banol ab, entfernte die Erde um Panols Hals und drehte seinen Kopf. Wieder erblickte er den blutigen Kreis, wo man die Haut entfernt hatte. »Sie haben beide dieses Mal.«

»Begrab sie«, stieß Morcastle hervor und nickte Hermos nervös zu. »Begrab sie jetzt.«

Der Riesenmensch machte sich ans Werk und murmelte dabei Gebete an seinen seltsamen, hölzernen Pantheon.

Morcastle sah ihm zu, setzte sich mit wackligen Beinen und klopfte sich Schmutz von den Knien. Er sah eine Träne aus Maries Auge rinnen und die Wange hinunterlaufen. Er streckte den Arm aus und zog die Blinde an sich. Während sie ihr Gesicht an seiner Brust vergrub, sah Morcastle mit leerem Blick in die Ferne.

»Gestern abend war es nur ein Mord. Nun sind es drei«, sagte er und betrachtete die Gräber. »Was sollen wir tun?«

»Den Mörder finden«, sagte Marie und ballte die Fäuste. »Ihn finden und verurteilen. Wir werden die Gendarmen herführen. Das hier können sie *nicht* ignorieren.«

Eine Zeitlang schwiegen sie, so als hätte Marie für alle gesprochen. Schließlich zog Morcastle ein Taschentuch aus dem Ärmel und reichte es der blinden Jongleurin. »Nun, während Hermos die beiden begräbt, werde ich mich umsehen. Vielleicht finde ich heraus, in welche Richtung unser Mörder aufgebrochen ist.«

Morcastle stand auf und ging von der Lichtung fort. Er bahnte sich mühsam einen Weg durch das dichte Unterholz, bis er eine Birke erreichte, die etwa dreißig Schritte von der Lichtung entfernt stand. Dort blieb er stehen und lehnte sich mit dem Gesicht voran an den Baum. Seine Finger strichen über die gewachsten Spitzen seines Schnurrbarts, während er den Kopf schüttelte. »Ich bin doch kein Gendarm«, murmelte er und wischte sich die Stirn ab. »Leichen und Knochen und Blut...« Er drückte sich von dem Baum ab, drehte sich auf dem Absatz um und lehnte sich nun mit dem Rücken an den gekrümmten Stamm. Er sah zu den Gräbern hinüber. Die Laterne warf breite Lichtstreifen zwischen die Bäume.

Morcastle runzelte alarmiert die Stirn. Im Licht der Laterne konnte er mindestens sieben weitere Erdhügel erkennen, deren Silhouetten sich vor den Birken abzeichneten. Das Unterholz hatte sie vor ihren Blicken versteckt, doch sie waren zweifellos da. Schweiß lief Morcastle die Schläfen hinunter, und er versuchte auszumachen, wieviel Hügel insgesamt jenseits des Laternenlichts lagen. Als sich seine Augen an die Dunkelheit gewöhnt hatten, wich das Blut aus seinem Gesicht.

Überall waren Hügel.

»Verdammt!« brüllte er und hielt sich an dem Baum fest. »Verdammt!«

»Was ist?« rief Marie.

»Es gibt noch mehr von ihnen«, stöhnte Morcastle und eilte auf sie zu. »Der ganze Wald ist voller Gräber.«

Hermos kam auf die Füße und schaute in den Wald. Er schüttelte sich die Erde von den Fingern und ging Morcastle mit deutlich sichtbarer Verwirrung entgegen.

»Sieh doch! Da und da und da auch!« stammelte Morcastle und zeigte auf den unebenen Boden.

Hermos' Gesicht verdüsterte sich. Er wirbelte herum, riß Marie ihre Dolche aus dem Gürtel und stapfte in den Wald. Bei dem ersten Erdhügel trat er das Unterholz beiseite, ließ sich auf die Knie fallen und nahm einen der Dolche. Die Klinge grub sich mühelos in den festgetretenen Boden und lockerte einen Erdklumpen. Hermos nahm sich einen zweiten Dolch und fing an zu graben. Nach ein paar Stößen traf die Spitze auf etwas Hartes. Hermos warf die Klinge beiseite und versenkte die Finger in der Erde. Verwesungsgestank stieg aus dem Loch, das die Dolchklinge verursacht hatte. Der Riesenmensch riß einen großen Klumpen Erde aus dem Boden.

Eine weitere Leiche. »Großer Prin-zah!«

Morcastle stand hinter dem Riesenmenschen und starrte mit weit aufgerissenen Augen auf das Loch. Er wich mit zugeschnürter Kehle zurück. »Wir brauchen mehr Licht«, würgte er hervor. Er wirbelte herum und lief lautstark durch das Unterholz auf Panols und Banols Grab zu. Dort mußte er sich auf die Zehenspitzen stellen, um an die Laterne zu gelangen, dann nahm er Marie am Arm. Zusammen gingen sie zu dem gerade geöffneten Grab. Als sie dort anlangten, hatte Hermos den Kopf der Leiche bereits freigelegt.

»Wieder eine Narbe«, murmelte er und zeigte auf den wurmzerfressenen Schädel. Auf der linken Gesichtshälfte lag ein braun verfärbter, gebrochener Wangenknochen frei; rechts war die Haut zu einem starren Grinsen zurückgezogen. Hermos drehte den Kopf auf die Seite und hob einen Lappen verklebten Haares, der an dem Schädel haftete. Dort konnte man ganz deutlich noch die Stelle erkennen, an der das runde Hautstück weggeschnitten worden war.

»Wie lange ist das her?« fragte Morcastle.

»Wie viele Gräber gibt es hier?« fragte Marie; ihre blinden Augen musterten scheinbar den Wald um sie herum.

Morcastle schüttelte den Kopf. »Hunderte.«

»Dann muß er schon seit Jahren auf diese Weise töten«, sagte Marie, und ihre Stimme war so kalt und hart wie Stahl. »Auf dem Rummelplatz herrscht ein ständiges Kommen und Gehen der Artisten. Sie tauchen auf und verschwinden dann wieder. Ich habe immer geglaubt, sie würden weiterreisen. Aber nun fange ich langsam an zu glauben, daß viele von ihnen ermordet wurden.«

Hermos stand auf; auf seinem Gesicht zeichnete sich Panik ab. Kopfschüttelnd trat er Erde über das flache Grab und murmelte weitere Gebete.

»Das hätte dem Puppenspieler doch mit Sicherheit auffallen müssen«, sagte Morcastle.

»Ja«, erwiderte Marie kalt. »Das hätte es.«

3

Nervös säuberte der Mann seine schweren Stiefel von den Sägespänen, die den Boden vor dem Wohnwagen bedeckten. Er hob die Fackel und betrachtete das riesige Gefährt. Einst hatte man es dazu benutzt, Tiere zu transportieren, damals, als der Rummelplatz noch von Stadt zu Stadt gezogen war. Obwohl die ursprüngliche Farbe des Wagens mit Schwarz übermalt worden war, konnte man die alte Aufschrift auf der Seite noch immer lesen. *Exotische Olifanten aus Kandrilla.* Auch die dicken Gitterstäbe waren noch vorhanden, allerdings hatte man dahinter Wände eingezogen – fensterlose, schwarze Wände. Die großen Räder des Wagens, auf denen das Gewicht von zwei oder drei der Riesen geruht hatte, waren schon vor langer Zeit entfernt und anderweitig benutzt worden. Die stabilen Achsen waren in den Gabeln festgerostet.

An die Hinterseite des Olifantenwagens schloß sich eine gleichermaßen ominöse Ansammlung von Schuppen und Verschlägen an. Hier hauste der Herrscher des Rummelplatzes: Es mußte eine dunkle und unergründliche Katakombe sein.

Der Mann schluckte und klopfte an die ebenholzfarbene Tür. Im Inneren des Wagens hörte man Schritte, und dann öffnete sich langsam die Tür. Eine dunkel verhüllte Gestalt, noch dunkler als der hinter ihr befindliche Raum, spähte hinaus. Fackelschein spiegelte sich in den glänzenden Augen des Mannes.

»Ah«, sagte der Puppenspieler, seine Stimme legte sich drückend auf die Nachtluft. »Es freut mich sehr, dich, der du den ganzen Weg aus der Stadt gekommen bist, begrüßen zu dürfen.«

Der Mann nickte. »Ja. Sie haben mir gesagt, daß Ihr mich sehen wollt.«

»In der Tat«, erwiderte der Puppenspieler, öffnete die Tür und winkte den Mann herein.

Die Sonne kletterte gerade über den Horizont, als Morcastle und Hermos den Abhang zum Rummelplatz emporklommen. Der Riesenmensch führte Marie, die den Kopf hängen ließ. Sie suchten sich einen Weg zwischen den hohen Grasbüscheln, die noch vom Tau feucht waren und nach Heu rochen – ein Duft, der dem fauligen Gestank des Moores in jeder Hinsicht vorzuziehen war. Aber keiner von ihnen bemerkte die Veränderung. Ihre Gedanken beschäftigten sich noch immer mit der Entdeckung Panols und Banols und dem Wald der Gräber.

»Ich kann es einfach nicht glauben«, sagte Morcastle erneut und wischte sich mit zitternder Hand den Schweiß von der Stirn.

»Die ganze Sache ist unglaublich«, erwiderte Marie müde, während sie sich an dem Riesenmenschen festhielt.

»Es waren Hunderte ... ich meine, die Gräber«, sagte Morcastle. »Selbst wenn man annimmt, daß er jede Nacht eine Person getötet hat, müßte es ihn ein Jahr gekostet haben, um diesen Wald mit Leichen zu füllen.«

Marie schüttelte den Kopf. »Länger. Einige dieser Gräber waren, dem Bewuchs nach zu urteilen, drei oder vier Jahre alt.«

»Und er ist nie dabei erwischt worden«, bemerkte Morcastle mit einem Schaudern. »Unsere Chancen stehen nicht gerade gut.«

Marie nestelte an einem Knopf ihrer Bluse. »Wir werden ihn aufspüren. Das Böse besteht nicht ewig. Es wendet sich gegen sich selbst.«

Hermos sah sie entgeistert an. »Das ist ein Wort von Prinzah!«

»Dem Gott der Pferde?« murmelte Marie. »Ich dachte, es würde aus einer der Geschichten stammen, die mir mein Vater erzählt hat: Der Hase mit den verknoteten Ohren.«

»Ich muß diese Geschichte lesen«, verkündete Hermos.

Die drei erreichten das Ende des Abhangs; die Grenze des Rummelplatzes war nur noch einen Steinwurf weit entfernt. Vor ihnen lag ebene Heide.

Morcastle gesellte sich an die Seite des Riesenmenschen. »Vom Bösen und Guten mal abgesehen, wie stehen unsere Chancen?«

Marie wollte etwas erwidern, hielt jedoch inne und lauschte angestrengt. Aus der Ferne ertönte ein leises Dröhnen. »Was ist das?« stieß sie hervor.

Morcastle wandte sich dem Geräusch zu, das von der Straße nach L'Morai herkam. »O nein«, stöhnte er. Das Dröhnen schwoll an und verwandelte sich in das Stampfen von galoppierenden Pferdehufen. Morcastle legte die Hand wie einen Schirm an die Stirn, um die Augen vor der blendenden Morgensonne zu schützen, und erkannte eine große schwarze Gestalt, die über das feuchte Gras auf sie zukam. Es handelte sich um einen Reiter, und nach dem gelegentlichen Funkeln der Messingknöpfe auf dem Gewand des Mannes zu urteilen, mußte es ein Gendarm sein. »Die Heidepatrouille. Jemand hat ihnen verraten, daß wir den Rummel verlassen haben«, sagte Morcastle weinerlich. »Wir sind verloren.«

»Vielleicht auch nicht«, meinte Marie. »Sicherlich werden sie das Gesetz nicht anwenden, wenn wir ihnen die Gräber zeigen.«

»Da ist noch einer«, murmelte der Riesenmensch und zeigte auf die Seite des Rummelplatzes, die an die Heide angrenzte. Der Reiter kam in vollem Galopp auf sie zu. Hermos stellte sich schützend vor Marie. »Falls nötig, werden wir kämpfen.«

Morcastle warf dem Riesenmenschen, der sich einen festen Stand suchte und dann auf imposante Weise in die Hocke ging, einen besorgten Blick zu. Dann knallte er seufzend die Absätze aneinander und löste damit den Mechanismus des Dolches in seiner Stiefelspitze aus. Er schob die Klinge unter das widerspenstige Gras und zauberte ein breites, beschwichtigendes Lächeln aufs Gesicht.

Beide Reiter waren nun deutlich zu erkennen, doch der mit dem schwarzen Pferd kam schneller näher. Er trug ein steifes, graues Gewand, Reithosen aus rauher Wolle und einen kurzen, im Wind flatternden Umhang. Mit der linken Hand hielt er die Zügel, die rechte lag auf dem Griff seines Schwertes. Der Gendarm zügelte das Pferd und schwang sich anmutig aus dem Sattel. Die glattrasierte Haut seiner rechten Wange war rot und vernarbt wie von einer Brandwunde. Sein Blick huschte von Morcastle zu Hermos und von dort zu Marie, während er den Magier mit zwei Schritten erreicht hatte. Der andere Gendarm, dessen Gesicht ein sauber ausrasierter Spitzbart schmückte, stieg ebenfalls ab.

Der Magier ließ sich auf ein Knie herabsinken und vollführte mit der Hand eine großartige Geste. »Wie gut, daß die Männer des Rates immer dann zur Stelle sind, wenn man sie braucht!« sagte er und stand wieder auf.

Der Gendarm zog sein Schwert. Er richtete es auf den Hals

des Magiers. »Was habt ihr Freaks außerhalb des Rummelplatzes verloren?«

Morcastle bemühte sich, das Lächeln aufrechtzuerhalten. »Wir haben einen Mord entdeckt, eigentlich sogar eine Vielzahl von Morden, im Wald begrabene Leichen, und wir waren auf dem Weg, euch zu benachrichtigen, als ihr gekommen seid. Folgt uns.«

Die Miene des Gendarmen verdüsterte sich, und er trat Morcastle die Beine weg. Der Magier landete jegliche Anmut vermissend auf der Heide, und sein Satinumhang sog sich voll Tau. Er rollte sich herum, sein Lächeln war verschwunden. Der Gendarm trat einen Schritt vor und baute sich über ihm auf, hinter seinen dünnen Lippen zeigten sich dolchähnliche Zähne. Er hielt Morcastle wieder das Schwert an den Hals. »Also seid ihr auch in den Wäldern gewesen, was? Die Heide und das Moor haben euch wohl nicht gereicht?«

»Diese Freaks sehen ganz schön verängstigt aus, was, Fassioux?« bemerkte der andere Gendarm und fuchtelte vor Hermos und Marie mit dem Schwert herum.

»Seht, mein guter Mann«, sagte Morcastle ernst. »Wir haben gerade einen ganzen Totenacker entdeckt. Ihr beiden teilt das eurem Hauptmann mit, und er wird euch vermutlich zu Leutnants machen.« Morcastle drückte das Schwert beiseite.

Fassioux fauchte, richtete die Klinge auf das Herz des Magiers und drückte so fest zu, daß die Spitze seine Jacke durchdrang. »Ihr Freaks seid außerhalb eures Rummelplatzes – ihr befindet euch auf verbotenem Gebiet, und für einen Freak ist das ein schlimmes Verbrechen. Wir könnten euch auf der Stelle töten, dich und den Riesenmenschen. Für die Frau haben wir natürlich andere Pläne.«

Marie ballte die Faust, wirbelte herum und schlug in Richtung der Stimme. Ihre weiß verfärbten Knöchel trafen Fassioux genau am Kiefer. Der Schlag machte ihn benommen, er ließ das Schwert fallen und stürzte genau neben dem Magier zu Boden.

Morcastle blickte ungläubig von dem ausgestreckt daliegenden Gendarmen zu Marie, die boshaft grinste. Hinter ihr blitzte Stahl auf: das Schwert des anderen Gendarmen. Morcastle schnappte sich Maries Hand und riß die Blinde aus dem Weg der tödlichen Klinge. Das Schwert durchteilte die Luft, und seine Spitze fuhr über Maries Schulter. Sie schrie auf, prallte gegen Morcastle und stieß ihn um. Er landete rücklings auf Fassioux.

Dem Gendarmen wurde die Luft aus den Lungen getrieben, er schrie wütend und griff nach dem Schwert, aber der Magier schlug seine Hände beiseite.

Da explodierte ein plötzlicher Schmerz in Morcastles Seite; eine Faust hämmerte gegen seine Rippen. Er fiel stöhnend zur Seite und landete auf der schmerzenden Stelle. Wieder befreit, eilte der Gendarm auf seine Waffe zu. Morcastle stemmte sich trotz des in seiner Seite wütenden Schmerzes hoch, griff nach Fassiouxs Umhang und zog kräftig. Doch statt zu stürzen, ließ sich der Gendarm auf ein Knie nieder und wirbelte Morcastle über die Schulter. Einen Augenblick lang sah Morcastle nur den sonnigen Himmel und die windige Heide, dann krachte er mit dem Rücken auf den Boden. Ihm wurde schwarz vor Augen.

Dennoch sah er den Stiefel und griff zu. Der Stiefel versuchte, sich von ihm loszureißen, aber er hielt hartnäckig fest, bis ihn der schwere Absatz an der Wange traf. Der Magier stieß einen Schmerzensschrei aus und ließ los.

Fassioux war wieder frei, und seine Finger schlossen sich um den Schwertgriff. Doch trotz seiner Bemühungen gelang es ihm nicht, die Waffe aufzuheben. Marie stand mit beiden Füßen auf der Klinge, die Arme herausfordernd unter der Brust verschränkt. In jeder Hand hielt sie einen Dolch an der Spitze.

»Glaubst du etwa, du wärst mir gewachsen, Frau?« fragte Fassioux zynisch und stand langsam auf. Lächelnd ging er auf Marie zu. »Du kannst doch nicht einmal sehen, wo ich...«

Ihr Handgelenk zuckte, und ein Dolch wirbelte durch die Luft. Die Klinge grub sich tief in den linken Oberschenkel des Mannes. Er stürzte zu Boden, umklammerte die Wunde und schrie.

»Linker Oberschenkel«, sagte Marie kalt. »Und ich habe noch einen Dolch in der Hand und vier weitere im Gürtel. Mal sehen, das reicht für dein anderes Bein, beide Arme, deinen Kopf und dein Herz.«

Fassioux zog sich mit zusammengebissenen Zähnen den Dolch aus dem Oberschenkel. Er wischte das Blut von der Spitze ab und hob ihn, um ihn zu werfen.

»Willst du noch einen?« fragte Marie und wedelte mit dem Dolch zwischen ihren Fingerspitzen.

Fassioux holte aus und stieß in vorgetäuschter Hilflosigkeit aus: »Hilfe! Ich verblute. Helft mir. Helft mir!«

»Nein«, sagte Hermos und versetzte ihm einen kräftigen Hieb auf den Kopf. Fassiouxs Blick verschleierte sich, und er sackte zusammen. Hermos war mit einem Schritt an Maries Seite. »Ich bin es bloß«, sagte er.

»Ich weiß«, seufzte Marie und schob den Dolch zurück in den Gürtel. »Was ist mit dem anderen?«

»Der schläft«, sagte Hermos und deutete auf den spitzbärtigen Gendarmen, der reglos im Gras lag.

Vom Rummelplatz drang Jubel herüber, und als Hermos

aufblickte, sah er eine kleine Gruppe Artisten, die applaudierte. Er lächelte nervös.

Als hätten ihn die Rufe geweckt, erhob sich Morcastle und hielt sich die schmerzenden Rippen. Er brachte eine halbherzige Verbeugung zustande, die noch mehr Beifall auslöste. Dann wandte er sich seinen Gefährten zu. »Wir müssen zurück auf den Rummel, bevor sie erwachen.«

Marie nickte ernst und deutete dann auf den bewußtlosen Fassioux. »Blutet er schlimm?«

Morcastle warf dem Gendarmen einen unwirschen Blick zu. »Nicht schlimm genug. Er wird es überleben. Aber ich glaube, ich kann ein Taschentuch entbehren.« Er zog ein Tuch aus dem Ärmel, kniete sich hin und verband damit die Wunde. Dann kam er wieder mühsam auf die Füße. »Gehen wir nach Hause.«

»Wo sind ihre Pferde geblieben?« fragte Marie.

Morcastle entdeckte einen dunklen Schweif, der gerade zwischen den zusehenden Artisten verschwand. »Sieht so aus, als gehörten sie jetzt zum Rummelplatz.«

Morcastle löste die Schnalle seines Satinumhangs, faltete ihn ordentlich zusammen und legte ihn auf den sandigen Boden neben Hermos' Pritsche. Dann lehnte er sich langsam zurück, bettete den schmerzenden Rücken auf den quietschenden Rahmen und starrte an die hohe Zeltdecke. »Diese Gendarmen hatten keine große Lust, von den Morden Kenntnis zu nehmen. Vielleicht haben sie etwas damit zu tun, oder sie beschützen den Täter.«

Marie versenkte ihre Finger in dem kühlen Wasser, das Hermos in sein Becken geschüttet hatte. Sie schöpfte eine Handvoll und wusch sich das Gesicht. »Vielleicht. Aber der Mörder scheint mir wesentlich klüger als diese Burschen zu sein. Ich glaube, sie haben so gehandelt, weil sie Freaks hassen und nicht weil sie etwas wissen.«

Hermos reichte der Blinden ein Handtuch, und als sie den Kopf senkte, um sich das Gesicht abzutrocknen, starrte er auf ihren Nacken. Erstaunt riß er die Augen auf. Dann streckte der Riesenmensch zögernd die Hand aus, um Maries Haar von einer Schulter zu streichen. Sie verspannte sich unter seiner Berührung. »Was tust du da?«

Hermos beugte sich hinunter und berührte mit seinen schlanken Fingern ihren Nacken. »Da ist etwas.« Er teilte ihr Haar und strich es zu beiden Seiten glatt. Zwischen den dichten Strähnen schimmerte ein Muster hindurch. »Tätowierung«, murmelte er. »Rote Tätowierung.«

Marie wandte ihm das Gesicht zu. »Tätowierung? Ich habe keine Tätowierung.«

»Laß mich mal sehen!« stieß Morcastle nervös hervor und sprang von der Pritsche auf. Mit zusammengekniffenen Augen starrte er auf die Stelle, die Hermos ihm zeigte. Und da war es: ein quadratisches rotes Mal von der Größe seiner Fingerspitze. Als er dann eine Strähne nach der anderen sorgfältig beiseite strich, nahm das Mal Gestalt an. Eine dünne Linie umhüllte ein sich aufbäumendes Pferd. Morcastle sah genauer hin und entdeckte, daß ein Speer den Pferderücken durchbohrte. Er schüttelte den Kopf und trat zurück.

»Es ist eine Tätowierung, Marie«, sagte er händeringend. »Sie befindet sich über dem Haaransatz. Ich hätte es nie gefunden, wenn ich nicht gewußt hätte, wonach ich Ausschau zu halten hatte.«

Marie schüttelte den Kopf. »Wovon redest du? Was für eine Tätowierung?«

»Ein sich aufbäumendes Pferd mit einem Speer im Rükken.«

»So eine hat Barlowe«, unterbrach Hermos.

Morcastle warf ihm einen Blick zu. »Der Kraftmensch? O ja. Jetzt erinnere ich mich, sie einmal gesehen zu haben. Ich dachte, er hätte sich tätowieren lassen, nachdem er sich eine Glatze rasiert hat.«

»Ich habe sie auch bei zwei anderen gesehen«, sagte Hermos.

Marie ergriff die Hand des Riesenmenschen. »Das ist doch Wahnsinn. Hermos, sieh dir Morcastles Nacken an, und zeig ihm deinen.«

Der Magier beugte den Kopf herunter und strich das Haar beiseite. »Habe ich das gleiche Mal?«

Der Riesenmensch sah genau hin. »Ja.«

»Knie nieder – ich sehe bei dir nach.« Der Riesenmensch ließ sich neben dem Magier auf ein Knie nieder. Morcastle strich behutsam durch sein borstiges Haar. Dann verharrte er plötzlich.

»Ja, wir haben es alle. Aber wie? Wer hat uns tätowiert und wann? Und warum?«

Marie setzte sich auf eine der Pritschen. »Vielleicht ist es ein Seuchenmal. Das Fieber. Ich hatte es. Was ist mit euch?«

»Ja«, sagte Hermos. »Ich hatte es bei meiner Geburt. Hier, auf dem Rummelplatz.«

»Aber ich bin nicht daran erkrankt«, warf Morcastle ein. »Ich bin mit fünfunddreißig Jahren hierhergekommen. Ich war zwanzig Jahre lang ein umherreisender Magier, der kaum genug zum Essen oder zum Anziehen hatte. Aber ich habe nie das Fieber gehabt.«

Marie rieb sich das Gesicht mit den Händen. »Wie auch immer wir an diese Tätowierungen gekommen sind, das muß das Hautstück gewesen sein, das der Mörder seinen Opfern am Nacken herausgeschnitten hat.«

»Das ist krank. Verstümmelung.« Auch Morcastle setzte sich. »Da draußen läuft ein durchtriebener Mörder herum, er ist schlau und unersättlich, und von der Gendarmerie ist keine Hilfe zu erwarten«, meinte er kopfschüttelnd. Der Wind drückte gegen die Zeltwände. »Was sollen wir tun?«

»Ich werde euch sagen, was ihr tun sollt«, ertönte da die piepsige Stimme eines kleinen Mannes, der das Zelt betrat. Schneid, der feuerschluckende Zwergmensch, baute sich breitbeinig vor ihnen auf, verschränkte die stämmigen kleinen Arme vor der Brust und sah die drei Gefährten streng an. »Ihr werdet zum Haus des Puppenspielers gehen, und zwar sofort. Die Gendarmen stellen den Rummelplatz auf den Kopf. Sie suchen euch. Wenn ihr euch nicht unter den Schutz des Puppenspielers begebt, schneiden sie euch die Kehlen durch.«

»Die Kehlen durchschneiden?« stöhnte Morcastle. Er ließ die Hand müde auf den zusammengefalteten Umhang neben sich fallen. »Ich wußte, daß wir die beiden hätten töten sollen.«

Der Zwergmensch räusperte sich und zog die roten Augenbrauen zusammen. »Es sind nicht nur die beiden. Sie haben noch zwanzig Mann dabei. Beeilt euch. Sie werden zuerst im Quartier der Artisten suchen.«

Marie stand auf. »Gehen wir.«

Mit dem rothaarigen Schneid an der Spitze eilten die drei Gefährten über den nachmittäglichen Rummelplatz, wobei sie versuchten, den Gendarmen aus dem Weg zu gehen. Schneid bestand darauf, daß sie sich duckten, insbesondere Hermos, dessen Kopf die meisten Buden weit überragte. Sie schlichen durch die engen Wege des Artistenviertels, zwängten sich durch eine Lücke im Zaun und überquerten eine Budengasse. Hinter der Bude der Dicken Frau bogen sie ab und erreichten die Freak-Gasse, an der Morcastles Bühne lag. Während sie den dunklen Pfad entlangeilten, schaute Schneid nervös um jede Ecke. Mehr als einmal zischte er den drei Flüchtlingen zu, sofort stehenzubleiben, nur um ihnen einen Augenblick später mittels einer Geste zu bedeuten, daß es weiterging.

Schließlich erreichten sie die Unterkunft des Puppenspielers, ein unheilvoller und planlos vergrößerter Bau, der sich am Rand des Rummelplatzes befand. Morcastle mußte unwillkürlich schlucken, als er die schwarzen Gitterstäbe erblickte, die die Außenseite des Wagens umgaben. »Sollen die Gitter uns draußen oder ihn drinnen halten?«

»Pst!« stieß Schneid ärgerlich hervor, sein herrischer Blick kam auf dem Magier zum Ruhen. Er zeigte mit dem dicken Zeigefinger auf den Wagen. »Es ist besser, ihr klopft an, auch wenn die Gendarmen gleich da sind. Der Puppenspieler mag es nicht, wenn die Leute nicht anklopfen.«

Hermos nickte ernst, und Marie preßte die Lippen zusammen. »Hoffen wir, daß der Puppenspieler seine Zauberkräfte für uns bemüht«, flüsterte sie.

»Ihr habt die Wahl zwischen ihm und der Hinrichtung. Denkt an meine Worte«, sagte Schneid.

»Danke für dein Vertrauen«, erwiderte Marie tonlos.

Morcastle nahm sie beim Arm. »Wir sollten gehen.« Er trat auf den schwarzen, fensterlosen Wagen zu und zerrte die zögernde Marie hinter sich her. Hermos folgte ihnen und ließ die umliegenden Zelte und Hütten nicht aus den Augen. Alles war ruhig. Die drei Artisten gingen zu der ebenholzschwarzen Tür, und Morcastle klopfte an.

Der Riegel wurde zurückgezogen, und die Tür schwang auf. Der Puppenspieler stand groß und schwarz in dem schmalen Spalt, eingehüllt in seinen dicken Wollumhang.

Sein Gesicht war unter der Kapuze nicht zu erkennen, und der an seinem Hals baumelnde Rubinanhänger verschwand unter den Falten seines Gewandes.

»Ich habe auf euch gewartet«, sagte er, und seine Stimme brachte den dunklen Wagen zum Erbeben.

»Wir hatten eine dringende Angelegenheit zu erledigen«, stieß Morcastle hervor. Dann machte er eine unbeholfene Verbeugung, so als sei ihm das erst nachträglich eingefallen. »Dürfen wir eintreten?«

Der Puppenspieler bewegte sich geräuschlos von der Tür zurück. Morcastle nahm seinen Mut zusammen und überschritt mit Marie am Arm die dunkle Schwelle. Hermos drückte die ebenholzschwarze Tür hinter sich zu.

Morcastle sah sich in dem schmalen, düsteren Korridor um. Von der hölzernen Decke hingen Wandteppiche, die keinen Teil der Wand frei ließen, und der Boden bestand aus den Planken des ursprünglichen Zirkuswagens. Die heiße, stillstehende Luft in dem engen Korridor roch nach Staub und altem Holz. Der hünenhafte Puppenspieler ging voraus, und seine Gestalt warf einen großen Schatten auf sie. Morcastle wurde es in der plötzlichen Dunkelheit schwindelig, und er streckte die Hand aus, um sich an der Wand abzustützen. Die verblichenen Wandteppiche gaben unter seiner Berührung nach, und er geriet ins Stolpern. Marie, die seine Hand fest umklammert hielt, riß ihn zurück. Morcastle, der ihre Blindheit einen Augenblick lang vergaß, nickte ihr dankend zu und ging dann weiter.

Der Puppenspieler schlug den Wandteppich zu seiner Rechten beiseite und verschwand in dem dahinterliegenden Raum. Sonnenstrahlen fluteten durch die Tür in den Korridor. Dankbar für das Licht folgte Morcastle dem Puppenspieler in das Zimmer.

Es war klein und eng, und die Sonne, die schräg durch das hohe, vergitterte Fenster einfiel, hellte es kaum auf. Drei der Wände bestanden aus verblichenen Wandteppichen: Einer zeigte eine Gruppe von Kindern, die um einen Harlekin mit Wolfskopf herumtanzten, der daneben stellte einen Hundekampf in der Arena dar, und der dritte war so dunkel und schmutzig, daß er aussah wie der Eingang einer tiefen Höhle.

Alle vier Wände waren mit einer finsteren Sammlung aus Trödel vollgestellt. In einer Ecke stand ein bestickter Stuhl neben einem Sofa, dessen Rückenlehne in der Mitte zerbrochen durchhing. Die daneben befindliche Wand wurde von einem schweren schwarzen Werktisch dominiert, auf dem Sägen, Meißel und Hämmer herumlagen. Daneben lagen staubige Stoffballen und Regale voller Garnrollen. Die anderen freien Ecken des Zimmers standen voller verbogener Stöcke und dünner Kupferplatten. Und dann waren da noch die Puppen, die an jeder Wand hingen und in jeder Ecke gestapelt waren: Handpuppen, Fingerpuppen, Marionetten, Figuren, Porzellanpuppen, Masken und Kostüme.

Morcastle blinzelte. In diesem Raum gab es tausend Gesichter. Und dann bewegten sich zwei von ihnen. Die Gendarmen.

Sie saßen in der dunkelsten Ecke auf morschen Stühlen. Auf dem kleinen Tisch, der zwischen ihnen stand, befand sich eine angeschlagene Teekanne, und jeder von ihnen balancierte eine Teetasse auf dem Schoß. Sie fixierten Morcastle mit durchdringenden Blicken.

Der Magier trat einen Schritt zurück und prallte mit dem Puppenspieler zusammen, der sich hinter ihn begeben hatte. Seine langen, knochigen Finger packten den Magier an den Schultern.

»Du mußt dir einen Platz für die Vorstellung suchen«, rief

der Puppenspieler mit seiner dröhnenden Stimme. Er griff fester zu und drückte Morcastle auf einen Stuhl, den der Magier vorher gar nicht gesehen hatte. »Und ihr müßt zum Tee bleiben.«

Marie schnupperte. »Sie sind hier, nicht wahr?«

Der Puppenspieler drehte sich herum und trat auf Marie zu. Er beugte sich zu ihr hinunter und flüsterte: »Ja, sie sind hier.«

Marie blieb scheinbar völlig ungerührt stehen, konnte jedoch ein leichtes Zittern der Unterlippe nicht vermeiden. »Ich habe sie doch gleich am Geruch ihres Blutes erkannt«, sagte sie trocken.

Der verhüllte Puppenspieler seufzte, legte ihr seine knochige Hand ins Kreuz und drängte sie nach vorn. »Auch du mußt dich setzen, meine L...«

»Ich mache das schon«, unterbrach Hermos. »Bitte.« Als der Herr des Rummelplatzes zurückwich, sah der Riesenmensch den Rubinanhänger kurz zwischen den Falten seines Gewandes aufblitzen. In seinen Facetten erschien ein funkelndes Pferd. »Prin-zah«, murmelte Hermos ehrfürchtig, während er Marie zu einem Stuhl führte.

»Genau«, erwiderte der Herr des Rummelplatzes kaum hörbar, als hätte die Erwähnung des Pferdegottes etwas in seinem Inneren bewegt. Er begab sich zu den Gendarmen.

Fassioux wollte etwas sagen, aber der Puppenspieler gebot ihm mit erhobenem Zeigefinger Schweigen. Der Gendarm verstummte sofort und betrachtete den Herrscher des Rummelplatzes mit unverhohlener Furcht. Maudit Sienne, der Puppenspieler, nahm die Teekanne vom Tisch und füllte drei weitere Tassen mit der dampfenden Flüssigkeit. Dann glitt er wie eine schwarze Regenwolke kurz vor Ausbruch des Gewitters auf die Artisten zu und reichte jedem eine Tasse.

Der Tee roch nach Schnaps, und in der heißen, staubigen Luft des Raumes duftete er angenehm scharf und süß.

Sienne blieb einen Moment lang reglos dort stehen und musterte seine Gäste aus den im Schatten der Kapuze verborgenen Augen. Dann nahm er auf einem Stuhl Platz, der sich auf der anderen Seite des Zimmers befand. Seine Hand tastete nach einem Stapel Puppen. Er streichelte sie voller Zuneigung, bevor er zwei auswählte. Die eine war eine Marionette, ein Pulcinello mit langer Nase, langem Kinn, Augen, die durch eine schwarze Maske glühten, einem sternenförmigen Kragen, einem Buckel und einem bunten Gewand. In der winzigen Hand hielt Pulcinello ein kleines Holzmesser. Die andere war eine Handpuppe, die wie der Puppenspieler mit einem schwarzen Gewand bekleidet war; sie hatte jedoch den Kopf einer Maus.

Der Puppenspieler nahm den Kreuzbalken der Marionette in die langen Finger und ließ sie neben seinem Stiefel hinuntersinken. Pulcinello ging in die Knie, seine Holzfüße klapperten auf dem Boden. Der Puppenspieler ließ ihn nicht aus den Augen, während er sich gleichzeitig die Puppe mit dem Mausschädel über die andere Hand stülpte. Er bewegte die düstere Figur bedrohlich auf der Stuhllehne entlang.

»Was hast du gesagt?« murmelte er gedankenverloren, an den Gendarmen gerichtet.

Fassioux warf seinem Gefährten entsetzt einen Blick zu. Dann stellte er seine Teetasse auf dem Tisch ab und stand auf. »Diese drei Freaks... äh... Artisten haben sich eines Verbrechens schuldig gemacht.«

»Ja, ja«, erwiderte der Puppenspieler und verschränkte die Fingerspitzen unter den Beinfäden der Marionette. Pulcinello fing an, einen Bauerntanz zu tanzen. »Das hattest du bereits gesagt. Was für ein Verbrechen?«

»Angriff auf die Ordnungshüter L'Morais und widerrechtliches Verlassen des Rummelplatzes. Freaks ist vom Gesetz her jedes Verlassen des Rummelplatzes verboten, und jeder, der dagegen verstößt, muß zur Strafe hingerichtet werden, falls Ihr das vergessen haben solltet«, erwiderte der Gendarm.

»Ich kenne das Gesetz, Fassioux«, sagte der Puppenspieler und bewegte die schwarzgekleidete Puppe über die Armlehne, als wäre sie der Sprecher. Sie wirbelte herum, und der schwarze Umhang klaffte auf und enthüllte ihre knotigen Hände – es waren getrocknete Hühnerkrallen. Die schwarzgekleidete Puppe zeigte mit der Kralle auf Morcastle. »Also, was hast du zu sagen?«

Der Magier riß die Augen auf. Doch bevor er etwas sagen konnte, stand Marie auf. »Das ist lächerlich. Wir haben einen Mörder gejagt. Dafür haben wir Beweise: Wir haben die Leichen gefunden, und zwar einen ganzen Friedhof voll.«

»Das finde ich nicht sehr überraschend.« Es war wieder die Puppe, die da sprach. »In dieser Welt gibt es eine Menge Tote. Weißt du, es gibt sogar mehr Tote als Lebende.«

»Aber das waren alles Artisten«, beharrte Marie. »Und alle sind ermordet worden. Man hat ihnen runde Hautstücke aus dem Nacken herausgeschnitten.«

»Bei einem Rummelplatz, der weit über hundert Jahre alt ist«, schien die Fistelstimme der Marionette zu sagen, »braucht man auch einen Friedhof.«

Jetzt stand Morcastle auf und fand die Stimme wieder. »Aber Herr, diese Leute sind *ermordet* worden. Panol und ...«

»Überlaßt die Morduntersuchung uns«, unterbrach ihn Fassioux und trat vor. »Ich verlange, daß mir diese Freaks ausgeliefert werden, damit sie in L'Morai vor Gericht gestellt und bestraft werden können.«

»Setzt euch, und zwar ihr alle!« rief der Puppenspieler und sprang auf. Pulcinello hing zusammengesackt an seiner Seite, und die schwarzgewandete Puppe war in seinem Ärmel verschwunden. Während Marie und Morcastle sich setzten, wich Fassioux zurück und ließ sich auf seinen Stuhl neben dem Teetisch fallen. Der Puppenspieler trat auf die Gendarmen zu, die zusammengesunkene Marionette schleifte neben seinem Stiefel über den Boden.

»Du verlangst?« wiederholte Sienne, Speichel flog aus dem Schatten der Kapuze und funkelte im Licht der Sonnenstrahlen. »*Du* verlangst? Wie kannst du es wagen?« Die hünenhafte Gestalt hatte den Gendarmen erreicht, und plötzlich schoß ihr schwerer Stiefel vor und zertrat den brüchigen Stuhl. Mit einem Aufschrei fiel Fassioux inmitten der Holzsplitter zu Boden. Der Puppenspieler erhob sich über ihm und stellte den Fuß auf sein Bein, um ihn unten zu halten. »Ich bin der Puppenspieler. Der Rummelplatz ist mein Königreich. Ich *bin* der Rummelplatz. Ihr seid bloß Botschafter.«

Fassioux starrte mit schmerzverzerrtem Gesicht in die Höhe. Der grimassenschneidende Pulcinello baumelte vor ihm. Der Gendarm schnaubte höhnisch und nickte dann zustimmend. »Verstanden.«

Pulcinello sank wieder zu Boden. Der Puppenspieler drehte sich um und schwenkte die Marionette in einem weiten Bogen um seine Füße. Dann begann er in dem kleinen Zimmer auf und ab zu gehen, und der Luftzug seiner Bewegungen brachte die Wandteppiche leicht zum Schwingen. »Also, ihr Artisten – und so wie ich es verstanden habe, bist du ihre Sprecherin, Marie – behauptet, daß ein Mord geschehen ist. Ihr behauptet, daß Hunderte von Morden stattgefunden haben, genug, um einen Friedhof zu füllen.« Er wirbelte herum und schritt in die andere Richtung. »Und du, Gendarm Fassioux, behauptest, daß sich diese drei des unbefugten Verlassens des Rummels schuldig gemacht haben.«

Fassioux nickte.

»Ich werde euch zu den Leichen führen«, sagte Marie.

Der Puppenspieler ignorierte sie. »Wir werden diese Sache durch einen Prozeß entscheiden«, sagte er grollend.

»Genau!« verkündete Fassioux und erhob sich aus den Trümmern seines Stuhles.

»Oh, aber kein Verfahren, wie du es haben willst«, sagte Sienne und ballte die schmalen Finger. »Nein. Wir sind in meinem Königreich, auf meinem Rummelplatz, und die Menschen in meinem Königreich werden nicht von Räten und Richtern gerichtet, sondern von Zuschauern und Beifall.«

»Nicht das Tribunal der Budengasse«, protestierte Morcastle.

»Doch«, sagte der Puppenspieler und blieb stehen. »Das Tribunal der Budengasse. Man wird euch drei in eine Budengasse bringen, wo man euch an den Pranger schließt. Ich werde über euren Köpfen ein Plakat anbringen, daß der Welt eure angeblichen Verbrechen verkündet. Dann dürft ihr der Menge euren Fall erklären.«

Der Puppenspieler schritt zu seinem Stuhl und setzte sich wieder. Er holte die Puppe mit dem schwarzen Umhang hervor, zog sie sich von der Hand und drehte sie um. Dann verstaute er Pulcinello mit aufreizender Langsamkeit in der Handöffnung der schwarzen Puppe. »Das Publikum wird über euch richten. Jedes Anspucken, jeder Apfelkern und jede verfaulte Pflaume, die euch trifft, wird als Votum für eure Verurteilung gezählt. Jeder Kupfer-Ducre, den man euch zuwirft, gilt als Entlastung. Wenn die Mißhandlungen die Ducres überwiegen, werde ich euch den Gendarmen für ihr Gerichtsverfahren ausliefern. Solltet ihr jedoch genügend Ducres einheimsen, werde ich euch die Freiheit gewähren.«

»Ha!« rief ein schwarzhaariger Junge aus der Menge der Kinder. »Seht doch, hinter dem Kopf der Blinden steckt eine Birne!« Die um ihn herum versammelten Kinder schauten auf und fingen an zu kichern. Marie schüttelte den im Pranger steckenden Kopf und erreichte, daß sich die Birne löste. Als der Junge sah, daß die Frucht zu Boden fiel, lief er zum Pranger und spuckte Marie ins Gesicht. »Getroffen, genau ins Auge!« rief er und zog die Nase hoch, um noch mehr Speichel zu sammeln.

Doch bevor er zum Zuge kam, schrie er plötzlich schmerzerfüllt auf. Er drehte sich herum und starrte in das buntbemalte Gesicht eines Harlekins, der ihn überragte. In der weiß behandschuhten Hand hielt er den breiten, lustig aussehenden Schuh, den er dem Jungen über den Hosenboden gezogen hatte. »Mach, daß du wegkommst«, sagte er mit grollender Stimme. »Wenn ich dich noch einmal hier sehe, reiße ich dir die Ohren ab.«

Der Junge spuckte dem Harlekin vor die Füße, wich geschickt dem nächsten Schlag aus und verschwand im Gewühl der Budengasse. Die anderen Kinder hatten das Eingreifen des geschminkten Mannes bestürzt mit angesehen und stoben ebenfalls davon.

Der Harlekin sah kopfschüttelnd zu, wie die Kinder flohen, dann hielt er sorgfältig nach Gendarmen und dem Puppenspieler Ausschau. Als er keinen von beiden entdecken konnte, zog er ein Taschentuch aus seiner übergroßen Tasche und wischte Marie das Gesicht ab. Das brachte sie zum Erröten, und sie biß sich auf die Lippe, damit sie nicht in Tränen ausbrach.

»Aber, aber«, tröstete der Harlekin und strich mit der Hand über das hölzerne Joch. »Wir müssen doch zusammenhalten, oder?«

»Es ist sinnlos, Jerome«, sagte Morcastle und bewegte die Hände in dem engen Joch. Er stemmte den Nacken gegen das Holz, um den Harlekin ansehen zu können. »Diese Kinder sind nicht einmal des Lesens mächtig, trotzdem spucken sie uns an. Sie halten uns bloß für eine weitere Attraktion des Rummelplatzes.«

Jerome trat von Marie zurück, um das über ihren Köpfen angenagelte Schild lesen zu können. »Angriff auf einen Ordnungshüter von L'Morai und verbotenes Verlassen des Rummelplatzes?« Er schnalzte mit der Zunge und schüttelte erneut den Kopf. »Sie haben es auf uns abgesehen, soviel ist sicher.«

»Wie viele Münzen liegen am Boden?« fragte Marie leise.

Jerome seufzte und kratzte an der Schminke auf seiner Wange. »Soweit ich sehen kann, sind es nur vier Stück.«

»Der Junge hat vor deiner Ankunft ein paar gestohlen«, sagte Morcastle grimmig.

Hermos stöhnte; das Joch lag eng um seinen Hals, und sein kantiges Gesicht war rot angelaufen. Weil der Pranger so niedrig war, hatte er sich hinknien müssen. Er hörte einen Augenblick lang mit seinen unablässigen Gebeten auf und fragte: »Und wieviel Abfall?«

»Zu viel«, erwiderte Jerome und schob ein paar Apfelkitschen und zermatschte Pflaumen zusammen. »Am besten räume ich einiges von dem Zeug hier weg und wische euch die Gesichter ab, sonst läßt man euch nie frei.«

Er fing an, den angesammelten Abfall vom Pranger wegzutreten, als plötzlich ein Ruf ertönte. »Du da, hör auf. Das ist ein Tribunal. Du hast kein Recht, die Sachen wegzuräumen.«

Jerome wandte sich um und erblickte einen grauhaarigen Mann, dessen Gesicht von Pockennarben übersät war. Der Mann verließ die Bretter der Budengasse und trat auf sie zu. Er trug einen roten Satinumhang, eine maßgeschneiderte Jacke, ein weißes Rüschenhemd, eine graue Weste, schwarze, wollene Kniebundhosen und graue Strümpfe. Sein buschiger Schnurrbart war fast weiß und endete in zusammengezwirbelten Spitzen, und in seinen blauen Augen funkelte Strenge. »Weg da, Harlekin!«

Jerome versteifte sich, seine behandschuhten Hände ballten sich zu Fäusten. Als der Fremde näher kam, ließ er seinen Schuh auf übertrieben komische Weise auf den Abfallhaufen fallen und versuchte absichtlich unbeholfen, hineinzuschlüpfen. Er stieß ein albernes, harlekinesques Gelächter aus, als die breite Sohle das verfaulte Obst in den Sand trat. »Versuche nur, mir den Schuh zu binden, Herr, haha!«

»Aus dem Weg«, befahl der Mann erzürnt und stieß den Harlekin beiseite. Jerome schlüpfte in seinen Schuh und schlug aus dieser Bewegung heraus einen Purzelbaum, der ihn von dem Mann fortbrachte. Er kam wieder unbeholfen auf die Füße, machte eine Verbeugung, zog einen imaginären Hut und schlenderte davon.

Der Mann rieb sich angewidert die Hände, als hätte er den Abfall selbst berührt, und wandte sich dann den drei Artisten zu. Er musterte sie einen ausgedehnten Augenblick lang, dann kniff er die Augen zusammen, und sein Blick schweifte zu dem Schild über ihren Köpfen ab.

»Angriff und unbefugtes Verlassen«, bemerkte er laut. »Ernste Beschuldigungen. Habt ihr irgend etwas zu eurer Verteidigung zu sagen?«

»Wir haben einen Mord entdeckt«, sagte Marie.

»Einen Mord«, erwiderte der Mann mit vorgetäuschtem

Erstaunen. »Nun, das ist natürlich etwas, wofür es sich *lohnt*, Gendarmen anzugreifen.«

»Eigentlich waren es drei Morde«, meinte Morcastle und winkte den in seinen roten Umhang gehüllten Mann näher heran. »Zwei gestern abend und ein weiterer am Abend davor, Monsieur...«

»Ich bin Lord Odieu, Ratsherr von L'Morai«, erwiderte der Mann steif, und die pockennarbige Haut seines Gesichts spannte sich.

»Ein Ratsherr!« erwiderte Morcastle, lächelte gewinnend und blinzelte kriecherisch. »Ich hätte Euch an Eurem roten Umhang erkennen müssen. Euer Interesse an unserer Morduntersuchung ehrt uns.«

»Also, erzählt mir von diesen Morden«, sagte Lord Odieu und schob den Unterkiefer vor.

»Gestern abend während meiner Vorstellung hörte ich, wie jemand zwei andere Artisten, Banol und Panol, von der benachbarten Bühne entführte«, begann Morcastle. »Nach meiner Vorstellung sah ich nach, und sie waren verschwunden. Der Mörder hat sie durch einen Schlitz in der hinteren Zeltplane gezogen und sie durch die Freak-Gasse weggetragen.«

»Woher weißt du das?« fragte Lord Odieu schroff.

»Eure Vergebung, aber wir sind den Spuren gefolgt und haben die Leichen in einem flachen Grab verscharrt gefunden«, erwiderte Morcastle.

»Das kann ich nicht glauben«, sagte der Ratsherr, trat von dem Magier weg und stieß dabei Abfall beiseite. »Einmal angenommen, ihr habt die Leichen gefunden, vielleicht habt ihr ja die Morde selbst begangen.«

»Der andere Mord hat sich in meinem Wohnwagen zugetragen«, sagte Marie. »Bei meinem Eintreten fand ich einen

Artisten, der mit einem langen Schwert durchbohrt war. Der Mörder war noch da. Er konnte gerade noch entkommen, und wir wissen, wie er aussieht.«

Der Ratsherr lachte schallend und schob die Hände in die Taschen seiner Kniebundhose. »Das soll ich glauben? Eine Blinde weiß, wie der Mann aussieht? Habt ihr Zeugen?«

»Nicht direkt«, gab Morcastle zu und senkte den Kopf.

»Dann sind eure Geschichten schlecht erzählte Lügen«, schnauzte Odieu, spuckte auf den Abfall und wandte sich zum Gehen.

»Es handelt sich um einen schwergewichtigen Mann, etwa einhundert Kilo; er ist sehr groß. An der linken Hand fehlt ihm der Zeigefinger«, stieß Marie eilig hervor. »Er hat nicht weniger als sieben blutige Handabdrücke auf den Wänden meines Wohnwagens hinterlassen, und die haben Dutzende von Zeugen gesehen. Er trägt schwere Stiefel mit leicht zu identifizierendem Muster – es ist eine Ledersohle mit seltsam abgenutzter Sohle. Die Stiefelabdrücke waren bei beiden Morden zu finden. In meinem Wohnwagen hatte der Stiefel Mehl an der Innenseite. Außerdem hat der Mörder eine lange Messerwunde auf dem Rücken, die von der rechten Schulter bis zur linken Hüfte geht. Das ist das Zeichen, das ich ihm eingeritzt habe, als er aus der Tür floh.«

Lord Odieu blieb stehen, den einen Fuß auf den Planken der Budengasse, den anderen noch im Sand. Sein strenger Gesichtsausdruck wurde etwas milder. Er drehte sich wieder um.

»Deine Beschreibung hat mich... beeindruckt«, sagte er und ging auf Marie zu. »Wissen die Gendarmen von diesen Hinweisen?«

»Ja«, erwiderte Marie mit abgewandtem Gesicht. »Der Leutnant, der sich meinen Wohnwagen ansah, hat die Spuren vernichtet, bevor andere Gendarmen kommen konnten. Aber die zwanzig Zeugen haben alles gesehen.«

»Das ist schlecht«, sagte Lord Odieu erbleichend. Er lehnte sich an den Pranger. »Sogar sehr schlecht.«

»Was denn?« fragte Morcastle mit weit aufgerissenen Augen.

Der Ratsherr sah auf, der Blick seiner alten Augen war müde. »Es gibt in L'Morai einen Fleischer. Er hat sich kürzlich beim Ausweiden eines Schweines den Zeigefinger abgehackt.« Odieu hielt inne, und die Falten um seine Augen spannten sich. »Nach allem, was man so hört, ist er ein gewalttätiger Mann, und man sieht ihn nie ohne seine schweren Stiefel, mit denen er nach streunenden Katzen und Kindern tritt.«

Morcastle blinzelte nervös. Ein fehlender Finger reichte nicht aus, um einen Mann zu verurteilen.

»Außerdem«, fuhr Lord Odieu fort, »wenn dieser Fleischer Fleisch verkauft, wendet er es oft in Mehl, um das Blut aufzusaugen, bevor er es in den Fleischsack steckt.« Lord Odieu schüttelte den Kopf und trat auf Morcastle zu. »Wie wurden diese Morde ausgeführt?«

Morcastle nickte steif. »Alle drei Opfer sind mit Klingen getötet worden. Dem einen hat man ein Schwert in den Rachen gerammt, und die anderen beiden waren, nun, in zwei Hälften geteilt.«

»Außerdem hat man allen Opfern in Höhe des Haaransatzes ein kreisrundes Stück Haut aus dem Nacken geschnitten«, fügte Marie hinzu.

»Genau, wie es ein Fleischer tun würde«, sagte Lord Odieu mit kalter Stimme. »Er muß es sein.«

»Falls...«, stieß Marie atemlos hervor, »falls er eine Messerwunde hat, wissen wir es mit Sicherheit.«

»Wie ist sein Name?« fragte Morcastle.

»Dominick«, erwiderte Lord Odieu, lockerte die Geldbörse an seinem Gürtel und nahm sie ab. Sie enthielt eine Menge Münzen, und Odieu hielt sie vor den drei Gefährten hoch. »Das hier müßte reichen, um eure Freiheit zu erkaufen.« Der Ratsherr trat um den Pranger herum und band den Geldbeutel an Morcastles Gürtel fest. »Das Geld sollte bis zu meiner Rückkehr dort sicher sein. Ich werde den Puppenspieler dazu bringen, euch freizulassen.«

Als er den Pranger wieder umrundet hatte, lächelte Morcastle und rief: »Vielen Dank, Lord Odieu! Ihr braucht Euch nicht zu beeilen!«

Der Lord drehte sich noch einmal mit ernstem Gesicht um. »Doch, das muß ich. Dominick ist heute abend auf dem Rummelplatz.«

4

Die Hitze des Sommerabends legte sich drückend auf den Jungen, der in der von den Fackeln beschienenen Schlange stand. Es hatte den Anschein, als hätte sich heute abend ganz L'Morai aufgemacht, über die schwarze Heidestraße zum Rummelplatz zu gehen. Der Junge seufzte und trat von einem Fuß auf den anderen, während er die Straßenhändler betrachtete, die vor den schmalen Eingangstoren des Rummelplatzes standen.

Der Junge zupfte am Hosenbein des vor ihm stehenden stämmigen Mannes. »Wie lange dauert es denn noch, Vater?« Der Mann rührte sich nicht. Der Junge biß die Zähne zusammen, zupfte erneut und wiederholte die Frage.

Der Mann wirbelte herum, und sein breites Gesicht senkte sich zu dem Jungen herab. Offensichtlich lächelte er nur selten, und die Augen unter den schweren Lidern waren leblos. Mit einer verbundenen Hand ergriff er den Jungen an der Schulter. »Warte es ab«, knurrte er. Dann ließ er den Jungen wieder los und trat einen Schritt vor.

»Einen Ducre für Kinder und einen Lorin für Bürger!« rief der Mann am Eingang. »Die Wunder der Welt für einen Ducre oder einen Lorin!«

Der Mann schob zwei Finger in die schmale Geldbörse, die an seiner Taille hing. Er klaubte sieben Ducres heraus, die in seinen stummelförmigen Fingerspitzen winzig wirkten. Er hielt sie dem Ausrufer mit einem finsteren Blick entgegen. »Das ist für mich und den Jungen!«

»Einen Ducre und einen Lorin, bitte, Dominick«, erinnerte ihn der Ausrufer.

»Hör mal«, sagte Dominick und beugte sich drohend über das Körbchen mit Münzen, »du wirst uns dafür eintreten lassen. Ich komme ständig her und zahle auch gutes Geld. Also laß mich rein, es sei denn, du willst, daß die nächste Lieferung Schweinefleisch, die ich schicke, vergiftet ist.«

Der Mann biß sich auf die Lippen, nickte und winkte die beiden durch. Der Junge stieß ein begeistertes Jauchzen aus und stürmte an seinem Vater vorbei auf den belebten Rummelplatz.

Auf dem gepflasterten Vorhof standen Musiker, die auf

Rebecs, Lauten und Flöten spielten. Einige hatten Affen dabei, die vor ihnen auf und ab hüpften und dabei Becken aneinanderschlugen; andere wiederum ließen Marionetten eine Gigue auf dem Steinboden tanzen. Die meisten der Musiker drängten sich um die schmiedeeisernen Torbögen, die zu den Budengassen mit ihren Attraktionen und den Spielhöllen führten. Jenseits des ganz links stehenden Tores zeichnete sich die aus Granit und Kalkstein erbaute Arena weiß vom Himmel ab. Ein buntbemaltes Zeltdach erstreckte sich über die Arena. Die im Inneren flackernden Laternen und Fackeln verliehen der Plane einen geisterhaften Schein.

Der Junge ging auf Zehenspitzen auf die Arena zu, in seinen Ohren dröhnten der Beifall und die aufgeregten Rufe, die über die Kalksteinmauern nach außen drangen. »Vater«, sagte er, und seine Stimme wurde vom Geraune der Menschenmassen, den Rufen der Ausrufer und der allgegenwärtigen Musik übertönt. Der Junge drehte sich um. »Vater?«

Doch Dominick war weg.

»Wo könnte er nur sein?« fragte Morcastle laut, während er mit Marie, Hermos und Lord Odieu die Freak-Gasse entlangging. Dabei musterten sie die Fußabdrücke, die sich auf dem lehmigen Boden abzeichneten, schauten hinter die Buden und Zelte und sahen den vielen Menschen ins Gesicht, die sich auf den Wegen drängten.

»Er ist ein großer Mann«, sagte Lord Odieu und hielt den Saum seines roten Satinumhanges fest. »Mit einem kräftig gebauten Kopf und Gesicht... und einem fehlenden Finger. Als ich heute nachmittag an seinem Fleischerladen vorbeikam, habe ich gehört, wie er sagte, er wolle auf den Rummelplatz.«

»Das hier ist sinnlos«, sagte Marie und lehnte sich gegen

die Rückseite des Zeltes, in dem Uri und seine Tanzbären auftraten. Sie schüttelte den Kopf. »Heute abend scheint die halbe Stadt anwesend zu sein. Er könnte bereits wieder getötet haben.«

»Marie hat recht«, sagte Morcastle. »Wir brauchen eine Möglichkeit, die schneller und sicherer ist.«

Hermos sah sie schüchtern an. »Wie wäre es mit Oreaux?«

»Oreaux?« fragte Lord Odieu.

»Das Orakel?« wiederholte Marie sehnsüchtig. »Das ist eine Idee.«

»Ein Rummelplatz-Wahrsager?« meinte der Ratsherr abfällig. »Das ist lächerlich. Ihr werdet nur Zeit verschwenden.«

»Seine Talente sind genauso wirklich wie die unseren«, erwiderte Marie geradeheraus. Sie trat von der Zeltplane zurück und verschränkte die Arme. »Ja, gehen wir zu Oreaux.«

»Ihr geht«, sagte Lord Odieu verärgert. »Ich suche weiter.«

Doch Marie, Hermos und Morcastle hatten sich bereits in Bewegung gesetzt. Einige der Bürger erkannten die drei wieder auf freiem Fuß befindlichen Gefährten, und denen, die sie angespuckt oder mit faulem Obst beworfen hatten, flößten sie eine gewisse Furcht ein. Morcastle fand ihre Unbehaglichkeit ermutigend, aber er paßte auf Hermos auf, während sie zum Pavillon des Orakels gingen. Der Pavillon bestand aus blaugestreifter Zeltplane; die schräg aufragenden Wände waren mit Sträußen aromatischer Sträucher und seltsamen Talismanen verziert. Am Eingang stand einer von Oreauxs Bediensteten, ein Geschöpf, das sich deutlich von all den Wesen des Rummelplatzes unterschied.

»Willkommen im Zelt von Oreaux dem Wunderbaren«, sagte die verschleierte Frau mit einer tiefen Verbeugung. Sie war nur mit hauchdünnen Schleiern bekleidet, die ihre verführerischen Gliedmaßen in Rot, Grün und Blau kleideten.

An jedem Ohr baumelten vier Ringe, und ihr linker Nasenflügel wurde von Nasenringen geschmückt. »Hier drin werdet ihr die Geheimnisse eures Lebens, eurer Geliebten und eurer Träume entdecken. Tretet ein, es kostet nur einen lausigen Silber-Lorin.«

Marie trat auf die Frau zu und legte die Hände auf die Samtkordel, die den Eingang zu Oreauxs Pavillon versperrte. »Wir besitzen keinen Silber-Lorin. Aber bitte, um der Bruderschaft der Artisten willen, laß uns zu Oreaux.«

Die Frau ignorierte sie. »Tretet ein, ihr alle, um zu Füßen des Großen Oreaux um Rat zu suchen!« rief sie den vorbeigehenden Menschen zu.

»Es ist ein Mord geschehen. Eigentlich sogar drei«, sagte Marie ruhig. Als ihre Stimme verklang, trat Hermos hinter sie und beugte sich bedrohlich vor. Die Frau blinzelte mit den stark geschminkten Augen, löste die Samtkordel von dem Pfosten und warf sie beiseite.

»Tretet ein und seht das große Orakel Oreaux, den Seher aller Welten, den Geschichtenerzähler!«

Morcastle verbeugte sich höflich und ging an der Frau vorbei. Er reichte Marie die Hand und zog die Blinde hinter sich her, dann gab er Hermos mit einem Wink zu verstehen, daß er sich ihnen anschließen sollte. Der Zelteingang war mit Seidenbahnen verhängt, die jeweils von der oberen Ecke zum unteren, gegenüberliegenden Rand reichten und sich dabei in der Mitte überkreuzten. Morcastle drückte die mit Fransen besetzte Seide beiseite, bückte sich und geleitete Marie hindurch. Hermos bückte sich und schob die Schultern vor; er zwängte sich durch den Eingang wie ein Hund durch einen Zaun.

Das Zeltinnere war düster, es wurde nur von dem schwachen Schein einiger Messinglampen erhellt, die an den Zeltpfosten hingen. Die drei Artisten standen in einem schmalen Korridor, der im rechten Winkel zum Eingang verlief. An den Wänden standen Pfannen voller Räucherwerk, und der aromatische Qualm sammelte sich unter der Decke in dicken Wolken.

Aus der Dunkelheit am anderen Ende des Korridors trat eine weitere, exotisch verschleierte Frau. Sie war eine junge, schwarzhaarige Schönheit mit goldenen Augen, und der Schleier verhüllte kaum ihr mißtrauisches Lächeln. Als sie näher kam, griff sie in den Korb voller Rosenblüten, den sie trug, und warf eine Handvoll zu Boden. »Willkommen. Euer Schicksal erwartet euch.«

Unter Verbeugungen wich sie vor den drei Gefährten zurück und streute dabei Rosenblätter vor ihnen. Morcastle folgte ihr durch den Zeltkorridor zu einem Durchgang, der in einen weiteren Raum führte. Die Wände waren mit Perlenarbeiten, Messingtand, Elfenbeinschnitzereien und Farnblättern geschmückt. Schleier hingen wie Fahnen vom Zeltdach in die Tiefe und unterteilten den Raum in zahlreiche durchsichtige Nischen. In einer Nische lehnten sich noch mehr Verschleierte zurück; ihre Ellbogen ruhten auf Bergen von Kissen und ihre Füße auf verzierten Teppichen. Die Frauen hatten sich um einen niedrigen Tisch mit einer polierten Ebenholzplatte versammelt. Sie unterhielten sich verstohlen miteinander und bedienten sich aus den diversen Schüsseln, die auf dem Tisch standen.

Die Verschleierte führte die drei Freunde den sandigen Mittelpfad entlang. »Selbst die Mitglieder der *Bruderschaft der Artisten*«, sagte sie mit seltsamer Betonung, »wissen möglicherweise nicht, daß Oreauxs richtiger Name Olaal Ab'Haddisha ist oder daß er vom königlichen Blut der Linie der Wüstenkönige abstammt. Das dort sind seine Ehefrauen, die ihm dienen.« Die Frau deutete anmutig mit dem Kopf auf den niedrigen Tisch. »Ich bin Satina. Ich werde Oreauxs Botschaft auslegen.«

Sie ging um einen undurchsichtigen Schleier herum und betrat einen reich möblierten Raum. Auf dem Boden lag ein rotschwarzer Teppich, dessen Ränder zahllose Kissen säumten. Am anderen Ende des Raumes wartete Oreaux.

Er saß auf einem großen, schwarzen Thron. Die Arme und Beine des Hellsehers waren an die Lehnen gefesselt. Die Stuhlbeine endeten in Kästen, die seine Füße und Knöchel hielten. Oreauxs Kopf steckte in einem viereckigen Helm aus Holz, der fest mit der Rückenlehne verbunden war. Die Öffnung an der Vorderseite enthüllte das alte Gesicht des Mannes. Seine Hautfarbe war dunkel, seine Augenbrauen und sein langer Schnurrbart weiß. Der Hellseher rollte benommen mit den Augen, und ein Speichelfaden tropfte von den Lippen zum unteren Helmrand.

Satina stellte sich an Oreauxs Seite, streichelte seine Schultern und bedeutete dem Magier und seinen Freunden, auf den Kissen Platz zu nehmen. »Laßt euch nicht von dem schwarzen Thron einschüchtern«, sagte sie. »Das Talent des Hellsehers forderte seinen Preis – Oreauxs Verstand. Aber macht euch keine Sorgen, solange er an den Stuhl gefesselt ist, ist er ziemlich harmlos.«

Morcastle, Marie und Hermos setzten sich. »Wonach sucht ihr, Freunde?« fuhr die exotische Frau fort. »Die Vergangenheit, die Zukunft, Schicksal oder Glück?«

»Wir suchen einen Mörder«, entgegnete Marie. In dem Moment, in dem ihre Stimme ertönte, ruckte Oreauxs Kopf plötzlich in dem Helm herum. Er schnüffelte, und sein Blick richtete sich auf Marie. Seine Arme fingen an zu zittern, und er trat mit den Füßen gegen die Innenseite der Kästen.

»Wessen Mörder?« fragte Satina, die den Aufruhr ignorierte.

»Wir kennen seine Identität: Es ist Dominick, ein Fleischer aus der Stadt. Wir müssen wissen, wo er sich aufhält«, erklärte Marie. »Und zwar schnell.«

Satina nickte, beugte sich zu Oreaux herunter und flüsterte etwas in ein im Helm befindliches Loch. Oreaux erbebte bei ihren Worten und spuckte schaumigen Speichel aus. Er zerrte an seinen Fesseln und schlug den Kopf gegen die Innenseite des Helmes. »Sei bitte still, mein Lieber. Ja, sie ist blind. Ja, sie sind Artisten wie wir auch.«

Satinas Worte entlockten Oreaux nichts als Grunzer und Schnaufer. Schließlich richtete sich Satina wieder auf und wischte sich den Speichel vom Kopfschleier.

»Er sagt, Dominick ist hier, auf dem Rummelplatz.«

»Ja, das wissen wir«, erwiderte Marie freundlich. »Aber wo? Wir müssen ihn finden und aufhalten.«

Wieder beugte sich Satina zu ihrem Gemahl herunter und murmelte etwas in sein Ohr. Er hatte noch nicht aufgehört, von der vorherigen Frage zu zittern, und nun stieß er rätselhafte Schreie aus.

»Er schleicht durch das Artistenviertel, in der Nähe der Arena«, sagte die Frau.

Hermos wollte aufstehen, aber Morcastle bedeutete ihm, noch sitzen zu bleiben. »Woher wissen wir, ob er tatsächlich da ist?« flüsterte er. »Hat das Orakel denn ein Wort gesagt, das Sinn ergibt?«

Satina lauschte Oreaux einen Augenblick lang, dann erwiderte sie kühl: »In deiner Hosentasche befindet sich ein Kartenspiel, dem die vier Asse fehlen. Die sind in deiner Manschette, dem Kragen, deinem Strumpf und deiner Brusttasche versteckt. Die blinde Jongleurin hat sieben Narben an der rechten Hand, zwei an der linken, eine auf der Hüfte und zwei auf der rechten Schulter, alle stammen von Fehlwürfen. Und dein Freund der Riesenmensch...«

»Schon gut, schon gut«, winkte Morcastle ab. »Ich glaube dir.« Er wandte sich Marie und Hermos zu. »Gehen wir und stellen wir ihn.«

Oreaux erbebte und hustete qualvoll.

»Er ist nicht mehr im Artistenviertel. Er hat die Bude der Nilpferd-Frau erreicht«, sagte Satina.

Morcastle stand auf. »In welche Richtung ist er unterwegs?«

Der Mann stieß etwas Unverständliches hervor. »Er bewegt sich auf dieses Zelt zu«, sagte die Frau.

Hermos war ebenfalls aufgestanden. »Hierher?« fragte der Riesenmensch.

»Ja«, erwiderte Satina. »Oreaux hat ihn herbefohlen.«

Morcastle, Marie und Hermos warteten in einem Raum, der durch einen purpurfarbenen Schleier von Oreauxs Allerheiligstem abgetrennt wurde. Ihre Blicke schweiften zwischen dem gefesselten Verrückten auf dem schwarzen Thron und dem Eingang des Allerheiligsten hin und her. Hermos stand am Rand des Schleiers und linste wie ein kleines Kind an ihm vorbei. Marie saß hinter ihm, inmitten einer gewaltigen Ansammlung von Rummelplatztruhen, die hier aufbewahrt wurden und deren abgenutzte Lederseiten von Aufklebern übersät waren. Morcastle stand am anderen Ende des Abstellraumes und sah ängstlich hinaus. Der von den allgegenwärtigen Räucherpfannen aufsteigende Qualm trieb in hypnotischen Mustern durch die stille Luft.

»Ich komme mir wie ein Narr vor, mich hier zu verstekken«, beschwerte sich Morcastle. »Er wird nicht kommen...«

Hermos warf dem Magier einen finsteren Blick zu und bedeutete ihm zu schweigen. Dann wandte er den Blick wieder dem Korridor zu und richtete ein weiteres Gebet an Prin-zah, den Gott der Pferde. Die gemurmelten Worte waren gerade verklungen, als er eine Bewegung wahrnahm.

Satina führte einen stämmigen Mann den Gang entlang und streute vor ihm Rosenblätter aus. Der Mann war hypnotisiert, seine Augen waren weit aufgerissen und glasig. Er strich sich mit der fleischigen Hand über den Kopf, stieß die Frau gedankenverloren zur Seite, so daß sich der Korb mit den Rosenblättern neigte und seinen Inhalt auf den Sandboden ergoß, und schritt an ihr vorbei auf Oreaux zu.

»Wo ist das Orakel?« murmelte der Fleischer mit lebloser Stimme.

»Dominick«, flüsterte Morcastle dem Riesenmenschen zu.

Der Fleischer kam um die Ecke und erblickte das Orakel, das auf seinem schwarzen Thron gefangen saß. Oreaux zitterte am ganzen Körper, seine Füße traten gegen ihre hölzernen Fesseln. Seine Augen bewegten sich panisch.

Dominick blinzelte benommen, verschränkte die Arme über der Brust und trat auf den Seher zu. Sein Gesicht war ausdruckslos, von einem kurzen Zucken abgesehen, als er sich den bandagierten Stumpf seines Zeigefingers stieß.

»Bist du das Orakel?« fragte er undeutlich und musterte Oreaux.

Die Intensität dieses Blicks ließ Oreaux erneut zusammenfahren.

Der Fleischer lächelte einfältig, und der Schein einer Öllampe brachte einen Silberzahn zum Funkeln. »Ich bin gekommen, um dich zu sehen«, lallte er. Verwirrung zeichnete sich auf seinem Gesicht ab, als würde er sich plötzlich fragen, warum er hier eingetreten war.

Satina trat lautlos zwischen den hünenhaften Fleischer und Oreaux. Mit abgewandtem Blick bedeutete sie Dominick, sich auf die Kissen zu setzen. »Bitte, Herr, setzt Euch einen Augenblick lang, während sich das Orakel vorbereitet.«

Der Fleischer runzelte verwirrt die Stirn, aber er ließ sich auf die Kissen fallen. »Wie komme ich hierher?« fragte er laut.

Satina tätschelte seine Hand und begab sich an die Seite des Orakels. Ihre Stimme war kehlig und beschwichtigend. »Ihr seid gekommen, um Euer Schicksal zu erfahren wie jeder andere auch.«

Dominick nickte verständnislos. Dann verdüsterte sich sein Blick. »Dafür habe ich keine Zeit...«

»Bleibt, Herr«, drängte Satina ihn und ließ die Hand verführerisch über ihren Oberschenkel gleiten. »Ihr könnt erfahren, welches Glück Euch heute abend erwartet.«

Der Fleischer verfolgte den Weg der Finger über das Bein, nickte erneut und ließ sich zurück in die Kissen sinken. »Und welches Glück erwartet mich heute abend?«

»Moment«, erwiderte Satina mit bebender Stimme und gezwungen aussehendem Lächeln. »Zuerst müßt Ihr von Eurer Vergangenheit erfahren.«

Sie legte eine schlanke Hand auf den Kasten, der Oreauxs Unterarm hielt. Dann murmelte sie etwas in das Ohrloch des Helms. Oreaux erbebte einmal, dann blieb er stocksteif dort sitzen und fixierte den Fleischer mit glasigem Blick. Er flüsterte Satina, die seine Lippenbewegungen nickend verfolgte, unverständliche Worte zu.

Der Fleischer beugte sich mit einem besorgten Blick vor. »Was sagt er?«

Ohne das Ohr wegzuziehen, flüsterte Satina: »Ihr seid ein Mann des Blutes und des Tötens.«

»Natürlich«, erwiderte Dominick und strich sich über den kahl werdenden Kopf. »Schließlich bin ich Fleischer.«

»Ihr seid mehr als das«, sagte Satina. »Ihr tötet auch Menschen.«

»Ja und? Gelegentlich, wenn ich bei der Bürgerwehr diene«, sagte der noch immer benommene Dominick. »Was ist daran falsch?«

Oreaux wurde erneut von Krämpfen heimgesucht, und seinem Mund entwichen erstickte und gurgelnde Schreie. Satina wich zurück, als das Orakel ausspuckte und wie eine wütende Schlange zischte.

»Er sieht Messer und Blut«, sagte Satina voller Angst. »Viele Tote. Hunderte... oder gar Tausende.«

»Schluß damit!« knurrte der Fleischer und stampfte mit dem Stiefel auf. Satina hielt schaudernd inne und starrte ihn angsterfüllt an. Ein brutales Lächeln breitete sich auf seinem Gesicht aus, und er rieb sich die Hände. »Was ist mit heute abend? Was wird mir widerfahren?«

»Nicht viel Gutes, fürchte ich«, ertönte da die Stimme eines Mannes. Morcastle trat hinter dem purpurfarbenen Schleier hervor und warf den Satinumhang herausfordernd über die Schultern. Er stellte sich zwischen den Fleischer und Satina.

Dominick fuhr überrascht zusammen und ballte die dicken Hände zu Fäusten. Er kam auf die Füße und erblickte erst dann den Riesenmenschen, der den anderen Ausgang versperrte.

»Ihr, Monsieur Dominick«, sagte Morcastle, »seid wegen der Morde an Panol, Banol, Borgo und Hunderter anderer Artisten verhaftet.«

Der Fleischer blickte ungläubig zwischen den beiden Männern hin und her, während Satina vorsichtshalber zurückwich. Wieder zeigte er das unbehagliche Lächeln, das seinen

Silberzahn zum Funkeln brachte. »Das soll ein Witz sein, richtig?«

»Ich fürchte, nicht.« Die Stimme gehörte einer Frau, aber es war nicht Satina. Dominick sah sich um, strengte die Augen an und konnte Maries Umrisse, die sich hinter dem purpurroten Schleier inmitten der vielen Truhen und Kisten schemenhaft abzeichneten, kaum wahrnehmen. Sie trat ins Licht; ihr junges und schönes Gesicht bildete einen scharfen Kontrast zu den weißen Augen. In den Händen hielt sie einen Fächer funkelnder Wurfdolche.

»Wir haben Eure Handabdrücke gefunden«, sagte der Magier und machte einen vorsichtigen Schritt auf den Mann zu. »Da fehlte der Zeigefinger. Wir haben Eure Fußabdrücke und Eure Messerkünste an den Nacken der Opfer gefunden.«

»Wovon redet ihr?« brüllte Dominick.

»Ich glaube, das wißt Ihr«, sagte Morcastle und machte noch einen Schritt. »Der endgültige Beweis wird das Mal auf Eurem Rücken sein.«

Bevor der Fleischer etwas unternehmen konnte, packte Hermos ihn am Kragen. Das dünne Hemd riß mit einem lauten Geräusch in zwei Hälften. Hermos ließ den Stoff los, sein Blick wurde ernst. Ein langer Schnitt verlief über den Rücken des Mannes: von der rechten Schulter zu seiner linken Hüfte.

»Er hat die ...« Die Faust des Fleischers brachte Hermos zum Verstummen; sie landete wie ein Hammer in seinem Leib. Hermos taumelte stöhnend zurück.

Morcastle sprang dem Fleischer auf den Rücken und schlang ihm eine Reihe zusammengeknoteter Taschentücher um den Hals. Er zog zu, und Dominicks Gesicht rötete sich. Abrupt bückte er sich, und Morcastle flog über die muskulöse Schulter. Der Magier landete flach auf dem Rücken. Dominick lachte.

Marie wandte sich in die Richtung des Gelächters, riß den purpurfarbenen Schleier herunter und warf einen ihrer Dolche. Die Klinge grub sich tief in den Arm des Fleischers. Das Gelächter verwandelte sich in Stöhnen, als er den schwarzen Dolchgriff packte und zog. Doch bevor er die Klinge herausziehen konnte, legte sich ein anderes Paar Arme um ihn.

Hermos riß den Fleischer zu Boden. Dann setzte er zu einer Kopfzange an und drückte. Der Silberzahn blitzte auf. Dominick brüllte, seine Zähne gruben sich in den Arm des Riesenmenschen und bissen mit aller Kraft zu. Hermos schrie schmerzerfüllt auf, und sein Arm wurde schlaff.

Dominick kroch rückwärts und zog sich den Dolch aus seinem Arm. Wie ein Bulle schnaubend warf er sich auf Hermos und trieb dem Riesenmenschen die Klinge in den Leib. Hermos umklammerte den Dolchgriff und wand sich am Boden. Dominick stand auf, und sein blutverschmierter Mund stieß ein Lachen aus. Er sprang auf Oreaux zu, setzte dem Orakel seinen schweren Stiefel auf die schmale Brust und warf den schwarzen Thron um. Die Rückenlehne knallte auf den Boden auf und zersplitterte. Dominick lief zur Zeltwand, hob die Plane hoch und kroch behende durch den Spalt.

Morcastle sah wütend zu der im Wind flatternden Plane hinüber, eilte zu dem blutenden Riesenmenschen und kniete neben ihm nieder. Satina nahm Marie beim Arm und führte sie ebenfalls zu Hermos. Die anderen verschleierten Damen, die gesehen hatten, daß der Fleischer fort war, kamen herbeigestürzt und flüsterten aufgeregt in einer exotischen und melodiösen Sprache.

»Zurück, meine Damen! Zurück!« schnauzte Morcastle in hilfloser Wut, während er ein Stück seiner Schärpe abriß und es auf die Wunde legte. Dann legte er die Hand um den Griff des Dolches, der noch immer in Hermos' Leib steckte. Ganz vorsichtig zog er die Klinge heraus. Dann drückte er die Schärpe auf die Wunde, die sich mit warmem Blut vollsog, und verscheuchte die um ihn herum versammelte Gruppe.

Hermos' lange, schmale Finger klammerten sich um die Hand des Magiers, und er starrte ihn mit ernstem, gefaßten Blick an. »Geht und fangt ihn«, sagte er.

»Was? Sei kein Narr«, erwiderte Morcastle und sah zu der losen Zeltwand, unter der sich der Fleischer hindurchgeschoben hatte. »Du bist verwundet.«

Marie legte dem Magier die Hand auf die Schulter. »Ich kann mich um ihn kümmern, Morcastle. Geh!«

Der Magier sah seine Gefährten an, und auf seinen Zügen war eine Mischung aus Besorgnis und Angst zu sehen. Er preßte die Lippen zusammen, stand auf und ging zu der Wand, durch die Dominick geflohen war. Er ergriff den Rand der schweren Zeltplane, hob sie in die Höhe, duckte sich darunter hinweg und verschwand im Trubel des Rummelplatzes.

Er kam in einer belebten Budengasse heraus. Ein ständiger Strom von Besuchern floß an ihm vorbei. Der Fleischer war nirgendwo zu sehen. Morcastle drängte sich entschlossen durch die Menge und ließ die Blicke umherschweifen. Da war ein linkischer Bauer, ein narbenübersäter Söldner, ein dicker Ratsherr, ein Mädchen...

»Verdammt«, knurrte Morcastle, als er das peinliche Gefühl der Erleichterung verspürte, das sich in seinem Inneren ausbreitete. Er erreichte die andere Seite des Plankenweges, stellte sich auf eine zerbrochene Kiste und sah nun auf die Köpfe der Besucher herab.

Im Fluß der Menge gab es eine breite Lücke, die an das Kielwasser eines Bootes erinnerte. Morcastle kniff die Augen zusammen und blickte zur Spitze der Lücke. Dort ging Dominick. Die Muskeln seines nackten Rückens spannten sich bei jeder Bewegung, und die halbmondförmige verkrustete Dolchwunde auf seinem Rücken hatte sich durch die Anstrengung gerötet.

Morcastle wollte rufen, aber dann stockte ihm der Atem. Das unablässige Hämmern seines Herzens übertönte ein einziges, der Verdammnis preisgebendes Wort.

»Mörder... Mörder... Mörder...«

Morcastle blinzelte. Dominick war fast schon außer Sicht. Es war besser, ihn fliehen zu lassen.

»Mörder... Mörder... Mörder...«

Morcastle atmete tief die kühle Nachtluft ein und schrie: »Mörder! Haltet ihn auf! Dominick der Fleischer ist ein Mörder!«

Die Menge um Morcastle herum blieb stehen, dann wich sie vor ihm zurück. Die Besucher starrten den Magier mit entsetzten Gesichtern an.

Morcastle sprang von der Kiste und bahnte sich einen Weg durch die Menge. »Haltet den Fleischer! Haltet den Mörder Dominick auf!« Die Leute wichen vor ihm zurück und machten den Weg frei, als Morcastle zu laufen anfing. »Helft mir«, beschwor er sie, während er nach Atem rang. »Haltet diesen Mann fest – diesen Mörder!«

Doch ihm begegneten nur leere Blicke, und er lief einen unheilverkündenden Spießrutenlauf.

Der Fleischer hatte fast das untere Ende des Artistenviertels erreicht – die Zeltstadt, wo die neuesten Mitglieder der Artistenfamilie hausten. Der perfekte Ort, um unterzutauchen. Der perfekte Ort für einen weiteren Mord.

Morcastle zeigte mit dem Finger auf Dominick. »Haltet ihn auf!« rief er voller Zorn. »Ist denn keiner da, der mir hilft?« Seine schmerzenden Füße zwangen ihn, stehenzubleiben. Er beugte sich vor, stützte sich mit den Händen auf den Knien ab und rang keuchend um Luft.

Jemand tippte ihm auf die Schulter. Es war Arkoo, der Leopardenjunge: seine Hände und Füße waren wie die Pfoten eines Leoparden, und sein schlanker, jugendlicher Körper war mit orangefarbenem und schwarzem Fell bewachsen. Arkoos gespaltene Oberlippe zog sich zurück, als er mit seiner pfotengleichen Hand über den langen Schnurrbart strich. »Was ist geschehen?« murmelte er aufgeregt.

Ein schmerzliches Lächeln zeigte sich auf Morcastles Gesicht. »Kannst du laufen, Junge?«

»Schneller als ein Pfeil«, behauptete Arkoo stolz und scharrte mit den Füßen über die Holzplanken.

»Dann lauf und fang den Mann ohne Hemd dort«, sagte Morcastle und zeigte auf den fliehenden Fleischer.

Arkoo nickte aufgeregt. Er ließ sich auf alle viere nieder und raste die Budengasse entlang. Seine krallenbewehrten Finger und Zehen hinterließen tiefe Kratzer in den abgenutzten Planken, während sie ihn an Reihen erschrockener Besucher vorbeitrugen. Arkoo stieß ein Lachen aus, das eher ein wütendes Knurren war.

Der Flüchtende stieg über den Zaun der Zeltstadt und tauchte in dem Labyrinth aus Segeltuch unter. Arkoo knurrte und beschleunigte seinen Schritt. Er raste wie ein Waldbrand an den Besuchern vorbei, und seine orangefarbene, gefleckte Haut bewegte sich dabei wie eine flackernde Flamme. Mit vier großen Sätzen hatte er den Zaun erreicht, der das Artistenviertel umgab. Er biß die spitzen Zähne zusammen und sprang. Mit der Anmut einer Raubkatze setzte er über die schreienden Besucher und den weißgetünchten Zaun hinweg und landete in einer sandigen Gasse zwischen zwei Zelten.

Die Gasse war leer. Arkoos Augen zogen sich zu Schlitzen zusammen, doch seine Pupillen weiteten sich auffallend. Er sog die Luft ein, roch Sand und Rauch, Fisch, Fäkalien, Segeltuch und Stroh – die Düfte des Rummelplatzes. Aber dazwischen konnte Arkoo Schweiß, Blut und Angst ausmachen.

Der Mann, den er verfolgte, war hier vorbeigekommen, und er war noch in der Nähe. Arkoo erhob sich auf die Hinterbeine und schlich durch die Gasse. Er blieb stehen und drehte das Ohr in den Wind. Die Schreie der Menge waren verstummt; es war eine furchterfüllte Stille eingetreten, eine bedrohliche Ruhe, gestört nur vom fernen Geraune des Rummelplatzes. Nein, da war noch ein anderer Laut, der auf täuschende Weise mit den anderen verschmolz. Schnelle, vorsichtige Schritte. Die Schritte eines großen Mannes.

Arkoo stürmte los und jagte weiter, an den Zelten vorbei auf den baumhohen Laternenpfosten zu, der am entgegengesetzten Gassenende stand. Er sprang darauf zu und vergrub die Krallen in den zerfetzten Überresten der Plakate, die man hier einst angeklebt hatte. Arkoo packte fester zu und schob sich ruckweise in die Höhe. Seine Krallen ließen das Holz los und gruben sich ein Stück höher wieder hinein. Die große Laterne am oberen Ende des Pfostens schwankte bedenklich.

Arkoo konnte den Rummelplatz jetzt überblicken. Er entdeckte eine verstohlene Bewegung neben einem grauweißgestreiften Zelt, das etwa fünfzehn Meter von dem Pfosten entfernt war. Ein muskulöser Arm war kurz zu sehen und verschwand dann im Zelt.

Arkoo ließ das Holz los und sauste dem Boden entgegen. Er kam auf und rannte sofort auf das Zelt zu. Mit sechs lockeren Sätzen hatte er es erreicht. Er grub die Krallen in den Sand, stieß sich ab und sprang auf das Zelt. Der hohe Mittelpfosten brach knirschend. Das Zeltdach sackte zusammen, die Halteleinen wurden aus dem sandigen Untergrund gerissen. Aus dem Inneren ertönte ein Schrei, der von zersplitterndem Glas noch unterstrichen wurde.

Der Leopardenjunge entdeckte eine Gestalt, die sich unter der Plane hervorkämpfte. Arkoo sprang auf allen vieren über das Tuch, landete auf der Gestalt und warf sie zu Boden. Der Mann schrie auf und versuchte sich wegzurollen, doch Arkoo stieß seine Krallen durch die Plane und nagelte den stämmigen Mann fest.

»Rühr dich ja nicht«, knurrte er keuchend.

»Hier entlang«, sagte der Puppenspieler und machte eine unbestimmte, allesumfassende Geste mit dem schwarz verhüllten Arm. Der hünenhafte Mann sah die beiden Gendarmen finster an, dann stapfte er durch den Eingang zur Zeltstadt. Seine wuchtigen Stiefel hinterließen tiefe Abdrücke im Sand.

Hauptmann Moldau, der größere und ältere der beiden Gendarmen, warf dem Puppenspieler einen zweifelnden Blick zu, bevor er ihm folgte. Er musterte die Artisten, die sich mit Fackeln in den Händen in der Zeltstadt versammelt hatten. Der Hauptmann klopfte seinem Begleiter auf die Schulter und deutete auf die Menge. »Das wird eine häßliche Angelegenheit.«

Leutnant Ransen nickte und tätschelte den Schlagstock, der an seinem Ledergürtel baumelte. Er schloß sich Moldau an und rieb sich mit einer kalten, zitternden Hand übers Gesicht.

Drei Zelte am Rand des Artistenviertels waren von der Menge niedergetrampelt worden, und eines hatte man sogar versehentlich in Brand gesetzt. Die schmutzigen, fackelschwingenden Artisten betrachteten die Gendarmen mißtrauisch, als der Puppenspieler sie zur Mitte der Menge führte. Leutnant Ransen versuchte, sie zu ignorieren: die bärtige Frau, den dreibeinigen Mann, den armlosen Akrobaten, den Jungen mit dem Ziegenkopf...

»Da sind sie«, sagte der Puppenspieler grollend und zeigte auf ein paar Artisten.

Eine Blinde, ein Leopardenjunge und ein billig aussehender Magier hielten Dominick den Fleischer auf dem Boden fest.

Ransen zog den Schlagstock und ging auf die drei Artisten zu. »Laßt ihn los, ihr Freaks!«

»Wartet«, fauchte die Blinde wütend und stellte sich dem Leutnant in den Weg. »Dieser Mann ist ein Mörder.«

»Unsinn«, sagte der Hauptmann und verschränkte die Arme über der Brust. »Das ist Dominick der Fleischer.«

»Das ist genau die richtige Bezeichnung für ihn«, sagte der Magier und bemühte sich mit aller Kraft, den Mann unten zu halten. »Er hat hier auf dem Rummelplatz drei Morde verübt. Wir haben Beweise.«

»Was für Beweise? Her damit!« verlangte Leutnant Ransen kurz angebunden.

»Er hat Borgo den Schwertschlucker in meinem Wohnwagen getötet«, fing die Blinde an. »Dabei hat er einige blutige Handabdrücke zurückgelassen, bei denen der Zeigefinger fehlte. Der Gendarm am Tatort hat versucht, sie abzuwaschen, aber man kann sie noch immer schemenhaft erkennen.«

»Und die Stiefelabdrücke hier und bei den anderen Tatorten gehören zu den Stiefeln dieses Mannes.«

Der Leutnant beugte sich vor und schaute sich die Stiefelsohle an. »Die sind so ähnlich wie meine.«

»Wir können Euch im Wald unterhalb des Rummelplatzes

einen ganzen Friedhof zeigen. Er hat über hundert unserer Leute auf dem Gewissen, immer einen nach dem anderen, damit es niemandem auffiel – damit wir annehmen sollten, sie wären einfach weitergezogen«, sagte Marie.

»Woher sollen wir wissen, daß du dir das nicht einfach aus den Fingern gesogen hast?« fragte der Hauptmann mit einem Lachen.

»Wir werden Euch den Friedhof zeigen und die Handabdrücke...«

»Sie sind zu mir gekommen«, mischte sich plötzlich der Puppenspieler ein. »Sie haben mir heute morgen davon berichtet. Ich glaube ihnen, Leutnant, und Lord Odieu tut es auch. Ich würde vorschlagen, du folgst seinem Beispiel.«

Ransen musterte die Artisten mit zusammengekniffenen Augen. »Das sind ernsthafte Anschuldigungen. Ihr müßt uns nach L'Morai begleiten, um sie zu Protokoll zu geben. Es wird ein Verhör vor dem Rat notwendig sein, um ihn zu verurteilen.«

Die Züge der Blinden verhärteten sich. »Wann brechen wir auf?«

»Sofort.«

5

Hermos lag auf dem Boden des Wagens der Heilerin und betrachtete das hypnotisierende Schaukeln der an der Decke befestigten Laternen. Seine Zehen stießen an die Wand des stickigen Wagens, und sein Kopf berührte das andere Ende. Zu beiden Seiten engten ihn die umherschreitenden Füße anderer Leute ein. Köpfe senkten sich über seine reglose Gestalt; die Köpfe von Leuten, die sich über ihn bückten und ihn musterten.

Es war das erste Mal, daß er zu ihnen aufsehen mußte.

Die Heilerin murmelte etwas über Pulver und stinkende Salben. Die Seidenärmel ihrer Bluse strichen ständig über das Gesicht des Riesenmenschen, während sie arbeitete.

»Laßt ihm doch etwas Luft«, krächzte sie, ohne zu bemerken, wo ihr Ärmel hing. »Zurück mit euch, Leute! Laßt ihm Luft zum Atmen.«

Sie klatschte Hermos eine dicke, senfähnliche Masse auf die Brust und verrieb sie. Diejenigen, die noch nicht zurückgewichen waren, taten es jetzt. Hermos zuckte zusammen; er rümpfte die Nase. Dann blickte er mißtrauisch zu der Frau, und seine knochigen Hände krallten sich in das blutdurchtränkte Leinen, mit der die Messerwunde in seinem Leib verbunden war.

»Keine Sorge, Hermos. Die Salbe vertreibt die Geister«, sagte die Heilerin mit einem schiefen Grinsen.

»Ich habe mir gedacht, daß es dazu kommen wird«, ertönte eine Stimme von draußen.

Die Schaulustigen, die den Eingang zum Wagen und Hermos umringten, starrten erschrocken auf die Frau, die in der Tür stand. Es war Marie die blinde Jongleurin, und neben ihr stand Morcastle. Trotz ihrer toten Augen wußte sie genau, was hier vorging. Sie ging auf den Riesenmenschen zu und stieß die herumlungernden Leute beiseite; ihre Nase führte sie zu dem eingesalbten Hermos, und sie kniete neben ihm nieder. »Was ist das für ein Zeug?« fragte sie.

»Salbe«, stieß Hermos hervor. »Für die Geister.«

Marie schüttelte den Kopf und lächelte. »Salbe?« Sie beugte sich vor, kratzte die dicke Paste von Hermos' Brust und beförderte sie mit einem Schlenkern ihres Handgelenks auf den Boden. »Mächtiger Prin-zah!« flüsterte sie verschwörerisch. »Ich wünschte, wir hätten einen richtigen Heiler.«

»Ich bin eine richtige Heilerin«, protestierte die gekrümmt dastehende alte Frau.

Marie tastete den Verband ab, der die Messerwunde bedeckte. Er hatte sich gelockert und war mit Salbe verschmiert. »Das müssen wir neu verbinden.« Sie wischte sich die Reste der an ihren Fingern klebenden, stinkenden Salbe am Rock ab und löste den Verband.

Morcastle kniete sich neben sie. »Warte. Ich habe etwas, daß die Geister wirklich verscheuchen wird.« Er holte eine Taschenflasche hervor und goß den Verschluß voll. »Halt dich fest, und sieh zu, daß du dir nicht auf die Zunge beißt. Das wird etwas brennen.«

Hermos ergriff einfach die Fußknöchel zweier Zuschauer. Morcastle goß die braune Flüssigkeit auf die Wunde. Der Riesenmensch schrie auf und umklammerte die Fußgelenke.

Morcastle wich zurück und drückte ein frisches Tuch auf die Wunde. Als Hermos aufhörte, sich zu winden, warf der Magier Marie einen besorgten Blick zu. »Ich fürchte, er kann nicht reisen«, sagte er, als er die Wunde behutsam neu verband.

Marie blinzelte und legte Hermos die Hände auf die Schulter. »Er hat recht, Hermos. Aber mach dir keine Sorgen. Wir werden diesen Fleischer seiner gerechten Strafe zuführen.«

Der Riesenmensch runzelte die Stirn. »Wo wollt ihr hin?«

»Arkoo hat den Mörder gestellt«, erwiderte Morcastle mit glänzenden Augen. »Du weißt schon, Arkoo der Leopardenjunge. Wir reisen nach L'Morai, um gegen Dominick auszusagen. Keine Sorge, er wird nicht wieder freikommen.«

Marie lächelte und klopfte Hermos auf die Schulter. »Du mußt dich ausruhen, aber du solltest sehen, daß du aus der Hütte dieser Kurpfuscherin rauskommst und dich in dein eigenes Zelt legst.«

Morcastle kämpfte sich ächzend auf die Füße und streckte dann die Hand aus, um Marie aufzuhelfen. Sie gingen zur Tür.

Bevor sie den Wagen verließ, blieb Marie noch einmal stehen. »Drück uns die Daumen, Hermos.«

»Das tue ich«, sagte Hermos, bevor sein Gesicht von den fieberhaften Bewegungen der Heilerin verdeckt wurde.

»Ich drück dir auch die Daumen«, murmelte Marie.

Morcastle zerrte an ihrem Arm und zog sie die zwei Stufen am Eingang des Wohnwagens hinunter. Marie, die fast gestolpert wäre, prallte gegen den Magier, der plötzlich stehenblieb. »Warum hast du mich weggezogen? Er hat doch gar nicht hören können, was...«

»Marie, da ist jemand gekommen, der uns sprechen will«, unterbrach Morcastle sie mit kalter und angespannter Stimme. Er strich sich über die gewachsten Enden seines Schnurrbartes, während er den Fremden musterte. Der Mann trug einen geschmackvollen Mantel aus grauer Wolle über einem weißen, zerknautschten Hemd, schwarzen Kniebundhosen, grauen Strümpfen und schwarzen Lederschuhen. Sein Gesicht verriet seine Jugend; er hatte breite, helle Augen, eine Adlernase und einen faltigen Mund. Er streckte die dünne Hand aus und packte Maries Finger. Dann ließ er sich auf ein Knie fallen, nahm den federgeschmückten Hut ab und drückte ihr einen Kuß auf die Hand.

»Guten Abend«, sagte er mit nasaler Stimme. »Ich bin L'Aris, Page des Rates von L'Morai und Rechtsbeistand für Ankläger, wie ihr es seid. Als die Gendarmen mit der Nachricht von Dominicks Verhaftung eintrafen, hat der Rat mich losgeschickt. Ich stehe euch zu Diensten«, kam er zum Schluß und erhob sich anmutig.

Marie zog die Hand zurück und faßte nach Morcastle. »Gut, Eure Bekanntschaft zu machen, Sire. Aber wir müssen los. Die Gendarmen erwarten uns.« Sie schritt um den Advokaten herum und nahm Morcastle mit.

L'Aris sah der jungen Frau verblüfft hinterher. Einen Augenblick lang blieb er so stehen, dann eilte er ihnen hinterher.

»Entschuldige, ich bin hier, um euch zu vertreten, nicht um euch zu verurteilen«, sagte L'Aris eindringlich und zeigte auf den Rummelplatz.

Marie drehte sich um, und ihr Rock schwang ihr um die schlanken Beine. »Vielen Dank für Euer Angebot, aber ich dachte, daß der Puppenspieler uns vielleicht beraten würde.«

Der junge Mann blickte amüsiert drein. »Der Puppenspieler? Er ist einer der Ratsherren. Nur bei außergewöhnlichen Fällen schreitet er ein...«

»Dann werden wir unseren Fall selbst vertreten«, sagte Marie höflich.

Das Gesicht des jungen Mannes rötete sich, und er wandte

den Blick ab. »Du stehst hier nicht vor Gericht, Jongleurin, sondern Dominick der Fleischer.«

»Ich will offen sein, Advokat L'Aris«, sagte Marie. »Rechtsberater wie Ihr habt den Ruf, Freaks gegenüber den Bürgern zu benachteiligen.«

»Ohne mich habt ihr keine Chance«, sagte der schlanke Advokat und verschränkte die Arme vor der Brust.

Morcastle warf seiner Gefährtin einen besorgten Blick zu und nahm sie beiseite. »Er ist vielleicht unsere einzige Hoffnung. Wir können nicht erwarten, unseren eigenen Fall vorzubringen und zu gewinnen. Und wir müssen erreichen, daß dieses Ungeheuer verurteilt wird.«

Maries Blick schweifte abwesend in die Ferne, als würde sie einer inneren Stimme lauschen. »Sie haben etwas Besonderes an sich, Morcastle – Rechtsgelehrte, meine ich. Etwas, das mein Vater mir erzählt hat, aber ich kann mich nicht daran erinnern.« Sie wandte sich dem Advokaten zu. »Was wollt Ihr für uns tun?« fragte sie dann.

»Erst einmal werde ich euch befragen, um die ganze Geschichte in Erfahrung zu bringen und jeden noch so winzigen Beweis gegen Dominick zu sammeln. Außerdem werde ich euch beraten bei dem, was ihr sagen und was ihr verschweigen sollt. Aufgrund der Befragungen werde ich nach weiteren Beweisen suchen, sie zusammentragen und schließlich präsentieren. Dann werde ich den Fall für euch vor dem Rat vorbringen.«

»Beantwortet nur noch eine Frage«, sagte Marie leise. »Advokat L'Aris, betrachtet Ihr uns als Freaks?«

Der junge Mann wurde blaß. »Ja«, erwiderte er ruhig. »Ich glaube schon. Ich glaube sogar, daß ich das schon immer getan habe. Aber ohne meine Hilfe besteht nicht einmal die Chance, daß man euch anhört.«

Maries Lippen verzogen sich zu einem dünnen, grimmigen Lächeln. »Zumindest seid Ihr ehrlich«, erwiderte sie. Sie bedeutete ihm, ihr zu folgen. »Gehen wir.«

Der offene Wagen kämpfte sich über die Heide. Der Himmel war voller dichter Wolken, die die Sterne verdeckten. Allein die an den Karrenholmen befestigten Laternen beleuchteten die Heidestraße ein wenig. Der Wagen hatte den Glanz des Rummelplatzes hinter sich gelassen, und die Lichter des Tales von L'Morai waren noch sieben Kilometer entfernt. Über der dazwischenliegenden Heide herrschte Finsternis. Finsternis und ein kalter Wind.

Morcastle zog seinen dünnen Umhang enger und sah zu, wie sein Atem geisterhafte Wölkchen verursachte. Marie saß neben ihm, ihr schlanker Körper zitterte vor Kälte. Um die Schultern trug sie den Satinumhang des Advokaten, der sie nur wenig wärmte.

Während sie dort entlangfuhren, blickte L'Aris mit zusammengekniffenen Augen auf ein paar Papiere, die auf einem Silbertablett lagen, welches er auf den Knien balancierte. Er hatte eine ganze Zeit geschrieben, Marie und Morcastle verschiedene Fragen gestellt und gelegentlich das Blatt hochgehoben, um das Niedergeschriebene besser lesen zu können. Wer war ermordet worden? Wo waren die Leichen? Wer war der erste Zeuge am Tatort gewesen? Wer war der erste Gendarm gewesen? Warum wurde Dominick verdächtigt?

Die endlosen Fragen rekonstruierten den schrecklichen Abend, an dem Marie ihren blutgetränkten Wohnwagen betreten und die Leiche gefunden hatte. Und als L'Aris genug von diesem Zwischenfall wußte, erkundigte er sich nach der Entführung und Ermordung Panols und Banols, den Gräbern auf der Heide und der Jagd über den Rummelplatz.

Schließlich stellte L'Aris die Frage, die sowohl Marie als auch Morcastle wieder hellwach werden ließ. »Was werdet ihr machen, falls Dominick euch anklagt?«

»Uns anklagt?« fragte Morcastle mit blitzenden Augen. »Was meint Ihr damit, *uns* anklagt?«

»Vor dem Rat kann alles passieren«, erwiderte der junge Mann kühl und wischte sich Tau vom Kragen seiner Jacke. »Man hat mir erzählt, wie Beschuldigungen auf den Ankläger zurückgefallen sind, wie es im Gerichtssaal zu öffentlichen Hinrichtungen gekommen ist, wie der Rat sogar untereinander in Streit geraten ist. Der Rat von L'Morai ist wankelmütig.«

»Aber wie könnte Dominick uns anklagen?« wollte Morcastle wissen. »Wir haben nichts getan.«

»Ihr beiden seid die einzigen, die Beweise gesammelt haben«, erwiderte L'Aris. Er rieb die Fingerspitzen aneinander. »Was noch viel schlimmer ist, der erste Mord geschah in Maries Wagen. Er wird vielleicht behaupten, daß du die ganze Sache geplant hast: Du hast die Beweise gefälscht, den Puppenspieler falsch unterrichtet und ihn nach L'Morai geschickt, damit er einen passenden Verdächtigen aufspürt. Dann hast du ihn dazu gebracht, Dominick den Finger abzuschlagen und ihm die Rückenwunde beizubringen...«

»Das ist lächerlich«, stieß Morcastle entrüstet hervor.

»Lächerlich oder nicht, so könnte Dominicks Verteidigung aussehen«, sagte der junge Advokat mit einem Schulterzukken.

»Wir haben genug von Euren Fragen beantwortet«, mischte sich Marie ein. Sie drängte sich näher an Morcastle. »Nun könnt Ihr auch eine beantworten. Was könnte bei dem Prozeß sonst noch passieren?«

Der Advokat lehnte sich mit einem kurzen, zurückhaltenden Lächeln auf der Bank der offenen Kutsche zurück und verschränkte die Arme. »Es wird zwei Prozesse geben: die Anhörung und den eigentlichen Prozeß. Die Anhörung wird noch heute abend stattfinden, direkt nach unserem Eintreffen. Dort werden die Ankläger – also ihr beiden – dem Gericht ihre Behauptungen vortragen und die Klage einreichen. Heute werdet ihr keine direkten Beweise oder ausführlichen Aussagen vorbringen müssen. Wenn der Rat eure Anklagen einer Verfolgung für wert befindet, werdet ihr und der Gefangene auf den Prozeß warten. Zu diesem Zeitpunkt wird der Angeklagte für schuldig gehalten und muß Beweise und Aussagen beibringen, um das Gegenteil zu beweisen. Ich werde die Beweise und Aussagen für eure Seite zusammentragen. Dann wird der Prozeß abgehalten – die Beweise werden präsentiert, und die Zeugen werden ins Kreuzverhör genommen. Und das Volk wird entscheiden.«

»Das Volk?« fragte Morcastle.

»Ja«, sagte L'Aris. »Der Rat fungiert lediglich als Schiedsrichter. Die Abstimmung des Volkes führt zum Urteil.«

»Wartet«, sagte Morcastle und rutschte ein Stück auf seinem Sitz vor. »Da vorn ist etwas.«

L'Aris faltete das Blatt Papier und schob es in seine Tasche, während er aufblickte. Aus den dunklen Schatten zu beiden Seiten der Straße schälten sich zwei gewaltige Steinsäulen, die in der Nacht riesig wirkten. Die Straße führte zwischen ihnen hindurch und beschrieb dann einen Bogen nach rechts. Ein tiefes Tal öffnete sich zur Linken des Wagens. Überall funkelten helle Lichter.

»Wir kommen von der hohen Heide herunter«, sagte L'Aris. »Dort links ist L'Morai. Die Stadt erstreckt sich über dieses Tal und das nächste. Ich nehme an, Ihr seid noch nie in L'Morai gewesen?«

»Ich nicht«, erwiderte Morcastle, »aber Marie ist in L'Morai geboren worden, doch nachdem das Fieber sie hat erblinden lassen und ihren Vater getötet hat...« Er hielt inne. »Es tut mir leid, Marie.«

»Schon gut«, erwiderte sie leise. »Was siehst du, Morcastle?«

Errötend beugte er sich zur linken Seite herüber. Auf dem steilen Abhang vor ihm waren Hunderte flackernder Lichter zu sehen, die sich weiter in das tiefe Tal erstreckten und die Hänge des gegenüberliegenden Berges wieder emporklommen. »Es ist alles hell erleuchtet. Dort müssen Tausende von Häusern und Läden sein.« Der warme Schein aus den Fenstern fiel auf die felsigen Seiten des Tales. »Ich kann sehen, wo die Straße hinführt. Sie führt in Kurven den Berg hinunter bis ins Tal.«

»Da ist ein Fluß«, murmelte Marie.

Morcastle nickte, als er das Geräusch nun auch hörte. Das entfernte Rauschen eines breiten Weißwasserflusses erreichte das Ohr des Magiers. Er glaubte, das Flußbett und vier oder fünf Brücken ausmachen zu können. Am anderen Flußufer gab es noch mehr Laternen, und Morcastle konnte schmale Straßen sehen, die zwischen den Häusern vorbeiführten.

»Es ist wunderschön«, sagte er unvermittelt.

»Ja«, meinte Marie. »Ich wünschte, ich könnte mich erinnern, wo Vaters Laden war. Ich war so jung. Ich weiß nicht einmal mehr, wie er ausgesehen hat oder welches Handwerk Vater betrieben hat. Aber ich kann mich erinnern, daß ich mich dort so geborgen gefühlt habe.«

»Vielleicht könnten wir ihn gemeinsam finden«, schlug Morcastle vor.

»Leider werdet ihr keine Möglichkeit haben, allein in der

Stadt umherzustreifen«, wurden sie von L'Aris unterbrochen. »Vermutlich ist dieser Augenblick genausogut wie jeder andere, um euch die Regeln zu erklären: Während eures Aufenthaltes in L'Morai müßt ihr jeder meiner Anweisungen gehorchen; ihr müßt bei mir bleiben, außer wenn ihr euch in euren Quartieren befindet; außer mir dürft ihr keinen Bürger berühren oder mit ihm sprechen, nicht einmal dann, wenn man euch anspricht...«

»Wir dürfen nicht atmen, es sei denn, man erlaubt es ausdrücklich«, meinte Morcastle.

L'Aris ignorierte die Bemerkung. »Ihr seid Besucher, also seid ihr nicht dem strengen Moralkodex von L'Morai unterworfen. Aber jeder Bürger, den ihr beleidigt, könnte euch sofort anklagen, also haltet euch nur an mich. Verstanden?«

»Ja«, sagte Marie ruhig. »So lange, wie das für beide Seiten gilt.«

Der Wagen gelangte an eine enge Kehre. Der Kutscher knallte mit der Peitsche und zerrte die Pferde hart nach links. Als der Wagen um die Ecke fuhr, sagte L'Aris trocken: »Ja. Das gilt für beide Seiten.«

Die Straße wurde jetzt steiler. Gelegentlich kamen sie an Hütten und Bauernhöfen vorbei. Dann standen die Häuser am Straßenrand immer enger beieinander, bis es schließlich keine Lücken mehr zwischen ihnen gab. Rauch quoll aus den Reihen von Schornsteinen.

An die Häuser schloß sich ein Geschäftsviertel an. Nachdem der Wagen vier Schenken, drei Gasthäuser, einen Kerzenmacher, einen Schmied, einen Stall, einen Kupferschmied, einen Glasbläser und zahllose andere Läden passiert hatte, erreichte er die Talsohle.

Das laute Rauschen des Flusses dröhnte in ihren Ohren, als der Kutscher über eine der gewölbten Brücken fuhr. Auf der anderen Seite befand sich ein gewaltiges, rundes Gebäude, das weit über das Ufer ragte. Die Steinwände waren mit gebogenen Marmorsäulen besetzt, die in einem kuppelförmigen Dach endeten. Es hatte fast den Anschein, als würde der schwarze Himmel auf dem Dach ruhen und durch sein Gewicht die Säulen verbiegen.

»Was ist denn das?« brüllte Morcastle gegen das Wasserrauschen an, als sie über die Brücke fuhren. Er zeigte auf das Gebäude.

»Das ist das Rathaus«, antwortete L'Aris.

»Sieht eher wie eine Festung aus«, bemerkte Morcastle.

»Das ist es auch«, erwiderte L'Aris. »Bevor es die Stadt gab, hat dieses Gebäude die Brücke über den Fluß Vinrouge bewacht. Darum entstand dann ein Handelsposten, dann kamen die Heidebauern, eine Universität, eine Bibliothek... und natürlich euer Rummelplatz.«

»Vergeßt nicht, zuerst kommt die Anhörung. Erzählt dem Rat, was ihr mir erzählt habt«, sagte L'Aris. »Ich werde falls nötig für die juristischen Begriffe sorgen. Oh, und seid bereit, sofort nach unserer Ankunft auszusagen. Dominick ist bereits da.«

Das Ratsgemach war riesig. Es besaß die Form eines Heptagons, dessen sieben Wände aus grauschwarzem Marmor bestanden. In jeder Ecke leuchtete eine Laterne, die lange Schatten auf die moderigen Wände warf. Bogenförmige Durchgänge führten in dunkle Gänge. In einem tropfte Wasser von der Decke.

Mächtige Granitsäulen markierten den äußeren Rand des Siebenecks. Sie trugen nicht nur die Steinrippen der Galerie, sondern schwangen sich weiter empor und verschmolzen schließlich mit dem kuppelförmigen Kreuzrippengewölbe, das sich über der Mitte des Ratsgemachs erhob. Jeder seiner sieben Abschnitte enthielt ein dunkles Fresko, dessen Farbe abblätterte.

Der größte Teil der freien Fläche des Ratsgemachs wurde von Bankreihen in Anspruch genommen, die ein großes, rundes Podium halbkreisförmig einschlossen. Zu beiden Seiten des Podiums standen Tische, die von hochlehnigen Stühlen und Geländern aus Eichenholz umgeben wurden. Die Wand hinter dem Podium war in etwa zwanzig gewölbte Nischen unterteilt, die dunkel und augenscheinlich nicht besetzt waren.

Morcastle führte Marie in das Gemach. Er fühlte das Zittern ihrer Hand. »Ich kann fühlen, wie groß es hier ist. Groß und feucht«, flüsterte sie.

Morcastle ging auf die Mitte zu. »Schon gut, komm mit.«

»Was siehst du?« fragte Marie und trat von den dicken Eichentüren am Eingang des Gemachs fort. Ihre abgetragenen Schuhsohlen streiften über den nackten Steinboden; ein beklemmendes Geräusch.

»Nicht viel«, gab der Magier flüsternd zurück. »Es ist ziemlich dunkel hier.« Er kniff die Augen zusammen und sah sich um. »Es ist wie eine Höhle«, sagte er. »Eine große Höhle mit Säulen und Laternen. Es gibt Bänke und ein paar Tische und ein Podium.«

Jemand klopfte ihm auf die Schulter. Es war L'Aris, der mit der Hand auf das Podium wies. »Bitte geht. Wir sind spät dran.«

Morcastle trat in den Mittelgang zwischen den Bänken und zog Marie hinter sich her.

Am anderen Ende des Gemachs warf eine flackernde Laterne ihr Licht auf zwei Abschnitte des Freskos. Der zur Linken war die Darstellung eines Mannes, der eine Gefängniszelle verließ, während sich der Kerkerwärter artig vor ihm verbeugte und eine helle Sonne am Himmel strahlte. Der andere Abschnitt zeigte denselben Mann in einer verklärten Abbildung; hier schwebte er über einer Menge ihm zujubelnder Bauern. Er hielt beide Arme weit ausgestreckt, während von seinem Kopf dunkle Strahlen ausgingen; sie sollten seine Macht symbolisieren, die sich über die unter ihm befindlichen Menschen ergoß.

»Wunderschön«, flüsterte Morcastle.

L'Aris berührte ihn erneut an der Schulter, um ihn anzutreiben. »Geh schon. Man erwartet uns.«

»Wer?« fragte Morcastle abwesend und ließ die Blicke weiter über die Kuppel schweifen.

»Sie«, erwiderte der Advokat und wies auf das entgegengesetzte Ende des Gemachs.

Auf einem der vielen von dem Holzgeländer umgebenen Stühle saß Dominick der Fleischer. An seiner Seite stand ein Mann von imposanter Statur. Allerdings trug er anstelle eines zerlumpten Hemdes einen Mantel aus feinster Seide, Rüschenhemd, Wolljacke und maßgeschneiderte Hosen. Im Vergleich zu ihm war L'Aris in Lumpen gekleidet.

»Ich habe mich schon gefragt, ob Euch die Wölfe gefressen haben«, sagte der Mann. Seine Stimme hallte durch das Gemach. »Oder ob Eure Zeugen es sich mit ihrer an den Haaren herbeigezogenen Geschichte anders überlegt haben.«

»So etwas hofft Ihr doch immer, Brucin, nicht wahr?« fragte L'Aris jovial. »Schließlich ist das für Euch die einzige Möglichkeit, einen Prozeß zu gewinnen.« Der schlanke Advokat führte Morcastle und Marie während dieser Worte zu dem unbesetzten Tisch vor dem Podium. »Bitte verzeiht unsere Verspätung. Einer der Zeugen ist von Eurem Schützling mit dem Messer durchbohrt worden.«

»Moment!« protestierte Brucin. »Der Prozeß hat noch nicht einmal begonnen, und schon gebt Ihr nicht belegbare Anschuldigungen von Euch. Ignoriert seine Reden, meine Lordschaften. Das ist nur ein weiterer von L'Aris' berühmten Verletzungen des Protokolls.«

»Verletzungen des Protokolls?« rief L'Aris dramatisch übertrieben aus. »Das müßt ausgerechnet Ihr sagen...«

Während die Advokaten mit ihrem Rededuell fortfuhren, betrachtete Morcastle die bogenförmigen Nischen an der Stirnseite des Gemachs. Sie waren dunkel, als würde jede von ihnen in einen Tunnel führen. Aber die Nischen waren nicht leer. Da waren Augen zu sehen, Augen, die mit stillem, geduldigem Interesse ins Gemach starrten. Morcastle sah eine schemenhafte Bewegung von schwarzem Stoff vor einem schwarzen Hintergrund, als sich eine Hand um eine Stuhllehne schloß.

»Genug!« ertönte eine Stimme aus einer der Nischen. »Schlimm genug, daß ihr uns zur Zeit der zweiten Nachtwache aus unseren Betten zerren müßt. Nun müßt ihr uns auch noch mit Possen aufhalten. Keiner von uns ist gekommen, um sich euer Theater anzusehen. Bringt die Ankläger, damit wir diese unangenehme Sache hinter uns bringen können.«

»Wie wahr!« erwiderte Brucin und warf L'Aris einen entrüsteten Blick zu. Der schlanke Advokat bemerkte ihn jedoch nicht, da er Marie bei der Hand genommen hatte.

Sie wich zurück. »Laßt Morcastle als ersten sprechen.«

»Nein«, flüsterte L'Aris mit einer abwehrenden Geste. »Du bist direkter und ehrlicher. Und die Tatsache, daß du blind bist und eine Frau, könnte uns bei den Ratsmitgliedern viel Sympathie einbringen.«

Marie runzelte die Stirn, aber sie erhob sich und folgte dem Advokaten zu dem Stehpult aus Granit auf dem Podium.

L'Aris legte ihre Hände auf den breiten, schwarzen Stein, der in die Oberfläche des Stehpults eingelassen worden war. »Nimm die Hände nicht weg. Es ist ein Logolith, ein Wortstein. Er wird ein Licht ausstrahlen, um anzuzeigen, ob du die Wahrheit sagst oder nicht.«

Marie nickte, während kalter Schweiß auf ihre Handflächen trat.

Eine nasale, weibliche Stimme kam aus einer der seitlichen Nischen. »Sag uns deinen vollen Namen, deine Abstammung und das Handwerk deiner Familie.«

Die abgestandene Luft im Raum ließ Marie husten. »Ich bin Marie. Ich kenne meinen Nachnamen nicht. Ich habe weder Abstammung noch Familie. Die Fieberseuche hat mich geblendet und mir die Eltern geraubt. Eines Abends klopfte ich als Bettlerin an das Tor des Rummelplatzes. Mein Handwerk ist das Jonglieren.«

Der Logolith strahlte hell auf, die Farbe der Wahrheit.

»Eine Artistin«, stieß ein Ratsherr hervor.

»Was jonglierst du?« fragte eine andere weibliche Stimme.

»Dolche.«

»Eine Dolchjongleurin«, murmelte ein Mann, »die den Fleischer beschuldigt. Das dürfte interessant werden.«

»Welche Anschuldigung willst du vor diesem Gericht vorbringen, Marie?« fragte die erste Frau.

»Ich beschuldige Dominick den Fleischer, meinen Freund Hermos niedergestochen zu haben und Borgo den Schwertschlucker, Panol und seinen Parasitenzwilling Banol sowie zahllose andere Mitglieder des Rummelplatzes von L'Morai ermordet zu haben.«

Der Wortstein leuchtete rot auf; die Farbe des Hasses.

»Körperverletzung und Mord, meine Lordschaften«, warf L'Aris ein.

»Du hast die Anklagen gegen dich gehört, Dominick«, sagte eine tiefe, körperlose Stimme. »Wie ist deine Erwiderung?«

»Sie ist verrückt, ein Freak«, sagte Dominick, und Speichel sprühte von seinen fleischigen Lippen.

Brucin stand auf und legte ihm die Hand auf die Schulter. »Wir bestreiten alle Anschuldigungen. Diese blinde Frau ist kein akzeptabler Zeuge. Sie kann denjenigen, von dem sie da spricht, nicht einmal sehen.«

»Sie ist sehr wohl ein akzeptabler Zeuge«, warf L'Aris ein und stand ebenfalls auf. »Ihr habt gesehen, daß der Stein weiß aufgeleuchtet hat. Sie sagt die Wahrheit.«

»Weiß ist ebenfalls die Farbe starker Leidenschaft«, stieß Brucin hervor. »Huren sind leidenschaftlich, ja, aber sagen sie auch die Wahrheit?«

Der Logolith wurde blutrot unter Maries Händen. »Wie könnt Ihr es wagen…«

»Ich war ebenfalls Zeuge des Verbrechens«, warf Morcastle nervös ein, »und meine Augen sind so gut wie die jedes anderen.«

»Entschuldigt die Unterbrechung, ehrenwerte Ratsmitglieder«, sagte L'Aris mit einem glatten Lächeln. »Das ist Morcastle der Magier, der den Mörder auf dem Rummelplatz gestellt hat.«

»Mein Klient ist kein Mörder«, polterte Brucin und hämmerte mit der Faust auf den Eichentisch. »Und schon lügen die Ankläger; es war nicht Morcastle, der Monsieur Dominick gejagt hat, sondern ein Tierjunge – halb Katze, halb Mensch. Wollt ihr etwa den Anschuldigungen einer Blinden, eines Tierjungen und eines Gauners Glauben schenken? Schließlich verdient dieser Morcastle seinen Lebensunterhalt damit, daß er anderen etwas vorgaukelt!«

»Brucin spricht sehr überzeugend«, ertönte die Stimme einer alten Frau. »Mit welchen Beweisen wollt ihr Freaks im Prozeß gegen Dominick den Fleischer aufwarten?«

Marie sammelte sich, und aus dem wirbelnden Rot des Logolithen wurde Weiß. »Am Ort von Borgos Ermordung hat der Fleischer mehrere Handabdrücke zurückgelassen, die zeigten, daß ihm der Zeigefinger fehlt.«

»An welcher Hand?« warf Brucin herausfordernd ein.

Maries Knöchel verfärbten sich weiß, und einen Augenblick lang umwölkte sich der Logolith. »Ich... ich kann mich ehrlich nicht mehr daran erinnern, obwohl ich glaube, daß es sich um die linke Hand handelte.«

»Meinem Schützling fehlt der Finger der rechten Hand.«

»Außerdem«, fuhr Marie fort, »habe ich den Fleischer am Ort des Verbrechens überrascht und ihm bei der Flucht eine Verletzung am Rücken beigebracht, einen langen Schnitt von der rechten Schulter zur linken Hüfte.« Sie konnte die weiße Hitze des Wortsteines spüren.

»Bitte dreh dich herum, Fleischer«, sagte die erste Frau, »und zeig uns deinen Rücken.«

Dominick blieb wortlos mit verschränkten Armen sitzen, bis Brucin ihn mit einer Geste zum Aufstehen drängte. Mürrisch erhob sich der muskulöse Mann. Er drehte sich um und machte den Rücken frei.

Dort war er, der rote, halbmondförmige Schnitt.

Im Ratsgemach breitete sich Stille aus. Schließlich trat L'Aris vor. »Falls nötig, werde ich Mitglieder des Rates zum Wald außerhalb des Rummelplatzes bringen, wo über einhundert Artisten begraben sind und die alle das gleiche seltsame Mal aufweisen, das Dominick Borgo, Panol und Banol eingeschnitten hat.«

»Darf ich etwas sagen?« fragte Brucin mit deutlich hörbarem Sarkasmus. »Dieser Rat hat sich nur selten mit den Belangen der Rummelplatz... artisten abgegeben. Traditionellerweise hat der Puppenspieler die Herrschaft über seinen Rummelplatz ausgeübt, und der Rat hat L'Morai regiert. Ich beantrage, daß wir diesen Fall abweisen und ihn dem ehrenhaften Urteilsvermögen des Puppenspielers übergeben.«

»Einen Augenblick«, unterbrach L'Aris.

»Ihr verstoßt gegen das Protokoll, Advokat L'Aris«, sagte einer der Ratsherren schrill. »Wir müssen Advokat Brucins Antrag bedenken.«

Während sich L'Aris zurücklehnte, beriet der Rat über den Antrag zur Abweisung.

»Mit den Gesetzen hat er recht.«

»Vielleicht ist das alles nur eine Intrige.«

»Der Schutz der Bürger muß für uns an erster Stelle kommen, erst dann kommen die Freaks.«

»Natürlich hat der Rummelplatz einen Friedhof; er existiert schon Hunderte von Jahren.«

Morcastle verfolgte die Verlautbarungen der Ratsherren unbehaglich, und Marie rückte von dem Stehpult ab und ertastete sich den Weg zurück zu den hochlehnigen Stühlen.

Schließlich endete die Diskussion der Ratsmitglieder, und ein Mann ergriff mit lauter Stimme das Wort. »Angesichts der unbarmherzigen Wahrheit, auf die der ehrenwerte Advokat Brucin uns aufmerksam gemacht hat, muß ich euch darüber in Kenntnis setzen...«

»Einen Augenblick bitte«, erscholl eine noch tiefere Stimme. »Ich habe mich bis jetzt zurückgehalten. Aber ich kann nicht länger schweigen.«

Morcastle wurde leichenblaß, als er die hünenhafte Gestalt erblickte, die sich in einer der Nischen erhob, und Marie schlug die Hand vor den Mund.

»Ja, ihr kennt mich, meine Kinder, nicht wahr?« sagte der Mann und trat aus der Nische. Er bewegte sich schwerfällig im flackernden Licht der Laternen, und die dicken, schwarzen Falten seines Gewandes raschelten leise.

»Ich bin Maudit Sienne, Puppenspieler des Rummelplatzes von L'Morai und Ratsherr dieser Stadt der Gerechten. Heute morgen kamen diese beiden Artisten und ein dritter zu mir, um mir ihre Sorgen anzuvertrauen. Statt zuzuhören, ließ ich sie an den Pranger stellen. Ich hätte ihnen zuhören sollen. Das Gesetz bestimmt, daß die schlimmste Bestrafung, die ich verhängen kann, das Einsperren ist. Aber falls Dominick der Ermordung meiner Artisten schuldig ist, sollte er im Krähenkäfig hängen, bis sein Leben erloschen ist. Vielleicht entspricht das Leben eines Freaks nicht dem eines Bürgers. Aber was ist mit zweien? Oder zehn? Was ist mit einhundert? Laßt diesen Prozeß geschehen, oder ich werde meinen Rummelplatz in eine Stadt verlegen, in der Gerechtigkeit herrscht. Und ihr alle wißt, was das für L'Morai die Wunderbare bedeuten würde.«

»Ja«, kam die Stimme Lord Odieus aus einer der Nischen. »Dem stimme ich zu. Wir müssen diese Angelegenheit ernst nehmen.«

Wieder berieten sich die Ratsherren und Ratsherrinnen flüsternd. Der Puppenspieler machte eine Bewegung, die eine gewisse Ähnlichkeit mit einer Verbeugung hatte, und zog sich wieder in die Schatten zurück.

»Nun müssen wir abwarten und hoffen«, flüsterte L'Aris den beiden Artisten zu. »Vielleicht hat der Puppenspieler unseren Fall gerettet. Allerdings« – er hielt inne – »halten ihn viele Bürger für den größten aller Freaks.«

Morcastle schüttelte den Kopf und warf einen Blick zum Tisch der Verteidigung hinüber.

Brucin musterte sie feindselig und murmelte Dominick etwas zu. Bevor er jedoch zu Ende kam, meldete sich der Ratsherr mit der tiefen Stimme wieder zu Wort. »Ehrenwerter Advokat L'Aris, wie lange würdet Ihr brauchen, um Eure Beweise und Zeugen präsentieren zu können?«

L'Aris erhob sich und verbeugte sich in Richtung der dunklen Nischen. »Es gibt ein Übermaß an hieb- und stichfesten Beweisen, daß ich lediglich einen Tag benötigen würde, um sie zusammenzutragen – das heißt, falls zwei der Lordschaften so freundlich wären, mich zum Rummelplatz zu begleiten.«

»Selbstverständlich«, erwiderte die körperlose Stimme. »Und Ihr, Brucin?«

»Ich brauche nicht mehr Zeit als die Ankläger. Viele von Dominicks Freunden – alles ehrenhafte Bürger – haben den guten Fleischer zu der Zeit in der Stadt gesehen, als die Morde angeblich stattfanden.«

»Dann«, schloß die laute Stimme, »soll der Prozeß morgen bei Einbruch der Abenddämmerung beginnen.«

L'Aris hielt Maries zitternde Hand, als sie sich durch das niedrige steinerne Portal zwängte. Morcastle folgte ihnen und hielt seinen Satinumhang fest, damit er nicht mit der feuchten Mauer in Berührung kam. Eine schläfrige Wache winkte sie ungeduldig durch den Eingang, schloß die dicke Eisentür und drehte den großen Schlüssel herum.

»Eure Zelle ist da vorn«, sagte der Mann und zeigte auf die Reihe mit Eisentüren versehenen Räume.

»Wie bereits gesagt«, sagte L'Aris entschuldigend, »vergebt mir für diese Unterbringung. Normalerweise dürfen die Ankläger bis zu ihrem Prozeß in ihren Häusern verweilen, aber...«

»Aber Freaks ist es verboten, sich frei in der Stadt zu bewegen«, vollendete Marie den Satz verbittert. »Wir könnten ja Leute angreifen – oder sie gar unterhalten.«

L'Aris lachte nervös. »Sie werden doch Einzelzellen haben, oder?« fragte er die Wache.

»Sperrt mich nicht allein ein«, sagte Marie schnell, bevor der Mann etwas erwidern konnte. »Ich brauche jemanden, der sehen kann – um die Tausendfüßler umzubringen.«

Morcastle warf Marie einen besorgten Blick zu. »Tausendfüßler? Hier, unter dem Ratsgemach?«

Die Wache schob einen anderen Schlüssel in ein Schloß und öffnete die Tür. »Also gut, hier herein.«

Morcastle trat über die Schwelle. Die Wände der Zelle waren aus dem dicken Granit des Felsens herausgemeißelt worden. Links hing eine schmale Pritsche, die mit dicken Ketten an der Wand befestigt war. In der linken Ecke standen je ein Wasser- und ein Latrineneimer, und in der rechten lag ein Bündel Stroh. An der einen Wand hingen zwei Paar Handfesseln.

Morcastle nahm Maries Hand und führte sie in die Zelle. »Es ist in Ordnung. Relativ sauber und trocken.«

»Und kalt«, sagte Marie und biß sich auf die Lippen.

»Könntest du ihnen Wolldecken bringen?« fragte L'Aris die Wache.

Der junge Soldat warf ihm einen gereizten Blick zu. »Ich werde sehen.« Er warf die schwere Tür hinter den Artisten zu und drehte den Schlüssel in dem rostigen Schloß um. »Muß auf meinen Posten zurück«, murmelte er.

L'Aris blieb an den in der Tür eingelassenen Gitterstäben stehen. »Ich entschuldige mich...«

»Zumindest sind wir vor dem Mörder sicher«, unterbrach Marie ihn.

»Ich bin morgen abend wieder da. Ich werde das Laken mit dem blutigen Handabdruck und einen Gipsabdruck des Stiefelabdrucks hinter Panols Bühne mitbringen, sollte er noch vorhanden sein. Außerdem werde ich die Aussage eures Freundes, des Riesenmenschen, und der beiden Ratsmitglieder, die sich die Gräber ansehen werden, aufnehmen.«

Morcastle nickte trotz der Sorgenfalten auf seiner Stirn. Er sah zu, wie sich L'Aris abwandte und ging. Da der Advokat die Fackel mitnahm, wurde es schlagartig dunkel. Als Morcastle hörte, wie der Schlüssel in der Tür zum Zellenblock herumgedreht wurde, zog er sich auf die hölzerne Pritsche zurück. Er ergriff Maries Hand und zog sie heran.

»Nun«, sagte er leise, »wir haben unsere Anklage vorgebracht. Nun können wir nur hoffen, daß es genug Beweise für eine Verurteilung gibt.« Seine Worte hallten in der kalten Zelle nach.

Marie vergrub das Gesicht in den Händen. »Ich bin einfach nur müde, und mir ist kalt.«

Morcastle stand auf, nahm den Umhang von den Schultern und legte ihn Marie um. »Behalte ihn. Ich habe eine Jacke, die mich warm halten wird.«

Marie klopfte auf die harte Pritsche. »Wie sollen wir denn hierauf schlafen? Es ist nur Platz für einen. Keine Decken, keine Matratze, kein Kissen...«

»Du schläfst jetzt«, sagte Morcastle. »Ich werde morgen schlafen. Nimm meinen Umhang als Decke; ich hole etwas Stroh für die Matratze und das Kopfkissen. Es sieht sauber aus.« Der Magier stolperte blind durch die Zelle. Er nahm eine Handvoll Stroh und trug es zur Pritsche. Dort machte er ein kleines Kissen und klopfte mit der Hand darauf.

»So, schon fertig. Leg dich hin und schlaf.«

Marie gehorchte. »Danke«, sagte sie. Morcastle lächelte

düster. Er ertastete sich mit ausgestreckten Armen den Weg zur Tür und legte die Hände um die Gitterstäbe. Hinter sich in der Finsternis hörte er Maries gleichmäßige Atemzüge. Bald war sie eingeschlafen.

Stille. Bis auf einen gelegentlich niederfallenden Wassertropfen, der in einem anderen Teil des Zellenblocks in einer Pfütze landete, herrschte absolute Stille.

Da vernahm Morcastle die Stimme.

Sie kam aus der Ferne und war ganz hell. Zuerst glaubte er, sie sich eingebildet zu haben, aber die Worte erklangen immer weiter. Es war Dominick, der in seiner Zelle vor sich hin murmelte. Er sprach mit sich selbst, und die Worte wurden beinahe zu einem Singsang.

»Ich werde euch Freaks umbringen. Ich werde freikommen, und ich werde euch töten.«

6

Morgendliches Sonnenlicht fiel schräg durch das hohe, schmale Fenster der Zelle und wärmte das müde Gesicht Morcastles des Erstaunlichen. Seine Augen waren gerötet und besorgt, vom Schlafmangel und der dunklen Nacht geschwollen.

Er hatte nicht enden wollende Stunden dort gesessen und

sich die Ohren zugehalten. Doch noch immer hallte Dominicks Drohung in seinem Bewußtsein wider. Morcastle hatte seine Gedanken auf viele andere Dinge gelenkt – Kartentricks, Fingerfallen, Zuschauer, den Wanderzirkus. Aber alle seine Erinnerungen und Mutmaßungen hatten wieder zu Marie zurückgeführt, dazu, wie zerbrechlich sie war, wie schutzbedürftig. Aber Morcastle wußte auch, daß er selbst im Inneren viel zerbrechlicher war, als sie es jemals sein würde.

Marie drehte sich auf der Pritsche um. Sie stöhnte und reckte die steifen Gliedmaßen. »Es muß Morgen sein«, sagte sie und berührte ihr Bein, wo ein Sonnenstrahl auftraf.

Morcastle warf ihr einen fiebrigen Blick zu, stand dann auf und fing an, auf und ab zu gehen.

Marie setzte sich auf und reckte sich erneut. »Es war nicht sehr erholsam«, sagte sie gedankenverloren, »aber zumindest hat es die Zeit vertrieben. Bist du wenigstens zu etwas Schlaf gekommen, Morcastle?«

Der Magier blieb stehen. Er hatte die ganze Nacht kein Wort gesagt, und seine Stimme klang rauh. »Zu sehr mit der Jagd auf Tausendfüßler beschäftigt gewesen.«

Marie stand auf und klopfte mit der Hand auf die Strohmatratze. »Leg dich hin. Der Prozeß fängt erst heute abend an.«

Der Magier ging zu der Pritsche, ließ sich darauf nieder und sackte in sich zusammen. »Die vergangene Nacht hat Wunder vollbracht, was meine Entschlußkraft angeht. Ich würde Dominick jetzt mit eigenen Händen umbringen, nur um in meinen Wohnwagen und mein Bett zurückkehren zu können.«

Marie beugte sich über ihn. Sie küßte ihn auf die Stirn, wie es eine Mutter tun würde, dann drückte sie seine Schultern auf das provisorische Kissen. »Ruh dich jetzt aus. Ich werde dich heute abend brauchen.«

Morcastle drehte sich auf die Seite und bettete das Haupt auf den Strohhaufen. Marie nahm den Umhang des Magiers von ihren Schultern und deckte ihn zu. »Schlaf gut«, sagte sie, aber er hörte sie schon nicht mehr. Er war bereits in die Finsternis und die Träume eingetaucht.

Da war ein Mann in seinem Traum, ein Mann mit dem Gesicht des Vaters und der Stimme der Mutter. Gesicht und Stimme sagten: »Sollte ich dich jemals wieder mit diesen Büchern erwischen, mein Junge, werde ich dich dem Rat ausliefern und Kastanien bei deiner Hinrichtung verkaufen.«

Aber Morcastle steckte die Nase wieder in die Bücher, schlug die Bücher der Magie auf und lernte die dort drin aufgeschriebenen Zauberformeln. Die magischen Sprüche kamen leicht über seine Lippen und malten dunkle Striche wie Symbole auf Papier in die Luft. Die Striche wurden länger und breiter und verschmolzen miteinander, bis sie ein trübseliges Kellerlaboratorium bildeten, so feucht wie die Zelle, in der er lag. Es befand sich unter der Erdoberfläche, von Felswänden umgeben, auf denen sich hundert Gesichter abzeichneten. Hoch an einer Wand hing ein Fenster, das lächelte. Die Wintersonne leckte zungengleich über dieses Fenster, berührte das geheime Labor und fuhr über die Taschenflaschen, Gläser und Tische, Bücher und Ängste und Geheimnisse, die es beherbergte.

Und sie berührte auch Morcastle den Magier.

Aber eines Nachts verschwand die Sonne von dem Fenster wie eine verschluckte Hostie, und Laternen glühten in den spinnwebverhangenen Dachsparren. Morcastle saß im Lichtschein unter den Laternen und brütete über einem Zauberbuch. Die Feder in seiner Hand war das Bein einer kleinwüchsigen Frau, und er tauchte den Zeh in ein Fäßchen mit schwarzer Tinte. Der Zehennagel kritzelte Worte von rechts nach links auf die Seite. Dann verharrte er.

Da war ein Laut gewesen. Darum hatte er zu schreiben aufgehört.

Morcastle sah von dem Manuskript auf, und das Frauenbein in seiner Hand trat furchterfüllt um sich. Er sah an den Gläsern voller Fledermausflügeln und Wassermolchaugen, der kreisenden Armillarsphäre, dem Wassertank, dem Brennofen und dem Ständer voller tanzender Schürzen vorbei. Dort, im finster lächelnden Fenster, sah er die Augen.

»Das muß Vater sein«, murmelte er im Schlaf, sich vage bewußt, daß Marie ihn gehört hatte. »Er ist gekommen, um seine Kastanien zu verkaufen.«

Die Augen verschwanden aus dem lächelnden Fenster, und Schritte kamen die Veranda hoch. Der Geruch gerösteter Kastanien erfüllte die Luft. Und Morcastle wußte Bescheid.

Er schlug das Buch zu. Die feuchte Tinte auf den Seiten verwandelte sich in Fledermäuse, die aus dem Buch emporflatterten und sich in den Spinnennetzen verfingen. Er hob das Buch von dem Ständer. Die Stiefelspitze seines Vaters trat bereits die Tür ein. Morcastle eilte zu einem großen, roten X auf dem sandigen Boden. Er wischte den Sand von einer Falltür fort und öffnete die darunterliegende Nische. Er legte das Buch auf die darin befindliche Zunge, schloß die Falltür und bedeckte sie wieder mit Sand.

Die Tür gab nach. Mit Schreien und Fackellicht stürmte der Vater das Labor und zersplitterte zu fünf oder sechs Gendarmen. Sie waren wie Bienen, die aus einer Flasche surrten. Morcastle trat von der geheimen Falltür zurück, seine Nase verwandelte sich in Wachs, das ihm heiß das Gesicht hinunterlief. Die Ordnungshüter strömten wie schwarze Tinte in den Keller, die lichtlose Woge stieg bis zu Morcastles Hals.

Ein kleiner Junge schwamm auf ihr, ein Junge mit einem Bart und blutenden Handflächen. Er zeigte anklagend mit dem Finger auf Morcastle.

»Das ist er«, verkündete er wütend und sprach mit der Stimme der Mutter. »Das ist der Hexenmeister!«

Die Gendarmen rülpsten im harmonischen Chor und fanden das sehr komisch. Dann packten sie Morcastle an den Armen und zerschlugen sein kostbares Geschirr mit Hasen, die sie aus den Hüten zogen. Einer warf eine Laterne um, die zerbrach und Öl auf den Boden fließen ließ. Das Öl entzündete sich sofort, und Feuer breitete sich im ganzen Laboratorium aus. Die Flammen gingen auf die Tische und Regale und Schränke über; sie nahmen das Gesicht des Vaters an und brüllten mit der Stimme der Mutter. Morcastle schrie auf, aber die uniformierten Männer trugen ihn bereits zur Treppe. Er sah, wie die Armillarsphäre vom Feuer erfaßt und die Planeten schwarz wurden und schmolzen.

Morcastle schreckte hoch; in seinen Augen spiegelte sich das Licht von L'Aris' Fackel. Der Advokat beugte sich über die Pritsche und betrachtete den Magier mit ernstem Gesichtsausdruck. »Wach auf, Morcastle. Der Prozeß fängt an.«

Morcastle schob den mittlerweile verschmutzten Satinumhang beiseite und setzte sich mühsam auf. Seine Beine fühlten sich bleiern an und hatten sich verkrampft, als beständen seine Knochen aus verrostetem Eisen. Er fuhr sich mit der Hand durchs Haar und rieb sich das müde Gesicht. Das Stroh hatte rote Striemen auf seinem Gesicht hinterlassen.

L'Aris nahm Marie bei der Hand. »Ich habe alle Beweise und Aussagen, die wir brauchen. Wollen wir hoffen, daß Brucin keine Überraschungen für uns bereithält.«

»Überraschungen?« fragte Marie.

»Ja, Überraschungen«, erwiderte der schlanke Mann schlicht. »Nachdem ich den Friedhof zusammen mit ein paar der Ratsherren besucht hatte, hat Brucin ihm ebenfalls einen Besuch abgestattet. Er hatte drei Ratsherren dabei.«

Ein widerhallender Glockenschlag erfüllte die Luft. Ihm folgte ein zweiter und ein dritter, jeder von unterschiedlicher Höhe, und jeder brachte die Zelle zum Dröhnen. Morcastle hielt sich die Ohren zu und stand auf.

»Was ist das für ein infernalischer Lärm?«

»Die Glocken des Rates«, sagte L'Aris. »Die Glocken von L'Morai. Sie rufen die Bürger zum Prozeß.«

Morcastles Augen war deutlich sein Erstaunen abzulesen. »Die ganze Stadt wird dasein?«

»Ja, das wird sie«, erwiderte L'Aris und zog die quietschende Zellentür auf. »Darum sollten wir uns auf den Weg machen.«

Morcastle bekam nur wenig von den Eröffnungsplädoyers mit. Die nur langsam verblassende Erinnerung an seine Träume und die riesige Kuppel über ihm, die sich wie ein großes Rad über seinem Kopf zu drehen schien, lenkten ihn ab. An diesem Abend wurde das Fresko von hundert Laternen erhellt, nicht nur von einer. Und es flößte ihm blankes Entsetzen ein. Der erste Teil, der sich über dem Eingang zum Ratsgemach befand, zeigte einen Gelehrten, der von einer Gruppe Gendarmen festgenommen wurde. Die Teile auf der linken Seite der Kuppel stellten den Gelehrten bei der Anhörung und dem Prozeß dar, der schließlich zu seinem Freispruch führte. Die letzte Szene, über dem Podium an der Stirnseite der Halle, zeigte den alten Mann, wie er das Gefängnis neben dem sich verneigenden Kerkerwärter verließ und ihm die Menge zujubelte.

Die Bilder auf der rechten Seite zeigten jedoch eine andere Anhörung und einen anderen Prozeß – und ein anderes Urteil. Das letzte Bild zeigte die Darstellung einer Hinrichtung. Was Morcastle am vergangenen Abend für als Strahlen symbolisierte Macht gehalten hatte, die dem Kopf des Mannes entströmten, waren in Wirklichkeit um seinen Hals geschlungene Stricke. Er wurde auf einen Pfahl gehoben, und die Leute, die sich unter ihm versammelt hatten, zogen an einer Vielzahl von Schlingen.

Morcastles Herz klopfte wie verrückt, und Dominicks Singsang geisterte durch seine Gedanken. Er blinzelte und packte die Armlehnen seines Stuhls. Konzentriere dich, befahl er sich, oder du wirst auf diesem Pfahl enden.

»Abschließend«, sagte L'Aris und wanderte auf dem Podium umher, »frage ich, wie konnte es geschehen, daß wir so blind waren, was die Gewalttätigkeit dieses Mannes anging? Warum hat es so lange gebraucht, zu erkennen, daß ein Mann, der es genießt, wehrloses Vieh zu schlachten, die Ermordung von Menschen zumindest erheiternd findet? Diejenigen unter euch, die Kinder haben, diejenigen, die sich noch erinnern können, wie es war, als L'Morais Straßen sicher und freundlich waren, hört meine Worte. L'Morai wird nicht sicher sein, bis dieser Mann, dieser Mörder, Dominick der Fleischer, für seine Verbrechen gegen das Volk verurteilt und bestraft ist.«

L'Aris blieb vor dem Stehpult in der Mitte des Podiums stehen. »Man wird euch bitten, sich anzuhören, wie jene zwei Unglücklichen die Verbrechen Dominicks schildern«, sagte er dann mit gesenkter Stimme. »Bitte urteilt nicht über sie, sondern hört euch an, was sie zu sagen haben.« L'Aris verbeugte sich dramatisch vor den Anwesenden. In der Menge erhob sich unruhiges Geflüster, und einige wenige klatschten sogar Beifall. Der schlanke Advokat richtete sich wieder auf und ging zu seinem Stuhl.

Nun begab sich Brucin auf das Podium; er schritt gebieterisch daher. Er hakte die Daumen in den Bund seiner Hose und setzte eine leidenschaftliche Miene auf.

»Eine elegante und überzeugende Rhetorik, die mein geschätzter Kollege da zum besten gegeben hat«, sagte er und deutete auf den Tisch der Anklage. »Aber es ist nur Rhetorik, nichts weiter. Nichts von dem, was L'Aris gesagt hat, entspricht auch nur im mindesten der Wahrheit! Die Wahrheit ist folgende«, brüllte er plötzlich und stampfte mit dem Fuß auf. »Die Anklage, daß ein Mord geschehen sein soll, wurde nicht von den Bürgern L'Morais erhoben, sie kommt nicht von Leuten, deren Lebenslauf und Neigungen uns bekannt sind. Nein. Die Ankläger in diesem Fall sind Leute vom Rummelplatz, ›Freaks von der Heide‹, wie sie eine der Lordschaften genannt hat.« Diese Erwähnung erntete Gelächter, und Brucin lächelte breit.

»Bedenkt, daß diese Artisten ihr Geld nicht mit ehrlicher Arbeit verdienen, sondern indem sie euch mit Taschenspielertricks und Betrug verblüffen. Bedenkt auch das Abnorme – nein, das Kranke dieser Mißgeburten. Ihr alle seid schon einmal auf dem Rummelplatz gewesen. Und euch allen ist die Besonderheit dieser Artisten bekannt.

Und gegen wen richten sie Anschuldigungen? Gegen Dominick! Dominick, der hier in L'Morai geboren ist, bei uns aufgewachsen ist und von seinem Vater Cisioux – möge er in Frieden ruhen – sein Handwerk gelernt hat.

Angesichts dieser Tatsachen und L'Aris' Rhetorik zum Trotz bitte ich den ehrenwerten Rat und die Bürger von L'Morai, diesem Mann, unserem Freund, seine Unschuld zu bescheinigen.« Donnernder Beifall erfüllte das Ratsgemach.

Einer der von den Schatten verhüllten Ratsherren meldete sich zu Wort. »Bringt Euren ersten Zeugen, Advokat der Anklage.«

L'Aris stand auf, verbeugte sich vor dem Rat und rief: »Zuerst rufe ich Marie die Jongleurin auf, Zeugnis abzulegen.« Er nahm Marie bei der Hand. Sie biß sich auf die Unterlippe und erhob sich von dem hochlehnigen Stuhl. L'Aris führte sie zu dem Stehpult auf dem Podium und legte ihre Hände auf den Logolithen. Er fing in einer Mischung aus Blutrot und Purpurrot an zu leuchten.

»Versuch, ein wenig ängstlich auszusehen«, flüsterte L'Aris, ohne die Lippen zu bewegen.

Auf Maries Gesicht breitete sich ein humorloses Lächeln aus. »Kein Problem«, wisperte sie zurück.

»Nun möchte ich die Geschehnisse rekonstruieren«, verkündete L'Aris den Zuschauern. »Während ich dieser reizenden Frau Fragen stelle, könnt ihr euch vor eurem geistigen Auge vorstellen, was in der Nacht, in der Borgo der Schwertschlucker gestorben ist, geschehen sein muß. Stellt euch vor, wer« – er deutete in Dominicks Richtung – »als einziger dafür verantwortlich sein kann. Laßt mich euch diese wunderschöne junge Frau vorstellen. Es war Marie, deren Wohnwagen von blutiger Mörderhand besudelt wurde. Marie, berichte uns, was in der Nacht geschehen ist, in der du den Mörder in deinem Wohnwagen angetroffen hast.«

Marie schluckte. Das rote Licht des Wortsteines verschwand und wurde von einem weißen Schein ersetzt. »Nun, ihr müßt wissen, daß ich mit Dolchen jongliere...«

»Ich sehe mich genötigt, den Rat daran zu erinnern«, sagte Brucin, als er das Podium betrat, nachdem Marie geendet hatte, »daß wir weniger Maries Version der Geschichte gehört haben als vielmehr L'Aris' Rekonstruktion. Nun, meine Liebe, jetzt wollen wir die Wahrheit ergründen. Du bist aus der Arena gekommen und hast in deinem Wohnwagen eine Leiche und einen Mörder gefunden. Ist das so richtig?«

»Ja«, erwiderte Marie.

Brucin zog theatralisch ein seidenes Taschentuch aus der Jackentasche und hielt es Marie vors Gesicht. »Der Advokat L'Aris hat außerdem diesen Fetzen hier präsentiert; es ist ein schwacher Blutfleck in Form eines Handabdrucks mit einem Daumen und nur drei Fingern zu sehen. Stammt der tatsächlich aus deinem Wohnwagen, wie er gesagt hat?«

»Ja, das ist richtig«, sagte Marie.

»Falsch«, sagte Brucin höflich und ließ das Taschentuch auf Maries Schulter fallen. »Falsch, falsch, falsch. Das Tuch, daß du da identifiziert hast, ist *mein* Taschentuch.« Er hob die andere Hand, die er bis jetzt hinter dem Rücken versteckt hatte, und hielt das Stück Leinen hoch, das L'Aris vorher als Beweismittel eingebracht hatte. »Dies hier, meine Liebe, ist das Laken, von dem du vorhin gesprochen hast.« Brucin ließ das Stück Leinen an einer Ecke baumeln. »Meine liebe Marie, wie blind bist du?«

»Ich kann hören, daß Ihr etwa 120 Kilogramm wiegt. Ich kann hören, daß Ihr Euch an Eurem schuppigen Kinn kratzt.«

»Wie blind du bist?« brüllte Brucin.

»Völlig!« schnappte Marie zurück.

»Ich verstehe«, sagte Brucin und trat von ihr weg. »Also hast du niemals die angeblichen Handabdrücke auf deinem Bett, den Wänden oder der Decke gesehen? Hast du jemals den angeblichen Stiefelabdruck mit Mehl am Innenrand gesehen? Hast du jemals das Gesicht des Mannes gesehen, der dich angeblich angegriffen hat?«

»Natürlich nicht!« rief Marie. »Aber ich habe ihn mit dem Dolch gezeichnet, von der...«

»Unterbrich mich, falls ich irre«, unterbrach Brucin sie ärgerlich, »aber erst gestern abend hast du dem Rat gesagt, daß dem Mörder der Zeigefinger der linken Hand fehlt, während Dominick seinen Finger an der rechten Hand verloren hat.«

»Was ist mit dem Schnitt auf seinem Rücken?«

»Nun hör aber auf!« erwiderte Brucin grollend. »Die Gendarmen haben ausgesagt, daß du die Verwundung erst erwähnt hast, nachdem Dominick gefangengenommen worden war. Sie haben sogar gesagt, daß du nichts davon erwähnt hast, bis du deinen Verdächtigen hattest. Kein Wunder, daß er so gut auf deine Beschreibung paßt! Du hast sie meinem Klienten auf den Leib geschrieben!«

Marie biß die Zähne zusammen. »Was ist mit dem blutigen Handabdruck auf meinem Bettlaken?« fragte sie.

»Wenn die Geschichten wahr sind«, entgegnete Brucin mit einem widerwärtigen Grinsen, »können Gendarmen auf den Bettlaken solcher Frauen, wie du eine bist, alle Arten von Handabdrücken finden.« Die Behauptung entlockte den Zuschauern höhnisches Gelächter, Gelächter, das die Kuppel füllte und durch das Gemach hallte. Brucin nahm sein Taschentuch wieder an sich. »Keine Fragen mehr. Du bist entlassen.«

Marie preßte die Lippen aufeinander. »Ich hoffe nur, daß er nicht eine von Euch geliebte Person tötet.« Sie stieß seine ausgestreckte Hand beiseite, ging zum Rand des Podiums und begab sich zu den Stühlen.

Brucin trat zurück und tat so, als würde er sich die Hände waschen, während er ihr nachsah. Mit dem Taschentuch tupfte er sich die Stirn ab, faltete es ordentlich zusammen und verstaute es in einer Westentasche.

Aus einer der Nischen erscholl eine Frauenstimme. »L'Aris, präsentiere deinen nächsten Zeugen.«

Der Advokat stand auf und verbeugte sich. Sein Gesicht wirkte im gelblichen Schein der Laternen blaß. »Ich rufe Morcastle auf.«

Er zeigte auf den Magier, der nun aufstand und zum Podium ging. Morcastle fühlte sich ohne seinen dunklen Umhang, der von der langen Nacht so zerknittert und beschmutzt gewesen war, daß er ihn in der Zelle zurückgelassen hatte, seltsam verletzlich. Am Stehpult angelangt, legte er die Hände auf den Logolithen, der sich sofort zu einem kränklichen Grün verfärbte. Es wurde gekichert.

»Bürger von L'Morai, öffnet euer geistiges Auge erneut, um zu sehen, wie der Mörder seine nächste Tat beging«, fing L'Aris an und zeigte wieder auf Dominick. »Bereitet euch zusammen mit mir darauf vor, die Geschehnisse zu rekonstruieren, die zum Mord an Panol und Banol führten. Morcastle, erzähl uns von dieser schrecklichen Nacht.«

Morcastle hustete einmal und fing dann an. »Ich erinnere mich, wie ich meinen Kopf unter die Guillotine legte...«

»Noch mehr verfälschende Phantasien von L'Aris«, behauptete Brucin, als Morcastle mit seiner Geschichte zu Ende gekommen war.

Morcastle stieß ein leises Stöhnen aus. »Es ist keine Phantasie...«

»Ein umgestürzter Hocker und ein Stiefelabdruck«, fiel ihm Brucin mit ungläubigem Staunen ins Wort. »Du behauptest also, daß mein Schützling – unser alter Freund und verdienstvoller Bürger L'Morais – einen Mord begangen hat, weil du einen umgestürzten Hocker und einen Stiefelabdruck gefunden hast?«

»Ja, aber...«

»Und deiner Geschichte zufolge wurden Banol und Panol vor einem Haufen Zeugen entführt, von denen keiner deine Version der Ereignisse bestätigen will?«

Morcastle lächelte und wischte sich den Schweiß von der Stirn. »Sie haben es vermutlich für einen Teil der Vorstellung gehalten. Außerdem, als wir die Leichen fanden...«

»*Du* hast die Leichen gefunden!« verkündete Brucin, wirbelte auf dem Absatz herum und zeigte mit dem Finger auf den Magier. »Du und diese Blinde! Bevor noch überhaupt jemandem das Verschwinden all dieser Artisten aufgefallen ist, standest du vor ihren Gräbern. Wie erklärst du das?«

»Warum sollte ich lügen?« stieß Morcastle verzweifelt hervor. Das Grün des Logolithen wurde noch intensiver. »Warum sollte ich Dominick beschuldigen?«

»Aus Angst«, sagte Brucin, und seine Stimme hallte durch das Gemach. »Das bedeutet es nämlich, wenn der Stein grün glüht. Angst. Du fürchtest die Bürger von L'Morai, und diese Marie haßt sie. Ihr Freaks fürchtet und haßt uns alle, weil wir das sind, was ihr gern sein möchtet.«

Morcastle hatte das Stehpult verlassen. »Ich habe nichts weiter zu sagen.«

Brucin schüttelte den Kopf. Er schaute dem Magier böse nach, als dieser zu den Stühlen am Tisch der Anklage zurückging. »Angst.«

7

»Hochgeschätzte und verehrte Mitglieder des Rates«, sagte Brucin, als Morcastle wie ein geprügelter Hund zu seinem Sitz zurückschlich, »ich habe nicht nur zwei Zeugen wie der schätzenswerte Advokat L'Aris, sondern zehn Zeugen, von denen jeder bereit ist, über den Aufenthaltsort meines Schützlings zur fraglichen Zeit auszusagen.«

Er drehte sich auf dem granitenen Podium herum und wandte sich den Zuschauern zu. »Aber im Gegensatz zu L'Aris verspüre ich nicht den Wunsch, die Zeit der ehrenwerten Bürger L'Morais zu verschwenden, wenn Dominicks Unschuld so klar ersichtlich ist.« Die Bemerkung rief heftigen Applaus hervor, und ein paar Bürger, die weiter hinten saßen, wandten sich dem Ausgang zu. »Die Ankläger haben nichts beweisen können, abgesehen davon, daß sie über unreines Blut und die Seelen von Vistani verfügen.« Wieder ertönte Beifall.

»Falls der Rat nun den Antrag stellen möchte, diese Angelegenheit abzuweisen, werde ich gern darauf verzichten, diese Zeugen aufzurufen.«

Die Ratsherren besprachen sich miteinander.

Morcastle, der neben Marie saß, kannte ihre Antwort bereits. Der Rat würde keine Freaks mehr anhören. Morcastle warf Dominick, der völlig unbeschwert auf der anderen Seite des Gangs saß, einen mörderischen Blick zu. Der Fleischer lächelte und blinzelte Marie zu. Eine dicke Zunge erschien zwischen seinen Zähnen, die über die fleischigen Lippen fuhr und einen feuchten Schimmer hinterließ. Morcastle blickte zur Seite.

Ich werde euch Freaks umbringen ...

Die wohlklingende Stimme eines Ratsherrn übertönte das Geraune der Menge. »Wir werden über den Antrag zur Abweisung entscheiden, nachdem jede Seite ihr abschließendes Plädoyer gehalten hat.« Die Menge reagierte mit ungeduldigem Gemurmel. »Zuerst werden wir die Ankläger hören.«

»Falls es mir die ehrenwerten Ratsherren gestatten«, wandte Brucin ein, »möchte ich, um uns allen Zeit zu sparen, mein Plädoyer jetzt halten.«

»Bitte.«

Brucin verschränkte die Hände hinter dem Rücken und fing an. »Eigentlich ist ein Abschlußplädoyer überflüssig. Die Anschuldigungen kommen von ein paar Freaks, die davon leben, unsere Sinne zu verwirren. Eine von ihnen ist blind, der andere ein Betrüger. Die eine haßt uns, wie der Logolith erwiesen hat, und der andere fürchtet uns. Beide haben nur lückenhafte Indizien gegen Dominick präsentiert, der allgemein bekannt ist und von uns allen respektiert wird.«

Er schob die Hände in die Taschen seiner Weste. »Aber, nur damit die Bürger die ganze Wahrheit erfahren, rufe ich den Ratsherren Leonid Klee als Zeuge auf. Er hat mich zu diesem sogenannten Friedhof begleitet, auf dem den Anklägern zufolge mein Klient seine Opfer begraben hat.« Brucin trat von dem Podium herunter. »Ratsherr Klee sagt ihnen, was wir gefunden haben.«

Morcastle starrte auf die Nische und strengte die Augen an, um die von der Dunkelheit versteckte Gestalt ausmachen zu können. Er konnte nichts sehen. Doch als Klee zu sprechen begann, erkannte Morcastle, daß es sich um den Mann handelte, der das ganze Verfahren geleitet hatte.

»Vielen Dank, Advokat Brucin. Ja. Ich habe den angeblichen Friedhof gesehen. Ich habe mich auf der Suche nach den angeblich dort verscharrten Leichen dort hinbegeben. Wir haben dort gar keine Gräber gefunden – nur Knochen und Überreste, die auf dem Boden verteilt lagen. Und das waren keine menschlichen Knochen, sondern die von Tieren. Wir haben zwei Stunden gesucht und kein einziges Grab gefunden, geschweige denn die Überreste eines Menschen. Nur die von Bären, Ziegen, Wölfen und Lämmern.«

Das Gemach füllte sich mit dem Geraune von Spekulationen. Morcastle wandte sich mit zusammengepreßten Lippen Marie und L'Aris zu. »Es ist vorbei«, flüsterte der Advokat. »Ich kann mir mein Schlußplädoyer genausogut schenken.«

Bevor L'Aris etwas dagegen unternehmen konnte, stand Marie auf und ging auf das Podium zu. Im Publikum wurde es leise, als alle die Frau sahen, die sich auf den Rat zubewegte. Ein paar Leute kicherten, als sie unsicher tastend den Weg auf die granitene Bühne fand.

Die Stimme von Leonid Klee brachte die Menge zum Schweigen. »Willst du das Abschlußplädoyer für die Anklage halten?«

»Ja«, erwiderte Marie. Sie trat ans Stehpult und legte die Hände auf den Logolithen. Er strahlte rot auf und wurde dann leuchtend weiß. »Die Anschuldigungen des heutigen Abends stammen nicht von uns – Advokat Brucin hat sie erhoben. Er hat nicht aufgezeigt, warum der Fleischer unschuldig ist, sondern warum wir die Schuldigen sein sollen. Ratsherr Klee und Advokat Brucin sagen euch, daß auf der Heide nur Tierknochen zu finden sind. Ich sage euch, die Toten im Wald sind keine Tiere. Sie mögen entstellt gewesen sein. Sie mögen den Menschen, die ich gerade erwähnt habe, grotesk und schrecklich und abstoßend vorgekommen sein. Aber von den Unterschieden bei Knochen, Muskeln und Sehnen abgesehen, waren es genauso Menschen wie ihr.

Wir sind keine Tiere. Wir sind keine Ungeheuer. Wir haben auch Seelen, genauso wie die euren. Und wenn ein Mann wie Dominick einen von uns tötet, dann ist er ein Mörder. Falls einer von euch während dieses Prozesses auch nur den kleinsten Funken Mitgefühl für Borgo oder Panol oder Banol verspürt haben sollte, flehe ich ihn an, den Angeklagten zu verurteilen. Ihr habt seinen blutigen Handabdruck auf meinem Laken gesehen. Ihr habt die gräßlichen Untaten vernommen, die er wieder und wieder begangen hat. Wenn ihr sein Messer nicht an eurem Hals spüren wollt, flehe ich euch an, ihn schuldig zu sprechen. Ich danke euch.«

Marie ließ den Logolithen los, der sofort dunkel wurde, und ging langsam zum Tisch der Anklage zurück. L'Aris kam ihr auf halbem Weg entgegen, nahm sie beim Arm und führte sie. Als sie den Tisch erreichten, ertönte die tiefe Stimme Leonid Klees. »Der Rat wird sich nun über den Antrag zur Abweisung beraten.«

L'Aris beugte sich zur sitzenden Marie hinunter und klopfte ihr auf die Schulter. »Ich hoffe, sie haben dir zugehört, meine Liebe.«

Der Rat brauchte nicht lange.

»Hört das Urteil der zwölf Ratsherren und Ratsherrinnen von L'Morai betreffs der Abweisung der Anklage gegen Dominick den Fleischer«, verkündete ein Page. In die Menge kehrte wieder Stille ein, und Morcastle sah von dem Fresko weg. »Diejenigen, die *ja* sagen, stimmen für eine Abweisung, diejenigen, die *nein* sagen, verlangen nach der Weiterführung des Prozesses.«

»Ja«, rief eine Ratsherrin aus der Nische an der linken Seite der Wand.

»Ja«, rief der neben ihr sitzende Mann.

»Ja«, verkündete der dritte in der Reihe.

»Ja.«

»Das sind vier Stimmen zur Abweisung«, rief der Page.

»Nein«, ertönte die unverkennbare Stimme des Puppenspielers.

»Nein«, sagte Lord Odieu.

»Nein.«

»Ja«, rief Ratsherr Klee.

»Fünf von acht sind für die Abweisung«, verkündete der Page.

»Nein.« – »Nein.« – »Nein.«

»Sechs von elf sind für die Fortführung«, notierte der Page.

»Ja«, kam die letzte Stimme.

»Sechs für eine Abweisung, sechs für eine Fortführung«, zählte der Page die Stimmen zusammen. »Gleichstand. Ich gebe das Wort an Monsieur Leonid Klee zurück, den Ratssprecher.«

Maries Hände verkrampften sich um die Armlehnen ihres Stuhles, und Morcastle sackte zusammen und schirmte die Augen mit einer müden Hand ab.

»Ein Gleichstand«, sagte Klee nachdenklich. Seine beruhigende Stimme brachte die aufgeregt murmelnden Zuschauer zum Schweigen. »Auch ich muß die Redegewandtheit von Marie der blinden Jongleurin anerkennen, aber es bleibt die Tatsache bestehen, daß ein Bürger unserer gerechten Stadt von Fremden angeklagt worden ist. In der Großen Verfassung von L'Morai sind solche Anschuldigungen eigentlich nicht vorgesehen. Deshalb kann ich die Fortführung dieses Prozesses nicht erlauben, es sei denn, einer von euch Bürgern kann eine Aussage oder Beweise beibringen, die diese unwahrscheinliche Anklage stützen.«

Seine Worte stießen auf Schweigen.

»Keiner kann noch etwas beibringen«, sagte Monsieur Klee mit einem Hauch Zufriedenheit in der Stimme.

Marie stand auf, wandte sich den Bürgern zu und rief: »Ihr dürft keine Angst haben! Unter euch muß es doch wenigstens einen geben, der von der Verderbtheit dieses Mannes berichten kann!«

L'Aris riß sie auf den Stuhl zurück, während Klee rief: »Ruhe! Hätte die Zurückhaltung der Bürger nicht bereits diesen Prozeß beendet, so würde dein Ausbruch genügen!«

»Wartet!« ertönte da die leise Stimme eines Kindes. Der Ruf kam von den Bänken in der Mitte, und diejenigen, die woanders saßen, drehten die Köpfe und sahen den kleinen blonden Jungen, der auf das Podium zuschritt. Er zitterte am ganzen Leib.

»Es ist wahr!« rief der Junge mit seiner hellen Stimme. »Alles, was sie gesagt hat, ist wahr!« Er schob den zerlumpten Hemdsärmel zurück und zeigte einen purpurfarbenen Bluterguß am Oberarm. »Er schlägt mich immerzu. Er hat gedroht, mich an den Rummelplatz zu verkaufen und mich dann zu jagen und zu töten.«

»Es ist der Sohn des Fleischers«, flüsterte ein Mann, der am Rand des Mittelgangs saß.

Dominick war aufgesprungen. »Junge, das wirst du bereuen!« schrie er.

Marie stand ebenfalls auf. »Sprecht, ihr alle! Hört nicht auf seine Drohungen!«

»Der Junge sagt die Wahrheit«, rief ein Kupferschmied. »Dominicks Geschäft liegt genau neben meinem, und ich höre den Jungen ununterbrochen schreien. Seit acht Jahren schlägt Dominick ihn.«

Dominicks Sohn lief ängstlich an seinem Vater vorbei und

legte die Hände auf den Logolithen. Das weiße Licht war blendend. »Mein Vater ist böse.«

Diese Verkündung brachte eine ganze Flut von Beschuldigungen ins Rollen. »Ich habe einen Handabdruck gefunden, bei dem der Zeigefinger fehlte«, rief ein Bauer, »und zwar in meinem Stall. Ich habe ihn gesehen, als ich eine Schaufel und Spitzhacke vermißte. Am nächsten Tag waren sie wieder da, und sie waren blutverschmiert.«

»Er hat mich einmal mit dem Hackmesser bedroht.«

»Ich habe gehört, daß er Katzen häutet und sie dann als Hasen verkauft.«

»Er ist ungewöhnlich brutal beim Schlachten.«

Weitere Anschuldigungen wurden laut, und auf Maries Gesicht zeigte sich ein Lächeln. Sie nahm wieder auf dem hochlehnigen Stuhl Platz und lauschte den schrillen Rufen, die durch das Gemach hallten. Auch Morcastle lächelte. Er beobachtete Dominick, der mit blutrotem Gesicht und angespannten Muskeln vor dem gegenüberliegenden Tisch stand. Trotz Brucins Warnungen stellte sich der Fleischer der Menge wie ein wütender Bulle, und seine schmalen Augen suchten nach jedem Ankläger. Als die Rufe zu zahlreich wurden, um einzeln ausgemacht werden zu können, blickte Dominick zu Marie und Morcastle hinüber. Der Magier grinste nun breit, zwinkerte ihm zu und leckte sich spöttisch über die Lippen.

»Wartet!« rief Ratsherr Klee in dem Versuch, die Zuschauer zum Schweigen zu bringen. »Wartet! Wir können einen Mann nicht wie eine entfesselte Horde richten, und wir werden es auch nicht!« Die Menge beruhigte sich wieder, und die Anschuldigungen verstummten schließlich ganz. »Das meiste von dem, was ihr sagt, sind Gerüchte und Klatsch, Nebensächliches und Hörensagen. Ich werde nichts davon zu diesem Prozeß zulassen, es sei denn, der Ankläger tritt vor und gibt seinen Namen, Abstammung und Handwerk zu Protokoll.«

Zahlreiche Rufe »Ich will!« unterbrachen den Sprecher des Rates. Der Page, der sich während der Abstimmung vor das Podium gestellt hatte, trat vor die Menge und hob die Hände, um Schweigen zu gebieten. Monsieur Klee fuhr fort. »Diejenigen mit Anklagen und diejenigen, die etwas Entlastendes vorzubringen haben, stellen sich im Mittelgang auf. Ihr werdet einer nach dem anderen vortreten und eure Aussage machen, und ein Schreiber wird alles aufschreiben.« Im Mittelgang des Gemachs sammelten sich immer mehr Bürger.

Aus den dunklen Tiefen der Halle kam ein dicker Schreiber mit einem schweren Buch unter dem Arm herbeigeeilt. Zwei Pagen begleiteten ihn; der eine trug einen kleinen Tisch, der andere einen Hocker. Der Schreiber bedeutete den beiden Jungen, Tisch und Hocker vor dem Podium aufzustellen, während er das Buch aufschlug und ein Löschblatt herausnahm. Dann nahm er vor dem Tisch Platz und bereitete sich aufs Schreiben vor.

Die Reihe im Mittelgang reichte schon halb bis zur Tür. Der Schreiber nickte den Ratsherren in den Nischen zu, und Leonid Klee ergriff erneut das Wort.

»Laßt uns ohne weitere Verzögerung beginnen. Der erste in der Reihe – tritt vor, identifiziere dich und mache deine Aussage.«

Ein schlanker Bauer trat zu dem Tisch. Er nahm den Hut vom Kopf und drehte ihn hin und her.

»Name, Abstammung und Handwerk«, sagte der Schreiber.

»Ich bin Francois aus dem Geschlecht der Verdermeir, ein Bauer.«

Der Schreiber kritzelte nickend etwas in das Buch. »Und deine Aussage?«

»Dominick kommt immer vorbei und schlachtet meine Kühe und Schafe. Gut, das ist die Absprache, aber mir ist aufgefallen, daß er die Tiere ganz langsam tötet. Anscheinend genießt er den Schmerz und die Furcht. Dann nimmt er einen Hammer und schlägt mindestens fünfmal zu, bevor sie tot umfallen.«

»Der nächste«, sagte der Schreiber, noch während er schrieb.

Eine stämmige Frau trat vor. »Antoinette vom Geschlecht der Londau, obwohl ich einen Merrion geheiratet habe. Habe zehn Kinder. Monsieur Dominick hat zwar keinen von uns umgebracht, aber er hat mich und meine Kinder nie gut behandelt. Ich glaube dem Jungen und den anderen und auch diesen Freaks. Ich halte ihn für schuldig.«

Marie verfolgte die Aussagen der ersten fünfzig Zeugen, von denen jeder seine kleinlichen Anschuldigungen und Verdächtigungen vortrug. Nur eine Person sprach zu Dominicks Gunsten, und nur zwei hatten überhaupt etwas zu sagen, was einen möglichen Mord betraf. Doch sie traten weiter vor, unermüdlich und entschlossen, und jeder wußte eine schlimme Geschichte zu berichten. Oder sie beschränkten sich auf die Worte: »Ich habe keinen Streit mit Dominick, aber ich halte ihn eines Verbrechens gegen die Bürger für schuldig.«

Schließlich beendete Leonid Klee müde die Aussagen und verlangte eine Abstimmung.

»Alle diejenigen, die Dominick des Mordes oder des Diebstahls, Ehebruchs, der Verderbtheit, Habgier und der anderen hier zur Sprache gekommenen Schandtaten für schuldig halten, melden sich, indem sie *ja* rufen.«

Der Ruf war ohrenbetäubend.

»Alle diejenigen, die diesen Mann für unschuldig halten, melden sich, indem sie *nein* rufen.«

Keiner meldete sich zu Wort.

Marie, Morcastle und L'Aris schritten den Zellengang entlang.

»Ich kann es noch immer nicht glauben«, sagte Morcastle und klopfte L'Aris auf den Rücken. »Ich hatte mir nur gewünscht, hier herauszukommen, ohne in Stücke gerissen zu werden, aber jetzt haben wir gewonnen!«

Marie lachte. »In dem einen Augenblick haben sie uns als Fremde und Freaks beschimpft, und im nächsten tragen sie uns auf den Schultern und nennen uns Helden.«

Der Advokat blieb vor der Zelle stehen, in der Marie und Morcastle übernachtet hatten, und schob den Schlüssel ins Schloß. Die Tür öffnete sich quietschend, und L'Aris bedeutete Morcastle einzutreten. »Hol deinen Umhang. Auf euch wartet ein Wagen.«

Morcastle setzte sich nickend in Bewegung, aber Marie blieb stehen. Sie packte die Gitterstäbe. »Ich kann es nicht ertragen, dort noch einmal hineinzugehen.«

»Keine Angst, Marie«, sagte der Magier. »Es war Dominick, der verurteilt wurde, nicht wir.«

Marie lehnte sich gegen die Tür. »Dieses Urteil, der ›lebende Tod‹, was bedeutet das?« fragte sie L'Aris.

Der Advokat schüttelte den Kopf und sah zu, wie Morcastle seinen Umhang ausklopfte. »Es ist... das Urteil für jedes schwere Verbrechen. Im Grunde läuft es auf ein Exil hin. Wenn ein Bürger so verrückt ist, daß er ein so abscheuliches Verbrechen begeht, befreit sich L'Morai von dem verderblichen Einfluß dieser Person.«

»Das ist alles?« fragte Marie wütend. »Exil? Was ist, wenn er wieder zur Heide kommt? L'Morai wird sicher sein, aber nicht der Rummelplatz.«

»Nein, nein«, versicherte L'Aris und legte ihr eine Hand auf die Schulter. »Bevor der Rat ihn ins Exil schickt, treffen sie... Vorkehrungen, daß er keinem mehr ein Leid antun kann.«

»Was sind das für Vorkehrungen?« fragte Marie. »Ketten und Fesseln? Oder schneiden sie ihm die Sehnen durch oder hacken ihm die Hände ab?«

»So was in der Art«, sagte L'Aris, als Morcastle aus der Zelle kam.

»Ich bin Dominicks Sohn sehr dankbar«, bemerkte der Magier fröhlich. »Ich habe schon befürchtet, wir müßten den Rest unserer Tage in dieser Zelle verbringen.«

»Ja«, erwiderte L'Aris, froh darüber, das Thema wechseln zu können. »Wir alle schulden diesem Jungen unseren Dank.« Er zog einen zerknittertes, weißes Stück Leinen aus der Brusttasche. Der Fetzen war aus Maries Bettlaken ausgeschnitten worden und zeigte den schwachen Handabdruck des Mörders. »Von dem Jungen einmal abgesehen war das hier unser eindeutigster Beweis, und es hätte bei weitem nicht ausgereicht, die Bürger und den Rat zu überzeugen.«

Morcastle riß L'Aris den Fetzen aus der Hand und küßte ihn. Dann hielt er ihn kopfschüttelnd ins Licht. »Der Abdruck ist so schwach, daß ihn der Rat kaum sehen konnte.« Er drehte den Stoff in den Händen herum. Dann runzelte er die Stirn. »Warum ist der Fleck auf der anderen Seite dunkler?«

»Hat sicher etwas damit zu tun, daß das Blut...«, fing L'Aris an, während er erfolglos versuchte, das Tuch wieder an sich zu nehmen.

»Nein, wartet.« Morcastle hielt den Fetzen von dem Advokaten weg. Er blickte sich den dunkleren Abdruck an, einen sehr deutlichen Blutflecken, der den fehlenden Zeigefinger zeigte. »Das muß die richtige Seite sein. Doch wenn das so ist, fehlt dem Mörder der *linke* Zeigefinger. Aber Dominick fehlt der *rechte* Finger.«

»Willst du damit sagen, es war gar nicht Dominicks Handabdruck in meinem Wohnwagen?« fragte Marie ungläubig.

L'Aris schloß die Tür und schob den Schlüssel ins Schloß. »Es ist kein besonders guter Beweis.«

»Aber wenn dieser Abdruck tatsächlich vom Mörder stammt, ist Dominick vielleicht gar nicht der Schuldige«, beharrte Marie auf ihrem Standpunkt. »Dieser Beweis hätte ihn vielleicht gerettet, nicht ihn verurteilt. Wir müssen es dem Rat mitteilen! Wir müssen erreichen, daß das Urteil aufgeschoben wird, bis wir der Sache nachgegangen sind.«

L'Aris blickte plötzlich ernst drein. »Wir können es nicht mehr aufhalten, Marie. Weswegen machst du dir Sorgen? Es waren die Bürger L'Morais, die ihn verurteilt haben, nicht du. Sein eigener Sohn hat gegen ihn ausgesagt.« Er ergriff sie am Ellbogen und führte sie von der Zelle fort.

Marie riß sich los. »Aber was ist, wenn er unschuldig ist?« rief sie.

»Es spielt keine Rolle, Marie«, erwiderte L'Aris sanft. »Das Volk hält Dominick für einen Mörder. Und wenn das Volk es glaubt, dann ist Dominick ein Mörder. Sogar der Logolith hat gezeigt, daß wir recht haben.«

»Aber der Logolith kann Wahrheit nicht von Leidenschaft unterscheiden«, sagte Marie hartnäckig. »Das habt Ihr selbst gesagt.«

»Wenn du etwas leidenschaftlich genug glaubst«, erwiderte L'Aris, »ist es die Wahrheit.«

»Aber...«

»Genug davon! Wenn du nicht damit aufhörst, Marie, wird es deiner und Morcastles Kopf sein, die auf dem Hinrichtungsblock enden«, rief L'Aris.

Morcastle nahm sie am Arm. Seine Hand war kalt und feucht. »Marie, laß uns gehen.«

Maries Lippen bebten, und in ihren Augen bildeten sich Tränen, aber sie schwieg.

Sie gingen hinter L'Aris durch den Zellenblock und schwiegen, aber sie sahen nicht wie Sieger aus. Maries Gesicht war erstarrt. Bei dem Magier war das anders; er war totenbleich, und seine Züge waren schweißüberströmt. Am Ende des langen, feuchten Gangs stand eine Wache, der L'Aris den Schlüssel in die Hand drückte.

Sie gingen wortlos an der Wache vorbei und schritten eine breite Steintreppe hinauf. Oben saß wieder eine Wache, ein fetter, vor sich hin dösender Mann. Er beugte sich lethargisch vor und öffnete ihnen die Tür. L'Aris ging hindurch und zog Marie hinter sich her. Morcastle folgte ihnen.

Der gekrümmte Gang, der sich an die Tür anschloß, führte am Ratsgemach vorbei. L'Aris neigte den Kopf zu Marie hinüber. »Diesen Handabdruck darfst du niemandem gegenüber erwähnen. Sollte das Gericht sein Urteil ändern, könnte man dich und Morcastle des Meineids oder Schlimmeren beschuldigen.«

Morcastle war hinter ihnen; ihm entging kein Wort.

»Ihr Advokaten habt euren Ruf verdient«, erwiderte Marie.

L'Aris schüttelte den Kopf und seufzte gereizt.

Morcastle sah die beiden nervös an. Als sie an einem dunklen Torbogen vorbeikamen, vernahm er leise, klagende Stimmen. Er ging leiser, um besser hören zu können. Der Lärm kam aus dem Ratsgemach. Es klang nun wie das Heulen eines Wolfsrudels oder wie das jener seltsamen Hyänen, die der Puppenspieler bei den blutigen Tierkämpfen einsetzte. Es war ein wahrer Stimmenchor – es wurde gelacht, geheult, geknurrt und geschrien.

»Was ist das?« murmelte Morcastle beunruhigt.

L'Aris drehte sich um. »Der Grund, aus dem wir den Handabdruck nicht erwähnen können. Das ist Dominicks Strafe. Sie hat bereits begonnen.« Als sich der junge Advokat wieder nach vorn wandte, ging Morcastle langsamer. Als er die Außenwand des Ratsgemachs genauer betrachtete, fielen ihm die vielen Nischen und Spalten in der Mauer auf.

Marie und L'Aris verschwanden um eine Ecke und gingen auf den Eingang des Rathauses zu. Dort kamen sie zu einem Torwächter. Der Soldat nahm Haltung an. Seine junge Stimme übertönte hell den Lärm, der die Halle erfüllte.

»Guten Abend, Advokat L'Aris. Meinen Glückwunsch zu Eurem Sieg.«

»Danke, Ruesin«, erwiderte L'Aris höflich und nickte dem jungen Mann beim Vorbeigehen zu.

»Habt Ihr für den Magier andere Reisevorbereitungen getroffen?« fragte der Soldat und glotzte Marie an.

»Natürlich nicht«, sagte L'Aris irritiert. »Sie fahren mit derselben Kutsche zum Rummelplatz zurück.«

»Wo ist er dann, Sire?«

L'Aris blieb wie angewurzelt stehen und sah sich um. Morcastle war verschwunden.

Morcastle fuhr sich über den mittlerweile traurig herabhängenden Schnurrbart und zog sich noch tiefer in die Wandnische zurück, in der er stand. So wie es aussah, hatte er den Eingang zu einer der Nischen der Ratsherren gefunden, der sich in einer Höhe von etwa ein Meter fünfzig über dem Boden befand. Aus dieser Höhe hatte man freie Sicht auf das dunkle Ratsgemach.

Unten drängten sich die Bürger L'Morais. Viele von ihnen trugen Fackeln, Dreschflegel oder Schwerter. Sie standen in dichten Gruppen beieinander, und ihre Stimmen hallten mit schwindelerregendem Lärm durch das Gemach. Gelegentlich ausgestoßene Schreie und höhnisches Gejohle vermischte sich mit dem beklemmenden Geräusch schlurfender Füße. Die Aufmerksamkeit der Menge konzentrierte sich auf den hinteren Teil des Gemachs, wo gelegentlich Fackeln und Schwerter in der moderigen Luft aufblitzten.

Eine aus etwa vierzig oder fünfzig Mann bestehende Gruppe stürmte plötzlich los. Doch so unvermittelt der Vorstoß begann, endete er auch wieder, und alle verteilten sich um eine bestimmte Stelle. Morcastle bemühte sich zu erkennen, was die Aufregung verursacht hatte. Die Bürger stachen mit Klingen und Fackeln auf etwas ein. Ein Triumphschrei wurde ausgestoßen. Zwei der Schwertträger lösten sich aus der Gruppe und warfen eine Bank um. Aus der entstandenen Lücke jagte ein Ungeheuer. Als es aus dem Kreis der Angreifer floh, konnte Morcastle endlich erkennen, worum es sich handelte.

Es war Dominick.

Man hatte ihm die Kleidung genommen und einen Eisenreifen um den Hals geschmiedet, der in einem krankhaften Rot schimmerte. Die nackte Haut des Fleischers war mit Kratzern, Schnitten und Dreck übersät. Während er vor seinen Peinigern davonkroch, zog er sich einen Dolch aus dem Leib. Ein gleißender Lichtstrahl zuckte aus dem glühenden Kragen, züngelte über die Wunde und schloß sie.

Dominick warf sich mit einem lauten, tierhaften Brüllen

auf eine Frau und hieb mit dem Dolch zu. Doch bevor die Klinge auf Fleisch treffen konnte, schlug ein Bauer mit seinem Dreschflegel zu. Das Splittern des Knochens wurde von einem erneuten Johlen begrüßt, und der Dolch fiel zu Boden. Als Dominick in die Knie brach, schoß ein greller Lichtblitz aus dem Kragen und heilte den gebrochenen Arm. Die Menge kreiste die kniende Gestalt ein, und ihre Schaufeln und Spitzhacken regneten eifrig auf sie nieder.

Dominick wälzte sich aufschreiend über den Boden und kämpfte darum, wieder freizukommen. Seine blutigen, verstümmelten Hände fuhren in dem vergeblichen Versuch, Schläge abzuwehren, durch die Luft. Eine breite Axtklinge traf seine Schulter und durchtrennte den Muskel bis auf die Knochen. Er schrie vor Schmerzen auf, packte den Axtgriff und zerrte den Axtträger zu sich heran. Er entwand ihm die Axt und schwang die Klinge, um sich freien Raum zu verschaffen. Die Bürger wichen furchterfüllt zurück. Die Axt teilte einen Mann in zwei Hälften und trennte einer Frau den Arm ab. Flammendes Licht fuhr aus dem glühenden Kragen, tanzte über Dominicks Wunden und verschloß jede einzelne von ihnen.

Mit fünf gewaltigen Sätzen erreichte der hünenhafte Mann die Türen des Ratsgemachs. Er schwang die Axt und schlug ein großes Stück Holz aus dem Türflügel. Die Tür erzitterte, aber sie öffnete sich nicht. Bevor er die Axt wieder befreien konnte, hatten ihn die Bürger umkreist. Schwerter stießen zu und durchbohrten seinen Rücken und sein Herz. Als das Blut spritzte, zuckte wieder das Licht aus dem Kragen und heilte die Wunden, obwohl die Klingen noch immer in seinem Leib steckten.

Morcastle taumelte zurück ins Innere der Nische, vor seinen Augen drehte sich alles. Er konnte es nicht länger ertragen; er mußte fliehen. Er taumelte durch den finsteren Gang und tastete nach der Tür, die hinausführte. Ein plötzlicher Schmerz durchzuckte seine Stirn. Er schwankte, und Blutgeruch drang in seine Nase. Er fiel auf alle viere, kroch über den Steinboden und tastete sich an der Wand entlang. Schließlich fanden seine Finger die Tür. Er öffnete sie und kroch über die Schwelle. Er warf die Tür hinter sich zu und versuchte aufzustehen, aber der Gang schien sich vor seinen Augen zu drehen. Er fiel, und Dunkelheit umhüllte sein Bewußtsein.

8

»Bring ihn hier herein, Hermos«, sagte Marie und öffnete die Tür ihres dunklen Wohnwagens.

Der Riesenmensch bückte sich, ließ sich auf ein Knie nieder und schob die schlaffe Gestalt Morcastles durch den Eingang. »Was ist geschehen?«

Marie machte auf dem Boden des Wagens Platz frei und räumte einen Korb mit Tee aus dem Weg. »Er hat sich den Kopf angeschlagen. Zumindest schließe ich das aus der Beule an seiner Stirn. Wir haben ihn im Gang gefunden.«

Der Riesenmensch, der nun ebenfalls in den Wagen eingetreten war, legte Morcastle auf dem freigeräumten Platz ab. Er nahm einen Umhang von einem Haken an der Wand, knüllte ihn zusammen und legte ihn dem Magier wie ein Kissen unter den Kopf. »Wird er wieder gesund?«

Marie lächelte und nickte sanft. »Ja. Das wird er.«

Hermos zog die langen Beine in den Wagen und schloß die Tür. Plötzlich war es drinnen stockfinster. Von den Laternen auf der Straße drang dämmeriges Licht durch die Gardinen, die die Fenster verhüllten. Der Riesenmensch kniff die Augen zusammen und versuchte Maries Gestalt auszumachen, während sie in dem kleinen Ofen ein Feuer entzündete und einen Topf Wasser aufsetzte, um es zum Kochen zu bringen. Sie öffnete eine Kommode und stöberte darin herum.

»Du bist so still, Hermos. Stimmt was nicht – von dem Mord und dem Prozeß und allem anderen einmal abgesehen?«

»Es ist dunkel«, erwiderte der Riesenmensch.

Marie hielt inne und lachte dann. »Tut mir leid. Ich besitze eine Lampe, aber ich benutze sie nur selten.«

Etwas schepperte seltsam, dann verspürte Hermos einen scharfen Schmerz in der Brust. Er stöhnte auf, und seine Hand griff reflexartig nach der kleinen Zunderbüchse, die ihn dort getroffen hatte.

»Ich muß mich nochmals entschuldigen«, sagte Marie. »Ich habe nicht daran gedacht, daß du nicht fangen kannst, wenn du nicht sehen kannst.«

Hermos nahm die Messinglampe, die an einem der bemalten Dachsparren hing, und machte Licht. »Was ist... bei dem Prozeß geschehen?«

Marie hielt einen Augenblick lang mit dem Herumstöbern inne. »Wir haben gewonnen. Sozusagen.«

»Sozusagen?« wiederholte Hermos.

Trockene Blätter raschelten. Marie entnahm den in der Kommode verstauten Säckchen ein paar kleine Portionen

Kräuter. Sie richtete sich wieder auf und zerbröselte die duftenden Blätter in einer Holzschale. »Wir haben gewonnen. Wir haben eine Verurteilung erreicht. Aber ich fürchte, wir hatten unrecht, Hermos.« Sie verharrte. »Wir haben einen schrecklichen Fehler begangen«, sagte sie dann mit zitternder Stimme.

Der Riesenmensch wurde blaß, sagte aber nichts.

»Dominick war unschuldig«, fuhr Marie fort.

Hermos lehnte sich gegen das Bett und starrte mit leerem Blick den Magier an, der vor ihm auf dem Boden lag. »Unschuldig?«

»Ja.« Die Hände der Blinden verharrten über der Schüssel. »Der wahre Mörder hat uns getäuscht und den Verdacht auf Dominick gelenkt. Er muß ...« Marie stockte. Hermos starrte sie an, und er spürte, wie es ihm eiskalt über den Rücken lief. »Der Mörder muß Dominick die Schnittwunde auf dem Rükken zugefügt haben ... Und er muß ihm den Finger abgehackt haben, damit er schuldig wirkt.« Sie wischte sich die letzten Blätter von den Händen und sah Hermos an. »Aber er hat einen Finger der falschen Hand abgehackt.«

»Also hat man Dominick freigelassen?« fragte der Riesenmensch.

»Nein. Wir haben es erst nach der Urteilsverkündung herausgefunden. Außer uns weiß keiner Bescheid.« Sie nahm den dampfenden Kessel vom Ofen und schüttete das Wasser in die Schüssel. Aromatischer Dampf stieg auf und zog durch den Raum. Hermos sah zu, wie er in den dunklen Schatten unter der Decke verschwand und dann auch ihn einhüllte. Der intensive Duft ließ seine Augen brennen und seine Nase laufen.

Auf Morcastle hatte er den gleichen Effekt.

»Was ist los? Wo bin ich?« murmelte der Magier und versuchte, sich aufzusetzen. Seine Lider schlossen sich sofort wieder. Er sank zurück auf den Umhang und stieß sich den Kopf an der Wand. Stöhnend rieb er sich die Beule.

»Du bist wach«, bemerkte Marie überflüssigerweise. Sie goß den Inhalt der Schüssel durch ein Tuch, faltete es mitsamt den Kräutern zusammen und brachte es Morcastle. »Mach dir keine Sorgen«, sagte sie, prüfte die Hitze mit den Fingerspitzen und drückte die Packung Morcastle auf den Kopf. »Du bist in meinem Wohnwagen. Hermos ist auch da.«

Der Riesenmensch beugte sich über ihn und nickte; sein besorgter Blick ruhte auf Morcastle.

Der Magier blinzelte zweimal. Er griff nach der Kräuterpackung auf seiner Stirn und nahm sie weg. »Wie komme ich her?«

»Du hast dir den Kopf irgendwo gestoßen, als wir das Rathaus verlassen haben«, erwiderte Marie, nahm ihm die Pakkung ab und legte sie wieder auf seine Stirn. »Du mußt das hier auf die Stelle drücken.«

Morcastle grunzte und nahm das heiße Bündel wieder weg. »Ich hatte einen ganz... seltsamen Alptraum.« Ein müdes Lächeln zeigte sich auf seinem Gesicht, als Marie die Kräuterpackung erneut auflegte. »Ich habe von Dominick geträumt und daß er gefoltert wurde.«

»Ein ziemlich wirklicher Traum«, sagte Marie.

»Wie meinst du das?«

»Wir haben dafür gesorgt, daß er verurteilt wurde. Und er *war* unschuldig«, betonte sie.

»Ja, ja«, erwiderte Morcastle und schloß gequält die Augen. »Ich fühle mich schrecklich deswegen. Darum muß ich davon geträumt haben.«

»Wer hat ihn denn gefoltert... ich meine, in deinem Traum«, fragte Hermos.

»Das weiß ich nicht«, meinte Morcastle. »Es schien, als wären alle dabeigewesen. Sie haben auf ihn eingestochen und eingeschlagen. Es war eine große Menschenmenge, jeder bei dem Prozeß Anwesende.«

Marie kniete sich auf den Boden und hockte sich auf die Fersen. »War ich dabei?«

»Nein«, erinnerte sich Morcastle kopfschüttelnd. »Ich habe dich und L'Aris vorangehen lassen, um herauszufinden, was es mit diesen Geräuschen auf sich hatte, und ...« Er verstummte. Sein Gesicht zeigte einen Ausdruck des Bedauerns. »Das war gar kein Traum.«

»Was?« fragte Marie. Ihre Stimme war so leise, als hätte sie mit dieser Bemerkung gerechnet.

»Es war kein Traum«, wiederholte Morcastle. Er setzte sich auf und ergriff sie bei den Oberarmen. »Es war die Wirklichkeit. Sie haben ihn gefoltert. Die Bürger L'Morais haben auf ihn eingestochen und ihn verletzt, aber er konnte nicht sterben. Sie hatten ihm eine Art magischen Kragen umgelegt. Der heilte ihn – schloß sofort jede Wunde. Sie konnten ihn stundenlang foltern.«

»Das kann ich nicht glauben«, sagte Marie. Sie stand auf. Ihre Hände waren noch immer feucht von der Kräuterpackung, und sie ging zum Waschbecken. Ihre blinden Augen schienen durch die Wände des Wohnwagens zu starren. »Ich kann es nicht glauben. Er war unschuldig.«

»Ich sage dir, es ist wahr«, sagte Morcastle.

»Das also ist mit dem ›lebenden Tod‹ in Wirklichkeit gemeint«, flüsterte Marie. »L'Aris hat behauptet, es würde das Exil bedeuten. Aber es muß die Folter mit diesem ... Kragen sein.«

Morcastle bettete den Kopf wieder auf den Umhang; sein Kinn zitterte. Der Riesenmensch, der noch immer über ihm kniete, hatte die Augen geschlossen und murmelte ein Gebet. Morcastle sah zu Marie hoch. »Nun sind wir genauso schlimm wie der Mörder.«

Hermos schlug langsam die Augen auf. »Aber wir haben es nicht gewollt.«

»Vielleicht ist er gar nicht tot«, sagte Marie und drehte sich zu ihren Gefährten um. »Du hast gesagt, daß der Kragen ihn geheilt hat. Vielleicht ist er ja noch am Leben – in irgendeinem Verlies. Wir könnten ihn befreien – ihn aus der Foltermaschinerie herausholen.«

»Ja«, erwiderte Morcastle, und seine Stimme klang schon wieder etwas hoffnungsvoller. »Wir müssen die Sache in Ordnung bringen. Wir können es.« Die Farbe kehrte in sein Gesicht zurück, und er fuhr sich über den in Unordnung geratenen Schnurrbart. »Aber das Leinenstück reicht dafür nicht aus. Du hast L'Aris gehört: Die Bürger halten Dominick für den Schuldigen, und der Lappen allein wird sie nicht umstimmen. Die einzige Möglichkeit, die Leute von Dominicks Unschuld zu überzeugen, besteht darin, den wahren Mörder zu entlarven.«

Marie trat auf die beiden zu. Ihre Augen waren von lautlos vergossenen Tränen gerötet, aber die zusammengepreßten Lippen verrieten Entschlossenheit. »Du hast recht. Aber da uns schon vorher niemand Glauben geschenkt hat, wird es dann erst recht niemand tun.«

»Wir müssen den Puppenspieler um Hilfe fragen«, sagte Hermos leise.

Morcastle und Marie sahen ihn an, und von ihren Gesichtern konnte er Zustimmung ablesen. »Der Kutscher hat gesagt, daß der Puppenspieler bis übermorgen in L'Morai bleibt. Ich werde zu ihm gehen, sobald er wieder da ist.«

»Bis dahin müssen wir vorsichtig sein«, warnte Morcastle

seine Gefährten. »Dort draußen läuft immer noch ein Mörder frei herum, und wir sind die einzigen, die es wissen.«

»Die einzigen«, stimmte Hermos zu.

Der schlanke Mann löste sich aus den Schatten hinter Morcastles Zelt und verbarg sich in der Dunkelheit der Freak-Gasse. In seinen Augen spiegelte sich das Licht der Fackeln, als er durch den weit offenstehenden Eingang die Bretterbühne musterte. Am Abend nach seinem großen Prozeß war der Magier spät dran. Die schattenhafte Gestalt klappte einen metallischen Gegenstand zusammen und schob ihn in die Tasche, als die vor dem Eingang versammelte Menge aufgeregt zu murmeln begann. Morcastle war eingetroffen.

Der Magier stieg auf die Bühne, verbeugte sich tief und breitete schwungvoll die Arme aus.

»Ihr müßt meine Verspätung entschuldigen«, rief er, als alle eingetreten waren, »aber ich war gestern bis spät in der Nacht im Dienste der Gerechtigkeit unterwegs und habe deshalb den heutigen Tag verschlafen.«

Daraufhin begab er sich zu seiner Guillotine. Sie stand kalt und funkelnd in der Mitte der Bühne. »Und nachdem ich Zeuge war, wie in L'Morai die Gerechtigkeit ihren Lauf nimmt, weiß ich, wie ungeduldig ihr Bürger seid. Es reicht bei weitem nicht aus, einen Artisten, der wie ich zu spät kommt, mit einem Klaps auf die Finger zu bestrafen! Nein! So eine Person sollte gehängt werden oder aufgespießt, geröstet oder... guillotiniert!«

Die Zuschauer klatschten begeistert. Morcastle verbeugte sich erneut und strich sich mit zitternden Fingern seinen Schnurrbart glatt.

Der Mann im Schatten sah zu; sein Auge zuckte nervös.

Morcastle richtete sich wieder auf und breitete die Arme

aus. »Ja, ich weiß, wie in L'Morai die Gerechtigkeit funktioniert«, verkündete er. »Das Fallbeil der Guillotine trennt die Unschuldigen von den Schuldigen... und die Schuldigen von ihren Köpfen!« Wieder ertönte das Gejohle. Morcastle sorgte mit einer Geste für Ruhe. »Aber heute abend wird die Guillotine meine Unschuld erweisen, denn ich werde meinen Kopf unter sie legen und doch unbeschadet von dannen gehen!« Morcastle legte seinen Daumen auf die Schneide des Fallbeils und zupfte daran. Der funkelnde Stahl sang leise, und der Klang hallte über das plötzlich verstummte Publikum hinweg.

Die schattenhafte Gestalt gegenüber dem Zelt schloß die Finger fester um das Ding in seiner Tasche. Seine Knöchel verfärbten sich weiß.

»Damit keiner glaubt, daß diese Klinge hier stumpf ist«, fuhr Morcastle fort, »habe ich hier eine feste Melone, die ihre Schärfe demonstrieren wird.« Er griff in eine Kiste am Bühnenrand und holte eine knollenförmige grüne Melone hervor. Er hielt sie in die Höhe und gab sie dann einem grimmig aussehenden Bauern, der am Bühnenrand stand. »Untersucht diese Melone, Sire, und dann sagt mir und den hier versammelten Bürgern – ist sie nicht rund und reif und in perfektem Zustand?«

Der Bauer untersuchte die Frucht genau. Nachdem er sie zahllose Male umgedreht hatte, nickte er und gab sie Morcastle zurück. »Die sieht so fest wie dein Kopf aus«, meinte er trocken.

Morcastle ignorierte das Gelächter, das darauf folgte, drehte sich um, schritt zur Guillotine und legte die Melone in das Joch. Dann löste er wortlos den Hebel. Das Fallbeil sauste mit einem hell klingenden Laut auf das Joch zu. Ein dumpfer Laut verkündete den Aufprall der scharfen Klinge. In der folgenden Stille fielen die Melonenhälften zu beiden Seiten hinunter; die eine Hälfte fiel auf die Holzbank, auf die sich der Delinquent legen mußte, die andere in den davorstehenden Korb. Die Zuschauer in der ersten Reihe wichen zurück, als ihnen der Melonensaft entgegenspritzte.

Morcastle grinste durchtrieben und sah zu, wie sie sich den Saft aus den Gesichtern wischten. »Am besten tretet ihr einen Schritt zurück«, sagte er und scheuchte sie zurück. »Beim nächsten Mal ist es vielleicht Blut.«

In die Menge kam Bewegung; die Zuschauer mit schwachen Nerven drängten sich nach hinten, während die Jüngeren sich einen Platz ganz vorn eroberten. Morcastle ging hinter die Guillotine und kurbelte lautstark das Fallbeil wieder in die Höhe. Als die funkelnde Klinge das Joch hinter sich gelassen hatte, legte er den Riegel auf der Oberseite des Jochs um. Der Lärm der Zuschauer übertönte das hohle Schnappen.

Der Mann im Schatten lächelte.

Mit einem Klirren rastete das Fallbeil am oberen Ende der Guillotine ein. Morcastle klopfte sich den Staub von den Händen und setzte sich auf die Holzbank. »Ihr müßt verstehen, gewöhnlich zeige ich dieses Kunststück erst am Ende meiner Vorstellung – es ist schwer, ohne Kopf Taschenspielertricks vorzuführen.«

Der Scherz wurde von einem erwartungsvollen Schweigen begrüßt. Morcastle legte sich mit einem unbehaglichen Lächeln auf die Bank. Er hob das Joch, steckte den Kopf hindurch und spürte sofort, wie sich das Blut in den Adern seiner Schläfen staute. Das Joch glitt hinunter und fixierte seinen Hals.

»Nun folgt der Prozeß«, sagte Morcastle steif und biß die Zähne zusammen. »Falls mich das Fallbeil für schuldig befindet, werden die jungen Herren, die sich um den Korb drängen, auf dem Heimweg wie rote Bete aussehen.« Er hielt inne, und sein gewachster Schnurrbart hob sich in der Andeutung eines Lächelns. »Ich werde bis drei zählen und dann das Fallbeil auslösen.« Er hob eine behandschuhte Hand und streckte drei Finger aus; die andere Hand legte sich um den Hebel.

»Zählt mit! Eins... zwei... drei!«

Seine Finger rissen am Auslöser. Das Fallbeil löste sich aus der Verankerung und sauste mit einem pfeifenden Geräusch unaufhaltsam in die Tiefe. Morcastle riß die Augen weit auf – das Seil, das den im Joch befindlichen Balken in seine Position rückte, war durchtrennt worden.

Dann traf das Fallbeil mit einem dumpfen Geräusch auf.

Marie fuhr aus tiefem Schlaf unvermittelt in die Höhe; keuchend hielt sie sich die zerwühlte Bettdecke vor die nackte Brust. Ihr Nacken schmerzte, und sie hatte eine Gänsehaut.

Es war jemand im Wohnwagen.

Marie warf sich herum und griff nach der Tasche mit den Dolchen, die am Bett lehnte, aber es war bereits zu spät. Sehnige Finger schlossen sich um ihr Handgelenk. Sie schlug mit der freien Hand nach dem Eindringling, dann wurde auch die festgehalten.

»Hilfe!« schrie sie schrill und versuchte, sich loszureißen.

»Warte«, ertönte da die keuchende Stimme von Hermos leise.

Marie fühlte, wie ihr das Blut ins Gesicht schoß, als sie die Hände zurückzog und die Decke bis ans Kinn zog. »Was hast du hier zu suchen?«

»Ich habe geklopft«, erwiderte er unbewegt. »Du hast nicht geantwortet.«

»Was hast du hier zu suchen?« wiederholte sie ärgerlich

und versuchte, auch noch die zweite Decke über sich zu ziehen.

»Komm mit«, erwiderte er und wich unbeholfen von dem Bett zurück. »Es ist wichtig.«

Der laute Chor der Grillen drang durch das Fenster herein, und Marie fuhr sich mit der Hand durch das zerzauste Haar. Hätte ein anderer Mann den Wagen betreten, während sie schlief, hätte sie ihn niedergestochen, egal, ob es nun ein Freund gewesen wäre oder nicht. Aber bei Hermos war das anders. Er war wie ein kleines Kind.

»Es ist ja schon Abend«, bemerkte sie und schüttelte den Kopf.

»Ja«, erwiderte Hermos mit belegter Stimme und sah aus dem Fenster. »Du mußt kommen.«

Marie rümpfte die Nase und zeigte zur Tür. »Geh raus. Ich werde mich anziehen und dich dann begleiten.«

Hermos grunzte, öffnete die Tür und trat in die kühle Abendluft hinaus.

Der Junge hatte alles von seinem erhöhten Platz auf den Kisten am Rand der Budengasse mitverfolgen können, denn Morcastle hatte vergessen, den Zelteingang zu schließen. Das im Fackelschein glitzernde Fallbeil sauste in die Tiefe. Es passierte das Oberteil des Jochs. Dann hörte man das dumpfe Knirschen von Metall, das durch Muskeln, Sehnen und Knochen schnitt. Der Junge zuckte zusammen, als das Fallbeil mit einem Knall auf der Unterseite des Jochs zu ruhen kam. Er sah weg, als der Kopf nach vorn kippte und mit einem dumpfen Laut in den Korb fiel. Die erste Zuschauerreihe zuckte stöhnend zurück, als der rote Sprühregen auf sie herabregnete.

Es folgte ein Augenblick entsetzter Stille.

Dann kam Bewegung in die Menge, es war, als würde die zugefrorene Oberfläche eines Flusses an vielen Stellen zugleich bersten. Die wie betäubten Zuschauer wichen in Gruppen zurück. Eltern schlossen die Augen und hielten ihren Kindern die Hände vors Gesicht; Zuschauer stöhnten auf; Kinder schrien.

Aber den Augen des Jungen entging nichts. Er sah, wie ein dicker Mann mit roter Schärpe von der Bühne zurückwich und auf ein gestürztes Kind trat. Er sah, wie eine hysterisch schreiende Frau auf die bevölkerte Budengasse hinausstürmte und jeden beiseite stieß, der ihr den Weg versperrte. Er sah, wie die Zuschauer vor dem blutigen Spektakel zurückwichen und mit den Leuten zusammenstießen, die von draußen voller Neugier darüber hereinkamen, welches Kunststück solche Schreie ausgelöst hatte.

Ein Mann trat aus der Freak-Gasse; seine Lippen hatten sich zu einem gehässigen und gierigen Lächeln verzogen.

In der Ferne ertönten schrille Trillerpfeifen. Jemand hatte die Gendarmen alarmiert. Der Junge ließ den Blick über den Rummelplatz schweifen, strich sich das schmutzigblonde Haar aus dem Gesicht und kniff die Augen zusammen, um die Ordnungshüter ausmachen zu können. Die Gendarmen waren noch weit entfernt, die Laute ihrer Pfeifen verschmolzen mit den Schreien der Waschfrau. Der Junge richtete seine Aufmerksamkeit wieder auf die Leute im Zelt: Ein Kreis aus Männern und Frauen umgab die Guillotine; sie starrten die leblose, auf der Bank ruhende Gestalt an und stießen mit Stöcken gegen den Korb.

Neuer Aufruhr ließ den Jungen genauer hinsehen. Die Menge vor der Bühne machte einem spindeldürren Mann von der Größe eines Riesen Platz, der sich einen Weg erzwang und eine blinde Frau auf den Armen trug. Er erreichte die Bühne und fiel auf die Knie, und die Frau löste sich von ihm und stellte sich auf die eigenen Füße. Der Riesenmensch faltete die schmalen, mantisähnlichen Hände und fing an zu stöhnen. »Großer Prin-zah, gütiger Hech-lahr, weise Schlechar...« Er schaukelte auf den Knien hin und her. »Nicht Morcastle«, murmelte er leise, »...nicht Morcastle... oh, Schlaohr... nicht Morcastle.« Ein seltsames Zittern ging durch seinen Körper, und er ließ sich kopfüber auf den mit Sägespänen bestreuten Boden fallen.

Die Frau ging unsicher mit ausgestreckten Händen auf die Bühne zu. Sie ertastete sich den Weg, bis ihre Finger gegen die blutigen Bretter stießen, dann hob sie ein Knie und stemmte sich in die Höhe.

Der Junge sah genauer hin und ließ die Frau nicht aus den Augen, als sie sich durch die Schaulustigen bis zur Guillotine zwängte. Er erkannte sie: es war die Blinde aus dem Prozeß. Er rutschte von der obersten Kiste und kletterte hinunter. Dann zwängte er sich an den Schaulustigen vorbei und lief wie bei einem Hindernislauf durch die Menge. Augenblicke später hatte er die Bühne erreicht, sprang mit einem Satz darauf und drängte sich zur Guillotine vor. Nachdem er einen hochgewachsenen Priester mit dem Ellbogen beiseite gestoßen hatte, sah er alles von ganz nahem.

Überall war Blut: auf dem schwarzen Rahmen, dem hölzernen Joch, der Delinquentenbank, dem Bühnenboden, den Schaulustigen, dem Bühnenhintergrund. Jemand hatte das Fallbeil ein Stück aus dem Joch gezogen, wie in der Hoffnung, den abgetrennten Kopf irgendwie wieder mit dem Körper verbinden zu können. Die Leiche lag auf der Bank, die eine Hand hing auf die Bühne, die andere umklammerte den Rahmen der Guillotine. Der Halsstumpf war genauso blutig wie die Schultern; das Blut sammelte sich in einer

Pfütze auf der Bank und tropfte an der herabhängenden Hand hinunter. Niemand berührte die blutige Gestalt. Niemand außer der Blinden.

Sie hatte sich durch die Menge der Schaulustigen gekämpft und die Guillotine erreicht. Ihr zerlumpter Rock berührte den Rand der Delinquentenbank und nahm Blut wie ein Schwamm auf. Ihre kleinen weißen Finger zupften am Satinumhang und an der Weste des Toten. Sie schämte sich nicht der Tränen, die ihren blinden Augen entströmten.

»Morcastle, Morcastle«, wiederholte sie wie gelähmt. Die umstehenden Bürger drängten sich um sie herum und starrten in ihr tränenüberströmtes Gesicht. Sie stieß sie wütend zurück und schob dabei einen Mann und seine Frau von der Bühne. »Verschwindet, ihr Ungeheuer! Ihr seid diejenigen, die ihm das angetan haben. Ihr tut es uns allen an!«

Der Riesenmensch bahnte sich einen Weg durch die Schaulustigen zu Marie. Er legte ihr die Hände auf die Schultern, und in seinen tiefliegenden Augen brannten Angst und Zorn, als er die Leiche sah. Seine Stimme erhob sich leise und doch unmißverständlich über das Gemurmel der Menge, es war wie das Grollen in der Ferne ertönenden Donners.

»Komm, Marie«, sagte er traurig.

Die Blinde schüttelte den Kopf und klammerte sich fester an die blutgetränkte Kleidung.

»Der Mörder ist noch immer da draußen«, flüsterte der Riesenmensch. »Vielleicht beobachtet er uns in diesem Augenblick.«

Marie hob den Kopf. »Hörst du mich, Mörder?« schrie sie so schrill, daß sofort Ruhe in die Menge einkehrte. »Wir wissen, daß du irgendwo da draußen bist! Wir werden dich kriegen, bevor du uns kriegst! Wir werden dich töten, bevor du uns tötest!«

Der Blick des Jungen fiel auf den Mann, der zuvor aus der Freak-Gasse gekommen war – der schlanke Mann mit dem verzerrten Lächeln. Er entfernte sich langsam von der Bühne.

In die Schaulustigen kam abrupt Bewegung, und ein lauter Chor verschiedener Trillerpfeifen verkündete, daß die Gendarmen eingetroffen waren. Die Ordnungshüter drängten sich rücksichtslos durch die Menge. Wie eine kläffende Hundemeute eilten sie zur Bühne, sprangen auf die Bretter und eilten auf die Leiche zu.

»Zurück, zurück – ihr alle!« rief ein korpulenter Gendarm, dessen Doppelkinn erbebte, als er in seine Trillerpfeife stieß. Zwei andere packten Zuschauer an den Schultern und drängten sie von der Bühne. Die blutdürstige Menge wich nur zögernd zurück, doch schließlich standen nur noch Marie, der Riesenmensch und der Junge neben dem Toten.

Der korpulente Gendarm stiefelte auf Marie zu. »Zurück, habe ich gesagt!« schrie er sie an.

»Aber«, stieß der Riesenmensch hervor, »das ist unser Freund!«

Der Gendarm versuchte, Maries Finger von der Kleidung des Toten zu lösen. »Was ist hier geschehen?«

»Er ist ermordet worden«, fauchte Marie, »offensichtlich.«

»Wir waren nicht dabei«, fügte der Riesenmensch hinzu.

»Woher wollt ihr dann wissen, daß er umgebracht wurde?« wollte der Ordnungshüter wissen.

»An der Guillotine ist manipuliert worden«, erwiderte Marie wütend.

»Woher will sie das wissen?« fuhr der Gendarm Hermos an.

»Morcastle war zu vorsichtig, als daß so etwas hätte passieren können«, sagte Marie beharrlich.

»Laß den Toten los«, verlangte der Gendarm und zog einen Schlagstock aus dem Gürtel, »oder ich werde dafür sorgen, daß du losläßt.«

»Nein«, sagte Hermos, nahm den Kopf des Mannes in seine große, knochige Hand und stieß ihn von Marie fort.

Während der Riesenmensch und der Gendarm miteinander rangen, wandte sich die Aufmerksamkeit des Jungen dem Korb zu, vor dem ein schlanker, schwarzhaariger Ordnungshüter kniete. Der Junge ging verstohlen näher heran und sah den blutverschmierten Kopf, der mit dem Gesicht nach unten neben der halbierten Melone lag. Der Gendarm strich suchend durch die Haare am Hinterkopf. Nur wenige Augenblicke später hielt er inne.

Dort waren zwei Tätowierungen, die eine schwarz und die andere rot.

Der Mann zog ein kleines Messer aus der Westentasche und schnitt um die Tätowierungen herum. Dann vergewisserte er sich, daß niemand sein Tun beobachtete, nahm den blutigen Fetzen und schob ihn sich in die Tasche.

Dann stand er auf. »Das hier war kein Mord«, verkündete er laut. »Nur ein schlampig gebautes Bühneninstrument.« Er trat gegen die Guillotine, und das zur Hälfte hochgekurbelte Fallbeil sauste in das Joch.

»Da siehst du es«, rief der korpulente Gendarm und riß sich aus dem Griff des Riesenmenschen los. »Ein Unfall! Nun schert euch hier weg, oder ich sperre euch beide ein!«

Der dritte Gendarm, ein kleiner, blondhaariger Mann, kniete neben dem Jungen nieder. »Komm schon, Kleiner. Du mußt hier weg.«

»Nicht, bevor die weg sind«, erwiderte der Junge, verschränkte die Arme über der Brust und schob entschlossen das Kinn vor.

»Sei nicht so streng mit ihnen«, beschwichtigte der Gendarm ihn. »Das sind Freunde von dem Burschen da. Bei ihnen ist das was anderes.«

Der Junge reagierte nicht und blieb trotzig stehen.

Dem Gendarm dämmerte etwas. »Ach ja, jetzt erkenne ich dich! Du bist der Sohn des Fleischers!«

Eine Ecke des Messezeltes war für den Puppenspieler abgeteilt. Segeltuchplanen reichten von der Decke bis zum Boden. An dem schrägen Pfahl in der Mitte des so entstandenen Raumes hingen zwei Öllampen, die ihr dämmriges Licht auf den zerkratzten Eichentisch und das am Boden liegende Strohlager warfen. Die Ecke wäre heller gewesen, hätte man die Morgensonne hereingelassen, aber der Puppenspieler, der am Tisch saß und frühstückte, verabscheute das Tageslicht. Außerdem würde Marie die Dunkelheit nicht stören, sagte er sich.

Der Vorhang wurde zur Seite gezogen, und Maries blinde Augen starrten in die Nische. »Guten Morgen, Puppenspieler. Ich brauche Eure Hilfe.« Ihre Stimme zitterte vor Trauer und Angst.

»Ja«, stieß Sienne hervor, die dicken Falten seines Gewandes machten das Wort beinahe unverständlich. Nachdenklich nahm er die Puppe von Marie, die vor ihm auf dem Tisch stand, in die knotige Hand und drehte sie herum. »Ich weiß, daß du meine Hilfe brauchst. Und du weißt es auch.«

Marie schlüpfte durch den Spalt im Segeltuch, tastete sich bis zum Tisch vor und nahm gegenüber dem Puppenspieler Platz. »Ich weiß, daß Ihr erst eine Stunde oder so aus L'Morai zurück seid, aber es gibt furchtbare Neuigkeiten ...«

»Morcastle ist tot«, vollendete der Puppenspieler den Satz. »Ja, ich weiß.« Er bog die Beine der Puppe so, daß sie aufrecht stehen konnte, und stellte sie dann in Maries Reichweite auf. »Es scheint, daß du für die Verurteilung des falschen Mörders gesorgt hast, findest du nicht auch?«

Marie errötete. Es war vielleicht das erste Mal, daß der Puppenspieler so etwas wie Scham auf ihrem Gesicht gesehen hatte. »Wir müssen diesen Mörder fangen«, sagte sie. »Wir müssen Dominick zur Freiheit verhelfen.«

Der Puppenspieler hielt seinen gekrümmten Zeigefinger hinter die Marie-Puppe und schnippte sie um. Die Nachbildung fiel auf Marie zu, das wunderschöne Gesicht mit den blinden Augen prallte auf die Tischplatte. »Du hast unrecht, meine Liebe. *Du* mußt gar nichts. In der Tat wäre es besser, wenn du überhaupt nichts tust. Ich dachte, ich hätte es dir bereits klargemacht. Ich hatte dir gesagt, daß ich diesen Mörder für dich stellen würde.«

»Aber die Morde gingen weiter«, protestierte Marie. »Nun ist auch Morcastle tot.«

»Du kannst von dem Rat L'Morais keine Gerechtigkeit erwarten. Das habe ich dir gesagt. Du bist für sie verabscheuungswürdiger als jeder Mörder.«

Maries Röte vertiefte sich noch, doch jetzt mehr vor Wut als vor Scham. »Was sollten wir denn machen? Wir dachten, wir hätten den Mörder.«

»Du hättest ihn auf der Stelle töten sollen«, erwiderte der Puppenspieler. »Selbst wenn er unschuldig ist, hätte sein Tod geholfen, die Rechnung auszugleichen. Tod für Tod.«

»Dann wären wir selbst zu Mördern geworden«, fauchte Marie.

»Betrachten wir einmal, was statt dessen geschehen ist.« Der Puppenspieler hob die Puppe auf, winkelte ihre Beine an und faltete ihr die Hände. Er stellte sie vor sich auf den Tisch auf, und es sah so aus, als hätte sie sich zum Gebet hingekniet. »Ich habe dir befohlen, mich für die Gerechtigkeit auf dem Rummelplatz sorgen zu lassen. Ich habe dir befohlen, die Sache ruhen zu lassen. Und nun ist ein unschuldiger Mann verurteilt worden. Der Mörder hat nun einen Freibrief, weiter seinem blutigen Handwerk nachzugehen. Und ein drittklassiger Magier ist tot.«

Marie wandte das Gesicht ab, doch nicht schnell genug, so daß der Puppenspieler die Tränen sehen konnte, die ihr die Wange hinunterliefen.

»Ich habe dich gewarnt, dich einzumischen, aber du hast nicht auf mich gehört«, sagte Sienne grollend. »Du hast einen Vorhang zuviel beiseite geschlagen, hast die dahinter verborgenen Untaten gesehen und entdeckt, daß es noch weitere Vorhänge gibt.« Seine Faust senkte sich auf den Kopf der Puppe, und er drückte zu, bis der Kopf platt gedrückt war. »Marie, öffne ja nicht den nächsten Vorhang! Er hängt aus gutem Grund dort. Vertrau mir, und ich werde dich und deinen Freund, den Riesenmenschen, vor diesem Mörder beschützen. Doch wenn du den Vorhang beiseite schiebst...«

»Ich habe keine Angst«, unterbrach Marie ihn plötzlich. Ihre Lider waren rot und geschwollen. »Also spart Euch die Drohungen.«

»Solltest du diesen Vorhang beiseite schieben«, wiederholte er und steckte die Puppe in die Tasche, »kann nicht einmal ich dich retten.«

9

Marie lauschte dem Geräusch der Schaufeln, die sich in die feuchte Erde gruben. Darunter war auch eine Holzschaufel mit stählernen Zinken: wenn sie sich in den Boden senkte, verursachte sie einen knirschenden Laut, dem ein nasses Gurgeln folgte, wenn die Erde ausgehoben und auf den Haufen geworfen wurde. Das Blatt der anderen Schaufel bestand vollständig aus Metall, und es machte schabende Geräusche. Marie wußte auch, daß es sich bei den beiden Totengräbern um dicke Männer handelte: schon bevor sie mit der Arbeit angefangen hatten, war ihr Atem in der heißen Heideluft schnell und keuchend gegangen.

Von den Geräuschen der Schaufeln abgesehen, war es auf der Heide unterhalb des Rummelplatzes totenstill. Hunderte von Artisten hatten sich hinter Marie versammelt, gaben jedoch keinen Laut von sich. Marie hatte sie in der Hoffnung hergebeten, aus der verstohlenen Beerdigung, die der Puppenspieler für Morcastle geplant hatte, ein öffentliches Ereignis zu machen. Aber es war, als wären sie alle ferngeblieben. Ursprünglich hatte es weder Grabreden noch Lieder geben sollen; die Beerdigung der Leiche hatte ohne eine Trauergemeinde vonstatten gehen sollen. Nur die beiden fetten Totengräber, der Puppenspieler und die schlanken Birken am Rand der Heide. Bis Marie es herausgefunden hatte.

Und selbst jetzt standen die Leute vom Rummelplatz schweigend da. Sogar der Wind war verstummt. Nur das gleichmäßige, rhythmische Schaufeln, das Prasseln ausgehobener Erde und die rastlosen, gedämpften Schritte des Puppenspielers unterbrachen die Stille.

Marie tastete nach Hermos, der wie ein Baum an ihrer Seite stand. Ihre Finger umklammerten seine große Hand. Sie fühlte die Besorgnis in seinen tiefliegenden Augen, aber sie sagte nichts. Sie wollte schreien, aber sie blieb stumm. Morcastles Ermordung war ungestraft – und beinahe unbemerkt – geblieben. Trotz all der Zeugen, die Marie hier versammelt hatte, sein Grab würde nicht markiert sein – nur ein weiterer namenloser Hügel auf einem großen Feld der Toten.

Marie hatte das Gefühl, als würde die Welt unter ihrem eigenen Gewicht einstürzen und in Stücke zerbrechen. Und doch stand der Wald da und sah zu – ohne Stimme, tolerant und ewig während.

»Wir sollten diese Stelle markieren«, murmelte Marie Hermos zu.

Er drückte ihre Hand. »Ich werde sie nie vergessen«, flüsterte er laut.

Der Riesenmensch warf Marie einen traurigen Blick zu und sah dann zu dem Grab. Die Totengräber waren mit der Grube fast fertig. Nachdem sie die sehnenartigen Wurzeln des Heidebodens durchtrennt hatten, hatten die beiden ihre Wämser abgelegt und wabbeliges, schmutziges Fleisch entblößt. Der Puppenspieler stand die ganze Zeit hinter ihnen; obwohl eine fürchterliche Hitze herrschte, blieb sein Gesicht in den Schatten seiner Kapuze verborgen.

Zu seinen Füßen lag Morcastle auf einer provisorischen Bahre. Seinen Kopf hatte man in seiner rechten Armbeuge festgeklemmt, damit er nicht herunterrollen konnte. Seine Kleidung war blutig, lehmverschmiert und in Unordnung. Der Gestank hing wie eine Wolke in der heißen Luft, und Fliegen schwirrten in dichten Schwärmen um die Leiche herum.

»Tief genug«, befahl der Puppenspieler mit grollender Stimme und berührte einen der Totengräber an der Schulter.

Die Männer sahen zu ihm hoch, stiegen aus dem Grab und stießen ihre Schaufeln in die ausgehobenen Erdhaufen. Dann reckten sie die müden Gliedmaßen und begaben sich an Kopf und Fuß der Bahre. Ächzend hoben sie an und trugen den Toten zu dem flachen Grab. Sie nickten einander zu, kippten die Bahre und ließen die Leiche in den feuchten Boden fallen. Sie landete halb auf dem Bauch.

»Großer Prin-zah«, fing Hermos an.

»Ja, Hermos, nun ist die Zeit zum Gebet gekommen«, sagte Marie.

»Trage Morcastle in Sicherheit«, fuhr Hermos fort. »Dein Rücken ist stark.«

Die Totengräber fingen an, das Grab zuzuschaufeln. Hermos ließ Maries Hand los und trat vor. »Dreht ihn um«, knurrte er, aber die Schaufeln warfen ungerührt weiter Erde auf die schräg auf dem Bauch liegende Leiche. Hermos erreichte das Grab, stieß die Totengräber zurück und kniete neben dem Toten nieder. Die Träne, die seine lange, hagere Wange hinunterlief, schaffte es nicht einmal bis zum Kinn, bevor die kräftigen Totengräber ihn bei der Schulter ergriffen, um ihn zurückzureißen. Mit einer schnellen Bewegung schlug Hermos dem einen Mann den Ellbogen ins Gesicht und stieß den anderen zu Boden. Dann wandte er sich wieder dem Grab zu, aber nun erhob sich der Puppenspieler über ihm. Der Gesichtsausdruck des Riesenmenschen verhärtete sich, er stand auf, richtete sich zu seiner vollen Größe auf und starrte auf den Puppenspieler hinunter.

»Dreht ihn um«, knurrte er.

Die Totengräber rappelten sich wieder auf und erhoben die Schaufeln als Waffen.

»Dreht ihn um«, befahl der Puppenspieler, »und legt ihm den Kopf zwischen die Schultern.«

Hermos trat von dem Grab zurück, während die Totengräber zögernd niederknieten und die Leiche auf den Rücken drehten. Der Riesenmensch kehrte an Maries Seite zurück. »Und besorgt einen Grabstein für ihn«, fügte er hinzu.

Der stechende Blick des Puppenspielers blieb unter den Falten seiner Kapuze verborgen. »Das bleibt abzuwarten...«, murmelte er. »Das bleibt abzuwarten...«

Die Nachricht von Morcastles Ermordung und seiner schmählichen Beerdigung verbreitete sich während des Tages wie ein Lauffeuer auf dem Rummelplatz von L'Morai. Am Abend hatte man in dem aufgeregten Artistenviertel zusätzliche Laternen aufgestellt, und die Türen zu den Garderobenwagen wurden fest verriegelt. Trotz des normalen Ansturms der Zuschauer blieb es in den Budengassen und Bühnenzelten ruhig. Wachsame Freaks patrouillierten über den Rummelplatz, und in ihren Gürteln steckten Dolche.

Der einzige laute Ort auf dem Rummelplatz war das Messezelt; hier drängten sich die Artisten, suchten Zuflucht im Licht und in der Masse der Berufsgenossen. Das Gelächter, das an den dicht umlagerten Tischen ertönte, war laut und wütend, als könnten die Artisten den Mörder nur mit Lautstärke in Schach halten.

Überall, in dem Messezelt und den Budengassen, hing Angst wie dünner Rauch in der Luft. Und als hätte diese Angst es herbeibeschworen, trat das nächste Entsetzen zutage.

»Er ist da unten«, sagte der Riesenmensch. Er zeigte auf die Monstrositätenschau und warf Marie einen nervösen Seitenblick zu. Obwohl sie sich an seiner Hand festklammerte und an seiner Seite ging, blieb sie mit jedem Schritt weiter zurück. Hermos musterte ihr entschlossenes Gesicht und biß die Zähne zusammen, widerstand dem Impuls, sie hochzuheben und den mit Sägespänen bestreuten Pfad wie ein Kind entlangzutragen.

»Nur noch ein kleines Stück«, stieß er das vierte Mal hervor.

Marie schüttelte den Kopf. »Du ziehst, ich folge«, murmelte sie.

Hermos nickte. Sie kamen an eine belebte Ecke und zwängten sich durch die umherschlendernden Menschenmassen. In der Ferne befand sich eine von Laternen erhellte Gasse voller Läden und Buden: ein Hellseher, ein Bierbrauer, ein Tätowierer, ein Salbenverkäufer, ein Schneider... Sie erreichten die Monstrositätenschau, eine Reihe von Buden, die hinter einer großen Zeltplane aufgestellt waren. Die Zurschaugestellten waren in grellen Farben auf der Plane abgebildet: der Leopardenjunge, die Frau mit dem Kalbskopf, der Zirkus der Zwergmenschen, die Zwerge von Helms Tiefe, der Mann mit dem Kropf...

»Er ist hier drin«, sagte Hermos und ging um die Schaulustigen herum, die vor dem Eingang zur Monstrositätenschau standen. Er zog Marie an einem Dutzend umlagerter Buden vorbei, bis er schließlich stehenblieb.

»Was ist es?« fragte die Jongleurin. »*Wer* ist es?«

»Er ist es«, erwiderte Hermos und starrte den Mann an, der da zur Schau gestellt wurde. »Der Fleischer Dominick.«

Marie hielt den Arm des Riesenmenschen noch fester. »Er ist entkommen?«

»Nein«, erwiderte Hermos. »Er ist jetzt einer von uns.«

Dominick saß auf einer Kiste, aber er war nicht länger das anmaßende, furchtlose Ungeheuer, welches Hermos im Zelt des Sehers niedergestochen hatte. Er war nicht länger der neunfingerige Mörder, der Panol und Banol und Borgo den Schwertschlucker getötet hatte.

Dominick hatte sich verändert. Aus unzähligen Stellen seines Körpers ragten funkelnde Klingen heraus. Der nackte Körper des Fleischers war von den Schultern bis zu den wunden, nach innen gedrehten Füßen mit Klingen gespickt – lange Rasiermesser, breitzähnige Sägen, wuchtige Hackmesser, gebogene Messer, glitzernde Scheren, Stilette... Hunderte von Schneidewerkzeugen ragten aus seiner Haut, als würde ein in seinem Inneren kämpfendes Heer sich den Weg nach draußen frei schneiden.

»Karrick der Mann mit den tausend Messern...«, brüllte ein rüpelhafter Händler. Er stand auf einer klapprigen Kiste und zeigte auf den Fleischer. »Der einzige Mann auf der Welt, der Messer aus seinem Körper wachsen lassen kann...«

Marie zuckte zusammen, als hätte ihr jemand mit der Faust ins Gesicht geschlagen, und sie griff nach Hermos' Hand.

»Ja, tatsächlich!« fuhr der Händler fort. »Kommt und seht, Leute, wie die Messer aus seiner Haut herauswachsen...«

Jede Klinge nistete in einer eiternden Wunde. Anscheinend war der Stahl langsam nach außen gewachsen und hatte sich wie ein Zahn durchs Zahnfleisch durch die Haut geschnitten. Einige der Klingen ragten nur ein Stück heraus; andere waren fast vollständig sichtbar – Klinge, Heft und Griff, die aus einer heilenden Wunde hingen. Aber sie alle wuchsen beständig weiter und zerschnitten beim Wachsen die Haut.

»Messer so gut wie die eines Fleischers«, fuhr der Händler fort. Er trat auf den benommen dasitzenden Dominick zu. Er legte die Finger auf die flache Klinge eines Schälmessers und zerrte schwer atmend daran. Ein leises Bersten ertönte, als würde etwas abbrechen. Dem folgte ein schmatzendes, saugendes Geräusch – und das Messer löste sich aus Dominicks Körper. Der Fleischer erschauderte und rollte wild mit den Augen.

Der kleine Mann grinste und hielt die blutverschmierte Klinge in die Höhe. »Ein Messer, das durch Knorpel und Knochen schneidet, sogar durch den mächtigen Hüftknochen«, rief er. Um der reinen Schau willen hieb er mit dem Messer nach unten, als wollte er sich die Klinge in die eigene Hüfte treiben, fing die Bewegung aber ab und wischte statt dessen das Blut an seinem bereits scharlachrot verfärbten Wams ab. Er hielt den funkelnden Stahl erneut in die Höhe. »Zehn Lorin und einen Ducre für diese mächtige Klinge!«

Hermos wich zurück und zog Marie mit sich.

»Was könnte ihn auf diese Weise verwandelt haben?« fragte sie laut.

Hermos schüttelte den Kopf, den Blick fest auf die vor ihm befindliche Scheußlichkeit gerichtet. Ein blauschwarzer, angeschwärzter Reifen lag um den Hals des Fleischers. Von ihm gingen schmale, grauschwarz verfärbte Hautstreifen aus, die das Kinn hinauf und die Brust hinunter verliefen.

»Der Kragen. Der, von dem Morcastle gesprochen hat«, bemerkte Hermos mit gedämpfter Stimme. »Er hat seine Haut verbrannt.«

Maries Gesichtsausdruck verhärtete sich. »Dieser Kragen muß etwas mit Magie zu tun haben.«

»Wo sie ihn geschnitten haben«, fügte Hermos hinzu, »wachsen die Messer.«

»Kann er sich überhaupt daran erinnern, wer er ist?« fragte Marie. »Kann er überhaupt noch sprechen?«

Der Händler bemerkte Maries Interesse, ließ die Gruppe

der unwilligen Käufer stehen und trat auf die Blinde zu. Er hielt das Messer hoch. »Ich bin sicher, daß sich sein Zustand wieder bessert, Marie. Als sie ihn gebracht haben, war er ganz schön benommen. Junge, was für ein Fund! Übrigens, möchtest du dieses wunderbare Messer?«

Hermos führte Marie von der Bude fort und hob sie auf seinen Arm. Sie nahm es kaum wahr. Sie hatte die pupillenlosen Augen weit aufgerissen, und die leuchteten so weiß wie die eines in einer Falle gefangenen Hasen.

Hermos verließ die Budengasse der Monstrositätenschau und betrat wieder den Hauptweg. »Mach dir keine Sorgen, Marie«, sagte er, als er sich einen Weg durch die Menge bahnte. »Er kann dir jetzt nichts mehr antun.«

Marie nagte an ihrer Unterlippe. »Das ist es nicht«, sagte sie mit einem nervösen Lächeln. Sie schüttelte den Kopf, und ihr Kinn zitterte. »Das ist es wirklich nicht. Verstehst du denn nicht, Hermos?«

Der Riesenmensch starrte sie an.

Als könnte sie den Blick spüren, drehte Marie den Kopf zur Seite. »Er ist einer von uns geworden«, sagte sie. »Das war das eigentliche Urteil, nicht die Folter. Er war ein Mörder, also haben sie ihn dazu verurteilt, einer von uns zu werden – ein Exilant zu werden.«

»Ich werde dich beschützen...«

»Das ist es nicht«, sagte Marie beharrlich. Sie drückte sich an seine Brust, ließ sich zu Boden rutschen und stemmte die Fäuste in die Hüften. Dann sah sie mit hochrotem Gesicht zu dem Riesenmenschen hoch. »Das ist bestimmt nicht zum ersten Mal geschehen. Sie haben Dominick gefoltert und ihn dann hier abgeladen. Ich frage mich, wie viele andere Verbrecher unter uns leben. Ich frage mich, ob der Mörder nicht selbst ein Artist ist.«

Hermos taumelte einen Schritt zurück, als er den Sinn ihrer Worte begriff. Er starrte sie sprachlos an. Ein reich gekleideter Kaufmann ging nervös an ihnen vorbei und drängte seine Familie, sich zu beeilen.

»Vielleicht können wir beweisen, daß Dominick unschuldig ist, können beweisen, wer der wahre Schuldige ist«, fuhr Marie fort. »Das magische Urteil kann möglicherweise wieder rückgängig gemacht werden. Das in meinem Wohnwagen war nicht sein Handabdruck. Es war die falsche Hand. Jemand hat ihm den Finger abgeschnitten. Jemand hat ihm die Rückenwunde beigebracht. Wir müssen herausfinden, wer das war.«

Hermos' Blick verdüsterte sich, als er sie musterte. »Wie?«

Maries Gesichtsausdruck wurde grimmig. »Ich weiß es nicht. Es könnte jeder gewesen sein. Der wahre Mörder könnte in der Menge vor meinem Wohnwagen gewesen sein, als ich mit den Gendarmen gesprochen habe. Er hätte einer der Gendarmen sein können. Er könnte sogar der Puppenspieler selbst sein. Der Mörder weiß, nach welchen Spuren wir Ausschau gehalten haben, und« – sie brachte es beinahe nicht über die Lippen – »wenn er jeden Hinweis kannte, nach dem wir gesucht haben, dann ist ihm auch das bekannt, was wir gerade herausgefunden haben.«

»Großer Prin-zah! Wir werden ihn niemals aufspüren«, stöhnte Hermos.

»Doch, das werden wir«, erwiderte Marie mit plötzlicher Zuversicht in der Stimme. »Wir werden versuchen, es herauszufinden, und zwar nachdem der Rummelplatz geschlossen hat, in den Stunden vor Morgengrauen.«

Es war eine lange Nacht gewesen. Sogar eine sehr lange, und sie war von einer nicht enden wollenden Parade von Gesichtern erfüllt gewesen. Ihre Stimmen hallten noch immer in seinem Kopf wider. Und zwar laut. Aber er wußte, daß sie nicht länger da waren. Das hier war nicht derselbe Ort – nicht der Ort mit all den Gesichtern. Dieser Ort war laut und von Laternen und Sternenlicht erhellt und sandig gewesen, und er hatte tausend Gesichter und zweitausend Augen gehabt. Aber dieser Ort war anders. Er war ruhig und dunkel und von Zeltplanen verhüllt, und er hatte nur ein Gesicht und zwei Augen.

Dafür aber tausend Messer.

Sie steckten in ihm und ragten aus ihm heraus. Sie wuchsen aus den Wunden, mit denen sein ganzer Körper übersät war. Wenn er ging, schnitten die Messer des einen Beins in das andere. Also transportierten ihn die anderen in einem Wägelchen wie eine Ladung Äpfel. Sie hatten ihn an dem anderen Ort abgeladen und dann später wieder hierher zurückgebracht. Beide Male hatte er aufgeschrien, beide Male hatten sich die Klingen in ihn und den Boden gebohrt. Sie waren wie die Wurzeln eines Dornbusches. Er hatte versucht, sich von den Messern zu befreien. Ein paar waren abgebrochen und im Boden steckengeblieben. Doch die Mehrzahl blieb mit ihm verbunden, mit Knochen verwachsener Stahl.

Es schien kein normaler Zustand zu sein. Den anderen, die ihn abluden und auf die Kiste setzten, wuchsen keine Messer aus den Körpern. Den Gesichtern, die an ihm vorbeimarschiert waren, wuchsen keine Messer aus der Haut. Und er hatte gedacht, wie schön so etwas doch sein müßte.

Aber er konnte sich nicht daran erinnern, einmal so gewesen zu sein. Er konnte sich nicht einmal an seinen Namen erinnern, obwohl er glaubte, einen gehabt zu haben. Er konnte sich nicht an eine Zeit ohne Messer erinnern.

Und so hockte er auf einem kitzeligen Heuhaufen, an dem

zweiten Ort, dem Ort mit der Zeltplane. Er konnte fühlen, wie sich die Messer in seinem Rücken in das dichte Stroh bohrten. Er konnte fühlen, wie sie wuchsen, sich Stück für Stück durch sein Fleisch schoben. Und er fragte sich unbewußt, ob eines von ihnen abgefallen sein würde, wenn die anderen kamen, um ihn zu holen. Einmal wälzte er sich in der Dunkelheit des Zeltes in dem Heuhaufen hin und her, in der Hoffnung, daß die Klingen abbrachen, daß sie nicht weiterwuchsen. Aber nur ein einziges Messer brach ab, und der Schmerz und der Blutstrom, den das mit sich brachte, und der Anblick des Stücks Knochen, das an dem halb geformten Stahlgriff klebte, waren unerträglich.

Also wartete er ab. Geduldig, mit weit aufgerissenen Augen. Schwitzend. Den Schmerz des abgebrochenen Messers zurückhaltend. Angst hüllte ihn ein wie ein kalter Wind. Und er fragte sich, ob die Dunkelheit jemals aufhören würde. Das war der Augenblick, in dem die beiden anderen eintraten.

Sie waren wie Schatten in der Dunkelheit. Sie kamen durch einen Schlitz in der Zeltplane. Der erste war riesig und hager wie der wogende Schatten eines Baumes. Der zweite war klein und geschmeidig. Ihre Stimmen zischelten gedämpft, während sie sich neben ihm aufstellten. Das waren nicht diejenigen mit dem Wägelchen. Sie rochen nach Angst und Verzweiflung.

Der Messer-Mann saß still und hielt den Atem an. Allein seine Augen bewegten sich und verfolgten ihre Bewegungen in der Dunkelheit. Er hoffte, daß sie ihn nicht sehen konnten, hoffte, daß sie wegen jemand anderem gekommen waren. Aber sie traten vorsichtig näher und fingen an zu flüstern.

Der Messer-Mann biß sich auf die Unterlippe, eine Träne der Furcht rann ihm die Wange hinunter. Die eine andere war eine Frau. Sie stieß ihn an, ihr Finger berührte seinen

Hals, in dem ein brennender Schmerz tobte. Die andere Kreatur beugte sich herunter und besah sich die Stelle, die die Frau berührt hatte.

Der Mann schüttelte sich wild und verjagte sie mit seinem Brüllen. Ihm kam der vage Gedanke, daß das, was er da rief, keinen Sinn ergab. Aber die beiden anderen wichen einen Augenblick lang zurück, und der Hagere schritt um ihn herum und betrachtete ihn aus der Ferne.

»Eerinnerst duu diich, daß duu Ddoominiick heiißt?« fragte die Frau.

Der Messer-Mann zitterte, Schweiß tropfte von seiner Stirn auf ein Messer, das aus seiner Brust wuchs. Das letzte Wort, *Ddoominiick*, hallte in seinem Bewußtsein wider. Es hatte eine vertraute Erinnerung berührt, wie ein vom Wind durch die Luft gewirbelter Fetzen, der an einem Ast hängenbleibt... Ddoominiick, Ddoominiick, Ddoominiick... Der Klang dieses Wortes ließ in ihm eine eigentümliche Furcht aufwallen. Wieder erbebte er.

»Beeewaahrt uuns, ihrrr Göötter«, murmelte der Messer-Mann, und die unverständlichen Worte brachten Trost.

Die Frau seufzte, und der Mann entspannte sich.

»Guud«, sagte sie und tätschelte ihm mit ihren zierlichen Fingern die Hand. »Guud. Daa is immeer nooch eetwass voon ihm voorhaandenn.«

Ihre Hand blieb auf seinem rechten Arm liegen, und sie zeichnete seine schmerzvoll geballte Faust nach.

»Weer hhad diir deeinnen Fiingör aabgehaackt?«

Der Messer-Mann runzelte die Stirn, und er starrte den blutigen Stumpf an, wo sich einst ein Finger befunden hatte.

»Weer hhad diir deeinnen Fiingör aabgehaackt?« wiederholte die Frau ihre Frage.

Die Worte ergaben noch immer keinen Sinn. Sie stießen

nichtssagend gegen das noch immer in seinem Gedanken hallende Echo von »Ddoominiick... Ddoominiick... Ddoominiick«.

Die Frau schüttelte den Kopf und ließ seine Hand los. Lange blieb sie dort sitzen und starrte ihn ununterbrochen an, und der Messer-Mann legte die Hände vors Gesicht. Sie murmelte ihrem Begleiter etwas zu. Dann bückte sie sich, um etwas vom Boden aufzuheben. Sie richtete sich wieder auf, und der Gegenstand in ihrer Hand glitzerte und schimmerte.

Es war das Messer, das von seinem Rücken abgebrochen war. Das Messer mit dem Stück Knochen dran.

Der Messer-Mann keuchte, als die Frau näher kam. Ihre kleinen, starken Finger legten sich um seine verletzte Hand und zogen sie von seinem Gesicht. Sie hielt die Hand energisch fest und zeigte mit der Klinge auf den Fingerstummel. Der blitzende Stahl sauste durch die Luft. Sie rief etwas.

»Weer?«

Der Messer-Mann erinnerte sich an eine andere Klinge, die auf seine Hand niedergegangen war. Sie hatte den Finger abgetrennt, der sich dort befunden hatte. Hatte brutal durch Haut und Knochen geschnitten.

»Weer?«

Es war die Hand eines Mannes gewesen, der seine Finger festgehalten hatte, die Hand eines Mannes, die die Klinge durch knirschenden Knochen gezwungen hatte. Die Hände waren mißgebildet gewesen, verdreht und zitternd, nichtsdestotrotz ausgesprochen stark. Er erinnerte sich an ihre Stärke und ihr Zittern. Erinnerte sich daran, wie rutschig sie geworden waren, als das Messer seine Aufgabe fast erledigt hatte. Da waren Seile um seine Arme und Füße gewesen, Seile um seine Brust. Er hatte um sich getreten und versucht, zu entkommen, aber es war ihm nicht gelungen. Und das

Messer schnitt durch den Knochen. Und der Finger fiel zu Boden.

»Wer?«

Die Hände hatten aus dicken Wollärmeln herausgeragt. Der Messer-Mann erinnerte sich, gegen die Fesseln und den Stuhl, auf dem man ihn festgebunden hatte, angekämpft zu haben. Und der Mann hatte ihn überragt. Ein dunkles, voluminöses Gewand, das sich nur undeutlich von dem dunklen, überladenen Raum abgezeichnet hatte. Er hatte fühlen können, wie der Mann ihn mit seinen stechenden Blicken fixiert hatte, hatte es gefühlt, es aber nicht sehen können. Die Gesichtszüge des Mannes waren von einer großen Kapuze verborgen worden. Dann fiel ihm das leise, keuchende Gelächter des Mannes ein, das er bei seiner Arbeit von sich gegeben hatte. Und aus diesem schrecklichen Gelächter formte sich im Bewußtsein des Messer-Mannes ein Name. Er murmelte ihn einmal, zweimal, mußte seine Zunge dazu zwingen, die seltsamen Laute zu formen.

»Ppuuupn... Puupnspeeler... Puppenspieler.«

10

Es war ein ganz normaler Abend, was den Rummelplatz betraf. Kühle Winde wehten von den Bergspitzen herunter und pfiffen durch die dichtbevölkerten Budengassen. Rufe, die für die Attraktionen warben, hallten zusammen mit dem Gelächter der zahlenden Besucher durch die Nacht.

Aber Hermos' Bude war dunkel und leer, genau wie Maries Wohnwagen. Die beiden Artisten kauerten hinter den Abfallhaufen am Rand des Rummelplatzes und beobachteten den Wagen des Puppenspielers. Gewöhnlich machte er um Mitternacht einen Spaziergang, und dem Mond nach war Mitternacht schon lange vorbei.

»Wonach wollen wir da drin suchen?« fragte Hermos.

»Nach etwas, das beweist, daß der Puppenspieler der Mörder ist«, flüsterte Marie. Der Gestank des Abfallhaufens ließ sie einen Augenblick lang würgen.

»Da ist er«, murmelte Hermos und duckte sich tiefer hinter den zerborstenen Überresten eines Wohnwagens.

Marie ging hinter dem fliegenverpesteten Abfallhaufen noch tiefer in die Hocke. »Was macht er?« zischte sie.

»Er geht.«

Der in seinen schwarzen Umhang gehüllte Mann kam aus der Tür seines weitläufigen Quartiers und blieb stehen. Er schnupperte an der Nachtluft und raffte sein Gewand zusammen. Dann ging er auf das Artistenviertel zu.

Hermos sah ihm noch einen Augenblick lang nach. »Er ist fort.«

»Dann laß uns gehen«, erwiderte Marie und ging um den Abfallhaufen herum. Hermos nahm ihre Hand und führte sie mit langen Schritten auf die finstere Behausung des Puppenspielers zu.

Es war ein häßlicher und gewaltiger Bau. Das Vorderteil, einst ein riesiger Käfig auf Rädern, in dem »Exotische Olifanten« transportiert worden waren, ruhte nur noch auf den Achsen. An den renovierungsbedürftigen Wagen drängten sich zahlreiche Anbauten, die aus alten Zaunbrettern, Bühnenplanken, Draht und Schutt errichtet worden waren. Der Bau erinnerte an das düstere Nest einer Grabwespe.

Hermos erreichte die Tür und stieß sie auf. Kühle, stinkende Luft schlug ihnen wie eine Woge entgegen. Hermos wedelte mit der Hand vor der Nase herum, während Marie eintrat.

Sie ging durch den langen Korridor, der sich an die Tür anschloß, und mußte dabei an das erste Mal denken, als sie hier gewesen war, nach Panols und Banols Tod. Sie streckte die Hände aus, um die mit Wandteppichen geschmückten Wände zu berühren, und ertastete sich den Weg ans Ende des Korridors. »War da irgend etwas Wichtiges in dem Puppenraum, in dem wir damals waren?« fragte sie flüsternd.

Hermos trat hinter ihr durch die Tür und duckte sich, um nicht an die rohe Holzdecke zu stoßen. »Nein.«

»Ich habe auch nicht erwartet, daß er uns in einen Raum führen würde, in dem er womöglich seine Geheimnisse aufbewahrt.« Sie ging an dem Puppenraum vorbei und kam zu einer Türöffnung, die sich auf der anderen Seite der Wand befand. »Was siehst du hier drin?«

Der Riesenmensch blickte in den Raum. »Ein Bett... Umhänge, die an der Wand hängen... Kissen und Laken.«

»Hm«, erwiderte Marie. »Wir kommen später hierher zurück, aber laß uns zuerst den Rest erforschen. Warum gehst du nicht vor?«

Hermos gehorchte. Der Korridor wurde dunkler, bis er plötzlich unvermittelt aufhörte. Ein paar wackelige Stufen führten in einen kleinen Vorraum mit niedriger Decke und einem Boden aus festgestampfter Erde. Hermos mußte fast auf allen vieren kriechen. Vor einer halbkreisförmigen Wand aus schlecht zusammengemauerten Ziegeln blieb er stehen. Hier gab es drei Türen. Zwei waren geschlossen und verriegelt, aber die dritte, eine schäbige Tür mit verblichener, weißer Farbe, stand offen. Hermos ging darauf zu.

Er öffnete die Tür und entdeckte einen langen, schmalen Raum voller Bücher. Einige standen auf sich neigenden Regalbrettern, andere waren auf dem Boden zu Türmen aufgestapelt. Ein rechteckiges Fenster direkt am Rand der spinnwebenverhangenen Decke ließ das gelbe Licht einer in der Gasse aufgehangenen Laterne ein. Der matte Schein beleuchtete die Umrisse eines riesigen Kamins, der fast die ganze rechte Wand einnahm. Hermos schritt über die abgenutzte Schwelle, und seine Bewegungen wirbelten dichte Staubwolken auf.

»Seit Monaten keiner mehr drin gewesen«, flüsterte er Marie zu, die sich an den Fingern seiner großen Hand festhielt. »Da ist keiner...« Er hielt inne, als er die Spur auf dem Lehmboden entdeckte. Eine Reihe Fußabdrücke erstreckten sich von der Tür zu einem Stehpult am entgegengesetzten Ende des Raumes. Auf diesem Pfad war der Staub in den Boden getreten und die Spinnweben zerrissen worden.

Hermos folgte der Spur zu dem massiven Stehpult, das sich unter dem Fenster befand. Auf dem Pult lag ein riesiges Buch, dessen von der Zeit beschmutzter Ledereinband sich an den Ecken löste. Hermos kniete neben dem Pult nieder und fing an, in dem Wälzer herumzublättern. Das Buch wurde von zahlreichen aus Holz und Leder gefertigten Platten in verschiedene Abschnitte unterteilt, die jeweils mit kleinen Schlössern versehen waren. Hermos strich mit den Fingerspitzen darüber und zählte dreizehn Stück, die abgeschlossen waren. Die drei untersten Schlösser waren offen.

Hermos verschränkte die Arme und starrte das dunkle Buch einen Augenblick lang an. Dann schlug er den Teil hinter dem dreizehnten Schloß auf. Die Seite war mit winzigen, eiligen Kritzeleien gefüllt, die acht schmale Reihen füllten. Das Papier war uralt und brüchig und knisterte. Die Einträge erinnerten von der Form her an ein Tagebuch und begannen jeweils mit dem Jahr und dem Tag. Der Riesenmensch blätterte weiter. Alle Seiten waren mit der engen Schrift gefüllt. Falls es sich tatsächlich um ein Tagebuch handelte, mußten die Morde auf der letzten Seite erscheinen. Hermos blätterte zwei Dutzend Seiten weiter, bis er zum letzten Blatt kam, auf dem etwas stand; nur fünf der acht Zeilen waren beschrieben. Er nahm das Buch in die Hände und hielt es ins Licht.

1693, 13. Drossilmont, Fälltag (Tod) Ranwen Feronne ›Morcastle der Magier‹, Tod durch Enthauptung. Q 14 getötet, nötige Tätowierung vorhanden. Begräbnis im Wald im Beisein der Artisten, auf Veranlassung von Francis Ciantioux ›Hermos der Riesenmensch‹ und Yvette Martinique ›Marie die blinde Jongleurin‹.

»Hast du etwas gefunden?« fragte Marie.

Hermos zuckte zusammen und wirbelte herum. Er drückte das Buch an die Brust. »Ein... ein Buch«, stammelte er.

Marie schüttelte sarkastisch den Kopf. »Eine Blinde und ein Analphabet finden ein Buch. Wir machen wirklich große Fortschritte.«

Hermos starrte sie einen Augenblick lang an. »Ich kann lesen, hast du das vergessen?« fragte er leise.

Marie runzelte die Stirn. »O ja, die Märchen.«

Hermos nahm das Buch von der Brust und sah hinein. »Die Märchen.«

»Nun«, erwiderte Marie und rieb sich die Hände, »und was verrät diese Geschichte?«

»Daten und Namen«, murmelte Hermos. »Da steht etwas über Morcastle.«

»*Was* steht da über Morcastle?«

»Wie er gestorben ist und begraben wurde«, erwiderte Hermos mürrisch. Er las ihr den Eintrag über Morcastle vor, wobei er nur bei den Namen und den längeren Worten gelegentlich ins Stocken geriet.

Während er las, blickte Marie immer verwirrter in seine Richtung. »›Q14, nötige Tätowierung vorhanden‹?« wiederholte sie wie betäubt. »Was kann das bedeuten?«

Hermos zuckte mit den Schultern und sah aus dem Fenster.

»Geh ein paar Einträge zurück. Schau nach, was dort über Borgo, Panol und Banol steht.« Es dauerte einen Moment, bis der Riesenmensch die Einträge gefunden hatte und sie vorlas.

»1693, 9. Drossilmont, Heidetag (Tod) Ferin Eisengruft ›Borgo der schwertschluckende Zwerg‹, Tod durch Schwertstich. P33 getötet, nötige Tätowierung vorhanden. Begräbnis im Wald.

1693, 10. Drossilmont, Moortag (Tod). Jean-Claude Uberon ›Panol und Banol der Parasitenzwilling‹, Tod durch Zerstückeln. T5 getötet, nötige Tätowierung vorhanden. Begräbnis im Wald.

1693, 11. Drossilmont, Windtag (Verhaftung) Dominick d'Louvre für die Morde an P33/T5 verhaftet. Yvette Martinique ›Marie die blinde Jongleurin‹ und Ranwen Feronne ›Morcastle der Magier‹ begleiten die Gendarmen zwecks Anklage.

1693, 12. Drossilmont, Türtag (Prozeß) Dominick d'Louvre

fälschlicherweise der Morde an P33/T5 verurteilt, wird ›Karrick der Mann mit den tausend Messern‹. Ankunft am 14. Drossilmont.«

Marie stampfte mit dem Fuß auf. »Der Puppenspieler hat gewußt, wie sich alles zugetragen hat. Aber nichts davon beweist seine Schuld. Wenn wir nur herausfinden könnten, wofür die Buchstaben und Zahlen stehen und was es mit diesem ›nötige Tätowierung vorhanden‹ auf sich hat, jede Wette, dann hätten wir unseren Beweis.«

Hermos blätterte weiter zurück. Als er 1687 erreicht hatte, wurde er langsamer. Schließlich verharrte sein Finger auf einer Eintragung.

»1687, 27. Venremont, Moortag (Prozeß). Francis Ciantioux dem Ungehorsam gegenüber seinen Eltern für schuldig befunden und verurteilt. Wird ›Hermos der Riesenmensch‹. Ankunft am 29. Venremont.«

Marie legte ihre kalte Hand auf seinen Arm. »Er hat es auch dir angetan. Er hat es dir angetan.«

Der Riesenmensch sah sie mit zusammengekniffenen Augen an. »Francis Ciantioux?« Der Name klang seltsam vertraut, als er über seine Lippen kam.

»Er hat es dir angetan«, wiederholte Marie. Sie ließ seinen Arm los und packte eine Ecke des Buches. »Bin ich auch drin?«

Der Riesenmensch blätterte benommen die Seiten durch und überflog Namen und Daten.

»Es müßte vor 1680 sein. Ich bin mit neunzehn hierhergekommen«, bemerkte Marie.

Hermos kam zu einem abgeschlossenen Teil. »Hört 1684 auf. Der Rest ist verschlossen.«

»Ich weiß, daß ich da drin stehe – genau wie du«, sagte Marie kopfschüttelnd. »Aber ich habe immer geglaubt, ich wäre auf dem Rummelplatz aufgewachsen.«

»Ich auch.«

»Ich wette, das war es, was es mit dem Fieber auf sich hatte. Ich wette, ich habe meine Vergangenheit vergessen, genau wie Dominick – wie Karrick der Mann mit den tausend Messern«, sagte Marie und begriff. Ein leises Stöhnen entschlüpfte ihren Lippen, und als sie weitersprach, war ihre Stimme ganz heiser vor Furcht. »Es ist nicht nur Dominick. Ich bin es auch. Und du, Hermos. Und alle anderen.«

»Ich habe mich vor meinen Eltern versteckt.«

»Ich frage mich, ob ich...«, fing sie an und konnte nicht weitersprechen. »Ich frage mich, ob sie mir bei dem Prozeß das Augenlicht genommen haben.« Sie fiel auf die Knie und schlug die Hände vors Gesicht. »Ich frage mich, was ich getan habe, daß ich das verdiene.«

Hermos klappte das Buch zu und kniete neben ihr nieder. Zitternd legte er ihr eine Hand auf den Rücken und verdrehte den Kopf, um sie ansehen zu können. Dicke Schweißtropfen rannen über sein hageres Gesicht, als er zu sprechen versuchte. Zuerst brachte er nur ein unartikuliertes Wimmern zustande.

»Was sollen wir tun?«

Marie schwieg, schüttelte den Kopf und wiegte ihr Gesicht in den Händen.

Von der Tür erscholl ein Laut.

»Ich habe dich gewarnt, Marie«, ertönte die dröhnende Stimme des Puppenspielers.

Marie wischte sich die Tränen aus den Augen und stand auf. Ihre zierlichen Finger verkrallten sich im zerschlissenen Saum ihres Rockes. Hermos richtete sich ebenfalls zu voller Größe auf und stellte sich beschützend vor seine Gefährtin.

»Neugier...«, stieß der Puppenspieler hervor. »Die tödlichste aller Sünden. In L'Morai ist sie ein Schwerverbrechen.«

»Ihr seid ein Mörder, Puppenspieler«, sagte Marie kaum lauter als flüsternd.

»Und wenn dem so wäre?« fragte Sienne. Im Schatten der Kapuze formte sich ein düsteres Lächeln. »Was würdest du dann tun?«

Hermos stellte sich zwischen den Puppenspieler und Marie. »Wir müssen gehen«, sagte er und stieß Marie in Richtung Tür.

Marie sträubte sich. »Ich werde für Eure Verurteilung sorgen.«

»Durch wen? Den Rat von L'Morai?«

»Ich werde Euch eigenhändig töten, falls es nötig sein sollte.«

Hermos verstärkte seinen Griff um ihren Arm. »Wir müssen gehen.«

Der Puppenspieler stellte sich ihnen in den Weg. »Ich habe dich gewarnt. Du durftest diesen Vorhang nicht öffnen, Marie. Jetzt kann nicht einmal mehr ich das verhindern, was nun geschehen wird.«

»Seid verdammt, ich will mein Augenlicht zurück! Ihr habt mir alles gestohlen«, schrie Marie. »Wir haben Euer Buch durchgeblättert. Wir wissen von den Prozessen und Folterungen, an denen Ihr teilgenommen habt. Wir wissen, daß Ihr Bürger L'Morais in Freaks verwandelt. Ich weiß, wie Ihr *mich* in einen Freak verwandelt habt.«

»Also glaubst du, daß ich der Schuldige bin«, erwiderte Sienne halb knurrend, halb lachend. Seine knochigen Hände strichen abwesend über den Rubinanhänger um seinen Hals, und wieder fiel Hermos die funkelnde Darstellung Prin-zahs auf. Aber erst diesmal bemerkte er den Speer, der aus dem Pferderücken ragte.

»Ihr habt Hermos gefoltert, Ihr habt *mich* gefoltert.«

Der Puppenspieler holte zischend Luft. »Wißt ihr, es gibt ein noch viel größeres Buch als das, was ihr beiden da gefunden habt. Darin sind keine einzelnen Namen verzeichnet, aber wir *alle* stehen dort drin. Es verurteilt uns alle. Die *Gesetze von L'Morai*. Sie machen es zu einer Sünde, zu sprechen, zu atmen, zu essen, zu leben. Dort steht jedermanns Name verzeichnet.«

Marie packte den Umhang des Puppenspielers. »Seht mich an«, schrie sie. »Seht mich an, verdammt! Ihr wißt, daß ich Euch nicht ansehen kann. Ich will meine Augen zurück, Puppenspieler. Ich will meine Welt zurück. Denn Ihr habt sie mir gestohlen!«

»Und die Hammel wollen ihr Fleisch zurück, Marie, und die Schweine ihren Speck«, sagte der Puppenspieler ganz ruhig. Er löste ihre Hände von seinem Umhang. »Wir wollen alle zurückhaben, was uns genommen wurde, nicht wahr, blinde Marie? Aber die Schweine können es nicht zurückbekommen und die Freaks auch nicht.«

Marie biß die Zähne zusammen und versuchte, sich an ihm vorbeizudrängen. »Es wird keine neuen Freaks geben und auch keine weiteren Morde, Puppenspieler. Ich werde Euch aufhalten.«

Maudit Sienne lachte und ergriff Maries Arm. Er wirbelte sie herum und zwang sie zu einem ausgelassenen Tanz, während er ein wüstes Schenkenlied anstimmte.

Ich sprach eines Tags zu einer blinden Maid
die lag im hohen Grase,
Gestand ihr meine Liebe!
Da meinte sie: mein Geliebter sagt,
du bist so häßlich
wie der Tod.

Da traf ich ihren großen Freund,
er war ungestüm und böse gelaunt.
Er sagte mir: es ist nicht klug,
mit ihren blinden Augen zu flirten,
ungehörige Zuneigung bringt den Tod.

Ich spottete, sie kann nicht sehen!
Und zwang sie in mein Bett.
Dafür nannte mich ihr großer Freund
einen Schurken
und drückte mir die Augen aus,
bis daß das Blut nur so spritzte.
Nun bin ich blind, häßlich
und tot.

Während Sienne sang, drängte er Marie auf eine Ecke der Bibliothek zu. Hermos wollte sich dazwischen drängen, aber der Puppenspieler stieß ihn, ohne mit seinem Lied ins Stokken zu geraten, brutal gegen den Kamin. Der Riesenmensch prallte mit dem Rücken gegen den Stein, was ihm für einen Augenblick den Atem raubte. Er sackte auf dem Boden zusammen und hielt sich keuchend die Seite.

Marie tastete mittlerweile nach irgendeinem Gegenstand, der als Waffe dienen konnte, aber ihre Finger fanden nur die moderigen, verrottenden Bücher. Gegen ein hinfälliges Regal gezwängt, kratzten ihre Fingernägel in dem Versuch, einen der Bände von dem Brett zu reißen, über die uralten Buchrücken.

Das Lied war zu Ende.

Der Puppenspieler beugte sich über Marie, und sie roch den fauligen Atem, der aus den dicken Falten seiner Kapuze kam.

»Hat dir das Lied gefallen?«

Marie dachte nicht daran, ihr Gesicht abzuwenden. »Nein. Nicht im mindesten«, stieß sie zwischen zusammengebissenen Zähnen hervor.

Sienne stand reglos da und sagte kein Wort. »Dann gehst du lieber. *Sofort.*«

Er stieß sie von sich. Marie stolperte und suchte mit ausgestreckten Händen nach Hermos, der sich gerade noch immer nach Luft schnappend vom Boden erhob. »Werdet Ihr« – begann Marie mit zitternder Stimme –, »werdet Ihr uns gehen lassen?«

»Ja«, erwiderte der Puppenspieler. »Ich brauche euch nicht zu töten. Dafür habt ihr schon selbst gesorgt.«

Marie klammerte sich an Hermos fest und zeigte auf die Tür. Der Riesenmensch eilte darauf zu. Der Puppenspieler unternahm keinen Versuch, sie aufzuhalten. Aber er stimmte das melodienlose Lied erneut an.

... und drückte mir die Augen aus,
bis daß das Blut nur so spritzte.
Nun bin ich blind, häßlich
und tot.

»Was sollen wir nur tun?« fragte Marie, als sie in ihrem Wohnwagen das Fenster schloß. Sie erschauderte und wußte nicht, ob daran die Kälte der Nachtluft oder die Angst vor dem Puppenspieler schuld war. »Er ist schuldig, soviel steht fest. Aber wir können ihn nicht vor Gericht bringen.«

Hermos verlagerte sein Gewicht und versuchte, sich auf dem Boden bequemer hinzusetzen. »Sein Anhänger trägt Prin-zahs Abbild«, sagte er mürrisch.

»Ja, das hast du mir gesagt«, erwiderte Marie.

»Prin-zah mit einem Speer im Rücken. Wie die Tätowierung.«

Marie rieb sich über die Stelle im Nacken. »Er muß derjenige gewesen sein, der uns auf diese Weise gezeichnet hat. Uns alle. Er hat uns zu Freaks gemacht und uns dann mit seinem verdammten Anhänger gebrandmarkt. Das muß die Bedeutung dieser Tätowierung sein. Sie zeigt, daß wir Freaks sind.«

»Ich habe Angst.«

Marie ging zur Tür und vergewisserte sich erneut, daß sie fest verschlossen war. »An wen sollen wir uns wenden?« fragte sie nachdenklich. »An die Gendarmen, den Rat oder die Bürger mit Sicherheit nicht.«

Hermos nickte. Er zog eines der beiden Kissen von Maries kleinem Bett, faltete es zusammen und steckte es zwischen die Wand und seinen Rücken. Dann streckte er mit einem erleichterten Stöhnen die Beine aus.

Marie hörte es. »Bist du sicher, daß du heute nacht hier schlafen kannst?« fragte sie.

Der Riesenmensch sah sie ausdruckslos an. »Ja«, sagte er einfach.

»Gut«, erwiderte Marie und zuckte grimmig mit den Schultern. »Zelte kann man nicht abschließen.« Sie begab sich zu ihrem Bett, wobei sie mit aller Sorgfalt darauf achtete, Hermos nicht auf die Füße zu treten oder über seine Beine zu stolpern. »Was wir auch unternehmen, zuerst müssen wir diese Nacht überleben. Und das wird uns eher gelingen, wenn wir zusammenbleiben.«

»Wir werden sehen«, erwiderte Hermos düster.

»Ich übernehme die erste Wache«, bot Marie an. »Sie werden einen ganz schönen Lärm machen, wenn sie hier einbrechen wollen.«

»Kann nicht schlafen.«

»Hm«, machte Marie. »Du hast doch gesagt, du wolltest mir eine Geschichte vorlesen. Warum nicht jetzt? Es ist lange her, daß mir jemand etwas vorgelesen hat.«

Hermos rührte sich, drehte sich auf die Seite und sah sich die Buchrücken auf dem Regalbrett an.

»Mein Lieblingsbuch mit den Märchen steht ganz am Schluß«, sagte Marie mit einem müden Lächeln. »Es hat einen Ledereinband mit geprägten Buchstaben...«

»Ich habe es«, sagte Hermos. Er nahm das Buch und schlug es auf. Die vom Alter vergilbten Seiten waren mit Malereien verziert und reichlich illustriert.

»Wenn ich mich richtig erinnere«, sagte Marie nachdenklich, »sind diese Märchen Geschichten mit einer Moral, dazu gedacht, Kindern die Gesetze L'Morais beizubringen.«

Hermos blätterte zur ersten Seite zurück. Dort fand er das Bild eines Hasen, das ihn an Schlaohr, den Gott der Hasen, erinnerte. Aber die Ohren dieses Hasen waren in die Länge gezogen, blutig, zerrissen und über seinem Kopf fest miteinander verknotet. Hermos fing an zu lesen:

»Der Hase mit den verknoteten Ohren

Es war, nachdem der Bauer mitsamt Weib in den Flammen starb,
da trafen sich die Tiere im Stall.
Sie wollten zählen die eigenen Toten
und bestimmen, wer ihr Herrscher sein sollte.

Prinz das Pferd sagte: ›Von allen bin ich der stärkste.‹
Da sagte Hechler der Hund: ›Ich bin der klügste Kämpfer.‹
Daraufhin sagte Schleicher die Katze: ›Ich bin die Jägerin,
also sollte ich herrschen.‹

Da riefen Grunzer die Sau und Blinzler die Kuh,
Kräher der Hahn und Blöcker das Lamm
wie aus einem Munde:
›Wir waren es doch, die dem Bauer und seinem Weib Nahrung gaben.‹
Dann meldeten sich Krähe und Ratte zu Wort,
ihren Wert zu verteidigen.
Nur der arme Schlappohr, der Hase, hatte nichts vorzubringen.

Da rief Prinz: ›Ruhe! Wir müssen das entscheiden,
indem wir unseren Wert auf dem Hof einschätzen.
Und auf eine so gerechte Weise,
daß keiner von uns Schaden leidet.‹

Schleicher, auf dem Balken über der anderen Köpfe,
sagte: ›Von hier oben kann ich am besten richten.
Lord Prinz, an erster Stelle stehst du,
tust Arbeit, die alle sonst meiden.
Hechler und ich, des Menschen Gefährten,
sollten über Sau und Krähe, Lamm und Huhn herrschen.
Aber dann kommen die vier, von denen jeder sein Leben gegeben hätte,
um den Tisch des Bauers und seines Weibes zu decken.‹
Nur der arme Schlappohr, der Hase, hatte nichts vorzubringen.

›Das hört sich gut an‹, sagte Prinz das Zugpferd,
und seine Hufe stampften laut auf den Boden.
Die anderen, die diese Drohung vernahmen,
sagten: ›Natürlich‹, und zwar ganz schnell.

Doch der arme Schlappohr
sagte kein Wort und sprach auch kein Gebet,

und wegen dieses traurigen Schweigens
hörte er auf, für sie zu existieren,
galt nicht mehr als das Stroh auf dem Stallboden,
und die anderen stürmten an ihm vorbei,
als gäbe es ihn nicht.
Er huschte zur Seite, sie traten auf seine Ohren.
Aber Schlappohr, der geringste von ihnen, gab keinen Laut von sich,
denn er war stumm, dumm unter Tieren.
Denn der arme Schlappohr, der Hase, hatte nichts vorzubringen.

Unter den scharfen Hufen wurden seine Ohren noch länger,
und die Krallenhiebe ließen sie bluten.
Die Tritte und alles andere
ertrug Schlappohr ohne Laut.
Doch eines schrecklichen Tages,
als Prinz auf sein Ohr trat,
stieß der arme Schlappohr zum ersten Mal einen Schrei aus.
Erschrocken stieg Prinz der Stolze wiehernd auf die Hinterbeine;
seine Hufe trafen den Balken, und Schleicher fiel,
und der ganze Stall brach zusammen.
Hechler trug ein blut'ges Ohr davon,
Sau, Kuh und Lamm kreischten und liefen erschreckt von dannen:
Nun hatte Schlappohr, der Hase, etwas vorzubringen gehabt.

Und Prinz rief zur Beratung, wo alle zustimmten,
daß Schlappohr nie wieder einen Laut von sich geben durfte.
Sie stopften sein kleines Maul mit Baumwolle aus
und knoteten seine Ohren zusammen.

Der arme Hase mit den verknoteten Ohren hatte nichts mehr zu sagen
und lag reglos im Stroh des Stalls,

wo er stumm und taub ihre Pfoten erwartete,
ihre Hufe und ihre gnadenlosen, rasiermesserscharfen Krallen.
Und obwohl seine Gefährten ihm gar nichts Böses wollten,
stolzierten sie umher, wie's ihre Laune befahl,
hinweg über den armen Schlappohr, dessen gedämpfte Schreie
zu schwach waren, um den traurigen Moment zu verkünden,
in dem er starb.
Der arme Hase mit den verknoteten Ohren hatte nichts vorzubringen gehabt.«

Hermos sah von dem Buch auf; in seinen Ohren rauschte es dumpf. »Ich kenne diese Geschichte.«

Marie stand auf, um noch einmal die Tür zu überprüfen. »Ich habe dir davon erzählt. Sie ist weit verbreitet.«

»Sie macht mir angst«, sagte Hermos mühsam. »Ich kenne sie... von früher.«

Der Riegel lag noch vor. Marie ging zum Bett zurück. »Kannst du dich erinnern? Kannst du dich noch erinnern, was du getan hast, als du sie gehört hast, Francis?«

Hermos schüttelte den Kopf. »Will mich nicht erinnern.«

»Schon gut«, beschwichtigte Marie ihn. »Schon gut. Ich hätte für heute nacht kein Märchen vorschlagen sollen. Geschichten, um Kindern angst zu machen.«

Der Riesenmensch nickte unterwürfig, erschauderte aber. Nichts, was Marie sagen konnte, hätte ihn getröstet. Worte erreichten ihn nicht länger. Sie rollte sich vom Bett und legte mütterlich den Arm um ihn. »Schon gut. Schlaf jetzt. Ich werde uns beide beschützen.« Sie hielt ihn bis spät in die Nacht und lauschte nach verräterischen Geräuschen am Fenster oder der Tür. Schließlich fiel er in ihrer Umarmung in einen unruhigen und erschöpften Schlaf wie ein riesiges, trauerndes Kind.

»Träume schöne Träume«, flüsterte sie.

Aber an seinem Zittern merkte sie, daß dem nicht so war.

»Francis, wo steckst du?« Es war Mutter, das wußte er, denn ihre Stimme klang immer ängstlich. Vater war die Wut, und Mutter war die Angst.

Der Junge hielt den Atem an und drückte sein pochendes Herz mit den blutroten Händen. Mutters schrille Stimme kam näher, ein gelbliches Gespenst in einer Gasse. Francis biß die Zähne zusammen und schob den auf Hochglanz polierten Lederschuh tiefer in die Kiste, in der er ihn verbarg. Die Kiste atmete, und ihr Atem stank wie Vaters Käseladen. Der Geruch des Schmerzes.

»Francis, du bist unartig«, krächzte Mutter, die nicht länger ein Gespenst war. Sie war eine Krähe, die über die gepflasterte Gasse stakste. »Unartige Jungen werden geschlagen.«

Der Bluterguß an Francis' Hals breitete sich bis zu seinem Herzen aus, wie die Finger einer blauen Hand.

In der Kiste surrte eine Fliege, eine Fliege mit dem Gesicht seines Vaters. Sie landete auf seiner Nase, und dem Jungen war klar, daß, wenn er wagte, sie zu verscheuchen, sein Vater wissen würde, wo er war.

»Komm jetzt raus, Francis«, verlangte Mutter; ihre Krallen versanken zwischen den Pflastersteinen, und ihr Schnabel – der so groß wie Francis war – hackte auf die Kiste ein, »und du bekommst weniger Prügel als sonst.«

Der Junge mußte sich beherrschen, nicht verächtlich zu schnauben: die Fliege hätte ihn gehört. Er bekam stets die gleichen Prügel, bis er bewußtlos und blutend auf dem Boden lag. Vorzugsweise nach längerer Zeit.

»Verflucht!« brüllte eine neue Stimme. Wut stand am Anfang der Gasse. »Hat er sich wieder versteckt?« Der Junge konnte seinen Vater durch die Ritzen der Kiste sehen – ein riesiger Mund mit Zähnen, die an jene einer Schlange erinnerten. Der Mund senkte sich, Reißzähne gruben sich in die Straße und zogen sich auf den Kistenstapel zu. Vaters Zunge schnalzte furchterregend, ein Ledergürtel in den kräftigen Händen eines Mannes. »Das ist das letzte Mal, daß er mich ärgert!« lachte die Wut. »Ich habe Paul nach den Gendarmen geschickt. Sie wollen die Hunde mitbringen.«

Francis schluckte, und Schweiß rann ihm ins Hemd zu der Stelle, an der er es gegen sein blaues Herz drückte.

»Die Hunde?« wiederholte die Frau mit Furcht in der Stimme. »Die Gendarmen werden ihn uns wegnehmen, das weißt du.«

»Ach, sollen sie ihn doch haben«, stieß Vater-Wut-Mund hervor, schwang Zunge-Gürtel wild und ließ die schwere Schnalle eine Käsekiste in Francis' Nähe zerschmettern. »Taugt nichts im Laden... liest den ganzen Tag, ist dürr, schwach und ungehorsam.« Francis wußte, von welchem Buch die Wut da sprach, es waren die Märchen, das Buch über den Hasen mit den verknoteten Ohren. Er hoffte, daß Prinz' Hufe ihn nicht zerschmettern würden.

Es krachte erneut, als die giftige Gürtelschnalle eine zweite Kiste zerschmetterte. »Wenn sie ihn nicht holen, bringe ich ihn mit eigenen Händen um.«

»Du hast getrunken«, jammerte Furcht, während sie einen fetten Wurm aus der Ader an ihrer Kralle zog. »Ich will weder die Hunde noch die Gendarmen sehen. Prügel den Jungen doch später.«

»Jetzt!« brüllte er und stieß sie zwischen die Kisten. Sie stürzte genau auf die Kiste, in der sich Francis versteckte. Das Holz splitterte, und die Riesenkrähe landete auf ihm. Francis gab einen gedämpften Schrei von sich und versuchte, sich aus den Trümmern zu befreien, aber sie packte ihn mit ihren Krallen. Die Gürtelschnalle machte ein pfeifendes Geräusch, als sie durch die Luft sauste, und versenkte sich wie eine mit Widerhaken versehene Harpune in seinem Rücken.

»Prinz, nein!« schrie er. Die Schnalle war wie ein zutretender Huf.

Er schrie erneut, als der zweite Schlag traf. Und der dritte und der vierte. »Ich bin es. Hase... mit den verknoteten Ohren... Schlappohr... Schlaohr...!«

Über seinen Schreien hörte er die herannahenden Hunde.

Die Hunde bellten im Rathaus, und er befand sich mitten unter ihnen. Das Gebell hallte in der riesigen Kuppel wieder – der Kuppel mit den Bildern. Mit Verbänden übersät und müde saß der Junge auf dem hochlehnigen Stuhl, dessen Armlehnen ihn festhielten. Der Verband um seinen Kiefer war oben auf seinem Kopf verknotet wie die Ohren eines Hasen.

Francis, der Junge, hatte jetzt auch einen Namen – Unachtsam. Oder hieß es Ungehorsam? Es spielte keine Rolle. Er baumelte mit den Beinen, die Zehen Zentimeter vom Boden entfernt. Ein großer und ernster Mann saß neben ihm, ein Mann, dessen Kopf ein Lachs war, und seine Eltern saßen auf der anderen Seite des Raumes. Ihre Augen wurden von dunklen Ringen umgeben.

Es waren keine schlechten Eltern. Nicht, wenn sie nüchtern waren. Sie hatten für Bücher und Geschichten kein Verständnis, weil sie Furcht und Wut waren. Sie verstanden es nicht, das war alles. Und nun tat es Ungehorsam sogar leid, daß die Gendarmen mit ihren Hunden gekommen waren und die Schläge beendet hatten. Grüne Tränen rannen aus seinen Augen und säten schwarze Rosen auf den Steinboden.

In den Nischen an der Vorderseite des Gemachs saßen ebenfalls schwarze Rosenbüsche – die Ratsherren von L'Morai.

»Alles aufstehen und zugehört«, verkündete der größte der Büsche. Bänke und Stühle scharrten über den Boden, als sich die Leute erhoben. Ungehorsam sah, wie der Mann mit dem Lachskopf nickte, und er rutschte von seinem Stuhl und stellte sich auf die schwarzen Dornen.

»So beginnt der Prozeß des Francis Ciantioux, der des schrecklichen Ungehorsams gegenüber seinen Eltern angeklagt ist, zuletzt in der Form, daß er sich einer gerechten Bestrafung durch Verstecken entziehen wollte. Die Ankläger stehen nun zu deiner Linken und zu meiner Rechten – Phillipe und Margorie Ciantioux, Käseerzeuger, Eltern dieses ungehorsamen Kindes. Um dieser Angelegenheit beizuwohnen, sollen alle Bürger L'Morais in gutem Glauben näher heranrücken, diejenigen, die von den Taten und Untaten dieses Kindes Kunde haben, sollen aussagen, und diejenigen, die nichts wissen, sollen ein gerechtes und unparteiisches Urteil fällen.«

»Schuldig«, rief die Menge im Chor.

»So soll es niedergeschrieben werden«, gluckste der lachsköpfige Mann. »Es soll verkündet werden, daß Francis Ciantioux in einen Riesenmenschen verwandelt werden soll, damit er sich niemals wieder in seinem Leben verstecken kann.«

11

Marie weckte Hermos nicht für die zweite Wache. Irgendwann in der Nacht war jemand gekommen und hatte dafür gesorgt, daß sie es nicht tun konnte.

Sie erwachte mit dröhnendem Schädel. Als sie sich aufrichten wollte, mußte sie feststellen, daß ihr die Arme nicht gehorchten. Sie waren taub. Dann versuchte sie, sich vom Bauch auf den Rücken zu drehen, aber etwas hielt ihre Füße fest. Ihre Knöchel hatten jegliches Gefühl verloren. Das lag an dem Hanfseil, mit dem sie gefesselt waren. Erst da erkannte Marie, daß sie gar nicht auf den Laken ihres Bettes lag, sondern auf abgetretenen Dielen.

»Hermos?« murmelte sie furchterfüllt. Der Klang ihrer Stimme gab ihr zu erkennen, daß sie sich noch immer in ihrem Wohnwagen befand, und der Geruch nach altem Räucherwerk und der Strohmatratze bestätigten die Vermutung. Außerdem konnte sie den Riesenmenschen riechen. »Hermos?« wiederholte sie lauter.

Aus der Ecke ertönte ein langgezogenes Stöhnen.

Marie gelang es mit einiger Mühe, sich aufzusetzen. »Hermos!«

Der Riesenmensch rührte sich und stöhnte gereizt.

»Was ist das?« grunzte er und versuchte sich zu bewegen.

»Jemand hat uns gefesselt«, fauchte Marie und arbeitete sich auf die Knie. »Sieh dich mal um, ob hier drin jemand ist.«

Hermos sah sich blinzelnd um. Sie waren allein. Das Innere des Wohnwagens ließ nicht ahnen, was passiert war, es sah alles noch genauso aus wie in der vergangenen Nacht, als er in seinen ruhelosen Schlaf versunken war. Sogar die Tür war noch verschlossen. Allerdings schien nun die Morgensonne durch die Fenster.

»Keiner da. Die Tür ist immer noch verschlossen.«

Marie nahm es mit einem Brummen zur Kenntnis, während sie versuchte, auf die Füße zu kommen. Aus ihrer knienden Position heraus legte sie den Kopf auf den Sitz eines hohen Schemels und stemmte sich auf die gefesselten Beine. Aus ihrem triumphierenden Lächeln wurde schnell ein Stirnrunzeln, als sie die gefühllosen Finger bewegte. »Wie Nadelstiche«, stöhnte sie. »Beweg deine Beine, Hermos. Ich muß an ihnen vorbei.«

»Wo willst du hin?« stieß Hermos hervor und zog die Beine mit schmerzverzerrtem Gesicht an den Körper.

Marie hüpfte auf ihr Bett zu. »Unter der Matratze habe ich ein paar Dolche versteckt.« Sie bückte sich, als sie das Bett erreicht hatte, und tastete den hölzernen Bettrahmen ab. »Ha!« rief sie, biß die Zähne zusammen und zog ein Bündel Dolche hervor.

»Wer hat das wohl getan?« fragte Hermos und sah wütend auf die Seile, die seine angeschwollenen Füße zusammenbanden.

»Du hast gesagt, die Tür ist noch verschlossen. Die Fenster wohl auch«, sagte Marie. Sie setzte sich auf das Bett und klaubte mühsam einen Dolch aus dem Bündel. »Es war jemand mit einem Schlüssel – und einem Schlafpulver. Also jemand wie der Puppenspieler.«

»Ja«, erwiderte Hermos nachdenklich und behielt ängstlich die Tür im Auge.

Marie gelang es, den Dolch zwischen die Seile um ihre Handgelenke zu schieben.

»Warum hat er uns nicht einfach umgebracht?« stöhnte der Riesenmensch.

»Warum?« fauchte Marie und zog eine Grimasse, als sich das Seil noch tiefer in ihre Haut grub. »Ich weiß es nicht. Innerhalb von vierzehn Tagen hat es vier Morde gegeben, und wir haben nicht einmal eine Ahnung, weshalb sie geschehen sind. Wir haben einen Mann, dem man den Finger abgetrennt und eine Rückenwunde zugefügt hat, nur damit er wie der Schuldige aussah. Ich habe Angst, Hermos. Wie sollen wir aus diesem Schlamassel nur heil herauskommen?«

Hermos bog den Rücken durch und schob sich die Wand hoch. Er drehte den Kopf und spähte aus dem Fenster. Draußen sah er das Artistenviertel und die Budengassen und dahinter die grenzenlose Heide, die in der Morgensonne strahlte.

»Wir müssen fliehen«, murmelte Hermos abwesend.

Marie hielt einen Augenblick lang mit dem Schneiden inne, und die tiefen Linien in ihrem Gesicht wurden weicher. »Ja«, flüsterte sie müde. »Ja. Wir müssen fliehen.«

»Wohin?«

»Ich weiß es nicht«, erwiderte sie und konzentrierte sich wieder auf ihre Fesseln. »Weg. Weit weg, außer Reichweite der Gendarmen. Sollten die uns noch einmal außerhalb des Rummelplatzes erwischen, werden sie uns auf der Stelle töten.«

»Aber wie können wir alle hier wegschaffen?«

»Alle?«

»Den Rummelplatz... eben alle.«

»Das geht nicht«, sagte Marie. »Nur wir beide.«

»Die Morde werden nicht aufhören.«

Endlich hatte die Klinge das Seil durchtrennt. Marie befreite die eingeschlafenen Arme aus den Fesseln. Stöhnend bewegte sie die Handgelenke und drehte sie langsam hin und her.

»Ja, du hast recht. Die Morde werden nicht aufhören.« Sie rieb sich die Hände und beugte sich dann vor, um auch ihre Füße von den Fesseln zu befreien.

Hermos sah zu, wie ihr langes, schwarzes Haar in einer schimmernden Welle von ihren Schultern über den Kopf nach vorn wogte.

»Es wäre wohl nicht richtig, wenn nur wir beide fliehen«, fuhr Marie fort, als sie das Seil endlich durchgeschnitten hatte und es von ihren wunden Knöcheln zog. »Schließlich sind wir die einzigen, die die Wahrheit kennen. Wer auch immer uns gefesselt hat, er wollte uns damit einschüchtern, so daß wir nichts sagen oder flüchten. Das können wir nicht zulassen.«

Seufzend schüttelte sie ihre Beine und schob dann die Überreste der Fesseln mit den Füßen beiseite. Hermos ließ sie nicht aus den Augen und kaute mit seinen weißen Zähnen auf der Unterlippe herum. Marie stand auf und schlurfte zu dem Riesenmenschen hinüber. Sie kniete sich hin und legte den Dolch auf dem Boden ab.

»Wo sind deine Hände?«

»Auf dem Rücken«, erwiderte Hermos und rückte von der Wand ab. Seine Blicke wichen keinen Moment von ihrem blassen Gesicht.

Marie beugte sich vor, legte ihm die Hände auf die Schultern und tastete sich dann an seine gefesselten Hände heran. Sie fuhr ein-, zweimal über das verknotete Seil und suchte eine Stelle, an der sie schneiden konnte. Schließlich nahm sie den Dolch wieder in die Hand, setzte ihn an das Seil an und fing an zu schneiden.

Hermos blieb währenddessen ganz ruhig sitzen. Schließlich gab das Seil nach. Er nahm die schmerzenden Arme nach vorn, das Blut strömte pochend in die Finger zurück.

Marie hockte sich auf die Fersen und tätschelte sein spitzes Knie. »Schone deine Hände. Ich schneide dir die Fußfesseln durch.«

Hermos zog die Beine an und sah zu, wie Marie nach dem Seil um seine Knöchel tastete. Da verdüsterte sich sein Gesicht. Ein schwarzer Kreis von der Größe eines Ducres schimmerte schwach durch den Haaransatz in Maries Nacken, direkt neben der roten Tätowierung, die sie zunächst entdeckt hatten. Er griff mit zitternden Händen nach ihren Schultern. Dann zog er sie an sich und drückte ihren Kopf an seine schmale Brust.

»Was soll das?« protestierte Marie und versuchte, sich von ihm zu befreien.

»Halt still«, befahl Hermos unbeherrscht. Seine schlanken Finger strichen ihr das Haar aus dem Nacken, und er sah sich ihren Haaransatz genauer an.

Es *war* eine Tätowierung. Eine zweite Tätowierung.

Hermos teilte das Haar an dieser Stelle, um das Muster genauer erkennen zu können. Es handelte sich um einen schwarzen, wellenförmig gezeichneten Kreis. Innerhalb des Kreises kauerte eine Figur: ein Heidehase mit verknoteten Ohren.

»Laß mich los«, verlangte Marie und wich vor ihm zurück. Sie setzte sich außerhalb seiner Reichweite wieder hin, das Gesicht vor Wut und Verlegenheit gerötet. »Tu das ja nie wieder.«

Hermos betrachtete sie und griff sich in den Nacken. Seine Finger strichen über eine wunde Stelle.

»Wir sind tätowiert worden«, sagte er tonlos. »Noch einmal.«

Marie riß die Augen auf, und ihre Hand schoß nach oben. »Ein zweites Mal? Wie sieht es aus?«

»Es ist schwarz«, murmelte Hermos mit bebender Stimme. »Ein Hase mit verknoteten Ohren.«

»O nein«, keuchte Marie und mußte sich auf dem Boden abstützen. »Das Hase mit den verknoteten Ohren.«

»Schlaohr«, flüsterte Hermos voller Angst. »Das Mal des Todes.«

Marie zitterte am ganzen Leib. »Der Mörder muß uns betäubt und dann tätowiert haben.«

»Wir müssen fliehen«, sagte Hermos plötzlich und stampfte mit den noch immer gefesselten Füßen auf den Boden. »Schneid mich los!«

Marie tastete nach einer Stelle, wo sie gefahrlos die Klinge ansetzen konnte. »Ja«, sagte sie, als sie anfing zu schneiden. »Ja, wir müssen fort. Wir alle.«

Als die blinde Jongleurin ihre Ansprache beendete, nickte Schneid der Zwergmensch zustimmend. Er wandte sich von Marie und dem Riesenmenschen an seine Gefährten. Die zwanzig kleinen Artisten hatten sich in dem Vorratsschuppen zwischen Schaufeln und Weinfässern versammelt, um sich Maries »dringliche Neuigkeiten« anzuhören.

Im Gegensatz zu Schneid blieben sie jedoch ungerührt. Großer Junge und Fang, die nebeneinander auf einer zusammengerollten Zeltplane saßen, wirkten besonders mürrisch. Großer Junge runzelte selbstgefällig die Stirn und verschränkte zweifelnd die Arme vor der Brust. Neben ihm saß sein ausgemergelt aussehender Laufbursche Fang, der immer den Anschein erweckte, als würde er gleich in Tränen ausbrechen. Fang imitierte die zweifelnde Mimik seines Freundes.

»Nun kommt schon!« beschwor Schneid sie, trat von Marie zurück und ballte die kindgroßen Hände zu Fäusten. »Worley, ich weiß, daß du zu Morcastles Beerdigung gegangen bist. Du hast die Erdhügel gesehen, wo die Leichen begraben sind.«

»J... j... ja«, erwiderte ein Zwergmensch mit einer langen Nase, der auf einem Stapel Kisten saß. Er riß sich die grüne Mütze vom Kopf und verbeugte sich verstohlen vor Marie. »Tu... tu... tut mir leid, a... a... aber ich habe Hu... Hu... Hunderte von Erdhügeln gesehen, a... a... aber keine einzige Lei... Lei... Leiche.«

»Was sollen diese Erdhügel da draußen denn sein außer Gräbern!« rief Schneid außer sich. Er war schon seit langem ein heimlicher Bewunderer Maries, und die Zweifel seiner Gefährten ließen ihn vor Scham erröten. Er stampfte mit dem Fuß auf. »Sie haben sogar versucht, Morcastle in einem geheimen Grab zu verscharren, obwohl man ihn vor unseren Augen ermordet hat!«

»Das war kein Mord, das war ein Unfall«, meinte Großer Junge mit einem herausfordernden Blick. Fang nickte und fügte bedeutsam hinzu: »Genau!«

»Der vierte Unfall in einer Woche?« fragte Marie herausfordernd. »Und die Heide ist voll von ein paar hundert ähnlichen Unfällen? Ich sage euch, der Puppenspieler bringt uns um, einen nach dem anderen. Und das schon seit ewigen Zeiten.«

»Warum verläßt du den Rummelplatz dann nicht einfach?« mischte sich ein Zwergmensch namens Boris ein. Er lehnte sich zurück und fuhr sich mit den Stummelfingern durch den langen schwarzen Vollbart.

»Aber genau das ist es doch«, erwiderte Schneid. »Keiner verläßt uns hier lebend. Erinnert ihr euch an Dickie und Monsieur R? Was war mit Billy und dem Ziegen-Mann? Sie sind nicht aus eigenem Entschluß gegangen, wie es der Puppenspieler all die Jahre behauptet hat. Sie liegen da draußen unter dem Heidegras.«

»Woher willst du das wissen?« hakte Großer Junge nach. Fang nickte zustimmend.

»Über Panols Bühne steht ein Schild, auf dem steht ›Wir sind weitergezogen zum nächsten Rummelplatz‹«, erwiderte Marie ganz ruhig. »Und das Schild ist aufgehängt worden, nachdem wir seine Leiche und die seines Zwillings draußen auf der Heide gefunden haben.«

»Aber du behauptest, der Puppenspieler würde uns nicht nur umbringen«, sagte Großer Junge mit spöttischem Tonfall, »sondern auch zu Freaks machen. Du behauptest, daß wir alle aus der Stadt kommen, daß wir alle groß und normal gewesen sind. Und du hast *sehen* können, Marie? Und du, Riesenmensch, du warst *klein*?« Fang lachte laut, als sein Freund geendet hatte.

Maries Gesichtszüge verhärteten sich. »Wir haben auch deinen Namen in dem großen Buch gefunden, Großer Junge.«

Die Menge hielt spürbar die Luft an. Hermos warf Marie einen Seitenblick zu. Die Blinde stieß ihn verstohlen an.

Auf dem Gesicht von Großer Junge zeigte sich nervöse Verlegenheit. »*Mein* Name?« wiederholte er. »Aber sicher! Und wie habe ich geheißen, als ich noch in L'Morai lebte?«

»Dein Name war Pierre Remroit. Du warst ein Fischhändler, der seine Kunden übervorteilt hat«, erwiderte Marie ohne zu zögern.

Großer Junge öffnete den Mund, um etwas zu sagen, aber da kam nichts.

»Und wenn jeder von euch sich den Nacken seines Nachbarn ansieht, werdet ihr die Tätowierung eines auf die Hinterbeine steigenden Pferdes finden, das von einem Speer durchbohrt wird«, sprach Marie weiter. »Das ist das Zeichen, das sich auch auf dem Anhänger des Puppenspielers befindet, das Mal, das ihr erhalten habt, als er euch in Freaks verwandelt hat.«

Maries Worte lösten lautes Gemurmel aus. Die Zwergmenschen gingen umher, um sich gegenseitig die Haaransätze im Nacken zu kontrollieren. Dem Gemurmel folgte schockiertes Stöhnen. Entsetzen breitete sich aus.

Großer Junge rutschte, gefolgt von Fang, von der aufgerollten Zeltplane und trat auf Marie und Hermos zu. Er breitete die kleinen, narbigen Hände aus. »Was sollen wir tun?«

Marie lächelte grimmig. »Zuerst müssen wir es allen Artisten erzählen. Und dann müssen wir uns Waffen besorgen.«

Edeve kicherte erfreut und stopfte sich weiter getrocknete Früchte in den Mund. Die Abendvorstellung in der Arena war bis jetzt großartig gelaufen. Gerade hatten die Harlekins ihre Kunststücke vorgeführt und abschließend zum Schein eine richtige Schlacht ausgetragen. Überall lagen abgeschlagene, bemalte Köpfe und Gliedmaßen aus Holz im Sand. Edeve stieß ihren blonden Bruder, der neben ihr auf einer der Kalksteinbänke der Arena saß, mit dem Ellbogen in die Rippen.

»Sieh mal, Markus! Sind sie nicht lustig?«

Markus bedachte seine Schwester mit einem dämlichen Grinsen und machte ihre kindhafte Stimme nach. »Aber ja doch!« Er stieß zurück und hätte sie damit beinahe von der Bank in den direkt daneben verlaufenden Mittelgang geschubst.

Edeve konnte das gerade noch verhindern. Sofort sah sie

ihren Bruder wütend an, ballte die Faust und schlug ihn auf die Schulter.

Markus rieb sich über die Stelle und tat so, als hätte es schrecklich weh getan. »Achte lieber auf die Vorstellung, Dussel.«

Die Harlekins verbeugten sich gerade.

Als der Applaus erstarb, kam eine Frau in die Arena gelaufen und blieb genau in der Mitte stehen. In der Hand hielt sie eine brennende Fackel. Sie trat in aller Ruhe und mit gesetzten Schritten an den Mittelpfosten der Arena, steckte die Fackel in einen an dem Pfosten befestigten Eisenhalter und verbeugte sich vor der noch immer applaudierenden Menge.

»Ich bin Marie die blinde Jongleurin!« verkündete sie.

Der Applaus schwoll wieder an, und die Harlekins zogen sich in den Hintergrund zurück.

»So ist's richtig!« rief Marie ihnen zu. »Haut ab! Aber laßt eure Köpfe und Gliedmaßen da! Schließlich muß ich hier jonglieren!«

Die Harlekins warfen ihr mißtrauische Blicke zu, dann schlurften sie auf die Ausgänge zu. Edeve ignorierte sie. Ihr Blick war allein auf die blinde Jongleurin gerichtet.

Marie schritt leichtfüßig durch den Sand der Arena und sammelte dabei drei Köpfe ein. Sie begann, damit zu jonglieren.

»Krieg zu führen wie eben die Harlekins ist ein richtiger Balanceakt«, rief sie mit einem verschmitzten Lächeln. »Jeder General versucht, seinen Gegner einen Kopf kürzer zu machen.« Die Zuschauer stöhnten auf, als sie den Witz vernahmen. Marie zog eine Hand zurück und jonglierte nur noch mit einer. Mit dem Zeigefinger der anderen drohte sie dem Publikum. »Keine Sorge, es kommt noch schlimmer.«

Sie bückte sich schnell, nahm einen Arm, der auf dem Boden neben ihrem Fuß lag, und warf ihn in die Luft. Er paßte sich in den Reigen der kreisenden Köpfe ein. »Natürlich gewinnt immer die Seite, die über den stärksten Arm verfügt. Und was die Gefangenen der Verliererseite angeht... deren Köpfe werden rollen!« Mit diesen Worten schleuderte sie die Köpfe einfach von sich. Sie rollten durch den Sand. Marie fing nur den Holzarm auf, und zwar so, daß sie seine Hand zu fassen bekam und sie schütteln konnte. »Wie geht es Euch?« fragte sie mit tiefer Stimme.

Als die Zuschauer lachten und applaudierten, sammelte Marie noch zwei Arme auf und begann wieder zu jonglieren. »Nun sind fast alle Generäle schnell bei der Hand, ihre Soldaten zu verheizen. Gelegentlich zeigen sie sogar mit dem Finger auf einen Unglücklichen, der dann sterben darf.« Sie fing einen der Arme mit der Stirn auf und balancierte ihn. Der Beifall wurde lauter.

Mit einem leichten Ruck stieß sie den Arm in den Kreis zurück. »Einige Generäle lassen ihre eigenen Leutnants hinrichten« – sie fing einen linken Arm auf – »und andere ihre rechte Hand« – sie fing einen rechten Arm auf. »Generäle können das tun, sogar in Friedenszeiten. Aber sobald man anfängt, die Soldaten eines anderen umzubringen, fängt man einen Krieg an!« Sie warf alle drei Arme weit von sich.

»Das ist hier geschehen, auf dem Rummelplatz von L'Morai.« Die Stimme hörte sich todernst an. Edeve bekam eine Gänsehaut.

»Jemand hat unsere Leute umgebracht. Vielleicht ein einzelner Verrückter, vielleicht auch ein Heer von Verrückten. Aber im Verlauf der letzten Jahre sind so viele von unseren Leuten gestorben, daß man mit ihnen ein Heer hätte aufstellen können. Aus unserer Sicht hat der Mörder einen Krieg angefangen.«

Marie ging zurück zu dem Pfosten und nahm die Fackel aus ihrem Halter. Wie sich herausstellte, war es keine große Fackel, sondern es waren sechs kleine. Marie steckte drei von ihnen in den Sand und jonglierte mit dem Rest. Die flammenden Holzstäbe beschrieben hypnotische Kreise über ihrem Kopf und hinterließen dünne, schwarze Rauchwolken, die in die Luft stiegen.

»Natürlich hat man bei jedem Krieg das Problem, daß die Leichen auf dem Schlachtfeld zurückbleiben. Was soll man mit ihnen anfangen? Man kann nicht mit ihnen jonglieren, so wie ich das hier mache, weil man sich dann die Hände mit Blut schmutzig macht. Und irgendwann würden die Leichen zu Boden fallen.«

Marie jonglierte nur noch mit einer Hand weiter, bückte sich schnell und warf auch noch die restlichen Fackeln in die Luft. Das feurige Muster der dazugekommenen Fackeln vermischte sich mit den Mustern der bereits in der Luft befindlichen. Die sechs flammenden Holzstäbe stiegen immer höher und höher bis unter das Zeltdach. Die Zuschauer applaudierten begeistert, und Marie lächelte.

»Vielleicht kann man ein paar von ihnen begraben, aber wenn man es mit zu vielen Leichen zu tun hat, ist der Boden bald voll.«

Edeve verfolgte das hypnotische Kreiseln der Fackeln. Einige waren im Flug erloschen. Marie hielt sie weiter alle sechs in der Luft, und ihr hübsches Gesicht verzerrte sich vor Konzentration und Anstrengung.

Mühsam behielt sie ihr Lächeln bei. »Aber wenn man die Leichen verbrennt, bleiben nur Asche und Knochen übrig... Asche und Knochen. Man hat die Toten am Himmel begraben. Das ist das Schöne am Himmel: Er hat keine Grenzen. Man könnte dort eine ganze Nation begraben, und sie wäre weg, spurlos verschwunden. Eintausend Mann, eine Million, sechs Millionen… wie viele könnte man spurlos verbrennen?«

»Deine Fackeln erlöschen«, rief Markus.

Edeve wurde knallrot im Gesicht. »Sei still!« flüsterte sie.

»Sie erlöschen?« fragte Marie. »Vielen Dank, junger Sire, daß Ihr mich darauf aufmerksam gemacht habt.«

Markus bedachte seine Schwester mit einem hämischen Grinsen. Edeve ignorierte ihn.

Marie riß sich zwischen den Würfen einen kleinen, prall gefüllten Schlauch vom Gürtel und reihte ihn in den Fackelkreis ein. Die Zuschauer staunten ehrfurchtsvoll.

»Sie jongliert tatsächlich mit sieben Sachen«, murmelte Edeve.

»Ich habe diesen Ölschlauch nur für den Fall mitgebracht, daß meine Fackeln erlöschen sollten«, verkündete Marie.

Als der Schlauch das nächste Mal in ihre wartende Hand fiel, drückte sie blitzschnell zu und spritzte sich einen Teil seines Inhalts in den Mund. Dann ließ sie den Schlauch fallen, beugte sich zurück und spuckte die Flüssigkeit wieder aus. Sobald das Öl mit der ersten Fackel in Kontakt kam, flammte es auf. Eine Feuersäule, zweimal so groß wie Marie, raste über ihrem Kopf in die Höhe, hüllte die Fackeln ein und verpuffte.

Nun brannten alle Fackeln.

Edeve quietschte vor Vergnügen, und das Publikum applaudierte heftig.

Marie lächelte. »Hat euch das gefallen?« rief sie.

Die Zuschauer stimmten begeistert zu.

Marie schüttelte den Kopf. »Was habt ihr gesagt?«

»Jaaa!«

»Was habt ihr gesagt?« schrie Marie so laut sie konnte.

»*Jaa!*«

Marie warf alle Fackeln bis auf eine zur Seite. Jede von ihnen beschrieb einen Bogen wie ein flammender Meteor und landete im Sand. Marie hob den Schlauch mit dem Öl wieder auf. »Eine wirklich effiziente Methode, um die Toten vom Schlachtfeld zu schaffen, findet ihr nicht?«

»*Jaa!*«

»Das denke ich auch«, erwiderte Marie leise. Sie leerte den Schlauch in ihren Mund und holte tief durch die Nase Luft. Dann hielt sie die letzte Fackel vor den Mund und spuckte prustend das Öl aus.

Die Feuersäule stieg bis zur Segeltuchkuppel und ballte sich bösartig darunter zusammen. Feuer wogte die Zeltnähte entlang. Plötzlich stand das Dach in Flammen; an einer Stelle verbrannte die alte Leinwand sofort zu Asche, und man konnte durch das klaffende Loch die Sterne sehen. Nachtluft strömte herein, die das Feuer noch weiter anfachte.

»Der Scheiterhaufen ist entzündet. Bürger von L'Morai, flieht, solange ihr noch könnt!«

Marie eilte auf den Ausgang der Arena zu. In ihren Ohren dröhnte das Feuer, das sich in tödlichen Wellen über das Zeltdach ausbreitete. Die schrillen Schreie und das Getrampel der in Panik geratenen Menge übertönte das Tosen der hungrigen Flammen. Die Bürger flüchteten von den Rängen.

Marie streckte die zitternden Hände aus. Sie konnte in dem Aufruhr leicht zu Tode getrampelt – oder ermordet – werden. Eine kleine Hand schloß sich um die ihre, und eine helle, willkommene Stimme durchdrang den Aufruhr.

»Einmalige Vorstellung, Marie«, rief Schneid glücklich und führte sie. »Du hast ihnen Feuer unter dem Hintern gemacht!«

Marie klammerte sich an ihm fest und lief nervös hinter ihm her. Inmitten der Schreie und den flüchtenden Schritten mußte sie gegen den Impuls ankämpfen, sich zu ducken und zurückzuweichen. »Ist alles vorbereitet?«

»Ja«, erwiderte Schneid und wurde ernst. »Wir haben vor der Arena Absperrungen aufgebaut, damit die Besucher in die richtige Richtung gedrängt werden und den Rummelplatz verlassen. Eine Truppe von kräftigen Kerlen streift durch die Monstrositätenschau, die Budengassen und die Wohnwagen. Vor Mondaufgang sind wir alle diese verdammten Bürger los.«

Marie nickte zufrieden, während Schneid sie zum Ausgang führte. Als sie etwas sagte, hallte ihre Stimme von den Steinwänden wider. »Also stehen alle Artisten auf unserer Seite?«

»Ja«, erwiderte Schneid und umging eine Gruppe erregt miteinander streitender Harlekins. »Wir haben es gerade den Harlekins erzählt. Seit Sonnenuntergang weiß jeder Bescheid. Es waren die Tätowierungen, die jedermann überzeugt haben. Alle waren der Meinung, daß nur die Kraftmenschen und ein paar andere welche hätten.«

Als sie den Tunnel verließen, schlug die Nachtluft wie eine Woge über Marie zusammen. Der Wind wehte aus Richtung der Heide. Er roch würzig und trug die Schreie und den Lärm der flüchtenden Bürger heran. »Wie lange wird es noch dauern, bis sie alle weg sind?«

Schneid blieb stehen und sah zur Hauptstraße herüber, zu deren beiden Seiten ein Heer von fackeltragenden Artisten standen. In dem flackernden Licht konnte Schneid das Funkeln von Äxten und Schaufeln sowie die entsetzten Gesichter der flüchtenden Bürger erkennen. »Vielleicht noch eine Viertelstunde, höchstens.«

»Wo ist Hermos?«

Schneid führte Marie auf einen Seitenweg. »Er ist bei den Artisten, die sich um den Puppenspieler kümmern. Sie haben Probleme, den alten Bastard aus seinem Verschlag zu treiben.«

»Bring mich hin«, sagte Marie hastig. »Und dann holst du noch mehr von diesen Ölschläuchen.«

»Fünf oder sechs?«

»Dreißig oder vierzig.«

»Großer Prin-zah.« Hermos strich in einem großen, wütenden Bogen um den schwarzen Wohnwagen des Puppenspielers herum. Er musterte die ruhelose Menge der Artisten, die die Behausung umzingelte. Allen Drohungen und allem Gejohle zum Trotz war der Puppenspieler nicht herausgekommen. Die Türen waren verriegelt, die Fenster leer.

Bis auf die Leichen. Ein paar ungeduldige Freaks hatten beschlossen, einfach einzubrechen. Sie hatten das dicke Glas zerschmettert und dann versucht, einfach einzudringen. Einen Augenblick später lagen sie tot auf den Fensterbänken. Der Rest der Menge war ein paar Schritte zurückgewichen, in dem sicheren Wissen, daß der Wagen von einer bösen Magie beschützt wurde.

Der Puppenspieler würde nicht herauskommen, und diejenigen, die hineingingen, würden auf der Stelle sterben.

»Wie ist die Lage?« fragte Marie und nahm den Riesenmenschen bei der Hand.

Hermos drehte sich herum, ein schwaches Lächeln auf dem finsteren Gesicht. Der rothaarige Schneid tauchte hinter Marie in der Menge unter.

»Nicht so gut«, sagte der Riesenmensch mit grollender Stimme.

Marie nickte. »Schneid hat gesagt, daß der Puppenspieler nicht herauskommen will.«

»Drei sind schon beim Versuch einzudringen gestorben«, bemerkte Hermos düster.

»Was?« fragte Marie erstaunt. »*Drei* Mann? Ob er nun bereits ein Mörder war oder nicht, jetzt ist er einer.«

Sie zerrte Hermos hinter sich her und bahnte sich einen Weg durch die Artisten.

»Was hast du für einen Plan, Marie?« rief ein schlanker Akrobat. Interessiertes Gemurmel erhob sich.

»Die Normalen zu vertreiben und den Puppenspieler in Ketten zu legen«, erwiderte Marie scharf. »Was die Einzelheiten angeht... die denke ich mir aus dem Stegreif aus.« Humorloses Gekicher ertönte.

Marie ging weiter, bis sie die schmale Lücke erreicht hatte, die sich zwischen der Menge und dem Wagen des Puppenspielers befand. Sie ließ Hermos los.

»Komm raus, Puppenspieler«, rief sie voller Wut. »Die Artisten des Rummelplatzes von L'Morai beschuldigen dich schwerer Verbrechen. Komm heraus, und wir garantieren dir einen gerechten Prozeß, wie es die Bürger von L'Morai auch tun würden!«

Der Lärm verstummte; alles wartete gespannt auf eine Antwort aus der Behausung. Nichts rührte sich.

»Deine letzte Chance«, rief Marie. »Du kannst wählen, ein Prozeß durch Freaks oder ein flammendes Inferno!«

Sie zählte zehn Herzschläge. Keine Reaktion.

Da spürte sie ein Zupfen am Ellbogen. »Ich habe etwa fünfzig Schläuche gebracht«, sagte Schneid, nahm ihre Hand und legte sie um einen prall gefüllten Sack.

Marie lächelte. Sie griff in den Sack, holte drei Ölschläuche hervor und warf sie mit einem lauten und wütenden Lachen auf das Dach der Behausung. Beim Aufprall zerplatzten die Schläuche, und das Öl lief die Wände herunter. Marie nahm einen vierten Schlauch aus dem Sack, öffnete ihn und fing an, die vor ihr befindliche Wand zu besprühen.

»Verteil den Rest, Schneid«, befahl sie. »Sag jedem, er soll es mir nachtun.« Der rothaarige Zwergmensch nickte und ging durch die Menge. In der Zwischenzeit warf Marie den leeren Schlauch zu Boden und rief: »Was fürchtest du mehr, Puppenspieler? Das Volk oder das Feuer?«

Sie legte eine Hand hinters Ohr, um seine Antwort besser verstehen zu können, doch sie hörte nur die auf dem Dach zerplatzenden Ölschläuche. Sie zuckte mit den Schultern, rieb sich die Hände sauber und trat zurück.

»Brennt alles bis auf die Grundmauern nieder.«

12

Mit einem Schrei riß Schneid einem Harlekin die Fackel aus der Hand und schleuderte sie auf das Dach der Behausung des Puppenspielers. Die schwarzen Wände standen sofort in Flammen, und dichte Rauchwolken stiegen in den Himmel. Der Zwergmensch schaute zu der rußigen Säule empor, klatschte in die Hände und tanzte um die Beine einer Akrobatin herum, die neben ihm stand.

»Nieder mit den Normalen! Freaks an die Macht!« sang er laut. Das knisternde Bersten des Holzes und das allmählich lauter werdende Tosen des Feuers boten einen unheimlichen Gegensatz zu dem Singsang. Schneid griff lachend nach der Hand der Akrobatin. »Komm schon! Tanz mit!«

Die Akrobatin zog schnell die Hand zurück und fuhr sich damit durch ihr dichtes, dunkelbraunes Haar. Hinter der schwarzen Maske, die sie trug, hatte sie die Augen vor Angst weit aufgerissen.

»Komm schon!« lockte Schneid sie und griff nach ihrer anderen Hand. »Der Tyrann ist tot! Lang leben die Freaks!«

Die Akrobatin machte unsicher ein paar vorsichtige Tanzschritte, darauf bedacht, ihre enganliegende weiße Hose nicht mit dem aufwirbelnden Staub zu beschmutzen. Schneid bedachte ihr Zögern mit einem Stirnrunzeln. Er versetzte ihr einen Hieb auf den Po. »Nun komm schon!«

»Oh, zur Hölle mit der Seide«, stieß die Akrobatin hervor. Sie sprang mit dem Zwergmenschen zusammen wild herum, und ihre Füße wirbelten ganze Staubwolken auf. Ihr dunkles Haar fiel ihr ins Gesicht, und sie grinste boshaft.

»Nieder mit den Normalen! Freaks an die Macht!« verkündete sie lautstark. Die Menge machte den beiden Platz, damit sie besser tanzen konnten. Eine Gauklerin und der Junge mit dem Hundegesicht begannen im Rhythmus des Singsangs zu klatschen. Neben ihnen schlossen sich eine bärtige Frau und der Mann mit den Holzbeinen dem Tanz an.

»Nieder mit den Normalen! Freaks an die Macht!«

Der Ruf wurde von anderen aufgegriffen. Jeder suchte sich einen Partner und tanzte im Rhythmus der Parole. Das Feuer in ihrer Mitte wurde zum Inferno, das brennende Stoff- und Holzteile in glühendroten Spiralen um den silberfarbenen Mond wirbeln ließ. Die Trümmer verwandelten sich zu

Asche, die wie graue Schneeflocken nach unten sanken und den Boden um die Tänzer bedeckten. Doch die wirbelten nur noch schneller herum und umkreisten in einem makaberen Ballett das brennende Gebäude.

Ein Mann mit einer im Hals befindlichen Mundöffnung stimmte mit einem gurgelnden, kehligen Brüllen in den Gesang ein. Eine junge Frau schlüpfte aus ihrem schmutzigen Hemd und rannte nackt durch die ausgelassene Menge. Akrobaten sprangen im Rhythmus von den Händen auf die Füße und von den Ellbogen auf die Knie. Der Schlangenmann, dem anstelle der Arme zwei Pythonschlangen aus dem Körper wuchsen, ließ seine furchterregenden Gliedmaßen in entfesselten, hypnotischen Kreisen kreisen. Die Pythons schlängelten sich um Frauen und streiften mit ihren zischenden Köpfen durch deren Haar. Sogar Karrick der Mann mit den tausend Messern war da. Er war wieder bei Verstand, nur sein Erinnerungsvermögen war nicht zurückgekehrt. Und in dieser Nacht, inmitten des trunken machenden Gesangs der Menge, inmitten des hypnotisierenden Tanzes, bekannte sich Karrick zu seinen Brüdern, den Freaks.

Der Rauch stieg nun wie ein sich windender, schwarzer Gott in die Höhe, der die Sterne verlöschen ließ. Das Haus war ein Inferno, es zischte und ächzte, als sein Holz in Flammen aufging. Und die ganze Zeit übertönte der immer ausgelassener werdende Gesang der Feiernden das Prasseln des Feuers. Immer wilder wurde der Tanz, während die geschriene Parole sich verkürzte.

»Tötet die Normalen! Tötet die Normalen!«

Schneid ließ den Arm der Akrobatin los, wurde langsamer und blieb stehen. Sein Herz klopfte laut. Er starrte die Freaks sprachlos an. Ihre Worte hallten in seinen Ohren wider. Selbst Großer Junge und Fang hatten sich dem ekstatischen

Tanz angeschlossen. Eine hämisch grinsende Gruppe verwahrloster Jungen klatschte in die Hände und rief nur noch ein einziges Wort:

»Tötet, tötet, tötet...«

Aber der neuen Parole blieb keine Zeit, sich zu verbreiten.

Ein von blutroten Flammen eingehüllter Fensterrahmen wurde in die leuchtende Nacht geschleudert. Ein breiter Feuerschwall fuhr durch das klaffende Loch. Die in der Nähe befindlichen Artisten schrien auf, als ein Schwall heißer Glassplitter auf sie niederging. Die Tänzer blieben stehen. Alles wich mit weit aufgerissenen Augen zurück. Inmitten des Ascheregens nahm etwas in den zuckenden Flammen Gestalt an, etwas, das mit schweren Schritten auf die Freaks zukam.

Es war der Puppenspieler.

Seine riesige Gestalt war in Feuer gehüllt, und lodernde Wollstreifen hingen von den schrecklichen, blasenübersäten Armen herab. Er war wie ein riesiger Affe – schwarz, muskulös, wild und unaufhaltsam. Bernsteinfarbene Flammen leckten über die mißgestalteten Züge seines Gesichts, die nun enthüllt wurden: eine hohe und eingedrückte Stirn, asymmetrische Augen, eine zur Hälfte verfaulte Nase, eine gewundene Hasenscharte und ein zerschmettertes Kinn, das mit brennenden Haarbüscheln bewachsen war. Jeder Teil seines Körpers wurde von Flammen eingehüllt, und die Haut schlug Blasen und wurde schwarz.

Aber das schien den Puppenspieler nicht zu stören. Er schritt auf einen Mann mit einem Kranichhals zu, packte ihn bei der Kehle und riß ihm den Kopf von den Schultern. Aus der gleichen, gnadenlosen Bewegung heraus beschrieb sein anderer Arm einen flammenden Bogen, legte sich um eine nackte Frau und zog sie auf die dichten, brennenden Falten seines Gewandes zu. Sie wand sich kreischend, trat um sich und versuchte, sich von dem groben Stoff zu entfernen, der in geschwärzten Stücken abblätterte und sich zischend in ihre Haut einbrannte.

Schneid der Zwergmensch drängte sich wie benommen nach vorn. Er hatte keine Vorstellung, was er tun sollte, er wußte nur, irgend etwas mußte er unternehmen. Er riß einen Dolch aus dem Gürtel, stieß ein wütendes Grollen aus und sprang auf den brennenden Puppenspieler zu. Sein Fuß trat den flammenden Arm beiseite. Die Frau stürzte zu Boden. Dann versenkte sich Schneids Dolch tief in die feurige Masse, die die Schulter des Puppenspielers darstellte.

Eine gewaltige Faust versenkte sich in Schneids Leib. Er spürte den Schlag mehr als das Feuer, roch den beißenden Rauch seines Haares. Er stürzte. Unbeschreiblicher Schmerz raste durch seinen rechten Ellbogen. Er bekam keine Luft mehr. Der Puppenspieler überragte ihn wie ein im Zentrum eines Waldbrandes befindlicher Baum, funkensprühend, zitternd und knisternd. Sein schwerer Arm sauste herab, um dem Zwergmenschen den Tod zu bringen.

Die Faust traf den Boden neben Schneid. Jemand hatte den Zwerg aus der Bahn des Schlages gerissen und warf Sand und Staub auf seinen in Flammen stehenden Körper.

Der Puppenspieler warf sich mit einem Wutschrei nach vorn und trat dabei auf einen Hund, der sich ihm voller Panik in den Weg gestellt hatte. Das Kläffen der armen Kreatur wurde durch das laute Knacken seiner Knochen beendet. Der Puppenspieler marschierte weiter, und die Menge wich vor ihm zurück. Er griff sich über die Schulter und packte einen brennenden Wollstreifen. Seine Finger verkrallten sich in dem Stoff, sein kräftiger Arm riß ihn von den Schultern und warf ihn auf die sich zusammenduckenden Freaks.

»Ich bin ein Freak wie ihr auch!« brüllte er, und seine Stimme vermischte sich mit dem dämonischen Heulen des Feuers. »Und ich werde noch ein Freak sein, nachdem man euch alle irgendwo verscharrt hat!« Er löste sich von der Menge und lief brennend auf die offene Heide zu.

Schneid ließ den Kopf zurück auf den Boden fallen, als sich die Artisten um ihn versammelten und seine Wunden betrachteten. Das euphorische Geschrei war verstummt und von furchtsamem Gemurmel und leisem Weinen ersetzt worden, das beinahe völlig von dem tosenden Inferno verschluckt wurde.

»Keine schweren Verbrennungen«, hörte Schneid einen der Männer sagen.

»Hat seinen Ellbogen zerschmettert«, bemerkte ein anderer.

»Das Mädchen ist schlimmer dran.«

»... braucht eine Schlinge und etwas Wasser.«

Dann entdeckte Schneid den Riesenmenschen, der traurig auf ihn heruntersah. Hermos' glutähnliche Augen bildeten einen seltsamen Kontrast zu dem pechschwarzen Himmel. Einen Augenblick später erschien Maries Gesicht an seiner Seite; ihren Zügen konnte er Wut und Nachdenklichkeit ablesen.

»Wir werden uns um ihn kümmern, Hermos«, sagte sie. »Nimm dir dreißig Mann. Fangt den Puppenspieler.«

Hermos sah sie fragend an, und er zeigte auf den brennenden Mann, der am Horizont verschwand. »Wird er denn nicht sterben?«

Maries blinde Augen verengten sich zu schmalen Schlitzen. »Ich fange an, mich zu fragen, ob er das überhaupt kann.«

Hermos' Atem verwandelte sich im Licht des untergehenden Mondes in kleine, wirbelnde Wolken. Er bemühte sich, seinen Atem wieder unter Kontrolle zu bekommen und das laute Hämmern seines Herzens zu dämpfen, während er durch eine kleine Gruppe schlanker Birken schlich.

Noch immer kein Zeichen vom Puppenspieler.

Hermos hielt die Fackel höher und warf einen schnellen Blick nach links. Etwa einen Steinwurf entfernt durchkämmten Großer Junge und Fang einen anderen Teil des Waldes. Als würde Großer Junge den Blick des Riesenmenschen spüren, schüttelte er ernst den Kopf und ging weiter. Fang folgte ihm, aber nicht, bevor er eine ähnliche Geste gemacht hatte.

Hermos schnaubte grimmig. Er strengte die Augen an, um die Lichterkette besser ausmachen zu können, die sich hinter den Zwergmenschen in die Tiefe des Waldes zog.

»Noch alle da«, murmelte er leise. Er blickte kurz nach vorn und schaute sich dann die Reihe zu seiner Rechten an. Die Suchenden auf dieser Seite hatten ebenfalls noch nichts entdeckt. »Vielleicht ist er ja fort.«

Nachdem der brennende Puppenspieler vom Gelände des Rummelplatzes geflohen war, hatte er sich im Moor auf den feuchten, sumpfigen Boden geworfen, um die Flammen zu löschen. Von dort führte die Spur nach Osten, auf den Wald zu. Hermos und die anderen waren dieser Spur gefolgt, bis nur noch Arkoo der Leopardenjunge sie sehen konnte. Und schließlich hatte auch er die Fährte verloren. Hermos hatte dann dafür gesorgt, daß sich alle in einer Reihe aufstellten und jeder eine Fackel in die Hand bekam. Dann waren sie im Wald ausgeschwärmt. Sie hatten das gesamte Gebiet durchkämmt, von dem kleinen See an der Südspitze des Waldes bis zum Rand des Tales von L'Morai im Norden. Und nichts gefunden.

Hermos seufzte wütend, hob wieder die Fackel und betrachtete den Wald. Das helle Licht ließ dunkle Schatten durch das tiefe Unterholz wandern. Hermos ging weiter und trat auf ein Grab ohne Namen. Ein Schauder durchfuhr ihn. In dem kurzen Augenblick, in dem er auf dem Erdhügel stand, sah er auf die vielen anderen Erhebungen herab, die den Waldboden wie eine endlose Gänsehaut bedeckten.

Die Fackelträger zu seiner Linken versammelten sich. Hermos legte eine Hand an den Mund und rief: »Etwas gefunden?« Sein lauter Ruf scheuchte eine Schar schläfriger Vögel auf, die mit wild schlagenden Schwingen in den Baumkronen verschwanden.

Einer winkte Hermos heran.

Das Herz des Riesenmenschen setzte einen Schlag lang aus. Sie *hatten* etwas gefunden. Er winkte die Sucher zu seiner Rechten heran, dann eilte er durch das Unterholz auf die beisammenstehenden Fackeln zu.

Als er die Versammlung erreichte – eine kleine Gruppe von Freaks, die am Rand einer Lichtung standen –, fielen ihm sofort ihre gesenkten Schultern und die zusammengekniffenen Augen auf.

»Was ist?« fragte er.

»Nichts«, antwortete Großer Junge und verschränkte die Arme über der Brust. »Und genau das ist es! Nichts! Wir sind die ganze Nacht hier draußen gewesen und haben die Fährte nicht wiedergefunden.« Fang räusperte sich zustimmend.

Hermos' Blick verdüsterte sich, und er musterte die anderen.

Ein Mann, dem ein dritter, kleiner Arm unter der linken Achselhöhle wuchs, meldete sich zu Wort. »Es wird bald Morgen, Hermos.« Er nickte in die Richtung, in der die Sonne aufgehen würde, und zeigte dann auf den Himmel über ihnen, an dem sich bereits der erste rosige Schimmer zeigte. »Der Rummelplatz wird jeden Kämpfer brauchen, den er kriegen kann. Die Gendarmen werden uns mit Sicherheit einen Besuch abstatten.«

Hermos wollte es nicht glauben. Er gab einen tiefen, wütenden Seufzer von sich und stemmte die Faust in die Hüfte. »Wir sollen ihn zurückbringen!«

Großer Junge warf die Hände in die Luft. »Und was, wenn er entkommen ist? Vielleicht ist er schon lange tot! Niemand kann solche Verbrennungen überleben!«

»Niemand außer dem Puppenspieler«, warf der Leopardenjunge ein, der sich gerade zu der Gruppe gesellte. Er rollte sich entmutigt unter einem Farn zusammen. »Man behauptet, er sei unsterblich. Wenn er Juron Cygne ist – und *ich* bin der Meinung, daß er es ist –, dann geht aus dem Eckstein der Arena hervor, daß er mindestens vierhundert Jahre alt ist.«

Hermos nickte. »Also müssen wir ihn fangen.«

»Ich weiß nicht, ob uns das gelingt... zumindest nicht mehr in dieser Nacht«, erwiderte der Junge mit einem Gähnen, drehte sich auf die Seite und räkelte sich mit einem katzenähnlichen Schnurren.

Hermos schüttelte wutschnaubend den Kopf. »Und du?«

Der dicke Mann, den Hermos anstarrte, sah entsetzt auf. »Ob wir ihn nun weiter verfolgen sollten oder nicht, ich jedenfalls kann nicht mehr. Ich bin fix und fertig.«

Hermos warf dem Mann einen zweifelnden Blick zu, aber die anderen, die sich hinter ihm versammelt hatten, nickten zustimmend.

Einer der Artisten, der Mann mit der Mundöffnung im Hals, gurgelte: »Vielleicht ist der Puppenspieler zum Rummelplatz zurück, während wir weg waren.«

»Nein«, sagte Hermos bestimmt. »Wir haben doch alles durchsucht, und...«

»Wir gehen«, verkündete Großer Junge energisch und setzte sich in Richtung Rummelplatz in Bewegung, »und das ist unser letztes Wort.«

Hermos sah ungläubig zu, wie sich seine Gefährten einer nach dem anderen dem marschierenden Zwergmenschen anschlossen. Dann reckte er stur das Kinn nach vorn, riß einem von ihnen die Fackel aus der Hand und schnaubte. Die Lichtung hatte sich noch nicht ganz geleert, da hob der Riesenmensch beide Fackeln in die Höhe und ging tiefer in den Wald hinein. Er dachte nicht daran zurückzugehen. Einen Augenblick später waren die anderen außer Hör- und Sichtweite.

Hermos murmelte Gebete an seine Götter und ging vorsichtig weiter. Kein Hügel und kein Wasserlauf blieb seinen aufmerksamen Blicken verborgen. Tiefer und tiefer drang er in den Wald vor. Der Boden beschrieb jetzt eine leichte Steigung, und Hermos mußte sich öfters den Schweiß von der Stirn wischen. Schließlich wurde der Abstand zwischen den Bäumen wieder größer, und anstelle der Distelbüsche traten Felsen.

Der Mann mit den drei Armen hatte recht gehabt, was die Morgendämmerung betraf. Hermos hatte gerade die Baumgrenze hinter sich gelassen und eine hoch gelegene Wiese betreten, als sich die große flammende Sonnenscheibe lautlos und majestätisch über die zerklüfteten Gebirgszüge am Horizont erhob. Hermos ging über die Wiese auf den Sonnenaufgang zu und gelangte zu einem Steilhang.

»Großer Prin-zah!«

Tief unter ihm erstreckte sich eine morgendliche Landschaft. Berge erstreckten sich dunkel und nebelig unter der behäbigen Sonne. Die blauschwarzen Felsen reichten bis an den östlichen Rand der Welt.

Hermos' Hals war wie zugeschnürt, und er mußte blinzeln, denn seine großen Augen schmerzten. Die schwelenden Fackeln entglitten seinen zitternden Händen, und obwohl er es eigentlich gar nicht wollte, ließ er sich auf einen der Felsblöcke sinken. Der harte Stein fühlte sich beruhigend auf seiner Haut an. Er konnte sich nicht erinnern, jemals die Welt außerhalb des Rummelplatzes gesehen zu haben. Sie war wunderschön und auf fast furchteinflößende Weise groß...

Als er sich wieder gefangen hatte, entdeckte er in dem Tal unter sich die winzigen Dächer von Häusern und Läden. Sie füllten den Grund der Schlucht völlig aus. Aus dieser Höhe sahen die Häuser wie an dunklem Stein klebende Flechten aus.

L'Morai.

»Er ist da unten«, murmelte Hermos.

Da bemerkte er den Aufruhr in einer der Straßen. Bürger versammelten sich; ihre hellroten Umhänge leuchteten im Sonnenlicht. Als Hermos' Blick ein paar Straßen weiterschweifte, sah er eine rotbemäntelte Flut von Bürgern, die sich einer Brücke näherte. Auf dieser Brücke, die einen wild fließenden Fluß überspannte, standen unzählige Reihen von Männern mit roten Wämsern. Immer wieder reflektierte blankes Metall blitzend die Morgensonne.

Das waren keine einfachen Bürger mehr. Das waren Soldaten. Und sie versammelten sich, um in den Krieg zu ziehen.

Marie seufzte, als die warme, morgendliche Sonne ihr Gesicht beschien. Sie ließ die um ihre Schultern gelegte Wolldecke los. Die Nacht des Schreckens war vorbei. Die Luft in der Arena war noch immer kalt, der Wärme der aufgehenden

Sonne zum Trotz. »Kalt – und das, obwohl so viele Feuer brannten«, sagte Marie. Die Zeltkuppel, die die Arena so viele Jahre bedeckt hatte, war restlos zerstört worden. Nur die hohen, steinernen Mauern mit ihren Zuschauerrängen und Kalksteinbänken waren unversehrt geblieben.

»Was?« fragte Schneid, gähnte und reckte und streckte sich; ihre Worte hatten ihn geweckt. Er drehte sich auf den Rücken und richtete sich neben Marie auf der kalten Steinbank auf.

»Nichts«, winkte Marie ab und atmete die nach Asche schmeckende Luft tief ein. »Es ist ein schöner Morgen.«

Schneid nickte mit einem trockenen Lächeln und tippte gegen die provisorische Schiene an seinem Arm. »Wir haben die Nacht überlebt. Allein das macht es wohl zu einem schönen Morgen.«

Marie seufzte ernst, und ihre Stimme wurde kühl. »Sag mir, wie sieht es auf dem Rummelplatz aus?«

Der Zwergmensch sah sie einen Augenblick lang fragend an, dann rutschte er von der Bank und lehnte sich an die von Trümmern übersäte Brüstung. Zuerst sah er nur die blutrote Sonne, die am Horizont in die Höhe stieg. Er beschattete die Augen und betrachtete das Gelände des Rummelplatzes, das sich unter ihm ausbreitete. Alles war zerstört. Von zahlreichen noch nicht erloschenen Feuern stiegen dünne, sich windende Rauchwolken in den Himmel. Die Behausung des Puppenspielers war nur mehr verbranntes geschmolzenes Eisen. Doch in der Nacht des Aufruhrs waren noch viele andere Buden und Zelte niedergebrannt.

»Der Rummelplatz ist nur noch eine Ruine. Buden, Wohnwagen, Zelte und Behausungen sind rauchende Trümmer. Die Freaks haben Feuer angezündet, um nicht zu frieren, und sie drängen sich lachend um sie.« Er hielt inne, dann wurde sein Tonfall philosophisch. »Sie lachen, Marie. Wir sehen vielleicht wie Vagabunden aus und riechen auch so, aber zumindest sind wir frei. Sieht nach einer neuen Ordnung aus.«

»Irgendwelche Gendarmen oder Bürger in der Nähe?« fragte Marie und faßte die Decke wieder fester.

Schneid musterte den zerstörten Rummelplatz. »Nein«, sagte er dann. »Nicht ein einziger.«

»Gut«, sagte Marie. Ihre Schultern und Nacken entspannten sich wieder. »Die Wachen noch auf ihren Posten?«

Wieder zeigte Schneid das schmale Lächeln. »Nun, ja. Sie haben kleine Lagerfeuer entzündet. Bei den meisten Wachposten haben sich ein paar Leute versammelt. Aber keiner hat sich hereingeschlichen.« Der Zwergmensch verschränkte die Arme über der Brust und schnaubte.

»Was ist?« fragte Marie.

Er warf ihr erneut einen fragenden Blick zu, dann setzte er sich wieder auf die Bank. »Dieser Ort besteht wirklich nur noch aus Trümmern, Marie. Du solltest es sehen. Die Leute sehen wie... Abfall aus... wie mit Kleidung behängte Tiere.«

»Ich weiß«, erwiderte Marie düster; ihre blinden Augen waren ausdruckslos. »Aber nicht mehr lange.«

Der Zwergmensch blinzelte langsam, er machte sich keinerlei Illusionen. »Was sollen wir jetzt tun?«

»Ich habe die ganze Nacht darüber nachgedacht«, erwiderte Marie, während sie sich steif von der Steinbank erhob. Sie lehnte sich mit dem Rücken an den rußgeschwärzten Mauerrand. Der morgendliche Wind spielte mit ihrem schwarzen Haar. Sie schwieg lange. Ihr Gesicht war gelassen, die Züge unbeweglich. Sie erinnerte an eine Statue, die mit blinden Augen in die Arena blickte.

»Um die Freiheit nicht zu verlieren«, sagte sie schließlich, »um frei vom Puppenspieler sein zu können, frei von den Gendarmen, den Gesetzen L'Morais, das uns erst erschaffen hat, müssen wir ein Heer aufstellen – eine starke und gut ausgebildete Gruppe von Kämpfern, die unser Tor verteidigt und unsere Bürger beschützt.« Sie hielt inne. »Das ist aus uns geworden – Bürger. Wir sind nicht länger Freaks, die Kunststücke vorführen.«

Schneids Gesicht verriet deutlich seine Skepsis. »Aber wir werden kein Geld verdienen, wenn wir nicht auftreten, wenn sich die Zuschauer nicht in Schlangen anstellen müssen, um uns sehen zu können. Wir werden verhungern.«

»Unsinn«, erwiderte Marie gedankenverloren. »Wir haben unser Vieh und die ganzen Vorräte des Messezeltes und der Lagerschuppen. Wir können die Heide in einen Acker verwandeln und Getreide aussäen. Wir haben genug Kühe und Lämmer, um Vieh zu züchten. Es gibt bereits einen Schmied, einen Zinnmacher, einen Gerber – Holzschneider, Stallburschen, Glasbläser... Wir könnten die größte Handelskarawane ins Leben rufen, die jemals über die Heidestraßen gerollt ist, und jede Stadt besuchen, die wir nur finden können. Schließlich besitzen wir Wohnwagen.«

»Keine Monstrositätenschau mehr, keine Auftritte mehr?« murmelte Schneid benommen.

»Wir müssen jetzt zu richtigen Leuten werden, Schneid, wir dürfen keine Marionetten mehr sein«, sagte Marie grob. »Wir dürfen uns nicht länger erniedrigen, indem wir uns mit unseren Mißbildungen und Andersartigkeiten glotzenden Fremden zur Schau stellen. Diejenigen, die weiterhin Artisten sein möchten, können das während unserer eigenen Feiertage gern tun. Wir werden unsere Musik und unsere Tänze behalten, genau wie unsere Schauspieler und Poeten.

Aber es wird keine Burlesken und Farcen mehr geben. Zumindest für keinen Außenstehenden mehr.«

Schneid kratzte sich am Kopf. »Das hört sich wunderbar an, sicher«, sagte er. »Aber es wird niemals funktionieren. Hältst du es tatsächlich für möglich, daß wir, die Freaks, eine Stadt gründen?«

»Nun hör aber auf, Schneid«, seufzte Marie und klopfte ihm auf die Schulter. »Wir haben gestern abend den Puppenspieler und die Zuschauer verjagt, etwas, was die meisten von uns für unmöglich gehalten hätten. Also können wir auch eine Stadt bauen.«

Schneid hielt den gebrochenen Arm mit dem gesunden fest. »Es ist leichter, eine Stadt zu zerstören, als eine zu gründen.«

Die Lippen der Jongleurin verloren ihren kapriziösen Schwung, und der Blick ihrer blinden Augen schien Schneid durchbohren zu wollen. Sie wandte das Gesicht der Morgensonne zu. »Fühlst du dich stark genug zu einem Spaziergang?«

»Ja«, erwiderte Schneid und sprang auf die Füße. »Es sei denn, du willst, daß ich auf den Händen gehe.«

»Dann such die Trompeter und bring sie her«, sagte sie ohne zu zögern. »Ich will, daß sie die Bürger zur Versammlung rufen. Es ist Zeit, daß wir sie über ihr Schicksal aufklären.«

Schneid musterte die versammelten Artisten, die rußgeschwärzt und abgerissen auf den grauen Bänken des Amphitheaters der Arena saßen. Allein der Anblick der lethargischen Menge schnürte ihm die Kehle zu, und er war froh, daß Marie sie nicht sehen konnte. Sonst hätte sie nie so großartig sein können.

Ihre Stimme ertönte leidenschaftlich aus der Mitte der Arena, ihre Worte hallten durch die stummen Zuschauerreihen. Nicht einer der Artisten hatte sich bis jetzt gerührt oder gar Lob oder Tadel geäußert. Soweit es Marie betraf, hätte sie auch leere Zuschauerränge ansprechen können.

Wären da nicht die Blicke gewesen.

Sie konnte sie spüren, wie sie auf ihr ruhten, wie sie sie aufnahmen. Siebenhundertfünfzig Augenpaare. Doch im Gegensatz zu Maries sonstigen Auftritten war die Menge heute totenstill.

»Mittlerweile kennen wir alle die Geschichte unserer Herkunft, wissen, daß wir einst Bürger von L'Morai waren, die man in Freaks verwandelt hat. Ich habe eure Stimmen gehört, als ich eine schlaflose Nacht oben auf der Arenamauer verbracht habe. Ich habe gehört, was eure Gefühle waren: Entsetzen, Zorn, Furcht, Groll. Diese leidenschaftlichen Gefühle haben von uns allen Besitz ergriffen. Diese leidenschaftlichen Gefühle haben das Feuer entflammt, das unsere Unterdrücker gestürzt hat. Diese leidenschaftlichen Gefühle haben uns während einer langen, dunklen Nacht wach gehalten, in der Hoffnung auf einen neuen Morgen.«

Marie stellte sich ins Sonnenlicht und streckte die Hand aus. »Dieser Morgen ist da. Ich habe seine Wärme auf dem Gesicht gespürt. Die meisten von euch haben den Sonnenaufgang mit eigenen Augen gesehen. Wie ich euch darum beneide – denn ihr werdet euren Enkeln und Urenkeln sagen können: ›Ich habe am Tag unserer Befreiung den Sonnenaufgang gesehen.‹ Und jetzt wird diese mächtige Sonne unsere kalten Herzen erwärmen, die Leidenschaften der Dunkelheit verbannen, die unsere chaotische Befreiung hervorgerufen hat, und neue Leidenschaften in uns entfachen.

Von diesem Augenblick an wird das Wort Freak nicht länger eine Bezeichnung bösen Hohns sein, eine Waffe unserer Feinde. Wenn wir Freaks sind, dann heißt Freak zu sein, frei zu sein! Freaks sind nicht länger die Vertriebenen, die Ungeliebten, die, die man unmöglich lieben kann. Wir, die Freaks, haben nun unsere eigene Bestimmung, können einander umarmen. Kraft unserer Freiheit und unserer Entscheidung werden wir uns gemeinsam den Bürgern L'Morais entgegenstellen. Wir werden zusammen arbeiten, essen und kämpfen... und wir werden gemeinsam eine neue Gesellschaft schmieden, eine gerechte und gute Gesellschaft. Von diesem Augenblick an müssen wir die Fackel der Freiheit und der Hoffnung und der Gerechtigkeit ergreifen – ein Leuchtfeuer, das das Volk von L'Morai schon vor langer Zeit hat fallen lassen – und sie hochhalten, um der Welt neues Licht zu geben.«

Ihre Rede wurde mit spärlichem Beifall begrüßt; es klang wie das Prasseln eines Sommerregens.

»Wir werden nicht länger Namen der Lächerlichkeit tragen oder unter dem Joch des Hasses kämpfen. Nun werden wir uns Bürger und Gleiche nennen. Wir werden nicht länger gezwungen sein, unsere Körper und Seelen den glotzenden Augen anderer entblößen zu müssen. Jetzt werden wir Hand in Hand ehrlicher Arbeit nachgehen, unsere Rücken stärken und nach Wissen streben. Wir werden nicht länger in Angst vor einem Mörder leben, in Angst vor einem Ungeheuer, das durch unsere Straßen streift und unser Volk tötet. Ab jetzt werden wir einander vor den Mördern da draußen beschützen, wir werden das Leben unserer Mitbürger in Ehren halten, denn wir werden nie vergessen, welchen hohen Preis wir dafür entrichten mußten!«

Diesmal war der Beifall stärker; fröhliche Rufe unterstrichen ihn noch.

»In unserer Stadt wird es keine Unterdrücker geben, keine Ungerechtigkeiten, keine Mörder. Eine hungernde Frau wird kein Geld benötigen, um sich und ihren Kindern zu essen zu besorgen. Ein Verwundeter wird nicht in der Gosse liegenbleiben und den Ratten überlassen. Ein ängstliches Kind wird nicht nur Vater und Mutter haben, die es trösten werden, sondern die gesamte Gemeinschaft der Freien.«

Marie hielt inne, doch statt des erwarteten Jubels ertönte nur eine Stimme. Und die gehörte Hermos.

»In L'Morai wird ein Heer aufgestellt!«

13

»Nein – fester«, stieß Hermos hervor. Er nahm einen der behelfsmäßigen Speere, die an der Mauer lehnten. Die noch immer rotglühende Eisenspitze wackelte am Schaftende. Hermos sah nach unten und warf den Jungen, die dort versammelt standen, einen zweifelnden Blick zu. Mit einer Hand löste er den Knoten, der die Speerspitze an Ort und Stelle hielt, und wickelte das Lederband ab. Dann begann er, die Spitze auf kreuzförmige Weise neu festzuschnüren. Schließlich führte er das Lederband zum Schaft und zog den Knoten ruckartig fest. Er schüttelte den Speer. Die Spitze saß wie angegossen und rührte sich nicht.

»Seht ihr?« fragte er seine jungen Zuschauer, die alle mürrisch nickten. Hermos stellte den Speer wieder an der Wand ab. »Befestigt alle noch einmal neu.«

»Hermos!« rief da jemand aus Richtung der Zuschauerränge. Es war Schneid, der ihn mit seiner gesunden Hand heranwinkte. »Marie will dich sehen.«

Hermos nickte und warf den Waffen einen letzten Blick zu. Sie besaßen nur wenig echte Waffen: Bogen und Armbruste, Schwerter und Keulen. Aber in der heißen Mittagssonne hatte man zahlreiche Gerätschaften zweckentfremdet und umfunktioniert. Aus Reißnägeln und Pferdegeschirren waren Schlingen und Bolas entstanden, aus jedem Stück noch verwertbarem Holz, das in den Trümmern des Rummelplatzes zu finden war, Keulen und Schlagstöcke. Doch der größte Teil der Bewaffnung der Freaks setzte sich aus waffenähnlichen Werkzeugen zusammen: es waren Hämmer, Sicheln, Äxte, Dreschflegel, Heugabeln, Spitzhacken, Schaufeln, Brandeisen, Schäferstäbe und ähnliches. Die ganze Innenwand der Arena war mit ihnen vollgestellt. Ein paar Jungen mit Schläuchen voller Gift und Bürsten schwirrten zwischen den Waffen umher und bestrichen alle Schneiden mit dem schwarzen Gebräu.

Hermos grunzte mit grimmiger Zufriedenheit und stieg die Treppe zu den Zuschauerrängen hinauf. Er nahm sechs Stufen mit einem Schritt und passierte ein paar Arbeiter, die mühsam einen schweren Eisenkessel die lange Treppe hinaufschleppten. Auf dem schmalen Gang hinter dem obersten Zuschauerrang, der zwischen den Steinbänken und der Mauerbrüstung verlief, befanden sich bereits drei ähnliche Kessel, die man genau über dreien der vier Eingänge aufgestellt hatte. Jeder von ihnen ruhte auf einem wackeligen Gerüst aus Eisenstangen, die man aus den Trümmern der Behausung des Puppenspielers gerettet hatte. Neben den Kesseln lagen Stapel von Feuerholz, eine Eimerkette führte über die Treppe zu ihnen hin. Unten schoben ein grauer Oger und andere kräftige Männer ein riesiges Wasserfaß zum Ende der Eimerkette. Hermos nickte anerkennend; das eigentlich für die Tiere bestimmte Wasser würde auch die Belagerungskessel füllen.

Er erreichte den Gang und ging ihn entlang, bis er Marie erreicht hatte. Schneid war ebenfalls da; er hatte den geschienten Arm auf die Brüstung gelegt.

»Wie sieht es aus?« fragte Marie, als Hermos stehenblieb und sich auf den Mauerrand setzte.

»Gut«, sagte er kurzerhand.

Marie lächelte, schüttelte den Kopf und lachte leise. »Es freut mich, einen so ausführlichen Bericht zu hören.« Sie legte ihre weiße, zitternde Hand auf sein Knie. »Hätte ich einen ausführlichen Bericht gewollt, hätte ich jemand anders gefragt.« Sie seufzte. »Außerdem hat Schneid mir bereits die Einzelheiten berichtet.« Ihre blinden Augen schienen in die Ferne zu blicken. »Wann werden sie deiner Meinung nach angreifen?«

Hermos' Blick verdüsterte sich. Er sah zur Heide und den angrenzenden Bergen hinüber. »Spätestens morgen abend. Vielleicht auch schon heute abend.«

Maries Lächeln verblaßte, und sie biß sich auf die Unterlippe. »Vielleicht schon heute abend?«

»Vielleicht.«

Marie verschränkte die Arme vor der Brust. »Geh und sag allen Bescheid, sie sollen sofort aufhören, Steine für Wurfgeschosse zu sammeln«, befahl sie Schneid. »Sie sollen zuerst die Eingänge der Arena zumauern, aus Steinen und Trümmern dicke Wände hochziehen.«

Das Gesicht des Zwergmenschen leuchtete im Sonnenlicht rot, und nachdenklich kniff er seine Augen zu Schlitzen zusammen. »Uns könnte der Mörtel lange vor den Steinen ausgehen.«

Marie nickte. »Schick Leute los; sie sollen noch mehr organisieren. Bis jetzt haben sie wahre Wunder bewirkt.« Als der Zwergmensch losging, um die Befehle weiterzugeben, fügte sie hinzu: »Und laß alles Vieh in die Arena schaffen, bevor die Eingänge zugemauert werden. Danach wird alles nur noch mit dem Flaschenzug auf der Plattform hereingeholt.«

Schneid nickte. »Ich kümmere mich darum.«

Als er gegangen war, wandte sich Marie dem Riesenmenschen zu. Ihre Lippen verzogen sich zu einer verzerrten, beinahe wütenden Grimasse. Sie schüttelte den Kopf. »Hast du in deinem Pantheon irgendwelche Götter, die uns jetzt erhören würden, uns, die Freaks?«

»Ja«, erwiderte Hermos. »Schlaohr.«

Marie umklammerte die Steinbank. »Auch er ist eine Art Freak, nicht wahr? Ja, er wird zuhören. Ich glaube, Prin-zah hat uns verlassen.«

»Sag so etwas nicht«, erwiderte Hermos. Seine tiefliegenden Augen musterten den Horizont. »Prin-zah hat gute Ohren.«

»Nun«, sagte Marie leicht errötend, »an wen auch immer du deine Gebete richtest, bete, daß die Soldaten nicht heute abend angreifen. Denn dann werden die Mauern vor den Eingängen noch nicht stabil sein.«

»Ja«, bemerkte Hermos, und sein Blick schweifte zu den Arbeitern an den Eingängen ab. Einen Augenblick lang trug der Wind den herzhaften Geruch von Eintopf heran, der aus den in der Mitte der Arena dampfenden Kesseln aufstieg.

Marie schlug sich vor die Stirn. »Ich hätte ihm sagen sollen, daß er sich vergewissert, daß die Arbeiter tüchtig essen. Für die Schlacht brauchen sie ihre ganze Kraft.«

»Sie werden schon essen«, sagte Hermos. Er rutschte von der Brüstung und setzte sich neben die Blinde. Neben seiner riesigen Gestalt erschien sie klein und zerbrechlich; nicht länger wie die Sprecherin und Führerin des Volkes der Freaks, sondern nur wie eine blinde Jongleurin. Hermos legte den Arm um sie. Sie versteifte sich einen Augenblick lang. Dann stieß sie einen kleinen, leisen Seufzer aus und lehnte sich an seinen großen, hageren Körper.

»Hermos, glaubst du, daß Schlaohr uns hören kann?« fragte sie, und der Heidewind ließ ihre Stimme leise klingen. »Oder glaubst du, daß ihm die anderen Götter bereits die Ohren verknotet und den Mund gestopft haben?«

Hermos erschauderte leicht; sein Gesicht war ernst. Er zog sie fester an sich. Aus dem Arenastall ertönte das schrille Wiehern eines furchtsamen Pferdes.

»Vielleicht wird Prin-zah uns retten, und wenn auch nur um der Pferde willen.«

»Pst«, machte Hermos und legte einen Finger an ihre Lippen.

Marie lachte humorlos, stand auf und schüttelte den Arm des Riesenmenschen ab. Sie ging zur Brüstung und legte die schlanken Hände auf den rußgeschwärzten Schutt. In ihren weißen, blinden Augen spiegelten sich die weite Heide und die dreieckigen, dahinterliegenden Gebirgszüge.

»Wie lange ist es her, Hermos? Zwei Wochen? Einen Monat? Ich kann mich nicht einmal mehr daran erinnern, wann die ganze Sache ihren Anfang genommen hat. Wo haben wir uns da nur hineingeritten? Wir haben einen Mörder gejagt und einen Krieg gefangen. Im Namen der Sicherheit habe ich alle ins Verderben geführt. Vielleicht brauchen wir den Puppenspieler doch; vielleicht ist es besser, er bringt uns einen nach dem anderen um, als daß wir alle auf einmal getötet werden.«

Hermos stand auf und stellte sich hinter Marie, er streckte die Arme aus, um sie zu trösten. Ein kühler Windstoß kam auf und wehte Maries schwarzes Haar von den Schultern. Hermos verspürte einen Stich in seinem großen Herzen: Marie sah aus wie eine Porzellanpuppe, bleich, zerbrechlich und wunderschön.

Ein Harlekin mit schmutzigen Hosen kam heran. »Marie, einige weigern sich, an der Eimerkette zu arbeiten.«

Sie wirbelte herum, ihr Gesicht war zu einer wilden und harten Maske erstarrt. »Verdammt! Das kochende Wasser soll die Mauern vor den Eingängen lange genug beschützen, daß sie trocknen können und fest werden. Will denn keiner die Nacht überleben?«

Als der Abend hereinbrach, schwirrte der Arenaboden vor Aktivität. Die Luft war von Schweiß- und Angstgeruch erfüllt, zu dem sich Rauch, Gelächter und wüste Scherze gesellten. Auf der einen Arenaseite teilte eine bemalte Gauklerin das Abendessen aus. Minnesänger und Harlekins saßen neben Freaks und Gassenhändlern; ein Oger und ein Zwerg aßen aus derselben Schüssel; zwei Gauklerinnen erzählten dem Kontingent der Zwergmenschen schmutzige Witze. Maries Heer aß, sang, jonglierte, erzählte Geschichten und entlockte einander rauhes, trotziges Gelächter.

Auf der gegenüberliegenden Seite der Arena befand sich ein breites Feld aus Pritschen, Betten und Matten, wo mindestens zweihundert Artisten sich in unruhigem Schlaf drängten. Sie stießen weißen, geisterhaften Atem aus, der in die kalte Abendluft emporstieg.

Allein die Pferde und Schafe standen in dem großen Stall, der sich im mittleren Teil der Arena direkt unterhalb der ersten Zuschauerbänke befand; sie drängten sich zu zweit oder dritt zu jeder der zahlreichen Boxen. Sie stapften ungeduldig mit den Hufen und fraßen aus den Trögen, die an der Wand standen, oder von den Heuhaufen. Ihr Gestank drang in die Arena, und so war es wenig verwunderlich, daß sich in der Nähe des Stalleinganges niemand aufhielt.

Daneben warfen Laternen ihr Licht auf lange Tische. Dort standen Marie und eine Gruppe von Amateurgenerälen über hastig aufgezeichnete Karten und Schlachtpläne gebeugt. Ein ständiger Strom von Kundschaftern und Boten – die meisten Kinder oder Zwergmenschen – brachten Neuigkeiten von der Heidestraße, der den Bergen zugewandten Rummelplatzseite und dem Moor.

»Noch immer keine Anzeichen von Bewegungen auf der Straße«, krächzte ein Bote.

Marie nickte ihm zu und schenkte ihm ein flüchtiges, dankbares Lächeln. »Das ist eine gute Nachricht. Ich möchte hier ein paar Schutzverschläge aufgebaut haben, bevor die Pfeile anfangen zu fliegen. Habt ihr einen Blick auf das Heer werfen können?«

»Nein«, machte der Zwergmensch mit soldatischer Genugtuung Meldung. »Alle Berichte wiesen darauf hin, daß sich noch immer alle vor dem Rathaus versammeln und gedrillt werden.«

»Wenn sie noch heute angreifen wollten, würden sie keine Übungen mehr machen«, dachte Marie laut nach. »Du hast verdammt scharfe Augen.«

»Verdammt scharfe«, wiederholte der Zwergmensch voller Stolz.

»Versuch, ob du noch näher ans Rathaus herankommst –

wenn du es nicht schaffst, finde jemanden, der es kann. Ich will wissen, wie viele Bogenschützen sie haben und wie viele Lanzenträger. Ich will wissen, ob sie einen Rammbock mitführen oder Leitern oder Wurfhaken.«

»Möchtest du, daß ich nahe genug herankomme, um ihre Pläne zu belauschen?«

»Wenn du es schaffst«, sagte Marie grimmig. »Aber geh kein Risiko ein. Wenn das Heer gegen uns marschiert, brauchen wir jeden Kämpfer, den wir haben, und wir wollen nicht, daß eine Entdeckung unserer Spione sie zu einem früheren Angriff verleitet.«

Der Zwergmensch ergriff ihre Hand. »Ich werde dir sogar sagen, zu welchen Göttern sie beten.«

Marie lächelte, und als der Bote loslief, lachte sie sogar. Dann hörte sie, wie sich seine Schritte der Plattform mit dem Flaschenzug näherten, und sie wandte sich wieder ihren Generälen zu. »Wie weit ist das Tor von der Arena entfernt?«

Ein rundgesichtiger Glasbläser in einem schmutzigen Kittel beugte sich über die Karten. Er zeigte auf die runde Arena und das primitiv dargestellte Eingangstor an der Heidestraße. »Wenn ich es richtig abgeschritten habe, etwa dreihundert Meter.«

»Gerade außer Bogenschußweite«, bemerkte Marie. »Gibt es irgendeine Möglichkeit, wie wir es verteidigen könnten?«

»Sinnlos«, sagte ein anderer General, ein Hypnotiseur. »Der Graben entlang der Heidestraße wird sie daran hindern, den Rummelplatz außerhalb des Tores zu betreten, es sei denn, sie überbrücken ihn. Aber davon einmal abgesehen, werden die Süd-, Ost- und Nordseite des Rummels sowieso nur durch die Brombeerhecke von der offenen Heide getrennt. Die Hecke ist nicht zu verteidigen und das Tor auch nicht.«

»Also ist die Arena unsere einzige Hoffnung«, sagte Marie mit einem Nicken. »Dank Schlaohr ist sie aus Kalkstein und Granit erbaut.«

»Schlaohr?« fragte der Glasbläser.

»Ein Gott der Freaks«, erklärte Marie. »Taub, stumm und mißgebildet wie wir auch.«

Der Hypnotiseur blinzelte ernst. »Schlaohr sei gepriesen.«

Marie saß müde an dem Tisch; ihre Hände lagen auf dem zerknitterten Kartenstapel, den ihre Generäle im Verlauf der Nacht gezeichnet hatten. Die Sonne senkte sich erneut dem Horizont entgegen, und die kalten Schatten des Abends hüllten Marie bereits ein. Sie zitterte und wünschte sich, sie hätte eine Decke, war aber zu erschöpft, sich eine zu holen.

Ihr Herz schlug inzwischen wieder ruhiger. Das Treiben der Freaks hatte ebenfalls nachgelassen, da jeder Artist und jede Artistin seinen oder ihren Platz in Maries Heer gefunden hatte. Sie hatten zwei Tage damit verbracht, sich auf den Krieg vorzubereiten; Panik hatte Geduld Platz gemacht.

Während des Tages hatte der Kundschafter, den Marie ausgeschickt hatte, den Vorschlag gemacht, die Handwerker den Rummelplatz nach brauchbaren Planken und Holzbalken absuchen zu lassen. So geschah es auch, und man holte sie mit Hilfe des Flaschenzuges in die Arena. Dort errichteten andere Handwerker aus ihnen kistenähnliche Redouten, in denen die Bogenschützen schießen und die Armbruste nachladen konten, ohne befürchten zu müssen, ihrerseits von Pfeilen getroffen zu werden. Sie hatten auch kleine Baracken, eine Messe, einen Schutz für den Brunnen sowie Unterstände konstruiert, die die Eimerkette vor Geschossen schützen sollte. Die Lebensmittelvorräte waren aufgestapelt; die Artisten-Soldaten ruhten sich aus.

Sie waren zum Krieg bereit.

Marie spürte das Ziehen einer kleinen Hand. »Du solltest dir etwas Schlaf gönnen«, sagte Schneid. »Es ist alles bereit.«

Marie schüttelte grimmig den Kopf. »Wir sind noch nicht bereit. Man hat uns einen Tag Aufschub vor unserem Urteil gegönnt, dank dem gnädigen Schlaohr« – fügte sie mit sanftem Sarkasmus hinzu – »aber das Urteil wird trotzdem vollstreckt!«

Schneid blickte sich um. »Du solltest dir selbst zuhören. Du brauchst Ruhe. Wenn jemand anders das gesagt hätte, was du da gerade von dir gegeben hast, würdest du ihn ohrfeigen und ihm eine Predigt über Freiheit und Verantwortung halten. Muß ich das bei dir erledigen? Ich würde dich lieber ohrfeigen, als mir so etwas von dir anhören zu müssen.«

»Das kannst du dir sparen«, sagte Marie gereizt. »Die Sonne geht unter. Wir wissen beide, daß das eine gute Zeit für den Angriff ist.«

»Du hast heute jeden dazu gezwungen, sich zumindest zwei Stunden hinzulegen, egal, ob sie nun schlafen konnten oder nicht. Und obwohl einige genau wie du jetzt darüber gemeckert haben, waren sie danach ausgeruht und voller Tatendrang«, sagte Schneid und hob die Hand, um sie zu schlagen. »Was für ein Beispiel gibst du denn? Wenn sich jeder so verhalten würde, hätten wir kein Heer!«

Marie winkte ab und stand auf. »Schon gut, schon gut. Ich lege mich hin.«

Schneid grinste und reichte ihr die Hand, um sie zu den Baracken zu führen.

Ein Kundschafter in einem zerlumpten Gewand stellte sich ihnen in den Weg. »Das Heer von L'Morai« war alles, was er sagte.

Marie ließ Schneid los, und ihr müdes Gesicht wurde ernst. Sie drehte sich um, stieg auf den Stuhl, auf dem sie gesessen hatte, und von dort auf den Tisch.

»Zu den Waffen! Zu den Waffen!« rief sie durch die an den Mund gelegten Hände, und ihre klare, leidenschaftliche Stimme hallte durch die ganze Arena. »Das Heer von L'Morai marschiert heran. Die Nacht unserer Befreiung ist gekommen!«

Als sie die Trommeln von L'Morai hörten, war der Lärm laufender Menschen, gebrüllter Befehle und schwappender Eimer längst verstummt. Die Soldaten kamen auf der Heidestraße heran – aus der Ferne und von der Dunkelheit verborgen, Kinder der hereinbrechenden Nacht. Die Wachposten verlagerten ihr Gewicht und murmelten Gebete an ihren neuen Gott Schlaohr.

Als Marie vom Herannahen des Heeres erfahren hatte, beorderte sie alle Kundschafter und Boten zurück. Sie wollte, daß sich jeder vor dem Angriff innerhalb der Mauer befand. Aber da sich die Kundschafter nun in der Arena befanden, kannte keiner die Marschformation des anrückenden Heeres. Keiner wußte, wer es anführte oder wann und wo der Angriff erfolgen sollte. Sie wußten nur, daß das Heer mindestens zweitausend Mann umfaßte, mit fünfhundert Bogenschützen. Der Zwergmensch, Maries persönlicher Kundschafter, den sie ein letztes Mal in die Stadt entsandt hatte, war nicht zurückgekehrt.

Wieder ertönten die Trommeln.

Das rhythmische Dröhnen kam nun aus der Nähe und vermischte sich mit dem leisen Marschtritt schwerer Stiefel. Marie begab sich zur Brüstung und lauschte angestrengt. Das rasselnde, hallende Geräusch kam aus der engen Felsschlucht, durch die die Heidestraße ein Stück führte. »Noch etwa anderthalb Kilometer entfernt«, murmelte sie laut und fuhr sich mit der Hand durchs schwarze Haar. »Mindestens zwanzig Trommeln.«

»Was?« fragte ein Freak, der unmittelbar neben ihr stand. Sein Brustpanzer und seine Beinschienen klapperten dumpf, als er sich seiner Generalin näherte.

Marie schüttelte den Kopf. »Es sind mindestens zwanzig Trommler. Ich glaube nicht, daß sie so viele Männer fürs Trommeln abkommandieren würden, wenn sie nicht über mindestens fünfhundert Krieger verfügten.«

»Ja«, stöhnte der junge Mann leise; unwillkürlich tastete er nach den Verbrennungen in seinem Gesicht.

»Hör nicht auf die Trommeln, Soldat«, befahl Marie plötzlich. »Sie nehmen dir den Mut, hypnotisieren dich mit ihrem Rhythmus, füllen deinen Kopf mit marschierenden Füßen und gebrüllten Befehlen. Du mußt sie ignorieren.«

Der Mann nahm Haltung an.

Ein flüchtiges Lächeln umspielte Maries Lippen.

Der Trommelschlag setzte erneut ein, diesmal nur lauter, ohne das Echo der Felswände. Im Heidewind verschmolz er mit dem Stechschritt der Soldaten und dem schwerfälligen Quietschen von Wagenrädern.

»Sieh zur Straße, Soldat, und sage mir, was du siehst.«

Der Soldat richtete den Blick auf die Hauptstraße. »Eben war da ein Licht zu sehen«, sagte er leise und mit zitternder Stimme, »und jetzt kann ich die einzelnen Fackeln erkennen.«

»Wie viele?« fragte Marie.

»Sie sind bis auf etwa zweihundertfünfzig Meter herangekommen und erstrecken sich bis zur Schlucht«, erwiderte der Soldat. »Ich schätze, bis jetzt sind es etwa zwanzig Mann.«

»Trägt jeder Krieger eine Fackel?«

»Nein«, sagte der junge Mann und strengte die Augen an. »Dafür sind sie zu weit auseinander. Vielleicht jeder zehnte.«

»Also sind es bis jetzt zweihundert Mann«, dachte Marie laut. »Wenn die Kundschafter recht hatten, werden also noch weitere dreihundert Mann durch diese Schlucht marschieren. Wer führt sie an?«

»Eine Gruppe Trommler. Sieht so aus, als wären es zehn an der Spitze und dann noch einmal zehn etwa einen Viertelkilometer dahinter. Vor den Trommlern marschiert eine dunkle Gestalt. Vermutlich der General, aber ich kann ihn nicht richtig erkennen.«

Marie erstarrte. Der Soldat warf ihr einen besorgten Blick zu. »Warte, bis sie am Tor sind«, sagte Marie. »Dann werden wir es wissen.«

Der junge Soldat nickte und wandte sich wieder der Lichterkette auf der Heidestraße zu. Alle Posten verfolgten das Schauspiel mit leichenblassen Gesichtern, während sie rastlos mit den Füßen über den aschebedeckten Boden vor der zur Brustwehr umfunktionierten Arenamauer scharrten. Keiner von ihnen konnte genau erkennen, wer das Heer anführte, aber jeder sah jetzt, was die quietschenden Geräusche verursachte. Es war ein riesiger Rammbock.

Die massive Belagerungswaffe rollte von acht Rädern gehalten und von sechs kräftigen Kriegspferden gezogen schwerfällig über die Straße. Der Schaft des Rammbocks bestand aus einem großen Baumstamm mit einem Durchmesser von etwa drei Metern, und die massive, aufgesetzte Spitze bestand aus funkelndem Stahl, in dem sich der goldene Schein der Fackeln spiegelte. Der Rammbock fuhr inmitten der marschierenden Männer, ein starrer Teil in einem beweglichen Heer. Als er deutlich zu erkennen war, keuchten die Posten auf der Mauer vor Entsetzen und traten einen Schritt zurück, erschüttert von dem, was sie da erblickt hatten.

Die stählerne Rammbockspitze hatte Maries Gesicht.

Ihre hübschen, ebenmäßigen Gesichtszüge, ihr langes Haar, ihre leuchtenden, blinden Augen.

»Das bist du«, raunte der junge Soldat. »Der Rammbock hat dein Gesicht.« Er starrte in Maries unbewegtes, wie aus Eisen gegossenes Antlitz und suchte nach Unglauben und Furcht. Aber sie schwieg ungerührt. Nur der zuckende Muskel an ihrem Kiefer verriet etwas von ihren Gefühlen. Der Soldat wandte den Blick ab und sah wieder zur Straße.

»Vergiß den Rammbock. Wer führt das Heer an?«

Das Heer hatte gerade das Tor vom Rummelplatz erreicht, und plötzlich war der in Schwarz gekleidete General deutlich zu sehen.

Der Puppenspieler. Die Verbrennungen, die Messerwunden, die Verfolgungsjagd durch den Wald – er hatte alles überlebt. Allerdings ging er auf seltsam schwankende Weise, so als müßte er sich mit ruckartigen, krampfartigen Zuckungen Schritt für Schritt mühsam nach vorn bewegen. Eingehüllt in einen schwarzen Wollumhang, klaffte der Stoff bei jedem taumelnden Schritt auf und enthüllte die weißen Verbände, die seinen Körper bedeckten.

»Es ist der Puppenspieler«, flüsterte der junge Soldat mit trockenem Mund.

»Das habe ich erwartet«, erwiderte Marie ruhig.

Der Puppenspieler brachte die Trommler mit einer Geste zum Stehen. Das Heer rückte heran und nahm seine Position ein. Dann setzte sich der Puppenspieler in Bewegung und trat vor den verschlossenen und verbarrikadierten Eingang zum Rummelplatz. Es war das erste Mal seit Jahrzehnten, daß dieses Tor verschlossen war. Er legte die Finger um die schmiedeeisernen Gitterstäbe, und seine Arm- und Schultermuskeln spannten sich an.

Hinter der Arenamauer hob eine Reihe von Bogenschützen ihre Langbogen und zielte in den düsteren Himmel. Ihr Hauptmann wies sie mit einer Handbewegung an, noch zu warten, dann schoß er seinen Pfeil ab. Die Sehne schnellte nach vorn, und der Pfeil sauste mit einem schrillen Surren in die Dunkelheit. Er grub sich in einen Wohnwagen, der etwa fünfzehn Meter vor dem Tor umgestürzt auf dem Boden lag. Der Hauptmann knirschte enttäuscht mit den Zähnen und wies seine Schützen an, nicht zu schießen.

Der Puppenspieler hatte nicht einmal aufgesehen, als der Pfeil sein Ziel erreicht hatte. Er faßte das Tor noch fester, beugte sich zurück und zog. Das Eisen quietschte protestierend und verbog sich ein wenig. Der Puppenspieler riß noch heftiger daran und stieß einen wilden Schrei aus, der bis zur Arena gellte. Das Tor löste sich langsam aus den Angeln und stürzte dann mit einem lauten Scheppern auf den gepflasterten Vorplatz des Rummelplatzes.

»Sieht so aus, als hätte ihn das Feuer nur noch stärker gemacht«, murmelte der Soldat an Maries Seite. Er warf ihr einen Blick zu, aber ihr Ausdruck hatte sich noch immer nicht verändert. »Nun«, sagte er und schluckte, »zumindest war die Schätzung mit den fünfhundert Mann richtig.«

»Nein«, erwiderte Marie unbewegt. »Sieh nach Osten!«

Der Soldat runzelte die Stirn und verdrehte den Hals, um über den dortigen Mauerrand sehen zu können. Er zuckte zusammen.

Es war ein finsteres Heer, so groß wie das auf der Heidestraße, nur daß es ohne Fackeln und Trommeln heranrückte. Es war lautlos durch den Heidewald gekommen.

»Im Norden nimmt ein zweites Heer Aufstellung«, fügte Marie eiskalt hinzu.

»Nein.« Der Soldat kniff die Augen zusammen, konnte jedoch nichts erkennen. »Woher willst du das wissen?«

»Ich kann sie hören«, erwiderte Marie. »Und ich kann ihre Seelen fühlen. Eintausend Seelen.«

Alle drei Heeresgruppen waren in Bewegung. Der Puppenspieler führte sein Kontingent durch das Tor; die Soldaten blieben gerade außerhalb der Reichweite der Langbogen und stellten sich im Halbkreis auf. Die beiden Gruppen, die durch den Wald im Osten marschiert waren, nahmen dort und im Norden auf ähnliche Weise Aufstellung. Erst als sich alle Krieger an dem ihnen zugeteilten Platz befanden, blitzten in den beiden im Dunkeln stehenden Heeresgruppen Fackeln auf. Innerhalb weniger Augenblicke war die Arena von einem Kreis flackernden Feuers umzingelt. Und dieser Kreis wurde enger.

Der Hauptmann der Bogenschützen befahl seinen Leuten, die noch am Vortage alle einer anderen Tätigkeit nachgegangen waren, einen Pfeil einzuspannen und die Langbogen zu heben. Die Soldaten rückten unaufhaltsam näher. Ein Schütze nach dem anderen hob den Bogen in den Himmel. Der Hauptmann hielt die Hand hoch, zum Signal bereit. Der Feind befand sich noch immer nicht in Schußweite.

Ein Krachen, das die Luft erzittern ließ, ertönte. Das südliche Heer hatte den Außenrand des Rummelplatzes erreicht und warf die Wohnwagen um, hinter denen seine Bogenschützen Deckung nehmen konnten. Wieder und wieder hallte ein Krachen durch die Steinarena. Die erste Reihe der Schützen aus L'Morai kniete sich hinter den umgestürzten Wagen nieder. Auf ein unhörbares Signal hin schlugen die Trommler einen donnernden Trommelwirbel.

»Verdammt«, rief der Hauptmann der Freak-Bogenschützen und schritt die Mauer entlang. Allein die erste Reihe der feindlichen Schützen befand sich in Reichweite, und die hatten alle Deckung. Vor Wut schäumend kletterte er auf einen Mauervorsprung und senkte die Hand. »Jetzt!«

Das Sirren der Bogensehnen und das Surren der Pfeile übertönte das Donnern der Trommeln L'Morais. Der Hauptmann drehte sich auf seinem Mauervorsprung herum. Er beobachtete mit ängstlicher Zufriedenheit, wie die Pfeile und Armbrustbolzen schwarzen Meteoren gleich durch den Nachthimmel schossen und einem summenden Regen gleich auf das Herz des Belagerungsheeres niedergingen. Die meisten Schüsse lagen zu kurz und prasselten auf die Pflastersteine nieder oder bohrten sich mit dumpfen Lauten in die festgetretene Erde. Aber einige schafften es bis in die Ränge der Soldaten. Männer schrien auf.

Der Hauptmann wirbelte triumphierend herum. »Nachladen!« rief er und sah freudestrahlend zu, wie die unerfahrenen Armbrustschützen ihre Kurbeln ansetzten, um nachzuspannen, und die zerlumpten Bogenschützen den nächsten Pfeil auf die Sehne legten. Sie erhoben sich zur zweiten Salve. Seine Bogenschützen hatten über L'Morais Eliteschützen die Oberhand gewonnen. Aber sein Lächeln schwand, als er seinen Schatten entdeckte, der sich lang und schwach über die Zuschauerränge erstreckte.

Er wandte sich erneut um und sah Brandpfeile in dichten Wolken vom Boden aufsteigen; sie erhoben sich wie tausend flammende Falken, die sich auf ihre Beute stürzten. Der Anblick war wunderschön und schrecklich zugleich. Dem Hauptmann blieb keine Zeit, sich zu bewegen oder gar einen Schrei auszustoßen. Er vernahm noch das Zischen gelöschten Feuers, als sich ein Brandpfeil in seinen Hals bohrte. Aus dem Gleichgewicht gebracht, taumelte er zurück, stürzte ohne einen Laut von der Brüstung und landete mit einem Krachen zwischen den Steinbänken.

Die Posten warfen sich wie ein Mann zu Boden, als sie den herannahenden Feuersturm sahen. »Runter mit euch!« rief Marie in die Arena, als sie das Surren der Pfeile hörte. »Alles in Deckung!« Dann warf auch sie sich zu Boden.

Die Pfeile regneten wie ein flammendes Inferno in die Tiefe, prallten klirrend vom Kalkstein ab oder bohrten sich erbebend in Holz. Ihr Feuer breitete sich sofort aus. Die wenigen Freaks, die aufsprangen, um die Flammen zu löschen, kamen in den Pfeilregen. Schmerzens- und Angstschreie vermischten sich mit dem Lärm des aus dem Himmel niedergehenden Feuers.

Und plötzlich war da eine leise, bedrohliche Stimme zu hören. Obwohl sie gedämpft klang, verbreitete sie sich durch die brennende Arena. Die Worte hallten in den schmalen Ekken und engen Verschlägen wider. Es waren die Worte des Puppenspielers.

»Liefert uns Marie aus, und wir lassen euch am Leben...«

14

Auch nach der drohenden Ankündigung regnete weiterhin Feuer vom Himmel. Marie duckte sich hinter die Mauer. Die Brandpfeile schossen mit einem höllischen Surren über ihr durch die Luft, rasten in die Tiefe und bohrten sich in den Sand – und in die Freaks. Aus der Mitte der Arena ertönten die Schreie der Leute, die von brennenden Pfeilen getroffen worden waren; ihre qualvollen Schreie waren ohrenbetäubend.

»In den Stall! Schnell!« rief jemand schrill.

Marie schloß die Augen und nickte. »Ja, geht in den Stall.«

An ihrer Seite kauerte noch immer der junge Soldat, der ihr das Heer beschrieben hatte. Er sah seiner Generalin ins Gesicht. Ihre blinden Augen waren weit aufgerissen, aber ihre Lippen verrieten unerschütterliche Entschlossenheit. Der junge Mann wischte sich den Schweiß von der Stirn und sah an Marie vorbei zum toten Hauptmann der Bogenschützen. Er lag zwischen den Steinbänken, aus seinem Rücken ragten drei Pfeile. Sein Gesicht war von den Flammen geschwärzt.

Unfähig, diesen Anblick noch länger zu ertragen, sah der Soldat in die Arena. Der Boden war mit brennenden Leichen übersät. Ein Dutzend Freaks war bereits bei der ersten Salve auf ihren Pritschen gestorben. Von denen, die übriggeblieben waren, liefen einige noch immer zwischen den brennenden Trümmern umher. Doch die meisten drängten sich am Stalleingang und versuchten vergeblich, ins Innere zu flüchten.

Plötzlich kam Bewegung in die Menge, alles wich auseinander. Durch die entstandene Lücke galoppierte ein Schecke mit vor Furcht weit aufgerissenen Augen. Ein weiteres Pferd stürmte hinter ihm her, gefolgt von einem dritten. Das schwere Trommeln ihrer Hufe gesellte sich zu der Todesmelodie der roten Blitze, die vom Himmel niederzuckten. Ein schwarzer Hengst, ein graues Pony, ein brauner Wallach, eine weiße Stute.

Die Artisten bahnten sich an den in Panik geratenen Tieren vorbei den Weg in den engen Stall.

Die Pferde stürmten in die zerstörte Arena und kamen in den Flammenregen. Eine Salve Pfeile folgte der anderen, so dicht, daß man den gegenüberliegenden Arenenrand nicht mehr erkennen konnte. Die Pferde galoppierten sinnlos im Kreis und suchten verzweifelt nach einem Fluchtweg aus diesem Inferno. Ihr Wiehern hörte sich an wie Schreie, wurde von den Steinwänden hundertfach zurückgeworfen und vom trommelnden Stampfen jagender Hufe begleitet.

Die von panischer Angst erfüllten Pferde wurden von Pfeilen getroffen, die sich in Haut und Knochen bohrten. Die nur von ihren Instinkten getriebenen Tiere liefen daraufhin noch schneller, und ihr Getrampel riß den Untergrund auf. Einigen brannte das Fell, und der Gestank von flammenverzehrten Haaren wehte in weißen Rauchwolken hinter ihnen her.

Ein schwarzer Hengst stieg auf die Hinterbeine, seine blutenden Augen waren auf die glatte, weiße Innenmauer gerichtet. Seiner schaumbedeckten Schnauze entrang sich ein schrilles Wiehern, dann stürmte er die Steintreppe zwischen den Zuschauerrängen hinauf. Die Hufe schlugen auf dem Felsgestein Funken. Die völlig verstörten Pferde schlossen sich ihm an.

Marie wirbelte herum; das Dröhnen der zahllosen Hufe

klang wie Donner, der die Luft zerriß. Sie warf sich auf den Bauch und zog den jungen Soldaten einfach mit. Er kam auf schmerzhafte Weise auf seine Armbrust zu liegen und sah ängstlich in die Höhe.

Der schwarze Hengst, dessen geschmeidiges Fell mit Brandpfeilen gespickt war, kam genau auf ihn zu. Dann hob er die ebenholzfarbenen Vorderbeine und schwebte einen Augenblick durch die Luft. Die Hinterhufe passierten die Mauerbrüstung und trugen das Tier in den dahinterliegenden, flammenerfüllten Himmel. Ein letzter Pfeil bohrte sich mit einem dumpfen Laut in seine Flanke. Und dann war es in der Tiefe verschwunden.

Die von panischer Angst angetriebenen Pferde, die sich ihm angeschlossen hatten, sprangen ebenfalls ins Nichts. Eine der Kreaturen stieß noch ein schrilles Wiehern aus, bevor ihr Aufprall auf dem Boden die Arena auf schreckliche Weise erbeben ließ.

Maries zierliche Hand verkrallte sich in der Schulter des Soldaten. »Laß sie springen«, flüsterte sie, mehr zu sich selbst als an ihn gerichtet. Ihre einst so hübsche Stimme war nun ganz tief und vor Müdigkeit ganz brüchig. »Laß sie springen. Sie glauben, sie würden so die Freiheit finden.«

Die ganze Nacht über regnete es immer wieder Salven brennender Pfeile, die in tödlichen Feuerstürmen in die Tiefe fielen; sie verbrannten jedes freistehende Stück Holz zu Asche, sei es ein Verschlag, ein Tisch oder ein Eimer. Marie befahl dem Großteil der Artisten, die Nacht im Schutz des Stalles zu verbringen. Nur sie und ein paar tapfere Getreue harrten oben aus und schossen blindlings Pfeile und Armbrustbolzen in die Nacht, in der Hoffnung, auf diese Weise das Heer der Belagerer in Schach zu halten.

Am nördlichen Rand der Arena saß ein Harlekin, dem die erste Stunde des Angriffs den Verstand geraubt hatte, rücklings auf der Mauer und schoß seine Pfeile mit einem fiebrigen, unerschrockenen Gehabe ab. Seine Freunde jubelten ihm fast eine Stunde lang zu, bevor ihn ein Brandpfeil ins Ohr traf. Er zuckte kurz auf eine fast komische Weise und stürzte dann auf den Steinboden. Die Nacht hatte vielen anderen Freaks den Tod gebracht, aber das traurige Ende dieser trotzigen Seele deckte einen schwarzen Mantel der Verzweiflung über die verbliebenen Verteidiger.

Der Horizont hatte sich im Osten blauschwarz verfärbt: noch vier Stunden bis Sonnenaufgang. Der Soldat an Maries Seite wagte einen schnellen Blick auf den Rummelplatz. »Sieht so aus, als hätten wir so viele von ihnen erledigt, wie sie von uns getötet haben.«

»Sie sind in der Überzahl«, sagte Marie tonlos, legte einen neuen Bolzen in die Armbrust und fing an, die Sehne zurückzukurbeln.

»Ich bin froh, daß wir den Stall haben«, bemerkte der junge Mann. Es war ein müder, von der Hoffnung getriebener Versuch, daß sie ihn bald nach unten schicken würde. »Sonst hätten wir noch viel mehr Leute verloren.«

Sie reichte ihm die geladene Armbrust. »Wir haben genug Verluste.«

Vor Einbruch der Morgendämmerung ging noch ein Feuerhagel auf sie herab. Dann ließ die Wut des Angriffs nach, und nur noch gelegentlich kamen vereinzelte Pfeile geflogen. Von den Ausfällen der ersten Minuten abgesehen, die sich auf fast fünfzig Tote beliefen, hatte Marie an der Mauer nur fünf Mann verloren, die alle von Leuten aus dem Stall ersetzt wurden. Der hartnäckige Widerstand der Artisten konnte jedoch nicht verhindern, daß das Heer aus L'Morai bis auf dreißig Meter an die Arena vorgedrungen war. Der Belagerungsring war enger geworden.

Die Soldaten aus L'Morai hatten zweifellos die bessere Kampfmoral: Stur hielten sie an jedem Meter Boden fest, den sie erobert hatten, und ertrugen stoisch den Pfeil- und Bolzenhagel, der ständig auf sie niederging. Die Freaks kauerten in der Zwischenzeit wie Vieh in dem Stall.

Marie wischte sich die blut- und dreckverschmierten Hände ab und ging die Stufen hinunter.

»Wo willst du hin?« fragte ihr neuer Gefährte.

»Für dich Ersatz holen«, sagte Marie, »und die anderen versammeln.«

»Ich werde warten.«

Hermos, der sich im Stall aufgehalten hatte, sah auf, als Marie eintrat. Um ihre Augen hatten sich dunkle Ringe gebildet, und sie trug einen zerrissenen einfachen Verband um den rechten Arm, der von einem Brandpfeil getroffen worden war. Ihr schwarzes Haar hing in verfilzten, dicken Strähnen herab. Das selbstgewebte Kleid war voller Blut.

Als die erschöpfte Generalin eintrat, verstummten das Gemurmel und die Klagen, die die ganze Nacht den Stall erfüllt hatten. Alle Augen wandten sich Marie zu, und diejenigen der Freaks, die in den Durchgängen saßen oder standen, wichen zur Seite, um sie durchzulassen.

Als die Leute zur Ruhe kamen, huschte ein warmes, ironisches Lächeln über Maries Züge. »Nun«, stieß sie heiser hervor, »wir haben die Nacht überlebt. Und dank unserer Krieger auf der Mauer haben wir dem Feind vermutlich mehr Verluste beigebracht als er uns.«

Hier und da ertönte Applaus, und selbst diese wenigen Beifallsbekundungen konnte man nur als entmutigt bezeichnen.

»Wie viele Tote haben wir?« fragte ein mürrischer Zwerg. Die Freaks, die ganz vorn standen, konnten sehen, wie die junge Jongleurin ihre Kräfte sammelte, um die Frage zu beantworten.

»Dreiundfünfzig«, erwiderte Marie, »dreiundfünfzig und alle Pferde.«

Eine Woge der Trauer und der Angst ging durch den Stall.

»Aber sie haben fast keine Pfeile mehr – zumindest was die Brandpfeile angeht. Und wir haben noch mehr als genug, dazu kommen noch ihre Pfeile, die vorzeitig erloschen sind. Von jetzt an werden sie gezwungen sein, unter *unserem* Beschuß vorzurücken. Die Nacht mag ihnen gehört haben, aber der Tag ist unser.«

Der Jubel, der diesen Worten folgte, war müde, kam aber von Herzen.

»Wie weit sind sie noch von der Arena entfernt?« fragte eine Frau laut genug, um das Stimmengewirr zu übertönen.

»Sie haben in einer Entfernung von sechzig Metern mit dem Angriff begonnen. Im Schutz der Brandpfeile haben sie diese Entfernung halbiert. Jetzt rücken sie nur noch zentimeterweise vor und gehen von Deckung zu Deckung. Manchmal versuchen sie, einen Wohnwagen vor sich herzuschieben.«

»Wir werden ihnen die verdammten Beine unter dem Hintern wegschießen!« sagte ein Mann im blauen Trikot.

»Genau!« Marie lachte – zum ersten Mal an diesem Tag. »Sie haben die Arena nicht erreicht, und ich habe auch nicht vor, es soweit kommen zu lassen.«

»Wie stehen unsere Chancen?« fragte ein kleiner Junge mit einer Hasenscharte.

Marie wandte sich dem Kind zu und lächelte matt. »Besser. Unsere Chancen sind größer als letzte Nacht und größer als in der Nacht davor oder in der vorvorigen Nacht. Wenn tapfere Jungen so wie du sich heute morgen in die Arena wagen und jeden Pfeil aufsammeln, den man noch benutzen kann, und tapfere Erwachsene wie die hier Versammelten die Armbrüste und die Kessel bedienen, glaube ich, daß wir gute Chancen haben.«

Plötzlich ertönte das einschüchternde Flüstern des Puppenspielers aus dem Nichts. »Ihr habt erlebt, wie die Pferde verendet sind. Ihr habt erlebt, wie die Langsamen unter euch gestorben sind. Das gleiche wird jedem von euch passieren, es sei denn, ihr übergebt uns Marie. Sobald sie sich in unserer Hand befindet, werden wir euch in Ruhe lassen.«

Marie wurde knallrot. »Dieser Hurensohn«, murmelte sie, wirbelte auf dem Absatz herum und bahnte sich einen Weg durch die Menge der Artisten. Sie stürmte in die sandige Arena und wandte sich nach Nordosten, wo die Heeresgruppe des Puppenspielers Stellung bezogen hatte. Als die Freaks sahen, daß kein Pfeil auf die blinde Jongleurin niederging, drängten sie hinter ihr aus dem Eingang des Stalls. Marie ertastete sich den Weg bis zu den Stufen und eilte die Treppe mit wild schwingenden Armen hinauf. Oben angelangt, ging sie zu der Wache, die dort postiert war, riß ihr das Horn aus dem Gürtel und ging mit dem Rücken zur Mauer in die Hocke. Dann legte sie das Horn über die Brüstung und brüllte: »Du dummer Hurensohn! Nur ein Narr wie du greift eine aus Stein errichtete Arena mit Feuer an! Besonders dann, wenn das Zeltdach dieser Arena bereits abgebrannt ist!«

Die unten stehenden Freaks, die im hellen Licht der Morgensonne blinzeln mußten, lachten unsicher und ängstlich. Einige gaben sogar eigene, trotzige Drohungen von sich.

»Nun stehst du schon eine ganze Nacht und einen Morgen

da, aber ich habe dich noch immer nicht an unsere Tür klopfen hören!«

Als die um die Arena versammelten Belagerer wütendes Geschrei von sich gaben, bedeutete Marie den Freaks, die Treppen hinaufzueilen und die leeren Armbruste zu besetzen. Die zerlumpte Menge stürmte die steinernen Stufen hinauf.

»Ihr habt die ganze Nacht mit Pfeilen geschossen und nur ein paar Mann getötet. Aber seht, wie viele von euren eigenen Leuten tot sind!« schrie Marie. Sie lächelte, als das Quietschen und Knacken sich spannender Armbruste die Luft erfüllte. »Wenn ihr vielleicht die Köpfe lange genug heben würdet, um richtig zu zielen, würdet ihr möglicherweise sogar etwas treffen.«

Und genau in diesem Augenblick gab sie den Schützen das Zeichen, das Feuer zu eröffnen. Das Surren sich entladender Armbruste ertönte, gefolgt von erstickten Schreien.

»Ihr habt die Wahl«, rief Marie, während die Schützen sich duckten, um nachzuladen. »Kehrt in eure Käseläden zurück, oder ihr werdet alle in Gräbern landen.«

Als Antwort kam eine Wolke Pfeile über die Mauer.

Als Marie am Abend dieses Tages durch den Sand der Arena schritt, lagen die Toten in Dreierreihen vor der Innenwand.

Bumm... Bumm... Bumm...

Der Rammbock des Puppenspielers hatte den Haupteingang erreicht. Freaks warfen Steine auf die Soldaten, die ihn bedienten, schütteten kochendes Wasser auf sie herab und spickten sie mit Pfeilen. Und für jeden, der fiel, kam ein neuer herbeigeeilt, der seinen Posten übernahm.

Bumm... Bumm... Bumm...

Der Laut war unbarmherzig, furchtlos, als hätte die Arena

ein riesiges, pochendes Herz. Jedem Aufprall des Rammbocks folgte ein Steinregen, den die Freaks von dem Bollwerk in die Tiefe warfen.

Bumm ... Bumm ... Bumm ...

Genauso unbarmherzig waren die geflüsterten Forderungen des Puppenspielers, Marie auszuliefern. Nach dem zehnten dieser Angebote hatte Marie sich wieder zum Stall begeben. Hier stank es nach Pferdemist, Urin, Schweiß und Blut. Die überlebenden Schafe streiften aufgescheucht und unruhig umher, und die Leute lehnten oder saßen an den Wänden. Marie drängte sich an den Verwundeten und Schwachen vorbei und tastete sich an den groben Planken entlang, aus denen die einzelnen Boxen gezimmert waren.

»Wo ist Oreaux das Orakel?« fragte sie einen der Männer, die sich hierher zurückgezogen hatten.

Der alte Mann räusperte sich und spuckte aus. »Er ist am Ende der Reihe«, murmelte er, »zusammen mit seiner letzten überlebenden Frau.«

Marie nickte bestürzt und drückte dankbar die Hand des Alten. Dann eilte sie weiter. Die geknurrten Klagen der Invaliden und Verwundeten verstummten, als Marie an ihnen vorbeiging. Sie hatte sich daran gewöhnt. Wenn die Zukunft voller Hoffnungen schien, war sie die Anführerin der Ausgestoßenen und ihre Erlöserin, doch wenn die Zeiten bedrohlich aussahen, ihre Unterdrückerin.

Schließlich erreichte sie die Box, in der das Orakel saß. Das war leicht an dem Seidenschleier zu erkennen, der über den Eingang drapiert war. Als sie den Schleier zögernd anhob, bimmelten die kleinen Glöckchen, die mit seinem Saum vernäht waren.

»Zurück! Verschwinde!« rief eine Frau schneidend. »Mach, daß du wegkommst!«

»Das geht nicht«, erwiderte Marie trocken und trat ein. »Deine blinde Anführerin benötigt die Fertigkeiten deines Mannes.«

»Oh, entschuldigt, edle Führerin«, sagte die Frau mit ihrer melodischen, exotischen Stimme. Es war Satina. Sie kam Marie entgegen und fiel auf dem stroh- und pferdemistbedeckten Boden auf die Knie. »Ich habe Euch für ein Lamm gehalten, das durch den Vorhang kommt.«

»Das hat der Puppenspieler auch«, erwiderte Marie mit einem Hauch von Spott in der Stimme. »Im übrigen möchte ich nicht, daß du mich so ansprichst. Ich bin eine von euch.«

Satina blieb dennoch auf dem Boden hocken und deutete auf Oreaux. Das Orakel saß noch immer auf dem Thron, auf dem Marie, Morcastle und Hermos es bei ihrer ersten Begegnung angetroffen hatten. Hände und Füße waren in den Kästen eingeschlossen, der Kopf steckte in dem hölzernen Helm. Der ovale Schlitz an der Helmvorderseite verriet, daß Oreauxs dunkelhäutiges Gesicht in den letzten Tagen noch eingefallener geworden war. Auch seine Augen sahen müde aus: sie waren in ständiger Bewegung, als würden sie den unsteten Flug einer Fliege verfolgen.

»Marie, ich kann nicht für Euch kämpfen«, sagte Satina zerknirscht. »Ich bin die letzte Frau, die er noch hat. Sollte ich sterben...«

»Ich brauche einen Seher, keinen Soldaten.« Marie ging an der Frau vorbei. Sie trat vor Oreauxs Stuhl, ließ sich auf ein Knie hinunter und ging mit dem Gesicht ganz nah an den verrückten Propheten heran. »Ich muß etwas in Erfahrung bringen«, sagte sie leise flüsternd.

Satina stand auf und faßte Marie sanft an den Schultern. »Erhebt Euch, meine Generalin. Es ist nicht recht, daß Ihr in diesem Dreck kniet.«

Marie wandte sich der vornehmen Frau zu. Ihre blinden Augen füllten sich mit Tränen. Sie holte tief Luft, und ihr Gesicht versteinerte. »Wenn er ein echtes Orakel ist und kein Betrüger oder Verrückter, würde ich ihm die Füße küssen, um ein Wort von ihm zu hören.« Sie senkte die Stimme wieder, und ihre Hände kamen auf dem Dolch in ihrem Gürtel zu ruhen. »Ich bin mir nicht sicher, was ich jetzt tun soll. Sonst war es immer ganz klar, aber jetzt... Ich habe den Mund aufgemacht, und die Worte waren einfach da. Jetzt herrscht in meinem Kopf nur Stille. Sie fühlt sich an wie... wie der Tod.«

Satina legte ihre schlanke, dunkle Hand auf den gefesselten Arm des Orakels. »Vergebt uns, große Marie, aber Oreaux hat seit Beginn des Krieges keine einzige Prophezeiung mehr geäußert – seit der Nacht des Aufruhrs.«

Maries Miene verdüsterte sich. »Dann ist er also ein Scharlatan? Willst du das damit sagen?«

»Nein«, erwiderte Satina heftig, von plötzlicher Wut ergriffen. »Euer Krieg hat Dunkelheit über seinen Geist und seine Prophezeiungen gebracht.«

Marie rückte näher heran und packte das knochige Knie des Mannes mit solcher Kraft, daß sich ihre Knöchel weiß verfärbten. »Befiehl ihm, durch die Dunkelheit zu gehen, herauszufinden, was dahinter liegt! Ich muß wissen, was ich tun soll!«

Bevor Satina die verkrampfte Hand der Jongleurin von Oreauxs Knie lösen konnte, wurde das Orakel plötzlich von Krämpfen geschüttelt. Sein Rücken bog sich durch, die Schultern stießen gegen die Lehne. Sein Kopf stieß gegen den Helm, das Gesicht verzerrte sich vor Schmerzen. Er begann, Worte zu krächzen – gurgelnde, unsinnige Sätze.

»Er kann nicht durch die Dunkelheit sehen«, sagte Satina mit kalter Endgültigkeit.

Marie runzelte nicht begreifend die Stirn. »Warum nicht?«
»Weil die Dunkelheit der Tod ist«, erwiderte Satina ernst. »Sie hat sich herabgesenkt, als der Aufruhr begann, und ist bis zu diesem Augenblick nicht gewichen.«
»Der Tod?« fragte Marie; ihr schmutziges und blutverschmiertes Gesicht wurde bleich. »Wessen Tod? Seiner?«
Wieder verkrampfte sich Oreaux, und der von seinen Lippen sprühende Speichel traf Marie mitten im Gesicht. Sie zuckte zusammen und wischte ihn ab. Die Füße des Propheten traten wild gegen die Kästen, und der Thron fing an zu wackeln. Satina, die der unverständlichen Raserei ihres Mannes lauschte, rückte den kippenden Stuhl wieder gerade. Schließlich ließen die Krämpfe nach, und in der Box kehrte Ruhe ein.
»Das Orakel spricht von seinem, deinem und meinem Tod und vom Tod all jener, die sich hier versammelt haben. Als der Aufruhr begann, hat sich der schwarze Vorhang herabgesenkt, um den ganzen Rummelplatz zu bedecken. Der Vorhang hüllt uns alle ein, die wir in der Arena sind.«
Marie schüttelte aller Hoffnungen beraubt den Kopf. Die Schreie der vergangenen Nacht und des Tages hallten durch ihr Bewußtsein. Sie dachte an Morcastle, der wegen dieser Fehde gestorben war. Und sie dachte an Hermos, den freundlichen, schweigsamen Riesenmenschen. Er glaubte so fest an seine Götter; Märchen, die durch die Folterungen des Puppenspielers zu etwas Heiligem verzerrt worden waren. Hermos glaubte auch an Marie, und nun erwies sie sich als eine genauso falsche Freundin wie Prin-zah. Ja, auch der Riesenmensch würde sterben, noch bevor die Nacht vorüber war.
»Gibt es für uns keinen Ausweg mehr?«
Das Orakel stieß laut eine einzelne Silbe hervor; sein heißer

Atem wogte gegen die stinkende, abgestandene Luft der Box an.

Satina schüttelte traurig den Kopf, ihre Blicke bohrten sich in die blinde Generalin. »Nein. Es gibt kein Entkommen.«

Marie hatte die Hände gefaltet, und nun fing sie nervös an, sie zu kneten. »Das war es dann also«, bemerkte sie. »Das war's. Ich kann nichts mehr tun, um uns zu retten.« Sie rieb sich die Hände am Kleid ab und stand auf. Ihr Herz hämmerte wild in ihrer Brust, und ihr Gesicht hatte sich gerötet. »Was soll ich jetzt machen? Den Tod aller beschleunigen? Ihn länger herauszögern?«

Wieder hallte die Flüsterstimme des Puppenspielers durch die reglose Luft. »Liefert mir eure Anführerin aus, ihr alle. Rettet euch. Wir wollen allein sie. Sie ist es gewesen, die diesen Krieg entfesselt hat; sie ist es gewesen, die euch alle aus Eigennutz in die Schlacht getrieben hat; sie sollte es sein, die auch dafür bezahlt.«

Marie lauschte den Worten. Ihr Gesicht hatte sämtliche Farbe verloren, verriet aber ansonsten keinerlei Gefühlsregungen, als würden ihr die Konsequenzen, die das Angebot des Puppenspielers hatte, überhaupt nicht zu Bewußtsein kommen. Dann sagte sie leise und mit wohldurchdachten Worten: »Frag das Orakel, ob das Angebot des Puppenspielers ehrlich gemeint ist. Können die Freaks wirklich gerettet werden, wenn ich mich ergebe?«

Satina musterte die Blinde. In ihrem Gesicht leuchtete eine ungeschliffene Erhabenheit und Würde, an denen auch die Prellungen und Schnitte, der Dreck, das Blut und die blinden Augen nichts ändern konnten. »Ich kann dem Orakel diese Frage nicht stellen.«

»Frag«, drängte Marie.

Satina blinzelte erstaunt, dann kniete sie neben dem Orakel nieder und flüsterte ihm leise etwas ins Ohr. Es trat Stille ein, die nur von dem rhythmischen Ansturm des Rammbocks gebrochen wurde. Dann setzte abrupt das makabere Zittern des Sehers wieder ein. Ein Schrei löste sich von seinen Lippen und hallte durch den überfüllten Stall. Marie wartete ab, die Hand in den mitgenommenen Ausschnitt ihres Kleides verkrallt.

Schließlich kam das Orakel zur Ruhe. Satina verbeugte sich ehrerbietig vor Marie. »Wenn Ihr Euch ergebt, um uns zu retten, wird sich der schwarze Vorhang, der Euch einhüllt, nicht heben. Das sagt Oreaux.«

Marie schluckte. »Was ist mit den anderen? Werden sie in Sicherheit sein?«

Satina preßte die Lippen aufeinander. »Er sagt, daß er den schwarzen Vorhang um *Euch* sieht.«

Am Stalleingang ertönte der wilde Ruf eines Mannes. »Wo ist Marie? Wo ist sie?«

»Ich bin hier«, rief Marie mit leicht zitternder Stimme zurück.

»Komm schnell. Wir brauchen dich sofort oben an der Mauer.«

Maries Miene versteinerte. Sie streckte ihre zierliche Hand aus, um den Vorhang am Eingang der Box zur Seite zu schieben, und noch bevor die Glöckchen bimmelten, wurde sie wieder zur Generalin der Freaks.

Bumm... Bumm... Bumm...

Hermos blickte in die Nacht und sah an dem Rammbock und den um ihn herumschwärmenden Soldaten vorbei. Sein Blick kam auf der vom Wind gebeutelten Heide zu ruhen. »Ich sehe sie nicht.«

Der dicke Mann, der sich neben ihm duckte, zeigte auf das

dahinterliegende, finstere Moorland. Dann griff er in eine schmutzige Tasche seines Gewandes, holte ein Stück stinkendes Kraut hervor und schob es sich in den Mund. »Sie sind da draußen. Ein weiteres Heer.« Er unterstrich die Behauptung, indem er in die brackige Pfütze neben seinem Fuß spuckte.

Hermos ignorierte ihn und kniff die Augen zusammen, um besser sehen zu können. Dann sah er sie auch, schwarze Gestalten, die sich über die schwarze Heide bewegten. In jeder anderen Nacht hätte er angenommen, die auf- und abwogenden Köpfe seien die vom Wind bewegten Spitzen des Heidegrases. Die Soldaten breiteten sich von der Straße im Westen bis zum Wald im Osten aus, ein schwarzes Heer, doppelt so groß wie die Streitkräfte L'Morais. Die erste Reihe stapfte mühsam von der schattenübersäten Heide, überstieg die Brombeerhecke und verteilte sich zwischen den Trümmern des Rummelplatzes. Mondlicht enthüllte eine zweite Reihe, dann eine dritte, eine vierte... »Großer Prin-zah!«

»Was ist geschehen?« rief Marie beunruhigt und trat an Hermos' Seite.

Der Riesenmensch lächelte, als er auf sie heruntersah, dann wandte er seine Aufmerksamkeit wieder der Heide zu. »Noch ein Heer.«

Marie lehnte sich müde mit dem Rücken gegen die Mauer. »Wo kommen die denn her? Das kann doch nicht noch ein Heer aus L'Morai sein?«

»Das kann man noch nicht sagen«, erwiderte Hermos gelassen und murmelte ein Gebet.

Der Dicke spuckte wieder einen braunen Krautbatzen aus. »Sie werfen die Wohnwagen um«, sagte er und zeigte mit einem Pfeil in die Richtung, »und da bahnen sie sich ihren Weg durch die Buden.«

Hermos nickte und beobachtete, wie ein dunkler Soldatenschwarm auf einen Bretterverschlag stieß und ihn mit seinem Gewicht einfach niederwalzte. Er sah Marie an.

Als hätte sie seinen Blick gespürt, sagte sie: »Wo können die nur herkommen? Sie haben bereits jeden Mann und jeden Jungen der Stadt hier draußen.«

Der Dicke trat näher an die Brüstung heran und blickte mißtrauisch darüber hinweg. »Keine Ahnung.« Seine mahlenden Kiefer arbeiteten sich durch zwei oder drei weitere Bissen des widerwärtigen Krautes, bevor er weitersprach. »Wo auch immer die herkommen, die Männer aus L'Morai ziehen sich von der Arena zurück. Das kann doch nicht schlecht für uns sein.«

»Doch, das kann es«, bemerkte Hermos lakonisch.

In diesem Augenblick traten die Soldaten des eintreffenden Heeres in den Lichtschein der Belagerungsfeuer. Dem Dicken klappte der Mund auf, das Kraut fiel zu Boden. Das neue Heer bestand aus Skeletten, an dessen Knochen verfaultes Fleisch und Erdklumpen klebten. Sie waren mit Fetzen bekleidet, lehmverschmiert oder aufgedunsen. Ein von der Heide kommender Luftzug trug ihren Gestank in die Arena.

Marie hielt sich die Nase zu und schreckte zurück. »Sie haben die Toten erweckt. Der Puppenspieler hält noch immer ihre Fäden in der Hand. Sie haben die Toten des Rummelplatzes von L'Morai zum Leben erweckt.«

Das aus Menschen bestehende Heer trat den Rückzug an und machte Platz für die herannahende Flut der Toten. Sie marschierten geradeaus, das wenige, was von ihrem Fleisch noch übrig war, baumelte in Fetzen von ihren Knochen herunter. Ein geisterhaftes Wimmern stieg in die Höhe. Als die Toten näher kamen, verzerrten sich ihre glühenden Gesichter zu hämisch grinsenden Masken, und ihr Lachen klang höllisch und hohl.

Hermos zog Marie an seine Brust, mehr der eigenen Furcht wegen, als um ihr Mut zu spenden. Er spähte über den Mauerrand. Unter den herantaumelnden, stöhnenden Freaks entdeckte er eine grünliche Gestalt, die sich von der Masse absetzte. Ihr fehlte der Kopf. Als sie ins Licht stolperte, konnte Hermos sehen, wie eine zitternde Hand den Kopf bei den Haaren hielt, während die andere Hand den schwarzen, gewachsten Schnurrbart des Mannes zurechtstrich.

Hermos stöhnte gleichermaßen traurig und entsetzt.

»Was ist?« Marie kämpfte gegen den Griff des Riesenmenschen an.

»Morcastle«, erwiderte Hermos. »Er ist unter ihnen.«

Marie setzte sich weiter gegen ihn zur Wehr. »Laß los! Ich muß dem ein Ende machen!«

»Wie denn?« brüllte er und packte noch fester zu.

»Laß mich los!« Sie stieß ihm den Ellbogen in die Seite. Der Riesenmensch ließ sie mit einem Schmerzensschrei los. Marie stellte sich aufrecht hin und tastete sich den Mauerrand entlang. Hermos kam ebenfalls auf die Füße und hastete furchtsam gebückt hinter ihr her.

»Bleib in Deckung!« brüllte er.

Marie hörte nicht auf ihn. Ihre Hand flog die schuttübersäte Mauer entlang, bis sie die rußgeschwärzten Überreste der Flaschenzugplattform erreicht hatte. Sie bückte sich und fand ein Seil, das zusammengelegt vor ihren Füßen lag, das eine Ende an einer Steinbank befestigt. Sie warf das freie Ende in die Tiefe und schwang sich auf die Mauer.

»Halt!« rief der Riesenmensch; zum ersten Mal war er richtig wütend. »Sie werden dich töten!«

Marie nahm das Seil fest in ihre zerschundenen Hände,

murmelte »Leb wohl« und rollte sich vom Mauerrand. Das Seil fräste eine brennende Spur in ihren Unterarm und die Handflächen, aber sie nahm den Schmerz nicht wahr. Sie spürte weder den harten Aufprall auf dem sandigen Boden vor der Arena noch die brutalen Hände, die sie an den Oberarmen ergriffen. In ihrem Kopf war nur noch Platz für das traurige Wimmern und die Gebete des Riesenmenschen.

Die Wache vergrub ihre kräftigen Finger in Maries Haar und riß ihr den Kopf in den Nacken, damit sie gezwungen war, dem Puppenspieler ins Gesicht zu sehen.

»Als ob ich ihn sehen könnte«, krächzte sie sardonisch; ihre angespannten Halsmuskeln scheuerten an dem kalten Eisenreifen, der sie fesselte.

»Ruhe!« grollte ein anderer Soldat und riß an der Kette ihrer Fußfessel. Marie stieß als Erwiderung die Schuhspitze in den Boden, Sand spritzte in die Höhe und traf den Mann mitten ins Gesicht. Der Krieger knirschte mit den Zähnen und streckte den Arm aus, um erneut brutal an der Kette zu reißen, aber ein trockenes, krächzendes Lachen hielt ihn davon ab.

Der Puppenspieler.

Maudit Sienne, Herrscher des Rummelplatzes von L'Morai, löste sich aus dem Ring schmutziger und erschöpfter Soldaten und trat langsam auf die Gefangene zu. Der wirbelnde Saum seines Gewandes schuf die Illusion, daß er über den Boden schwebte. Der Gestank von verbranntem und verfaulendem Fleisch eilte ihm voraus wie eine Woge, die über Marie zusammenschlug. Sie drehte angewidert den Kopf zur Seite. Das trockene Gekicher des Puppenspielers endete in langen, keuchenden Atemzügen.

»Endlich«, seufzte er freudig. »Marie die blinde Jongleurin ... Marie die blinde Generalin. Deinem Volk dürfte es nun bessergehen, jetzt, wo du es nicht mehr führst.«

»Ruf deine Soldaten zurück«, verlangte Marie mit so viel Nachdruck, daß ihre ohnehin schon heisere Stimme brüchig wurde. »Ich bin ja jetzt in deiner Gewalt.«

»Sie *werden* gerade zurückbefohlen«, sagte Sienne leicht beleidigt. »Die Soldaten haben sich von der Arena zurückgezogen, und deine toten ... Freunde sind dort zusammengebrochen, wo sie standen. Sie sind wieder tot.«

Marie schüttelte den Kopf. »Aber du bist noch immer am Leben.«

Der Puppenspieler seufzte. »Meine liebe Marie, du wirst noch herausfinden, daß ich eher dein Freund als dein Feind bin.«

»Du ermordest Freaks, du führst lebende *und* tote Soldaten ins Feld, um mein Volk auszulöschen, du zerrst mich hierher, damit ich vor ihren Augen hingerichtet werde ... Verzeih mir, wenn ich dir nicht so ganz traue.«

»Es war mein Volk, bevor es deines wurde«, sagte der Puppenspieler. »Und keine Sorge, du wirst nicht vor den Toren der Arena hingerichtet. Zuerst muß es einen Prozeß geben, wie du eigentlich wissen solltest.«

Der Puppenspieler beugte sich plötzlich ruckartig vor; nur noch Zentimeter trennten ihn von Marie. Er nahm ihr Gesicht in seine schuppigen, verbrannten Hände und beugte sich zu ihr herunter. Sie versuchte, sich aus seinem Griff zu befreien, aber seine Finger hielten sie so fest wie Stahl. Dann preßten sich seine aufgedunsenen, blasenübersäten, von einer Hasenscharte entstellten Lippen auf ihren Mund. Einen schrecklichen Augenblick lang verbissen sich seine Zähne in ihre Unterlippe. Dann ließ er abrupt wieder von ihr ab.

Marie spuckte ihm Blut ins Gesicht. Er verharrte kurz,

dann trat er noch weiter zurück. Sein trockenes Lachen ertönte.

»Viel Glück im Ratsgemach«, wünschte der Puppenspieler mit leiser, krächzender Stimme.

»Du kannst nicht gewinnen«, murmelte Marie durch ihre zusammengebissenen Zähne. »Du kannst mich töten, aber du kannst nicht gewinnen.«

Die Soldaten rissen an ihren Ketten und stießen sie mit ihren Schwertspitzen vorwärts. »Geh schon! Die Straße entlang!«

Marie nahm die Stöße nicht wahr, denn sie konzentrierte sich auf die gemurmelten Befehle, die der Puppenspieler einem anderen Soldaten gab.

»Bis auf zweihundert Mann werden alle Soldaten abgezogen. Sie sollen entlang der Grenzlinie des Rummelplatzes ihre Lager aufschlagen. Sollte einer der Freaks die Arena verlassen, geht ihr rein und bringt sie zur Strecke.«

Marie wirbelte in ihren Ketten herum und schrie: »Du hast gesagt, du würdest sie freigeben!«

Die Stimme des Puppenspielers donnerte sie an: »Ich habe gesagt, ich würde sie am Leben lassen.«

Die Straße nach L'Morai war lang und steinig, viel beschwerlicher, als Marie es von ihrer Fahrt in der Kutsche vor einer Woche in Erinnerung hatte. Eine Woche. Sie konnte es selbst kaum fassen. Es war unglaublich, daß die Apokalypse innerhalb von nur einer Woche über einen hereinbrechen konnte.

Maries Halskette war mit dem Hinterteil des Rammbocks verbunden, und bei jedem Ruck, den das Belagerungsgerät machte, wurde ihr Kragen nach vorn gerissen. Zweimal war sie bereits hingefallen. Beide Male hatte der abmontierte

Rammbockkopf, dessen Züge eine verblüffende Ähnlichkeit mit Marie hatten, ungerührt dabei zugesehen. Als Marie dann wieder stolperte, legte sie ihren Kopf auf das massive Kinn der Ramme, an der der Ansturm auf die Steinmauer nicht spurlos vorübergegangen war.

Aber diese Erleichterung währte nicht lange. Dafür sorgte der Soldat, der hinter Marie ging. Er zerrte sie an ihren Fesseln nach hinten, so daß die Haut an ihren Handgelenken aufgeschabt und ihre Schultergelenke gezerrt wurden. Die anderen Soldaten machten ihr den Weg auf ihre Weise schwer. Sie stießen und kniffen sie und machten schmutzige Witze darüber, was man mit einer gefesselten Frau so alles anstellen konnte.

Als der Zug in der Stadt eintraf, brach zögernd die Morgendämmerung hinter den dichten, schiefergrauen Wolkenbänken herein. Boten, die dem Heer vorausgelaufen waren, waren bereits in der Nacht in L'Morai eingetroffen und hatten die Bevölkerung geweckt, damit sie ihre siegreichen Streitkräfte begrüßen konnte... und die Gefangene mit Fäkalien und verfaultem Gemüse bewerfen konnte.

Marie hob den Kopf und hielt ihn aufrecht, nicht willens, sich dem faulen Hagel zu beugen, der auf sie niederprasselte. Mit geschlossenen Augen schritt sie ernst durch die Straßen.

»Freak«, riefen sie. »Generalin der Freaks!«

Nachdem sie jede größere Straße passiert hatte, nahm die Parade – die durch die Reihen stolzer Bürger an Länge gewonnen hatte – den Weg zum Rathaus hinauf. Ironischerweise spendete das Gerede über das Rathaus Marie Trost: die kalte, spartanisch eingerichtete Zelle, die Ruhe, die Stille, die Gelegenheit, sich den Dreck vom Gesicht und von den Armen waschen zu können.

Aber das mußte noch warten. Der Puppenspieler verlangte, daß der Prozeß auf der Stelle beginnen sollte, zweifellos, weil die Menge der Bürger immer haßerfüllter wurde. Er stieß die Tore zum Rathaus weit auf und drängte alle hinein. »Tretet ein! Tretet nur ein, Freunde von L'Morai. Kommt und verfolgt den Prozeß der Frau, die eure besten Söhne und edelsten Brüder auf dem Gewissen hat. Die Hexe des Rummelplatzes ist angeklagt!«

15

Zwei Wächter zwangen Maries rechten Unterarm in die ausgehöhlte Armlehne des Gefangenenstuhls. Sie biß die Zähne zusammen und zerrte und widersetzte sich. Fast wäre es ihr gelungen, dem Griff zu entschlüpfen. Der Hauptmann der Wache, ein muskulöser Soldat mit Stummelfingern und stinkendem Atem, zwängte den Arm grollend in die Lehne und schnallte ihn mit Lederbändern fest. Dann schob er die Holzplanke in die Schienen der Armlehne und ließ die Klammern einrasten. Maries Hand und Unterarm waren nun unzertrennbar mit dem Stuhl verbunden. Dann nahmen die Wachen ihr die Ketten vom linken Arm und zwängten auch ihn an Ort und Stelle.

Der Hauptmann schnaubte zufrieden und trat von dem schwarzen Stuhl zurück. Er musterte die Menge, die in das

Ratsgemach strömte, dann begab er sich zu der dunklen Wand, in der sich die Nischen der Ratsherren befanden. Als er sich dem Sitz des Puppenspielers näherte – der sich nun in der mittleren Nische befand, dem Sitz der Macht –, hätte ihn der Gestank von verfaultem Fleisch und Verwesung beinahe umgeworfen.

Er verlangsamte seine Schritte und sagte: »Die Angeklagte ist auf dem Gefangenenstuhl festgeschnallt.«

»Gut«, kam es als kaum verständliche, geflüsterte Erwiderung. »Wir können nicht riskieren, daß sich eine Verrückte in einem überfüllten Gemach voller Bürger losreißt.«

»Das Gemach dürfte gleich bis auf den letzten Platz besetzt sein«, sagte der Wärter, verbeugte sich, wie es das Protokoll befahl, und wartete darauf, entlassen zu werden.

Der Puppenspieler ließ eine Weile auf den Befehl warten. Die bogenförmige Nische, die sich über ihm erhob, verstärkte das Rasseln seines Atems. »Dir mißfällt mein Geruch, nicht wahr, Hauptmann Castel?« fragte er schließlich.

Der kräftige Soldat sah zu der finsteren, ausdruckslosen Gestalt hoch, die in der Nische saß. Seine schwarzen Augenbrauen sträubten sich, und er holte tief Luft. »Ich kann nichts riechen, Sire.«

»Du bist von deinen Pflichten entbunden, Hauptmann«, sagte der Puppenspieler plötzlich. »Ich kann keinen Hauptmann gebrauchen, der mich anlügt.«

Der Soldat wirbelte mit zusammengekniffenen Augen auf dem Absatz herum und ging.

Der Puppenspieler stand auf. Das Ratsgemach quoll vor Bürgern über; die anderen Ratsherren hatten ihre Plätze eingenommen. »Gut«, murmelte er leise.

Marie war an ihrem Stuhl festgebunden wie Oreaux das Orakel; ihre Füße steckten in Kästen, Hände und Unterarme waren bis zu den Ellbogen in den Armlehnen verschwunden. Ihr Oberkörper war an die Lehne geschnallt, und ihr Kopf wurde von einem langen Helm bedeckt, der vor dem Gesicht mit einer ovalen Öffnung versehen war. Die Soldaten hatten ihr Werk gerade vollendet, als die Stimme des Puppenspielers durch den Raum hallte.

»Alles aufgestanden und achtgegeben.«

Das lärmende Gemurmel der Zuschauer machte dem Rumpeln zurückgeschobener Stühle und verlassener Bänke Platz.

»Der Prozeß gegen Marie die blinde Jongleurin wird hiermit eröffnet. Die Angeklagte wird des Verrates, des Aufruhrs und des Mordes beschuldigt. Da die Taten im hellen Licht des Tages vor unserer aller Augen vollbracht worden sind, werden die Ankläger in diesem Prozeß alle hier versammelten Soldaten und Bürger sein. Um über diese Punkte der Anklage ein Urteil fällen zu können, sollen alle Bürger L'Morais in gutem Glauben vortreten; diejenigen, die von den Taten und Untaten dieser Frau Kunde haben, sollen aussagen, und diejenigen, denen davon nichts bekannt ist, sollen in diesem Prozeß ein gerechtes und unparteiisches Urteil fällen.«

»Wir hören«, kam die dumpfe Erwiderung. Es gab eine kurze Unruhe, als sich die Anwesenden wieder setzten.

Der Puppenspieler trat aus der dunklen Nische und kam die schmalen Stufen hinunter. Er begab sich auf das Podium. Mit krächzender Stimme fuhr er fort: »Da es sich hier um einen ungewöhnlichen Fall handelt, soll auch der Prozeß ungewöhnlich sein. Da die Angeklagte jeder Seele dieses Landes bekannt ist, könnte kein von L'Morai beauftragter Advokat sie auf gerechte Weise vertreten, und weil dem so ist, soll sie für sich selbst sprechen. Ich sollte vielleicht noch hinzufügen, daß auch die Ankläger keinen Advokaten haben werden. An ihrer Stelle werde ich die Anklage vertreten. Daraufhin werden wir die Aussagen und Zeugnisse der versammelten Bürger hören.«

Leises Gemurmel ging durch die Menge und hallte von den schattenhaften Fresken der Kuppeldecke wider. Der Lärm hatte sich fast gelegt, als eine ziemlich weit vorn sitzende Frau ein entsetztes Keuchen ausstieß. Erneut machte sich unbehagliches Gemurmel breit.

Der Puppenspieler hatte sein Gesicht enthüllt. Zwar wurde sein mißgestalteter Körper noch immer von dem schwarzen Umhang verborgen, aber er hatte die Kapuze zurückgeschlagen, und das helle Licht der Morgensonne legte alle Einzelheiten offen.

Es war entsetzlich. Sein Kopf, doppelt so groß, wie er hätte sein dürfen, war mißgebildet, von Verbrennungen verstümmelt und von versengtem Haar bedeckt. Die Flammen hatten die ganze linke Gesichtshälfte zerstört. Die restliche Haut, die dort noch an einigen Stellen klebte, war schwarz, und der Eiter rann tropfenweise herab. An anderen Stellen war die Haut vollständig weggebrannt und enthüllte den kreideweißen Wangenknochen. Ein lederiges Auge ruhte bewegungsunfähig in seiner Höhle. Der größte Teil des Mundes war der Zerstörung entgangen, ebenso die rechte Gesichtshälfte. Aber die dort befindliche Haut war rot und blasenübersät, an einigen Stellen von älteren Wunden vernarbt. Im Gegensatz zu seinem bewegungsunfähigen Gegenstück war das Auge auf dieser Seite gesund. Er blickte scharf in die Runde und musterte die versammelte Menge und die Blinde, die in der Mitte des Podiums saß.

Der Puppenspieler hob eine nahezu skelettierte Hand und zog die Kapuze wieder über den Kopf. Der dicke Stoff dämpfte seine trockene, krächzende Stimme, aber in der

Stille des Gemachs war sie bis in den letzten Winkel deutlich zu vernehmen. »Wie ihr alle wißt, habe ich mein Gesicht auch schon vor dem Feuer, das es entstellt hat, nur selten jemandem enthüllt. Aber heute zeige ich es. Diejenigen von euch, die mich verspotten möchten, sollen das ruhig tun. Der Rest von euch darf in mir das Opfer der bösen Taten sehen, die diese Frau angerichtet hat.«

Der Puppenspieler begann, hin und her zu hinken, offensichtlich unter großen Schmerzen. Als er mit seiner Rede fortfuhr, war seine Stimme noch leiser, und viele der Bürger beugten sich vor und legten die Hände an die Ohren, um besser hören zu können. »Sie ist in mein Heim auf dem Rummelplatz eingedrungen; wonach sie da gesucht hat, entzieht sich meiner Kenntnis. Ich habe sie dabei ertappt, und statt sie vor dieses Gericht zu bringen, habe ich sie ziehen lassen. Sie hat meine Güte damit vergolten, indem sie sich mit anderen Artisten dazu verschwor, einen Aufruhr vom Zaun zu brechen, das Dach der Arena anzündete, die zahlenden Zuschauer vertrieb und mein Haus in eine brennende Hölle verwandelte – während ich mich darin aufhielt.«

Er hielt inne und hinkte mühsam auf die Blinde in ihrem Gefangenenstuhl zu. Er legte seine lange, knotige Hand auf ihre Schulter. »Habe ich bis jetzt eine Lüge von mir gegeben, meine Liebe?«

Marie sagte kein Wort, hielt die Augen geschlossen und preßte die Lippen aufeinander.

Der Puppenspieler ergriff die Stuhllehne und rüttelte wild daran. »Habe ich gelogen?« brüllte er.

»Nein«, erwiderte Marie schlicht.

Der Puppenspieler wich mit großen und taumelnden Schritten vor ihr zurück. Er ging mühsam zur Mitte des Ratsgemachs, blieb dann unvermittelt stehen, streckte die Arme in den Himmel, warf den Kopf zurück und rief leidenschaftlich: »An mir wird nur deutlich, was sie uns allen angetan hat! Ihre kleine Rebellion hat unseren besten Söhnen das Leben gekostet.« Er zeigte in die Menge. »Madame Feron! Die Frau ist es gewesen, die die Pfeile hat abschießen lassen, die deinen Sohn Philipe getroffen haben. Monsieur Geisl, es war Marie die blinde Jongleurin, die den Befehl gab, daß man Francois kochendes Wasser auf den Kopf schüttete.« Seine Stimme wurde leiser, und er zeigte fahrig in Richtung einer anderen Frau. »Mademoiselle Chardonneau, ich möchte dich um Verzeihung bitten, daß ich deinen tapferen Hercio gegen diese Hexe ins Feld schickte.«

Der Puppenspieler begab sich wieder aufs Podium; ein zorniges Geraune ging durch die hinter ihm sitzende Menge. Aber seine laute Stimme brachte alle zum Verstummen, sie erscholl in einem hämmernden Rhythmus, der mit jedem seiner Schritte schneller wurde. »Ihr alle, deren Lieben diesem widerwärtigen Kampf zum Opfer gefallen sind, seht mich an! Laßt mich das Bild der Zerstörung verkörpern, die diese Frau über uns gebracht hat. Soll mein zerstörtes Antlitz euch an die Schrecknisse erinnern, die sie über uns gebracht hat, an die Schrecken, die hinter ihrem schönen Gesicht und den unschuldigen weißen Augen lauern.«

Fußgetrampel und heisere, zustimmende Rufe ertönten, als der Puppenspieler das Podium betrat und Maries Stuhl erreichte. »Aber um den perversen Verrat, den sie begangen hat, in seinem ganzen Ausmaß begreifen zu können, müssen wir uns ins Gedächtnis zurückrufen, was für eine Freundin dieses Staates sie einst war. Eine treue Bürgerin, eine gewandte Rednerin, ein Mädchen, das so manchem Burschen das Herz gebrochen hat... Marie war – bevor sie zum Freak wurde, zu der blinden, jonglierenden Mißgeburt, die diesen

Krieg anzettelte – eine junge Frau, der wir alle vertrauten und die von uns geliebt wurde, insbesondere von ihrem Vater Francis Martinique dem Schuster.«

Der Name hallte bedrohlich durch den hölzernen Helm, in dem Maries Kopf steckte. Er wurde lauter, als wäre er ein beharrlicher Wind, der sich durch die Ritzen einer fest verschlossenen Tür hineinstahl. Der Name brachte Marie durcheinander, brachte Licht in einen seit langer Zeit im Dunkeln liegenden, vergessenen Teil ihrer Erinnerung. »Nein, nicht jetzt«, flüsterte sie, eine winzige Träne drohte, sich aus ihrem Augenwinkel zu lösen. »Nicht jetzt.«

Die Stimme des Puppenspielers drang gewaltsam in ihre Gedanken. »Damals war sie noch nicht unter dem Namen Marie bekannt. Sie hieß Yvette...«

Bilder blitzten vor dem geistigen Auge der Jongleurin auf, Erinnerungen aus einer Zeit, in der sie noch sehen konnte. Einer Zeit vor dem angeblichen Fieber. Marie stöhnte leise und hörte auf, sich gegen den Sturm der Erinnerung zu sträuben; sie ließ die Tür weit aufschwingen. Die winzige Träne löste sich und rann ihr die Wange hinunter.

Yvette war noch sehr jung, kaum achtzehn Jahre alt, als sie an jenem kühlen Herbstmorgen zusammen mit ihrem Vater am Tisch saß. Trotz des kalten Windes, der draußen durch die abgelegene Straße wehte, war die Luft in dem sonnenbeschienenen, von Ziegelmauern umgebenen Hof warm und behaglich. Der Schaukelstuhl aus Elfenbein quietschte leise und zufrieden unter dem Gewicht ihres Vaters.

»Warum mußt du heute arbeiten, Vater?« fragte Yvette und strich sich eine Locke ihres langen schwarzen Haares hinters Ohr. Es war ein schöner Tag – am hellblauen Himmel trieben dünne, silberfarbene Wolken dahin.

Der Mann sah nicht von dem dicken Stück Leder in seinen Händen auf. Seine alten Finger führten die gekrümmte Klinge seines Messers über das Material und schnitten eine weitere Sohle aus. Aus seiner Pfeife stiegen aromatische Rauchwolken in die Luft. Sie wanden sich um einen struppigen grauen Schnurrbart, verharrten kurz auf seiner wettergegerbten Haut und vereinten sich dann mit der frischen Luft.

Yvettes braune Augen blickten den alten Mann unverwandt an. Sie strich den verzierten Saum ihres schwarzen Wollkleides glatt, beugte sich vor und berührte sein schmales Knie. »Antworte mir, Papa.«

Er sah kurz von seiner Arbeit auf. »Du arbeitest heute doch auch.« Seine Augen, die die Farbe des Himmels besaßen, verrieten das Lächeln, das sein Schnurrbart verbarg.

»Aber ich *muß* arbeiten, Papa. Es gibt zuviel zu tun, um daheim bleiben zu können«, beteuerte Yvette wie bereits schon Hunderte Male zuvor. »Aber du, du hast einen Laden voller Schuhe, die weniger kosten und besser gefertigt sind als die eines jeden anderen Schusters der Stadt. Du hast es verdient, dich einen Tag in der Woche auszuruhen.«

Der Alte nahm noch einen langen Zug aus der Pfeife und legte sie zusammen mit dem braunen Leder und dem Messer beiseite. Dann legte er seine Hände auf die ihren und tätschelte sie mit einem freundlichen Lächeln. »Warum gibst du deine Arbeit nicht auf? Es ist harte Arbeit, sogar für einen Mann, und sie nagt an deiner Seele. Das Geld bedeutet nichts – wie du so richtig gesagt hast, habe ich einen Laden voller Schuhe. Und die Burschen würden dich niemals aufspüren. Der Geist deiner Mutter würde viel friedlicher ruhen ...«

»Wenn ich daheim bleiben würde«, nickte Yvette mit einem Lächeln. »Ich weiß, Papa. Aber Mutter würde auch verstehen, daß mir das gefällt, was ich tue. Es belastet meine

Seele nicht. Im Gegenteil, es bereichert sie.« Sie ließ die Blicke über das rote Efeu und die letzten Blüten des Sommers schweifen. »Mama hat die Gartenarbeit gereicht und dir das Schuhemachen. Aber ich will mehr.«

»Nun«, sagte ihr Vater, und sein Lächeln verschwand, »mir jedenfalls bricht dein Tun das Herz.« Er zog das Leder wieder auf den Schoß, steckte die Pfeife in den Mund und fing an zu schneiden.

Yvette runzelte die Stirn und machte einen Schmollmund, eine Miene, die sie im Alter von drei Jahren gelernt und seitdem nicht mehr aus ihrem Repertoire gestrichen hatte. Sie ließ das Gesicht ihres Vaters nicht aus den Augen; das sichelförmige Grübchen in seiner Wange wurde tiefer. Er versuchte vorzugeben, ihr Schmollen nicht zu bemerken, aber natürlich gelang es ihm nicht. Seine azurblauen Augen funkelten resigniert.

Yvettes lächelte, sie stand auf und streckte sich im Sonnenlicht. Die kühle Luft fühlte sich wunderbar auf ihrer Haut an, und das Tagwerk wartete.

»Lieber Vater«, sagte sie, als sie mit dem Sichstrecken fertig war, »obwohl ich dich ungern enttäusche, muß ich jetzt gehen.« Sie beugte sich vor und gab ihm einen Kuß auf den Mundwinkel. Dann pustete sie ihm kapriziös den aus dem Pfeifenkopf aufsteigenden Rauch ins Gesicht und richtete sich wieder auf. »Wenn deine Tochter heute abend nach Hause kommt, wird sie die berühmteste Frau L'Morais sein.«

Unter dem weißen Schnurrbart zeigte sich ein trauriger Ausdruck. »Ich hoffe, daß sie dann noch immer meine Tochter ist.«

Sich weigernd, diese Möglichkeit auch nur in Betracht zu ziehen, schritt Yvette von den warmen Pflastersteinen des Hofes in die dahinterliegende, staubige Gasse.

Ihren Ruhm würde sie in einer anderen Gasse finden, fast auf der anderen Seite L'Morais. Aber Ruhm forderte seinen Preis, wie sie wußte, und manchmal war dieser Preis das Leben. Sie hatte nie daran gedacht, daß es ihr Leben sein könnte.

»Ihr beiden da, geht da rüber«, schnauzte Yvette. Sie klopfte dem Müllersohn, einem Mitglied des Bürgerwehrtrupps, der ihr zugeteilt worden war, auf die beige Lederschürze. Er sah sie mit stumpfen, haselnußbraunen Augen an, und sie zeigte in die Gasse. Gegenüber befand sich ein zweistöckiges Gebäude, das einen blauschwarzen Schatten auf das holprige Straßenpflaster warf. Die oberen Rahmen der Fenster, die in die zur Hälfte aus Holz gezimmerten Wände eingelassen worden waren, waren mit dicken Rußschichten bedeckt, ein Hinweis auf das Feuer, das das Hausinnere völlig zerstört hatte. Die meisten Bürger waren der Ansicht, daß die ausgebrannte Schenke nur noch ein Unterschlupf für Ratten und Landstreicher darstellte. Aber Yvette wußte es besser.

»Runter«, zischte sie dem muskulösen Bogenmacher zu, als er an einem offenen Fenster vorbeiging. Yvette schüttelte den Kopf und fragte sich, ob die Bürgerwehrmänner, die man ihr zugeteilt hatte, schlechter wurden, oder sie einfach höhere Anforderungen stellte. Die anderen Aushilfssoldaten – ein Gärtner, ein Waldarbeiter, ein Schmied und ein Pflüger – blieben und drängten sich an die splitterübersäte Wand eines Fischladens. Von dort war die Anzeige gekommen.

Sie inspizierte die Männer hinter sich; vier Bürger mittleren Alters in zerlumpten Alltagskleidern, die nervös grinsend dort kauerten. Allein der Waldarbeiter trug so etwas Ähnliches wie eine Uniform, doch die paßte ihm schon seit bestimmt zehn Jahren nicht mehr. Yvette seufzte und schüttelte den Kopf. Zumindest hatte bis jetzt keiner von ihnen Keule oder Dolch fallen lassen.

Yvette zeigte auf den Gärtner – einen blonden, dünnlippigen Mann – und sagte: »Du da – du kommst mit mir. Ihr anderen, zusammen mit dem Bogenmacher zu beiden Seiten der Hintertür. Und laßt keinen raus.«

Die Männer nickten nervös und knieten nieder. Dann krochen sie los, huschten an den am Fenster stehenden Wachen vorbei und erreichten die verkohlte Tür. Als Yvette sah, daß sie ihre Positionen eingenommen hatten, gab sie dem Gärtner einen Wink, ihr zu folgen. Sie umrundeten die abgebrannte Schenke mit schnellen Schritten, passierten einen mit roten Äpfeln beladenen Obststand und kamen in die dahinterliegende Straße. Der blonde Gärtner folgte ihr dicht auf den Fersen, viel lauter und auffälliger als sie.

»Paß auf, wo du hintrittst«, beschwerte sich Yvette und stieß ihm den Ellbogen in den dicken Bauch. Er blieb einen Schritt zurück. »Wir haben den leichten Teil der Aufgabe. Wenn wir die Vordertür aufbrechen, werden sich die Schurken zum Hinterausgang absetzen. Die dort postierten Wachen werden wirklich kämpfen müssen, aber du mußt so bedrohlich aussehen, daß sie vor uns zurückschrecken. Glaubst du, du schaffst das?«

Der Mann nickte wortlos. Seine Finger mit den schwarzen Nägeln, unter denen noch Erde klebte, packten die Keule, als würde er einen Gartenschlauch halten.

»Gib her«, sagte Yvette und riß ihm die Keule aus der Hand. Sie ging auf die vom Feuer geschwärzte Schenkentür zu und zerschmetterte sie mit einem furchtbaren Hieb in tausend Stücke. Dann stieg sie über die Trümmer in die dahinterliegende Dunkelheit. »Keiner rührt sich! Auf Befehl des Großen Rates von L'Morai steht ihr alle unter Arrest!«

Der blonde Mann stolperte hinter ihr in den trümmerübersäten Eingang und stieß ein unartikuliertes Brüllen aus, um Yvettes Befehl zusätzliches Gewicht zu verleihen. Doch anscheinend war das unnötig, denn die zwanzig Bewohner des ausgebrannten Raumes blieben reglos sitzen und starrten sie mit sprachlosem Entsetzen an. Yvette lächelte voller Zufriedenheit. Die Flüchtlinge waren schwach und feige. Sie warf dem sich aufplusternden Gärtner einen Blick zu. »Geh aus dem Licht«, befahl sie ihm und stieß ihn mühelos beiseite.

Als das stauberfüllte, durch die zerstörte Haustür einfallende Sonnenlicht auf die Geschöpfe fiel, die sich dort an dem dunklen, ausgebrannten Zufluchtsort zusammenkauerten, drehte sich Yvette der Magen um. Sie waren bedauernswert und grotesk. Einer Frau wuchs ein grüner Schlangenkopf aus dem dicken, roten Bauch. Die winzige Kreatur blinzelte kurzsichtig und zischte das plötzliche Licht an. Neben der Frau saß ein verschrumpelter Mann, dem ein geschwärzter Kropf bis zum Nabel hing. Zu ihren Füßen hockte ein nacktes Kind, das die Hinterbeine eines kurzhaarigen Hundes hatte. Jenseits des schrägen Lichtdreiecks kauerten noch mehr Freaks wie Ratten in einem dunklen Loch. Und der ganze Raum stank nach ihren ungesunden, tierhaften Ausdünstungen.

Yvette trat auf die Frau mit der Schlange im Leib zu und drückte ihren Kopf mit der Keule nach vorn. Am Haaransatz schimmerten die beiden Tätowierungen schwach durch. Yvette überprüfte die Nacken anderer Freaks. Sie alle verfügten über beide Tätowierungen: das rote Pferd Prinz mit dem Speer im Rücken, das sie als Freaks brandmarkte, und der schwarze Hase mit den verknoteten Ohren, der sie dem Tod preisgab.

Yvette nickte grimmig. »Kein Wunder, daß sie geflohen

sind«, sagte sie zu dem Gärtner. »Sie hatten nichts zu verlieren. Nun, wenigstens werden sie den Bürgern nicht mehr zur Last fallen.«

»Kommt rein«, rief sie den in der Gasse wartenden Männern zu. »Und bringt die Ketten mit.« Sie wandte sich wieder den Freaks zu, verschränkte die Arme unter der Brust und schüttelte angewidert den Kopf. »Wir werden die Hand- und Halsfesseln einzeln benutzen müssen, um sie alle anketten zu können«, murmelte sie.

»Wartet«, flehte da eine müde Stimme aus einer dunklen Ecke des Raumes. Yvette machte mühsam einen Mann aus, der über einer reglos daliegenden Gestalt kniete. Seine Hände beschäftigten sich geduldig mit einem mitleiderregenden Kind, das Augen von der Größe von Zitronen hatte. »Einige dieser Menschen sind verwundet.«

Yvette trat mit pochendem Herzen vorwärts und leckte sich erwartungsvoll über die Lippen. Sie hatten nicht nur die geflohenen Freaks gefangen, sondern auch den Bürger, der sie versteckt hatte. Der Rat würde hocherfreut sein.

Als die anderen Bürger in den Raum gepoltert kamen, deutete Yvette in die dunkle Ecke und befahl: »Legt ihn zuerst in Ketten und bringt ihn zu mir. Dann kümmert ihr euch um den Rest.«

Zwei der fünf Männer nickten, ließen die rostigen Ketten über die abgenutzten Bohlen des Fußbodens schleifen und legten die Eisenbänder schadenfroh um die Hände und den Hals des Mannes. Er wehrte sich nur so lange, bis er den Arm des Freaks, um den er sich kümmerte, zu Ende verbunden hatte. Die Männer rissen ihn an der Kette auf die Füße und stießen ihn durch den überfüllten Raum in Yvettes Richtung.

Und erst da traf das Sonnenlicht auf das graue Haar und den struppigen Schnurrbart des Alten.

»Vater?« wimmerte Yvette.

Und genauso wimmerte sie eine Woche später wieder, als sie ihm in der moderigen Zelle gegenüberstand.

»Was tust du hier?« fragte der Alte, als seine Tochter vor die Gitterstäbe trat. Er stand erschöpft von der Holzpritsche auf und trat auf Yvette zu. Sie beobachtete ihn und musterte sein Gesicht. Die Dunkelheit des Zellenblocks verbarg die tiefen Falten und die vom Schlafmangel verursachten dunklen Ringe unter den Augen, von denen sie genau wußte, daß sie vorhanden waren.

»Ich hole dich hier raus«, sagte sie und griff in die Tasche ihres schwarzen Wollkleides.

»Was ist mit dem Urteil?« fragte der Schuster zaghaft und starrte zur Steindecke hinauf. Das Getrampel wütend aufstampfender Füße im Ratsgemach genau über ihm hallte noch in seinen Ohren wider. »Schließlich bin ich schuldig.«

Er sprach die Worte auf die vertraute, neckende Weise, und Yvette wich seinem Blick aus. »Auch ich bin alles andere als unschuldig«, sagte sie und schob den Schlüssel klirrend in das Schloß.

»Ich weiß«, antwortete er rauh. Seine Stimme hatte ihre Lebendigkeit und ihre Hoffnung verloren. Er seufzte. »Ich habe es dir gesagt: Das Amt der Henkerin für den Rat wird dir das Herz brechen.«

Die Zellentür öffnete sich quietschend, und Yvette sah in den Gang hinein. »Heute werde ich einen Teil meines Herzens zurückgewinnen.«

Sie winkte ihn zu sich heran, aber er zögerte und hielt sich an den schwarzen Eisenstäben fest. »Wo soll ich denn hin? Ich kann nicht in meinen Laden zurück. Mein bisheriges Leben kann ich nicht weiterführen. Du hast mir alles genommen, selbst mein geliebtes Kind.«

Sie ergriff seine Hand und zog ihn durch die offene Zellentür. »Glaubst du denn, ich wüßte das nicht?«

»Warte«, erwiderte er und zog sich in die Zelle zurück. »Ich habe meine Pfeife vergessen – das einzige, was mir geblieben ist.« Yvette ließ seine Hand los und sah zu, wie der Alte zur Pritsche ging. »Was ist mit den anderen – den Unschuldigen, die du für diese Scheinprozesse zusammengetrieben hast? Kannst du die auch aus dem Kerker holen?«

Yvette verschränkte die Arme und verzichtete auf eine Antwort. Dann zog sie die Tür ganz auf und blieb dahinter stehen. »Laß uns gehen. Wenn sie uns erwischen, sind wir beide tot.«

Francis hörte die Schritte vor seiner Tochter. Er stürzte sich mit einem wilden Schrei aus der Zelle und warf sich mit aller Kraft gegen die Gitter, so daß Yvette zwischen Tür und Wand eingeklemmt war. »Ich bin frei, du Hure!« rief er.

Er warf sich dem herannahenden Gendarm in die Arme – und damit in seinen gezückten Dolch. Die Klinge drang dem Alten genau ins Herz. Leise und gequält aufstöhnend brach er zusammen und klammerte sich an der wollenen Uniform des Gendarmen fest. Als er zu Boden sank, zog sein Blut einen breiten Streifen über den groben Stoff. Der Gendarm verzog angewidert das Gesicht und stieß den Toten von sich.

Yvette löste sich wie betäubt aus dem Spalt zwischen Tür und Wand, gerade noch rechtzeitig, um zu sehen, wie ihr Vater auf dem schmutzigen Boden zusammenbrach.

»Keine Sorge«, sagte der Gendarm, bückte sich und wischte seinen Dolch am Gewand des Alten ab. »Er ist nicht entkommen.«

Yvette stand wie erstarrt da. Dann bewegte sie sich mit langsamen Schritten vorwärts. Die List ihres Vaters hatte ihr die Freiheit und das Leben geschenkt. Sie fiel vor ihm auf die

Knie. Selbst wenn ihre Tränen sie diese Freiheit, dieses Leben kosten würden, sie würde sie nicht zurückhalten.

Ihr Leben hatte jetzt sowieso seinen Sinn verloren.

Der Puppenspieler hielt die narbige, verdorrte Hand in die Luft, um die wütenden Schreie der Menge zum Verstummen zu bringen. »Wartet«, krächzte er. »Wartet. Aus ihrem eigenen Mund habt ihr damals von dem idyllischen Leben gehört, das Marie vor ihrem Verrat an der Stadt geführt hat. Ihr habt gehört, wie sie L'Morai zuerst um seine Gerechtigkeit bringen wollte, indem sie ihrem Vater zur Flucht verhalf, und wie sie dann uns alle vernichten wollte, indem sie die Freaks – Ausgestoßene und Verbrecher – zum offenen Aufruhr anstachelte. Sie sollten ein Heer bilden, das sich uns widersetzen und uns dann erobern sollte.

Aber vielleicht hat sie ja für alles eine Erklärung«, meinte er spöttisch und ging mit langsamen, hinkenden Schritten um Marie herum. »Vielleicht hat sie eine gute Begründung für ihre unzähligen Verbrechen gegen das Volk von L'Morai.« Er wandte sich ihr zu, und seine blasenübersäten Lippen verzogen sich zu einem bösartigen Lächeln. »Yvette«, sagte er sanft. »Yvette Martinique, Tochter des Francis Martinique, Schuster aus L'Morai – hast du eine Erklärung für deine Verbrechen?«

Marie schwieg und saß reglos da, nur ihr Herz klopfte hämmernd unter dem ledernen Gurt der Brustfessel. Die Bilder rasten noch immer an ihrem geistigen Auge vorbei. Die *Bilder* – das einstige Leben mit Augenlicht und Bürgerrechten, mit Familie und einem Heim. Das Leben, bevor sie zum Freak geworden war. Plötzlich war die Vergangenheit wieder lebendig, mit ihren tausend Gerüchen und Ansichten, den Lauten, Ängsten und Plänen. Die Vergangenheit hatte die Welt um sie herum verdunkelt, und eine Zeitlang waren die Stimme des Puppenspielers und die wütenden Rufe der Bürger in ihren Ohren verstummt.

Francis Martinique war ein Name, den sie erst Momente zuvor gehört hatte. Aber mit der Rückkehr der Erinnerungen verkörperte er wieder alles für sie: liebender Vater, führende Hand, geduldiger Lehrer, Verräter, sinnloses Opfer. So grotesk das alles auch war, sogar das mächtige Gefühl der Liebe nahm seinen rechtmäßigen Platz ein, stärker als Folter, Magie und Zeit. Es war, als hätte sie eine seit langer Zeit vergessene Truhe geöffnet und die darin verstauten Familienbesitztümer entdeckt.

»Marie, ich rede mit dir.« Die geflüsterten Worte des Puppenspielers schlichen sich in ihre Gedanken. »Das ist deine Chance, alles zu erklären. Deine Chance, dich gegen diese unmöglich zu rechtfertigenden Anklagen zu verteidigen.«

Ein Teil ihres Bewußtseins hörte ihn. Ein Teil ihres Bewußtseins schrie ihr zu, sich zu verteidigen, gegen das in L'Morai praktizierte Unrecht zu kämpfen. Die falschen Anschuldigungen, der blutige Zeitvertreib des Rates, die magische und brutale Folter, die die Freaks erschuf, die von der Stadt betriebene Monstrositätenschau, die Tätowierungen, die über Leben und Tod entschieden... Aber das alles anzuprangern würde bedeuten, die Rolle zu leugnen, die sie bei all dem gespielt hatte. Sie würde die Schuld am Tod ihres Vaters leugnen, ihre Schuld an Morcastles und vielleicht sogar an Hermos' Tod... Das Tor zur Erinnerung war weit aufgestoßen worden, und sie konnte nicht ertragen, es wieder zu schließen.

»Marie«, sagte der Puppenspieler, und sein nach totem Fleisch riechender Atem hüllte sie wie eine Wolke ein. Er ließ sich auf ein Knie nieder und legte seine graue Hand auf ihren ausgefransten Kleidsaum. »Kannst du nichts zu diesen Anklagen sagen?«

Eine Träne löste sich verstohlen aus ihrem Auge und rann ihr die Wange hinunter.

Der Puppenspieler erhob sich langsam. »Tränen«, sagte er zu der voller Erwartung schweigenden Bürgerschaft. »Tränen der Schuld. Tränen des Bedauerns. Das ist alles, was sie zu ihrer Verteidigung vorzubringen hat. Nun, das Volk soll entscheiden. Diejenigen von euch, die etwas im Fall von Marie der blinden Jongleurin, der früheren Yvette Martinique, Tochter des Schusters, auszusagen haben, sollen im Mittelgang Aufstellung nehmen. Sagt euren Namen, Abstammung und Handwerk, damit es der Schreiber notieren kann, dann macht eure Aussage.«

Das daraufhin ertönende Poltern war fast ohrenbetäubend, als beinahe jeder der Anwesenden aufstand und sich zum Mittelgang begab. Doch Marie saß weiterhin schweigend da, Tränen rannen ihr über die bleichen Wangen und tropften auf ihre zierlichen Schlüsselbeine. Sie lauschte den Aussagen, lauschte benommen im Bann miteinander verschmelzender Gefühle und Erinnerungen. Als die Bürger vortraten und ihre wahren oder falschen Beschuldigungen gegen Marie erhoben, bemerkte sie, daß sie Worte begierig aufnahm und sie von allen Seiten begutachtete, bis sie eine neue Erinnerung hervorlockten. Viele der Angriffe waren bösartig und aus der Luft gegriffen, und noch mehr waren zurückhaltend und wahr. Aber sie alle schnitten ihr wie Rasierklingen ins Herz. Mehr als einmal keuchte sie bei der Erinnerung an Schmerz oder Trauer oder fing unter dem Druck lang vergessener Schrecken am ganzen Leib an zu zittern. Sie war fast dankbar, daß sie auf diese brutale Weise an den Stuhl gefesselt war.

Als endlich alles vorbei war, war Maries Kleid naß von Tränen und kaltem Schweiß. Ihr war bewußt, daß sie kurz davorstand, den Verstand zu verlieren, und der Gedanke an die kalte, ruhige Zelle war nun noch viel tröstlicher.

»Alles hergehört«, ertönte die helle Stimme des jungen Ratspagen, und Marie erinnerte sich, daß auch sie einst dieses Amt innegehabt hatte. »Hört die Entscheidung der zwölf Ratsherren von L'Morai betreffs der Schuld oder Unschuld von Marie der blinden Jongleurin, ehemalige Yvette Martinique, Tochter des Schusters Francis Martinique. Die Anklage lautet Verrat, Anstiftung zum Aufruhr und bestialischer Mord.« Die Bürger, die sich alle wieder zu ihren Plätzen begeben hatten, verstummten. »Diejenigen von euch, die ›Schuldig‹ rufen, verlangen die Verurteilung Mademoiselle Martiniques, während diejenigen von euch, die ›Unschuldig‹ rufen, für ihre Freilassung stimmen.«

»Schuldig«, rief die Ratsherrin aus ihrer Nische an der linken Seite der Wand.

Und alle anderen schlossen sich diesem Urteil an.

»Zwölf sagen schuldig, keiner sagt unschuldig«, verkündete der Page. »Es soll niedergeschrieben werden, daß Marie die blinde Jongleurin des Verrates, der Anstiftung zum Aufruhr und des bestialischen Mordes für schuldig befunden wurde. Ich bitte den ehrenwerten Vorsitzenden, Monsieur Maudit Sienne, die Strafe zu verkünden.«

Aus der Nische des Puppenspielers ertönte die krächzende, grollende Stimme, die durch das Ratsgemach hallte. »Marie, damit du deiner Schuld angemessen bestraft wirst und unter Berücksichtigung deines Status als zum Tode freigegebener Freak verurteile ich dich hiermit dazu, heute abend nach dem Ende dieses Prozesses vor dem Rathaus gegeißelt zu werden. Du wirst am Pfosten gefesselt nackt ausgezogen, damit alle Welt das wahre Ausmaß deines Sturzes sehen kann und die Peitsche durch nichts gemildert wird. Du sollst neununddreißig Hiebe erhalten. Solltest du die überleben, werden deine Wunden gesalbt und du kannst auf deine Hinrichtung auf der Guillotine im Morgengrauen warten. Der Weg zur Guillotine soll eine Gasse aus den Bürgern L'Morais sein, die dich mit stumpfen Gegenständen schlagen, bis du tot bist oder die Guillotine erreicht hast. Daraufhin soll dein Leben beendet und dein Kopf am Rathaustor zur Schau gestellt werden, als Warnung für all die anderen, die den rechten Weg verlassen könnten.«

Die goldenen Blüten im Hofgarten schimmerten im Licht der Abendsonne; sie schwankten auf ihren langen Stielen wie die fügsamen Wellen einer ruhigen See. Sie winkten ihr zu; die starke Hand der Mutter, die sanfte Hand des Vaters. Yvette bückte sich, pflückte eine Wildblume und atmete ihren schwachen Duft tief ein. Dann wandte sie sich um und betrachtete den Sonnenuntergang. Seine kräftigen Farben, sein Purpur, sein Blutrot und sein Schwarz entlockten ihr ein ehrfürchtiges Stöhnen.

Die Farben waren abgründig und wirklich, und sie konnte die glatten, sauberen Pflastersteine unter ihren Füßen fühlen und das leise Quietschen von Vaters Schaukelstuhl hören.

Sie spürte beinahe nicht, wie die Peitsche ihr die Haut aufriß.

16

Das hölzerne Schaufelblatt verursachte ein dumpfes, schneidendes Geräusch, als es in den Sand stieß. Anton der Harlekin lehnte sich an den Stiel, hebelte eine Schaufel voll Sand aus dem Loch und warf ihn auf den größer werdenden Erdhaufen. Er hielt einen Augenblick lang inne. Der sein Gesicht hinunterlaufende Schweiß brachte die verblichene Schminke auf seinem Gesicht zum Schimmern. Er drückte sein müdes, verkrampftes Kreuz durch und ließ seinen Blick durch die dunkle Arena schweifen.

Hier gab es genauso viele Tote wie Lebende, vielleicht sogar mehr.

Die Lebenden hatten den ganzen Tag gearbeitet und waren nun in der Nacht noch immer dabei, die Toten zu begraben, die auf dem Arenaboden lagen. Unter der warmen Nachmittagssonne hatten einige der Leichen angefangen zu stinken. Trotz ihrer Müdigkeit und Verzweiflung gruben die Freaks stur weiter, entschlossen, daß jeder ein vernünftiges Begräbnis und ein Grab mit Grabstein bekommen sollte. Das war das einzige, an das sich die Überlebenden noch klammern konnten.

Und so hatten sie den sandigen Arenaboden in einen Friedhof verwandelt. Anton beobachtete die erschöpften Arbeiter, während sie Sand aus der Arena aushoben und die Leichen begruben.

»Du schaufelst zu tief«, sagte eine tiefe Stimme hinter ihm.

Erschreckt zuckte Anton zusammen. Doch es war nur Hermos der Riesenmensch, Maries Freund. Der Harlekin entspannte sich wieder und rieb sich über eine Blase an der Hand. »Zu tief?«

»Nicht genug Zeit«, bemerkte Hermos und rückte das Laken gerade, das seine Schulter bedeckte. »Zu viele Tote.«

Anton fletschte die Zähne und zeigte ruckartig mit dem Daumen auf die Brust. »Ich bin derjenige, der hier gräbt.«

Wortlos ging der Riesenmensch weiter. Das provisorische Gewand, das er sich aus ein paar Laken zusammengeknotet hatte, bauschte sich im Wind auf. Er war der selbsternannte Priester des Pöbels geworden. In der einen Hand trug er eine Fackel, die er nun, als er sich dem gerade geschlossenen Grab näherte, in die Höhe hielt. Das Licht erhellte den feuchten Sand und die Füße der beiden Trauernden, die davorstanden. In der anderen Hand trug Hermos einen kleinen Eimer und einen Pinsel, den er aus im Stall aufgelesenen Pferdehaaren gefertigt hatte. Der Eimer war bis zum Rand mit Blut gefüllt, dem Blut der Schafe, die sie fürs Nachtmahl geschlachtet hatten.

Hermos' Stimme durchdrang klar und rein die Nachtluft, er sang Teile einer Hymne an Prin-zah. Die Müdigkeit ließ ihn schwanken, er sackte auf ein Knie nieder und ließ die Fackel fallen. Sie blieb im Sand stecken. Hermos stellte den Eimer ab, rieb sich die Stirn und murmelte ein improvisiertes Gebet. Dann tauchte er den Roßhaarpinsel in das Blut und zog ihn tropfend wieder heraus.

»Wie ist der Name?« fragte er heiser.

Einer der Trauernden sagte ihm den Namen, und der Riesenmensch beugte sich vor, um ihn auf die kleine Kalksteinplatte am Kopf des Grabes zu malen. Das Blut mußte so lange halten, bis der Steinmetz vorbeikommen und die Buchstaben für die Ewigkeit einmeißeln konnte. Hermos richtete ein Gebet an Schlaohr, den geringsten der Götter, versenkte den Pinsel wieder im Eimer und erhob sich.

»Hey, warte, großer Bursche«, sagte da ein Zwergmensch, der einen Arm in der Schlinge trug.

»Schneid«, sagte Hermos heiser. »Muß noch viele Gebete sprechen ... noch viele Tote.«

»Könntest du dich mal zu mir runterbeugen?« fragte Schneid und zeigte mit der gesunden Hand auf einen Sandhaufen. Hermos kniete wieder nieder, und der kleine Mann stieg auf den Sandhaufen. Hermos setzte sich, achtete aber darauf, vorher sein Gewand glattzustreichen. Schneid bedeutete ihm mit einer verstohlenen Geste, näher mit dem Kopf heranzurücken.

»Hermos, die Soldaten des Rates haben sich nicht zurückgezogen«, sagte er ernst und deutete mit den Augen zum Rand des Rummelplatzes. »Sie werden uns hier belagern, bis wir verhungert sind.«

»Marie wird zurückkommen«, sagte Hermos mit dem Brustton der Überzeugung. »Sie wird zurückkommen.«

Das Gesicht des Zwergmenschen verdüsterte sich, er sah seinem Gegenüber tief in die Augen und schüttelte nachdrücklich den Kopf. »Hermos, du mußt es endlich einsehen: Vermutlich ist sie bereits tot. Sie werden sie nicht am Leben lassen. Sie suchen jemanden, dem sie die Schuld für all das hier geben können, und das wird sie sein.«

Die Züge des Riesenmenschen waren so reglos wie Stein.

Schneid legte ihm die Hand auf die Schulter. »Hast du verstanden, was ich dir da sage?«

»Ja«, flüsterte der Riesenmensch.

»Gut«, sagte Schneid und blinzelte ihm kurz zu. »Also, wir müssen hier weg. Wenn wir bleiben, werden wir verhungern. Hast du verstanden?«

Wieder stimmte Hermos fast unhörbar zu.

»Ich habe jedem gesagt, daß wir ausbrechen müssen, aber man glaubt mir nicht. Sie sind vom Kampf und den Beerdigungen so erschöpft, daß sie nicht einmal darüber nachdenken wollen, sich an den Wachen vorbeizukämpfen. Sie können nicht weiter als bis zu ihren eigenen Gräbern denken.«

»Wir müssen entkommen«, wiederholte Hermos. Einen Augenblick lang kehrten seine Gedanken zu dem Morgen in Maries Wohnwagen zurück, an dem sie damals die gleiche Entscheidung getroffen hatten.

»Aber keiner wird gehen wollen, wenn sie nicht wissen, was da draußen ist, wohin die Flucht gehen soll«, sagte Schneid. »Und sie haben recht. Wir dürfen nicht dreihundert Freaks und Krüppel über die Heide führen, nur damit es dann an einem Abgrund nicht mehr weitergeht. Die Soldaten würden uns verfolgen und niederschießen.«

Der Riesenmensch sagte nichts, in seinen großen Augen glitzerten Tränen.

»Und da kommst du ins Spiel«, sagte Schneid und bemühte sich, seine Aufregung zu unterdrücken. »Dank deiner langen Beine bist du schneller als die Wachen. Das ist wichtig. Außerdem wirst du zurückkommen.«

»Was soll ich tun?«

»Finde für uns einen Weg über die Heide, durch die Wälder, fort von L'Morai. Finde einen Weg zu einem weit entfernten Ort«, sagte Schneid mit zitternder Stimme. »Wir müssen ihn bald finden, innerhalb der nächsten beiden Tage. Danach werden uns die Vorräte ausgehen. Aber wenn du einen Fluchtweg findest, kann ich die anderen Freaks davon überzeugen, dir zu folgen.«

Der Riesenmensch runzelte die Stirn. »Wie werde ich an den Bewachern vorbeikommen?«

»Wir werden auf der anderen Arenaseite ein Ablenkungsmanöver starten: eine Gruppe von uns Zwergmenschen wird mit Hilfe eines Flaschenzuges die Mauer hinunterklettern. Während wir die Wachen beschäftigen, rutschst du an einem Seil hinunter. Dann gehst du in Richtung Heide und findest für uns eine neue Heimat.«

Der Riesenmensch saß schweigend da, seine langen, knochigen Finger malten Muster in den Sand. Er seufzte und schaute zu den verlöschenden Fackeln an der Arenabrüstung und den vereinzelten Freaks hoch, die dort noch immer Wache hielten.

»Was ist, wenn Marie zurückkehren sollte?« fragte er schließlich.

Schneid schüttelte nur den Kopf.

Hermos stand auf und zog sich das provisorische Priestergewand aus. »Fang mit dem Ablenkungsmanöver an.«

Er ging durch die Arena auf die Zuschauerränge zu. Dabei kam er an Anton dem Harlekin vorbei, der noch immer an demselben Grab schaufelte.

»Heb noch eins aus«, stieß Hermos im Vorbeigehen hervor.

»Mach's doch selbst«, fauchte Anton gereizt. Er riß sich die schmutzige und zerknitterte Halskrause vom verschwitzten Hals und wischte sich damit die Stirn ab. Seine schwarzweiße Schminke wurde immer dünner. Anton warf die Halskrause einfach auf den sandigen Boden, setzte seinen Holzspaten am Rand des Lochs an und trat drauf. Die Schaufel traf auf etwas Hartes. Zähneknirschend trat er erneut auf das Schaufelblatt. Vergeblich.

»Was ist das?« fragte er laut, stieß den Spaten in den Sandhaufen und griff in das tiefe Loch. Sein zerlumpter weißer Handschuh fand einen harten Gegenstand. Er packte zu und holte ihn aus dem Sand. Es war ein brauner Hüftknochen, verblichen und ohne jedes Fleisch.

»Hast zu nah an einem anderen Grab gegraben«, sagte ein anderer Harlekin müde und klopfte ihm auf die Schulter.

»Nein«, sagte Anton und starrte auf den Arenaboden. »Der war zu tief vergraben, außerdem ist da nichts mehr dran.« Er hielt inne und fuhr mit seinem übergroßen Schuh durch den Sand. »Es sei denn, diese Arena wäre schon einmal als Friedhof benutzt worden.«

Die Wachen legten Marie auf die abgenutzte Holzpritsche in ihrer Zelle. Sofort versickerte das von ihrem zerfetzten Rükken tropfende Blut in den Brettern. Die Lider ihrer Augen, die sie in ihrer Agonie zur Hälfte geschlossen hatte, flatterten, als ihr Rücken mit der Pritsche in Berührung kam. Die Wachen starrten auf ihre nackte, schlaffe Gestalt und schoben sie weiter zur Wand, um Platz für ihren bleichen, schlaff herunterhängenden Arm zu machen. Einer der Männer ließ seinen Blick noch einen Augenblick lang auf ihr verweilen, dann holte er ihr schmutziges Kleid aus einer dunklen Ecke der Zelle und deckte sie damit zu.

»Zurück«, sagte der Puppenspieler grollend aus einer Ecke der Zelle. Die Soldaten gehorchten und machten den Weg zwischen dem hünenhaften Herrn des Rummelplatzes und der reglosen Frau frei. Sein heiles Auge blinzelte im Schatten der Kapuze mit einer vagen, lüsternen Zufriedenheit, als er das gleichmäßige Heben und Senken ihrer Brust betrachtete. Nach ein paar rasselnden Atemzügen wandte sich der Puppenspieler dem neben ihm stehenden Soldaten zu und schlug ihn mitten ins Gesicht.

»Raus! Ihr alle!«

Die Wachen eilten in wortloser Hast aus der Zelle, ihre

Schritte verklangen in dem dahinterliegenden Gang. Der Puppenspieler hörte, wie sie über die eisenbeschlagene Schwelle des Gefängnisses schritten, dann rückte er näher an die fast leblose Gestalt auf der Pritsche heran. Er hob das schäbige Kleid an und starrte lange auf ihre schneeweiße Haut. Marie war wirklich wunderschön.

Dann wurde sein Blick von der Blutlache angezogen, die unter ihren Schultern und Armen hervorquoll. Er drehte sie mit seinen verkrüppelten Händen auf die Seite. Ihr Rücken war eine rote Masse, die Ähnlichkeit mit einem umgepflügten Feld hatte.

»Sie wird die Nacht nicht überleben«, flüsterte der Puppenspieler heiser. Er legte Marie wieder auf den Rücken, deckte sie mit dem Kleid zu und trat zurück. Dort blieb der mißgebildete Mann lange Zeit stehen und sah sie an, die verbrannten Gesichtszüge von der Kapuze verborgen. Schließlich murmelte er: »Das reicht nicht.«

Er wirbelte auf dem Absatz herum, ging mit schnellen, hinkenden Schritten aus der Zelle und zog die Eisentür hinter sich zu.

Das Knallen der zugeschlagenen Tür brachte Marie wieder zu Bewußtsein, obwohl sie die ganze Zeit über auf eine unbestimmte Weise bei Sinnen gewesen war. Sie hatte gewußt, daß sie nackt war, und sie hatte die gierigen Blicke der Männer gespürt – die der schlurfenden Wachen und des Mannes, der nach Tod stank. Aber sie hatte sich nicht gerührt, in der Angst, sonst neuen Hohn und neue Folter erdulden zu müssen.

Nach dem sechzehnten oder siebzehnten Schlag der Peitsche war Maries Bewußtsein in einen summenden, milchigen Dämmerzustand versunken, fern jeden Schmerzes. Von diesem Augenblick an hatte sie die Peitschenhiebe nicht länger gespürt, sondern nur noch von ferne gehört, als würden sie auf den Rücken einer anderen Person niedersausen. Auch die Schmerzensschreie waren scheinbar von jemand anderem gekommen. Die wenigen Eindrücke, die durch den Dämmerzustand vordrangen, waren seltsam: das furchtsame Wiehern eines Pferdes in einer benachbarten Straße; glatter Stein unter ihren nackten Füßen; der Geruch frischen Brotes. Und eben jetzt die geflüsterten Worte »Sie wird die Nacht nicht überleben.« Sie wußte, daß das die Wahrheit war.

Sie hatte Angst. Plötzlich wußte sie, daß sie nicht sterben wollte. Die mit Eisenhaken versehene Peitsche hatte ihr den selbstgerechten Zorn ausgetrieben. Die Peitsche hatte sie wieder zum Freak gemacht – nicht zur Befehlshaberin von Heeren, nicht zur Prophetin und auch nicht zur Revolutionärin. Nur zu einem Freak. Sie war über sich selbst überrascht, über die Panik, die ihr den Hals zuschnürte und ihr Herz zum Hämmern brachte. Überrascht und beschämt. Schließlich würde ihr Sterben bald vorbei sein, und die Schmerzen, die es mit sich brachte, spürte sie bereits nicht mehr. Es konnte nichts Schlimmeres als das geben, was ihr bereits zugefügt worden war. Es konnte keine Folter geben, die ihr noch schlimmeren Schmerz bereitete. In mancherlei Hinsicht war sie bereits tot.

Sie war das erste Mal gestorben, als sie ihren Vater dem Rat ausgeliefert hatte. Sie war erneut gestorben, als der Befreiungsversuch mit seinem Tod geendet hatte. Sie war ein drittes Mal gestorben, als man sie geblendet hatte... Wieso konnte dieser letzte, endgültige Tod sie in solchen Schrecken versetzen?

Aber so war es. Der Tod schwebte über ihr, schwarz und undurchdringlich wie ein geduldiges Phantom – kapriziös, bösartig, unausweichlich. Keine Worte konnten ihn wegschicken. Keine Hoffnung konnte ihn verbannen. Sein heißes Gelächter hatte ihre aus Mut, Würde und Kraft geschmiedete Maske geschmolzen und das dahinter versteckte, ängstliche Gesicht des erblindeten Mädchens enthüllt. Dann hatte es auch dieses Gesicht geschmolzen und nur ein in die Ecke getriebenes Tier zurückgelassen – wild und ungezähmt und von verzweifeltem Überlebenswillen besessen.

Marie wußte, daß sie alles tun würde, um zu entkommen.

Sie versuchte mit aller Kraft, sich zu bewegen, aber ihr erschöpfter, schweißüberströmter Körper gehorchte nicht. Tränen rannen aus ihren nutzlosen Augen, als ihr Leben – heiß und flüssig – auf den Zellenboden tropfte und dort versiegte.

Sie spürte eine Berührung an der Schulter – es waren weiche und fleischige Finger, eine Frauenhand. Eine leise Stimme, die so leer und entfernt klang, als würde sie von der weit entfernten Heide kommen, durchdrang die kalte Luft. »Ich bin Bethel. Ich will deine Wunden verbinden.«

Marie murmelte eine Erwiderung, bemühte sich mit aller Kraft, der Frau etwas zu sagen. Aber ihr Mund brachte nur ein Stöhnen hervor.

»Ganz ruhig«, sagte die Frau und rollte Marie auf den Bauch. »Ich werde dich nicht sterben lassen.«

»B-bitte«, stammelte Marie und verzog vor der Anstrengung, die Worte zu formen, das Gesicht. »Hilf mir ... hilf mir zu fliehen.«

Die Frau tätschelte sanft ihre Schulter, Besorgnis ließ sie ihre Stirn verziehen. »Ruhig, ganz ruhig«, wiederholte sie. Sie begann, eine Salbe aufzutragen, die wie Feuer in den blutigen Striemen brannte. Schließlich sagte sie: »Ich bin Heilerin, keine Verräterin.«

Sie legte ihre Hand auf Maries Taille, und Marie, deren Leib von Krämpfen geschüttelt wurde, die das Brennen der Salbe ausgelöst hatte, faßte die warmen Finger und hielt sie fest. »D-du weißt«, stieß sie zwischen flachen, gequälten Atemzügen hervor, »du heilst mich... nur... damit man mich... hinrichten kann.«

Die weichen, breiten Finger der Frau erwiderten den Händedruck. »Ich weiß.«

Hermos keuchte; er war schweißüberströmt, als er sich auf den Felsen zog. Schneids Plan hatte funktioniert: Die Zwergmenschen hatten den größten Teil der Soldaten ablenken können, so daß nur eine schmale Reserve an der Peripherie zurückgeblieben war. Der Riesenmensch war an einem Seil in die Tiefe gerutscht, hatte sich hinter einem umgeworfenen Wohnwagen zusammengerollt und dann einen Weg durch das zerstörte Labyrinth des Rummelplatzes gesucht. Ohne eine Wache aufzuscheuchen, schlüpfte er in das hohe Gras und erreichte den Wald, der an die Heide angrenzte.

Während der langen, finsteren Nacht, die nun folgte, eilte Hermos an schwarzen Brombeersträuchern und schlanken Birken vorbei. Er lief um den nebelverhangenen Bergsee und den dahinter befindlichen Gipfel herum, hielt sich immer in südlicher Richtung, bis er in eine rauhe Gegend voller Felsbrocken und verkrüppelter Bäume kam. Nachdem er sich einige markante Stellen als Orientierungshilfe gemerkt hatte, folgte er dem Talrand, bis er zu einem langen, schräg in die Höhe führenden Felsplateau kam, das er hinaufkletterte, dem rosafarbenen Sonnenaufgang entgegen. Bevor er jedoch den Gipfel des Plateaus erreichte, stieg die grelle Sonne vom Horizont auf und warf riesige Schatten über das Land. Der Riesenmensch erklomm den Felskamm.

Hermos ließ sich mit offenstehendem Mund auf die Knie fallen.

Unter ihm neigte sich das Land und endete in einem von üppigem Grün bewachsenen Damm, der beidseits von schimmerndem Wasser begrenzt wurde. Der Hügel, der etwa einen halben Kilometer in die Tiefe führte, erreichte den Ozean und lief in einer schmalen, felsigen Landenge aus, gegen die weiße Wellen anstürmten. Hermos kniff die Augen zusammen und folgte dem Verlauf des langen, in der Form an einen Finger erinnernden Felsdammes. Nach etwa einem Kilometer wurde die Landenge schlagartig breiter und verwandelte sich in einen grünen Kontinent, der Hermos riesig erschien. An der Küste dieses Landes bewegte sich eine weiße Gestalt. Hermos starrte sie unsicher einige Augenblicke lang an, bevor das Tier den Kopf hob, aber als das geschah, wußte er, daß es sich um ein weißes Pferd handelte.

»Prin-zah«, sagte Hermos. »Die Brücke in die Freiheit.«

Der Riesenmensch blieb mit zugeschnürter Kehle lange Zeit dort knien, nicht dazu in der Lage, sich zu rühren. Dann erhob er sich, aber ganz langsam, als hätte er Angst, den Zauber zu brechen, der über diesem Land lag, und kehrte um in Richtung Heide und Rummelplatz. Er hatte das Felsplateau noch nicht verlassen, da beschleunigten sich seine Schritte und wurden zu einem ausgelassenen, hoffnungsfrohen Lauf.

Marie setzte sich abrupt auf, in dem Glauben, daß jemand ihren Namen geknurrt hatte. Sie hielt sich an den dicken Holzplanken fest, auf denen sie lag, und wartete darauf, daß sich das Knurren wiederholte. Doch sie hörte nur das Pochen ihres Herzens. Behutsam legte sie sich wieder hin und begann darüber nachzudenken, wo sie sein mochte. Die harte Pritsche, das Leinen um ihre Brust und Rücken, die stinkende Luft, das Wassertropfen in der Ferne. Die Erinnerung setzte ein und brachte das Grauen mit: Sie lag in einer Gefängniszelle, und es war der Morgen ihrer Hinrichtung.

»Marie.« Es war ein heiseres Flüstern.

Sie wußte, daß sie sich die Stimme nicht eingebildet hatte. »Wer ist da?« zischte sie ängstlich.

»Ech ben's«, antwortete die Stimme; leise und kläglich. Es hörte sich an, als hätte der Sprecher eine gebrochene Nase. »Erinnerst du dech an mech? Karrig der Messer-Mann?«

Marie versteifte sich und setzte sich auf, obwohl das stechende Schmerzen in ihrem mißhandelten Rücken hervorrief. »Karrick?« Sie stemmte sich gegen den Pritschenrand. »Was... was willst du?«

»See werden mer nech mehr weh tun, oder? Ech hab Angst, solche Angst«, wimmerte der Mann. »Was tun see mer an, Marie? Ech well hier weg.«

»Wo bist du?« fragte Marie ängstlich, ihre Finger umklammerten das Holz so fest, daß ihre Knöchel weiß anliefen.

»En der Zelle neben der«, schniefte er. »See habn mech vor dem Krieg gefangen, nach dem großen Feuer en de Arena. See habn mech vor Gerecht gestellt, und ech hab Angst.«

»Es tut mir leid«, sagte Marie. »Das meine ich ehrlich.«

»Helf mer. See wollen mech töten. Ech weiß es«, flehte er.

Marie zog die Knie an die Brust und legte die Hände neben die Füße. »Kannst du nicht eines deiner Messer dazu benutzen, das Schloß zu knacken oder die Wache niederzustechen?«

»See haben mer alle Messer gezogen«, stöhnte er und fing an zu schluchzen. »See haben see mer aus dem Knochen gebrochen und auf den Boden geschmessen. Nach dem Prozeß haben see see verkauft.«

Ein Stück Freak, dachte Marie im stillen. Sie schauderte. »Es tut mir leid.«

»Helf mer«, wiederholte er. »Du kannst necht zulassen, daß see mech töten. Ech dachte, wer wären Freunde.«

Marie ballte die Fäuste. »Ist es schon hell?«

Karrick murmelte etwas Unverständliches. Dann sagte er: »Draußen send Fackeln.« Er hielt inne, und Marie konnte seinen durchdringenden Blick spüren. »See send da draußen, um mech zu töten. Dee Nacht est noch nech vorbei, und see send schon da.«

Die traurige Stimme des Messer-Mannes trieb den letzten Rest Schlaf aus Maries Körper und erweckte den Schmerz zu neuem Leben. Und mit dem Schmerz kehrten die Erinnerungen zurück, nur viel stärker.

»Ich will mich nicht mehr unterhalten«, sagte Marie. Sie rutschte an den Pritschenrand, ließ die Beine baumeln, zögerte, als sich ihr verbundener Rücken verkrampfte, und stand auf. Dann stolperte sie mit vorsichtigen, schmerzenden Schritten auf die hintere Zellenwand zu, als hätte sie die Hoffnung, auf diese Weise der Stimme des Messer-Mannes entfliehen zu können.

»Helf mer«, rief Karrick. »Helf mer, helf mer...« Die Worte verwandelten sich in eine gemurmelte Litanei des Schmerzes.

Marie gab keine Antwort und hob die Hände, um sich die Ohren zuzuhalten. Er tat ihr von ganzem Herzen leid, aber sie konnte nichts tun – nichts für Karrick, nichts für ihren Vater, nichts für sich selbst.

Karrick fing an zu schreien, und seine Worte drangen in ihre zugehaltenen Ohren. »Helfe! Helfe!«

Marie erreichte die Vorderseite ihrer Zelle. Sie packte die Gitterstäbe und rüttelte vergeblich an ihnen. »Karrick, mich werden sie auch hinrichten! Sie haben meine Wunden nur deshalb behandelt, damit ich den Spießrutenlauf absolvieren kann und es lebend bis zur Guillotine schaffe!«

Die Stille, die auf ihre letzten Worte folgte, dauerte nur kurz an, bevor die leisen, fast beschämten Schreie aufs neue einsetzten.

Marie setzte sich auf den Boden, das Gesicht einer Zellenecke zugewandt, und hielt sich wieder die Ohren zu. Karricks Stimme wurde lauter, aber Marie konnte ihn nicht hören. Sie summte eine seltsame Melodie, die sie seit Jahren nicht gehört hatte. Eine Melodie, die sie das letzte Mal gehört hatte, als ... ihr Vater sie ihr vorgesungen hatte. Als sie noch Yvette gewesen war.

Oh, zieht Prinz den Speer aus dem Rücken,
auch wenn er dann stirbt, mein Liebes.
Denn Pferde sollten nicht durch eine Klinge sterben,
sondern durch die Mühen des langen Jahres.

Das Liedchen spendete ihr Trost, und sie dachte an ihren Vater, seinen grauen Schnurrbart und seine blauen Augen. Ihre angespannten Muskeln lockerten sich, und die Pein, die von ihrer zerfetzten Haut ausging, ließ nach. Sie konnte den alten Mann nun sehen, wie er im Hof saß, Sohlen zurechtschnitt und seine Pfeife rauchte. Einen Augenblick lang war sie bei ihm und betrachtete ihn mit ihren dunkelbraunen Augen. In dem kleinen Hof, in seiner Gegenwart war alles so geborgen, so warm und so normal gewesen. Wie konnte es in dieser riesigen, hartherzigen Stadt solch einen lieblichen Ort geben?

Ihre Tagträume zerstoben. Sie roch etwas Widerwärtiges: Verwesung und Asche und Tod. Der Puppenspieler kam. Er schritt den langen Zellenblock ab. Er kam, um sie zu dem

Spießrutenlauf zu bringen, zu den Bürgern, die sich versammelt hatten, um sie zu töten.

Karrick verstummte. In der plötzlichen Stille konnte Marie die Schritte des Puppenspielers hören. Seine Stiefel donnerten auf den Boden, als wäre das Gefängnis eine riesige Trommel. Der harte Rhythmus wurde von dem dumpfen Klopfen der Dreschflegel und dem metallischen Klingen der Sensen draußen auf der Straße begleitet.

Das Grauen war wieder da. Marie kroch unter Schmerzen von den Gitterstäben weg. Flehe ihn nicht an, sagte sie zu sich und kämpfte gegen ihre steigende Furcht an. Bettle nicht um dein Leben. Sie wünschte, sie könnte den Zorn aufbieten, der sie zuvor angetrieben hatte, aber er war nicht mehr da – genausowenig wie ihr Augenlicht, ihr Vater, ihre Kindheit... ihre Hoffnung.

Der Schlüssel des Puppenspielers schob sich klirrend in das alte Schloß, und er stieß die quietschende Tür auf. Zwei schwere Schritte brachten ihn in die Zelle, und die Tür schlug hinter ihm ins Schloß.

»Bleib fort von mir«, murmelte Marie, mehr aus Angst als aus Wut. »Bitte... bleib fort.«

Der Puppenspieler blieb stehen und fixierte Marie mit seinem gesunden Auge. Der Gestank des Mannes breitete sich in der Zelle aus. Als er sprach, biß sich Marie auf die Unterlippe und wich weiter zurück, bis sie die rückwärtige Wand erreicht hatte. »Wie ich sehe, hat die Heilerin gute Arbeit geleistet.«

Marie wandte ihm mit weit aufgerissenen Augen stumm das Gesicht zu.

»Ihre magischen Kräfte sind beschränkt«, fuhr der Herrscher des Rummelplatzes fort, seine Stimme klang wie aufeinanderschabender Stein. Er setzte sich auf die noch immer blutverschmierte Pritsche. »Aber sie kennt sich mit Verbänden und Salben aus.«

»Wenn du mich töten willst, dann bring es hinter dich«, verkündete Marie, indem sie einen Hauch ihres alten Zorns zu neuem Leben erweckte. »Ich habe keine Angst zu sterben.«

»Dann bist du eine noch größere Närrin, als ich angenommen habe«, erklärte Sienne leichthin. »Außerdem werde ich dich nicht töten. Das übernehmen die Bürger. So wie sie es immer tun.«

Marie wollte fragen, was er damit meinte, hielt sich aber zurück. Sie würde dem Puppenspieler nicht in die Falle gehen.

»Genau wie die Morde, mit denen alles angefangen hat«, lockte der Puppenspieler und malte runenähnliche Symbole in die klebrige, braune Blutlache, in der er saß. »Du und deine idealistischen Freunde, ihr habt so lange nach einem Mörder gejagt, aber ihr konntet ihn nicht aufspüren, weil ihr nach einem einzelnen Mann gesucht habt.« Er hielt inne, wischte sich an seinem wollenen Gewand das Blut von den skeletthaften Fingerspitzen und wartete ab, bis Marie die Bedeutung seiner Worte erfaßt hatte.

»Oh, und ob wir ihn entlarvt haben«, erwiderte Marie und brachte ihre Stimme unter Kontrolle. »Es ist die ganze, verdammte Stadt.«

»Ich habe dich unterschätzt – ein Fehler, der oft gemacht wurde.« Der Puppenspieler stürzte auf Marie zu, packte ihr Haar und riß ihren Kopf zurück, so daß ihre blinden Augen in sein verfaulendes Gesicht blicken mußten. »Ja, Yvette, die ganze, verdammte Stadt. Du mußt verstehen, es ist eine Art Sport für sie – ein notwendiger Sport. Darum ist die Menge da draußen zusammengekommen – um des Mordens willen.

Darum hat es dir so gefallen, beim Rat als mein Schützling zu arbeiten – des Mordens wegen. Es bringt das Blut in Wallung, säubert das Hirn, reinigt die Stadt. Wir sind eine mörderische Rasse, Marie, erbauen unsere Häuser auf den Gräbern unserer Väter. Wenn die Bürger nicht euch zum Töten hätten, würden sie einander umbringen. L'Morai würde in Splittergruppen zerfallen, es würde zum Bürgerkrieg kommen. Aber dank euch, einer niederen Spezies von Freaks oder besser, Untermenschen, die wir alle hassen und töten können, gibt es in der Stadt einen Zusammenhalt; sie entwickelt sich weiter, erreicht neue Höhen der Schönheit.«

Marie riß sich mit einem qualvollen Ruck aus dem Griff des Puppenspielers los und wich kriechend vor ihm fort, wie ein Tier auf allen vieren, dazu bereit, ihm an die Kehle zu gehen oder die Flucht zu ergreifen.

»Wie mitleiderregend du aussiehst, meine Liebe. Wir haben dich zu einem Freak gemacht, dann hast du dich selbst in ein Tier verwandelt, eine Ratte – eine krankheitsbringende, kindstötende Monstrosität, die nichts Menschliches mehr an sich hat. In den Augen von L'Morai sind du und deinesgleichen die Überträger der Pest, die Träger allen Übels. Selbst ein Kind würde dir den Dolch ins Herz stoßen.«

»Das ist nicht wahr«, knurrte Marie. »Mein Vater war nicht so.«

»Dein Vater war ein Rebell, perfektes Material für einen Freak«, widersprach ihr der Puppenspieler und kam näher. »Wenn du ihn nicht erwischt hättest, hätte er das Gefüge unserer Stadt unterminiert. Er hätte Anhänger gefunden, hätte eine gefährliche Fraktion geschaffen. Aber nachdem er gefangen genommen und verurteilt worden war, hätten wir aus ihm einen harmlosen Artisten gemacht, vielleicht einen Jongleur, so wie dich.«

Marie zitterte. Die Worte des Puppenspielers gaben ihr endlich die fehlenden Antworten auf ihre Fragen. »Aber wir sind doch selbst Bürger gewesen. Wir waren ihre Nachbarn und ihre Freunde.«

»Ja«, gab der Puppenspieler angespannt zu. »Aber jetzt seid ihr Ungeheuer: ihr seid all das, was die Bürger an sich selbst verabscheuen, jede Schwäche und jede Perversion, die sie Angst haben, in sich zu entdecken.«

Marie kroch an ihm vorbei und zog sich in eine andere Ecke zurück. »Aber warum erschaffen sie uns, wenn wir all das sind, was sie verabscheuen?«

Der Puppenspieler blieb stehen, und in seinem hervorquellenden, verbrannten Auge lag so etwas wie Mitleid. »Weil sie jemanden brauchen, den sie hassen können. Den sie töten können. Oder sie würden sich gegenseitig hassen und töten.« Er ging zurück zur Pritsche und setzte sich. »Ich werde dich nicht durch die Zelle jagen.«

Marie errötete vor Scham. »Wenn sie uns brauchen, warum töten sie uns dann?«

»Du bist ein Ungeheuer«, erwiderte er einfach. »Moralisch gesehen mußt du einfach ausgemerzt werden, so wie ein Mörder hingerichtet werden muß. Würde es die Tätowierungen nicht geben, die Einschränkung, nur die Freaks umzubringen, die das Mal des Todes tragen, hätten die Bürger den Rummelplatz schon vor langer Zeit vernichtet.«

Marie wurde totenbleich, und es schnürte ihr die Kehle zu. »Ich habe genug gehört.«

»Nein«, antwortete der Puppenspieler trocken. »Du hast erst angefangen, alles zu hören. Komm jetzt, kleiner Schlaohr, es ist Zeit, daß man dir die Ohren entknotet.«

Der Puppenspieler ging den Zellenblock entlang und hatte Marie an der einen Kette und den wimmernden Karrick an der anderen Kette im Schlepptau.

Er nickte der Wache zu, die im nächsten Gang stand. Der Soldat zog das massive Tor auf. Der Puppenspieler schritt über die Schwelle und gelangte zu der zweiten Gruppe von Wachen, die sich beeilten, Holzbalken von einem Tor zu entfernen. Die Balken waren noch nicht ganz aus ihren Halterungen, als der Puppenspieler die Tore auf dramatische Weise mit den Füßen aufstieß.

Karrick brach in die Knie.

Bürger drängten sich auf beiden Seiten der Pflastersteinstraße jenseits des Tores. Sie hielten Schaufeln, Spitzhacken, Dreschflegel, Sensen, Hämmer, Äxte, Knüppel und Dutzende anderer Werkzeuge in den Händen. Myriaden scharfer Flächen funkelten in der Morgensonne. »Hurra!« Der hungrige Ruf ertönte, als die Freaks erschienen. In den Gesichtern der dort Versammelten zeigte sich irrsinnige Erwartung.

Am Ende der Gasse, auf dem Kamm eines Hügels, auf dem sich zwei Straßen kreuzten, stand eine Guillotine. Sie hob sich dunkel vom strahlenden Himmel ab. Neben ihr verharrte geistergleich ein Mann mit einer schwarzen Kapuze, dessen Hand auf dem Auslöser des hochgezogenen Fallbeils ruhte.

»Bürger von L'Morai, ich grüße euch an diesem schönen Morgen«, rief der Puppenspieler. »Seid ihr bereit, diese beiden Staatsfeinde hinzurichten?«

Die Menge reagierte mit Jubel, Fußgetrampel und Waffengeklirre.

Karrick packte das Bein des Puppenspielers und flehte ihn schluchzend an, ihn freizulassen. Sienne ignorierte ihn, beugte sich zu Marie hinunter und flüsterte: »Siehst du, wie mörderisch sie sind?«

Marie unterdrückte ihre Angst und fauchte: »Ich kann nichts sehen.«

Der Puppenspieler lachte und fuhr ihr mit der leichenhaften Hand übers Gesicht. »Das ist etwas, das du einfach sehen *mußt*!«

Licht stach Marie schmerzhaft in die noch immer pupillenlosen Augen. Sie blinzelte. Sie konnte wieder sehen. Und das erste, was sie sah... war die furchteinflößende Menge, die Häuser, die hinter den Sprechchöre singenden, höhnisch grinsenden Leuten dicht nebeneinanderstanden, und die schwarze Guillotine, die sie erwartete. Sie fing an, am ganzen Leib zu zittern, und umklammerte die Hand des Puppenspielers.

»Ich habe die Macht, deine Sünden auszulöschen, meine Liebe«, sagte er. »Die Freaks sind mir übergeben worden – um sie zu bewachen, sie zu führen, sie zu töten und von den Toten auferstehen zu lassen.«

Marie konnte es nicht ertragen, ihm zuzuhören, aber ihre Augen, die so lange blind gewesen waren, wollten sich nicht schließen. Sie kannte diese Straße aus ihrer Kindheit. Sie erinnerte sich, mit ihrem Vater an dem Käseladen vorbeigegangen zu sein; grauer Pfeifenrauch hatte seine grauen Locken umspielt. Sie erinnerte sich an einen anderen Tag, an dem sie Schulter an Schulter mit den anderen Bürgern gestanden hatte. Alles wartete gierig und aufgeregt auf das erste Opfer. Einen perversen Augenblick lang stand Marie statt an der Seite des Puppenspielers mitten in der grinsenden, wütenden, mörderischen Menge.

Doch die Illusion zerbrach, als der Puppenspieler Karrick von der Kette befreite und ihn in die lauernde Gasse stieß.

17

Der Messer-Mann stolperte mit einem mitleiderregenden Kreischen vorwärts. Er faßte wieder Tritt und wich in Richtung Tor zurück. Die Bürger strömten zusammen, ihre Dreschflegel und Knüppel sausten durch die wie vor einem Gewitter aufgeladene Luft. Ein dumpfer, hallender Laut erklang, als der erste Schlag traf: das harte Ende eines Stocks landete auf Karricks Schulterblatt und warf ihn zu Boden. Er fing den Sturz mit beiden Händen ab, aber der alte Mann, der den Stock schwang, ließ einen zweiten Schlag folgen, der ihn endgültig aufs Pflaster drückte. Die Bewohner L'Morais umringten ihn; sie schrien und stimmten Sprechchöre an und glichen in ihrer Wildheit einem Rudel Bestien.

»Tötet ihn! Brecht ihm den Hals! Schlagt ihm den Schädel ein!«

Die frenetischen Rufe wurden von Wutschreien und Ausbrüchen seltsam schrillen Gelächters begleitet. Die Keulen und Dreschflegel regneten in einem wütenden Schlaghagel auf den am Boden liegenden Messer-Mann herab, und die Bürger spien ihn an und schrien Obszönitäten. Ein Junge, dessen rotem Gesicht eine bösartige Schadenfreude abzulesen war, drängte sich an den Erwachsenen vorbei und fing an, Karrick wütende Fußtritte zu versetzen. Eine dicke Frau trat angesichts dieser jugendlichen Begeisterung zurück und feuerte den Kleinen an.

Marie bedeckte ihre wieder gesunden Augen, um die Greuel nicht mit ansehen zu müssen, aber die schrecklichen

Bilder verschwanden nicht: Maries Erinnerung produzierte frühere Spießrutenläufe – viele Spießrutenläufe. Einmal hatte sie so eine Massenhinrichtung mit ihrem stummen, verstörten Vater an ihrer Seite verfolgt. Sie hatte den taumelnden Verurteilten Beleidigungen zugerufen und sich nach vorn gedrängt, um sie mit dem Stein schlagen zu können, den sie in der Hand hielt.

Ihr Vater hatte verboten, daß irgendwelche Waffen ins Haus oder in seinen Laden kamen, und er hatte sich nur zu den Straßenhinrichtungen begeben, weil es das Gesetz befahl. Aber Yvette war da anders. Sie fühlte sich in der vorwärts stürmenden Menge erst richtig lebendig. Sie liebte die Sprechchöre und die Schreie, das Vergnügen, das die ganze Prozedur bereitete und einem den Atem stocken und das Herz bis zum Halse schlagen ließ. Jeder Knochen, den sie brach, jede Wunde, die sie schlug, vermittelte ihr das Gefühl, einen Schlag gegen das Böse selbst zu führen. Sie reinigte L'Morai von all dem, was finster und pervers war, befreite die Stadt von seinen in menschliches Fleisch gekleideten Ungeheuern. Der Spießrutenlauf war für sie weniger eine Hinrichtung als vielmehr ein Exorzismus. Danach waren die Straßen sauberer und heller, viel friedvoller, viel freundlicher. Auf nicht näher zu bestimmende Weise reinigte das Töten sie alle, so wie ein wilder Sturm die Luft reinigt. In der Nacht danach konnte Yvette immer besonders gut schlafen.

Marie nahm die Hände vom Gesicht und verbannte die Erinnerungen. Sie sah nun alles mit ganz anderen Augen. Die Menge wich vor dem zuckenden Karrick zurück, von einem kräftigen Mann beiseite gestoßen, der jemandem am Ende der Reihe zunickte. Die Rufe nach Blut und gebrochenen Knochen wurden von Schreien übertönt, die vom hinteren Ende der Gasse kamen.

»Laßt uns noch was übrig! Brecht nicht seine Beine!«

Als die Dreschflegel und Keulen nicht mehr auf ihn einschlugen, blieb Karrick reglos liegen. Sein Rücken war mit roten, schwarzen und blauen Striemen übersät, aus einigen sickerte ein dichter Blutstrom auf die Pflastersteine. Einer seiner Arme lag schlaff an seiner Seite, und er atmete keuchend. Als der alte Mann mit dem Stock sah, daß Karrick keine Anstalten machte, sich wieder in Bewegung zu setzen, trat er vor ihn hin und rammte ihm das untere Ende des Stocks ins Kreuz.

»Hoch mit dir, du wertloses Stück Dreck!« schnauzte er und unterstrich die Bemerkung noch, indem er Karrick die Fingernägel über den wunden Rücken zog.

Alles jubelte zustimmend. Ihre hämischen Anzüglichkeiten verdoppelten sich, als der Messer-Mann wieder mühsam auf die Füße kam und dabei einmal über den Arm stolperte, der leblos an seiner Seite herunterhing.

Der alte Mann mit dem Stock schlug ein letztes Mal zu, sein Hieb peitschte über die Wunden des flüchtigen Opfers und verfehlte nur knapp einen seiner Nachbarn. Ohne es zu beachten, stürzten sich die Leute wieder auf den Messer-Mann. Die Prügel fingen erneut an, Schläge trafen dumpf, und Rippen brachen.

»Sie hassen uns«, murmelte Marie und starrte die Menge ungläubig an.

Der Puppenspieler sah auf sie herunter und musterte ihr ausdrucksloses Gesicht. »Haß fällt leichter als Liebe. Darum ist er auch das Fundament von Städten.«

Der andere Arm des Messer-Mannes brach durch einen Keulenhieb, und Marie sah zur Seite. Sie erschauderte, und ihre Hände, die von kaltem Schweiß bedeckt waren, verloren jedes Gefühl. »Ich will nicht sterben.«

Die blasenübersäten und geschwollenen Lippen des Puppenspielers verzogen sich zu einem starren Grinsen. »Das wirst du aber, meine Liebe. Das werden alle Freaks auf dem Rummelplatz.«

»Was?« stieß Marie hervor. »Du hast gesagt, du würdest sie am Leben lassen!«

»Oh, *ich* werde sie nicht töten«, erwiderte der Puppenspieler gleichgültig. »Aber sie werden trotzdem sterben. Ich kann sie nicht davonkommen lassen; sie könnten zur Vergeltung die Stadt angreifen. Sie werden in der Arena verhungern oder den Verstand verlieren und sich gegenseitig töten.«

»Du bist widerlich«, erwiderte Marie tonlos.

»Nein.« Der Puppenspieler schüttelte den Kopf, und auf seinen Zügen zeigte sich so etwas wie ein tröstendes Lächeln. »Ich bin nur menschlich.«

»Du kannst sie nicht sterben lassen. Es wäre besser, wenn du einfach zurückkehren und wieder selbst über den Rummelplatz herrschen würdest. Versetze alles wieder in den Zustand vor dem Feuer, bring wieder alles in Schwung... Tu, was immer du mußt, um dieses Blutbad zu verhindern.«

Sienne sah sie an. »Ich bin froh, daß du endlich zu denken anfängst. Und da dem so ist, begreifst du auch sicher, daß mich die Freaks nie wieder akzeptieren würden. Sie würden sich nie mehr in Sicherheit wägen.« Seine Stimme verklang, und er blickte wieder zum Spießrutenlauf hinüber.

Karrick war in einer beträchtlichen Entfernung von der Guillotine zusammengebrochen; eine Horde Bürger umringte ihn, und ihre Knüppel schlugen in einem übelkeiterregenden Rhythmus zu. Jedesmal, wenn sich die Waffen hoben, waren ihre Spitzen scharlachrot, und ein Blutregen ging auf die Umstehenden nieder.

»Ich habe eine viel bessere Idee als zurückzukehren«, fuhr

der Puppenspieler fort. »Die Freaks würden mir nicht vertrauen, aber sie würden *dir* vertrauen.«

Ein Schauder fuhr Marie über den Rücken, und sie fiel zitternd auf die Knie. Sie schüttelte heftig den Kopf. »Nein! Ich kann sie nicht verraten. Da werde ich nicht mitspielen.«

»Du würdest sie nicht verraten. Erinnere dich, Marie, ohne dich werden sie in der Arena verhungern. Aber du kannst sie retten. Du kannst sie beschützen«, krächzte der Puppenspieler. »Du weißt, wie es ist, ein Freak zu sein. Du würdest sie behüten, für sie sprechen, sie vom Rathaus und dem Spießrutenlauf fernhalten – wie ich es bei dir versucht habe.«

»Ich kann es nicht tun«, fiel Marie ihm ins Wort, und ihre Stimme brach. »Ich kann kein Puppenspieler sein.«

»Das ist richtig, das kannst du nicht«, keuchte Sienne. »Ich bin der Puppenspieler und werde es für alle Zeiten sein. Es war mein Titel, bevor ich die Herrschaft über den Rummelplatz übernahm, bevor ich eine Revolte anführte, um den korrupten Herrscher zu stürzen, der ihn vor mir beherrscht hat.«

»Du?« stieß Marie hervor. »Du hast die Herrschaft über ihn übernommen, so wie...«

»Ja«, erwiderte der Puppenspieler. »So wie du. Auch ich war ein Revolutionär. Ich habe den letzten Herrscher des Rummelplatzes vor etwa sechzig Jahren vertrieben, in dem Glauben, ich könnte die Freaks von ihren Unterdrückern befreien. Ich habe den gleichen Prozeß wie du über mich ergehen lassen, mich dem gleichen Spießrutenlauf gegenübergesehen, der gleichen Guillotine. Und als dieser Mann, dieses Ungeheuer mir dann sagte, ich könnte an der Seite meiner Revolutionäre sterben oder zurückkehren und über sie herrschen, habe ich meine Wahl getroffen – sie weise getroffen. Ich habe mein Volk sechzig Jahre lang als Herrscher des Rummelplatzes behütet, Marie. Bevor ich dieses Amt übernommen habe, starben die Freaks zu Dutzenden. Danach sind sie nur einer nach dem anderen gestorben.«

»Ich kann es nicht glauben«, murmelte Marie. »Ich kann nicht glauben, daß du wie ich gehandelt hast.«

»Glaube es ruhig, Marie«, versicherte ihr der Puppenspieler, und zumindest dieses eine Mal war seine Stimme bar jeder Bosheit oder Täuschung. »Meine Freunde, meine Seelengefährten, sind in der Arena begraben, nur wenige Meter unter deinen Gefährten.«

Marie krümmte sich zu Füßen des Puppenspielers zusammen, ihr Leib verkrampfte sich vor Schluchzen, in ihrem Kopf drehte sich alles. Jenseits des Tores wichen die Bürger enttäuscht von der reglosen Leiche zurück, die in einer ständig größer werdenden Blutpfütze auf dem Pflaster lag. Laut verlangten sie nach Marie, die Karricks blutigem Weg folgen sollte. Sie wischten bereits das Blut von ihren Waffen und Händen.

»Du würdest die Jongleurin sein, Herrscherin über den Rummelplatz von L'Morai«, sagte der Puppenspieler und riß Marie aus ihren Gedanken. Er zog den Rubinanhänger aus dem Gewand – den Anhänger, den Hermos in seiner Behausung gesehen hatte. Der blutrote Edelstein drehte sich im hellen Licht des Morgens, auf seinen Facetten funkelte auf der einen Seite Prin-zah, Gott der Pferde, und auf der anderen Seite Schlaohr, Gott der Freaks.

»Mach es dir mit deiner Entscheidung nicht zu einfach, meine Liebe. Obwohl du deine Freunde beschützen kannst, wirst du sie nie wieder zum Aufstand führen können. Wenn du dich entscheidest, die Herrscherin des Rummelplatzes zu werden, werde ich dir diesen Edelstein umhängen. Von diesem Augenblick an wirst du für alle Zeiten unter dem Einfluß

L'Morais stehen. Du wirst den Haß und die Angst seiner Bürger in die richtigen Kanäle leiten, und du wirst die Bürger niemals an deine Freaks verraten.

Dieser Rubin gehörte dem ersten Herrscher des Rummelplatzes, und wir alle haben ihn getragen – jeder Ratsherr und jede Ratsherrin dieser Stadt.«

»Der Rat?« flüsterte Marie kaum hörbar.

»Ja.« Der Puppenspieler nickte. »Jedes Mitglied des Rates ist ein ehemaliger Herrscher des Rummelplatzes. Keiner von uns stirbt an Altersschwäche. Selbst unser aller Großvater lebt noch, der hasenschartige Juron Cygne.«

»Juron Cygne«, keuchte Marie. »Ich habe Hunderte Male gehört, wie dieser Namen vom Eckstein der Arena abgelesen wurde.«

»Ja. Er war der erste Herrscher. Er hat seinen eigenen Bruder in dem Eckstein lebendig begraben. Juron haßte seinen Bruder, der sein Zwilling in allem war, nur nicht, was die Kinderkrankheit betraf, die ihn entstellte. Du mußt wissen, daß André das magische Amulett der Familie getragen hatte, das ihn gegen die schleichende Krankheit beschützte, die Juron vernichtete. Es ist sein Amulett, das ich nun dir anbiete.«

Er senkte die pendelnde Kette, so daß der Rubin auf Maries zitternder Schulter zu liegen kam. Sie schluchzte und holte keuchend Luft, als sie sich auf die Knie aufrichtete und das kalte Gewicht des Rubins spürte.

»Juron stahl seinem Bruder den Anhänger und begrub ihn bei lebendigem Leib in der Arenamauer. Als André starb, verfluchte er Juron und das gestohlene Amulett und zauberte seine gepeinigte Seele in den Edelstein. Er verkündete, daß der Träger dieses Anhängers Herrscher der Freaks sein wird, von L'Morai ausgestoßen, aber Marionette seines Hasses. Kurz darauf erschien die Abbildung von Prinz dem Pferd auf der einen Seite des Edelsteines und die des Hasen mit den verknoteten Ohren auf der anderen Seite. Er wurde das Brandmal, das die Bürger auf magische Weise mit dem Zeichen der Freaks tätowiert und Freaks mit dem Mal des Todes. Denn du mußt wissen, daß der Herrscher des Rummelplatzes der Erste Bürger ist, so wie Prinz der Erste unter den Tieren ist. Gleichzeitig ist er aber auch der Erste der Freaks wie der Hase mit den verknoteten Ohren.«

»Prin-zah«, murmelte Marie leise, fast betend. »Schlaohr.«

Die Stimme des Puppenspielers übertönte die gemeinen Sprechchöre der Menge. »Also, Marie, wenn du diesen Anhänger trägst, wirst du die nächste Herrscherin des Rummelplatzes und rettest deine Freunde vor dem sicheren Tod.« Er bewegte die Kette, und der große Rubin glitt wie ein riesiger Blutstropfen zwischen ihre Brüste. »Aber du mußt dich jetzt entscheiden. Der Anhänger oder der Spießrutenlauf!«

Schneid pfiff einmal, ließ die von der Reibung heiß gewordene Pfeilspitze fallen und trat in den Mörtel, der sich mit dem sandigen Boden vermischte. Es würde ewig dauern, die Mauer aus Stein und Trümmern niederzureißen, die den Eingang zur Arena versperrte. Der Stein, den er versucht hatte, aus dem Wall herauszuholen, hing noch immer an Ort und Stelle, vom Mörtel gehalten. Der Zwergmensch räusperte sich und schob seine müde, gesunde Hand in die Schlinge, die er noch immer trug. Er sah zu den anderen Freaks hinüber, die sich an seiner Seite in dem dunklen Eingang versammelt hatten. Sie hatten rastlos gearbeitet, seit Hermos gegen Mittag mit seiner freudigen Nachricht zurückgekehrt war. Bis jetzt hatten sie erst zwanzig Steine aus der Mauer entfernt, die zwischen ihnen und ihrer Freiheit stand.

Schneid bahnte sich einen Weg durch die eng beieinanderstehenden Arbeiter und erreichte Hermos, der am Rand der Mauer kniete und den letzten Mörtel von einem besonders großen Stein wegkratzte. Der Zwergmensch stieß Hermos an. »Wie weit sind wir?«

Der Riesenmensch kniff ein Auge zu und spähte durch einen Riß, den der Rammbock während der Belagerung verursacht hatte. »Fast geschafft.«

Schneid schüttelte traurig den Kopf. »Mir wären hundert bessere Methoden eingefallen, wie wir alle hier schnell rauskommen. Wir sollten nicht warten, bis wir die Steine fast abgetragen haben und dann den Durchbruch machen. Wir sollten sofort gegen ihn anstürmen.«

Hermos sah ihn zweifelnd an, dann schob er die Finger in die Spalten um den gelockerten Stein und fing an, ihn herauszulösen.

»Ich weiß, ich weiß. Wir wollen die Soldaten nicht alarmieren. Aber ich bin noch immer der Meinung, wo liegt der Unterschied, wenn sie es wissen?«

Eine angespannte, geflüsterte Bitte, die von einem Harlekin an der Mündung des Tunnels kam, unterbrach die Ausführungen des Zwergmenschen. »Hermos, du solltest lieber mal nach oben kommen.«

Das Drängen in der Stimme des Burschen ließ die Freaks in ihrer Arbeit innehalten, obwohl keiner von ihnen zu sagen vermocht hätte, ob der Bote erschrocken oder aufgeregt war. Hermos schritt mit großen Schritten über den sandigen Untergrund; sein Blick war hart.

»Was ist?« rief Schneid ungeduldig.

»Es ist Marie«, sagte der Harlekin.

Hermos fing an zu laufen, während die Freaks staunende und ungläubige Blicke wechselten. Schneid stürmte aufgeregt hinter dem Riesenmenschen her, und die anderen ließen einen Herzschlag später Pfeilspitzen und Ziegel fallen, um sich den beiden anzuschließen.

Hermos eilte die Treppe hinauf, bei jedem Schritt zehn Stufen auf einmal nehmend. Er überholte den Boten und lief weiter. Hinter ihm füllte der Lärm von mehr als zwanzig die Treppe hinaufstürmenden Freaks die Luft. Schneid rief frustriert und so laut er konnte: »Laßt mich vorbei! Aus dem Weg! Hermos, warte!«

Hermos erreichte den obersten Zuschauerrang und sah über die Brüstung auf den zerstörten Rummelplatz hinaus. Sein Blick folgte dem ausgestreckten Zeigefinger eines der Freaks, der auf das Tor zum Rummelplatz deutete. Dort standen zwei Soldaten – weit außerhalb Bogenschußweite – und deuteten auf die Heidestraße.

Hermos entdeckte Marie sofort. Sein Gesicht hellte sich auf, und so etwas wie ein Lächeln zeigte sich auf seinen Lippen. Sie schritt allein über die Straße, einen langen Stab in der Hand. Sie hielt sich am Straßenrand, und der Stab führte sie. Ihr zerlumptes Kleid hatte sie mit einem dicken grauen Gewand getauscht, das formlos die Konturen ihres schlanken Körpers verhüllte. Die Kapuze war zurückgeschlagen, und nichts verhüllte ihr schönes Gesicht und die schneeweißen Augen.

»Marie!« rief Hermos in plötzlicher Freude, seine Stimme hallte durch das Amphitheater und war noch auf der Heide zu hören. »Marie!« rief er erneut, aber ein schneller Faustschlag gegen seine Wade ließ ihn verstummen, bevor er ein drittes Mal rufen konnte. Von plötzlichem Zorn erfüllt, sah er nach unten und entdeckte Schneid, der mit dem Finger über die Mauer zeigte.

»Die Wachen, du Narr!«

Hermos warf den Soldaten, die an der Peripherie des Rummelplatzes entlang der Brombeerhecke in einer dünnen Reihe Aufstellung genommen hatten, einen schnellen Blick zu. Es gab eine Lücke in der Reihe. Fünf Soldaten hatten sich von ihrem Posten entfernt, deren Platz von ihren Kameraden übernommen wurde. Die fünf Männer eilten mit gezückten Schwertern und schußbereiten Armbrüsten auf das Tor zu – und damit auf Marie.

»Nein!« schrie Hermos und bahnte sich einen Weg durch die Freaks, die sich versammelt hatten, um über die Brüstung zu schauen. Einen Augenblick später hatte er eine Wache erreicht, der er kurzerhand die gespannte Armbrust entriß. Dann stürmte er mit einem wütenden Knurren den obersten Zuschauerrang entlang.

»Was tust du da?« schrie Schneid, die gesunde Hand beschwörend erhoben. Er sprang von der Steinbank und folgte Hermos, wobei er die im Weg stehenden Artisten einfach zur Seite stieß.

Der Riesenmensch hatte bereits das Seil erreicht, an dem er sich in der letzten Nacht in die Tiefe gelassen hatte. Er hängte sich die Armbrust über die Schulter und wickelte sich das Seil um den linken Arm. Kurz vergewisserte er sich, daß das Ende noch sicher um die Steinbank geschlungen war und sich die Soldaten noch immer außer Schußweite befanden, und sprang über die Mauer.

Schneid kam nur einen Augenblick zu spät und fluchte. Er schlug wütend auf die Brüstung und beugte sich darüber, um Hermos' Abstieg zu verfolgen.

Hermos rutschte das Seil hinunter, der Hanf verbrannte ihm die Haut. Der Schmerz ließ seine ins Gesicht geschriebene Wut nur noch wilder erscheinen. Er kam hart auf dem Boden auf und lief noch aus dieser Bewegung los, so daß hinter ihm Sand in die Höhe spritzte. Er stürmte auf das Tor zu.

Mit einem entsetzten Stöhnen sah er, daß Marie es fast erreicht hatte; sie ertastete sich ruhig mit dem Stab den Weg, ohne zu bemerken, was um sie herum geschah. Hermos sah in die andere Richtung: Die fünf Soldaten hatten das Tor fast erreicht, und die beiden Posten, die es hüteten, zogen die Schwerter. Hermos stieß einen schrecklichen Schrei aus, der die Luft zerriß.

Die Soldaten zuckten zusammen, dann lösten sich zwei Mann aus der Gruppe, um sich dem wahnsinnigen Riesen zu stellen. Im Laufen griffen sie mit gedrillter Geschicklichkeit nach ihren Armbrüsten und legten an.

Mit großen Sprüngen überwand Hermos die Distanz zu ihnen und griff seinerseits nach der Armbrust. Er zerrte sie unbeholfen nach vorn, in der Hoffnung, als erster schießen zu können. Doch zu spät. Ein Surren ertönte, als der eine Soldat abdrückte, und Hermos spürte einen heftigen Schlag gegen den Oberschenkel: der Bolzen bohrte sich ins Fleisch, trat aber hinten wieder heraus.

Das hielt Hermos nicht auf.

Der Soldat warf mit leichenblassem Gesicht die abgeschossene Armbrust zur Seite und riß das Schwert aus der Scheide. Sein junger Kamerad bemühte sich mit hektischen Bewegungen, seine Armbrust anzulegen. Der Riesenmensch stieß wieder einen ohrenbetäubenden Schrei aus; der Soldat riß erschrocken den Abzug durch; der Bolzen landete im Sand.

Hermos warf sich auf die Soldaten. Er war zwei Schritte von dem Schwertträger entfernt, als er abdrückte. Der Bolzen grub sich in die Brust des Mannes und warf ihn zu Boden. Im nächsten Augenblick hieb Hermos dem jungen Soldaten die abgeschossene Armbrust ins Gesicht, wobei dessen Kopf so heftig nach hinten gerissen wurde, daß sein Genick brach. Wie eine schlaffe Stoffpuppe stürzte er zu Boden.

Hermos blieb nicht stehen, sondern hetzte weiter zum Tor. Die fünf dort versammelten Soldaten wirbelten entsetzt keuchend zu ihm herum, schoben die Schwerter in die Scheiden und beeilten sich, an ihre Armbrüste zu kommen. Marie stand klein und hilflos genau in ihrer Mitte.

»Marie!« rief Hermos.

»Bleib stehen oder stirb!« rief einer der Soldaten, legte die Armbrust an und zielte.

»Bleib stehen, Hermos!« rief Marie leise. In ihrer Stimme lag nur noch ein Hauch der Wut, die sie einst angetrieben hatte. Dafür war eine unbekannte Traurigkeit darin zu hören.

Der Riesenmensch kam stolpernd zum Stehen, mehr aus Entsetzen darüber, was er aus Maries Stimme herausgehört hatte, als wegen ihres Befehls. Erst jetzt wurde er sich der Wunde in seinem Oberschenkel und des fließenden Blutes bewußt.

»Der Krieg ist vorbei«, verkündete Marie und stampfte mit dem Stab auf, wie um diese Behauptung zu unterstreichen. Sie hielt inne, um nach den Schritten des Riesenmenschen zu lauschen. »Legt eure Waffen nieder, ihr alle«, sagte sie dann.

Die drei Soldaten blickten erst sie und dann die Torposten fragend an. Marie reichte ihnen eine elegante Schriftrolle, die sie aus ihrer Tasche gezogen hatte. Der ältere der Torposten nahm das Dokument entgegen, entrollte es und fing an zu lesen. Er überflog blinzelnd die Worte, und sein schwieliger Daumen betastete prüfend das Siegel am unteren Ende der Rolle. Er sah von dem Dokument auf, schluckte und rollte es wieder zusammen. Er gab Marie die Schriftrolle zurück und nickte den Soldaten um ihn herum knapp zu.

Sie sahen ihn fragend an, und ein paar von ihnen senkten zögernd ihre Waffen.

»Ich habe gesagt, weg mit den Waffen!« brüllte Marie und versetzte dem nächststehenden Soldaten einen Hieb mit ihrem Stab. Die Krieger gehorchten, ihre Schwerter und Armbrüste landeten im Sand. Als Marie dann weitersprach, war ihre Stimme beherrschter, aber noch immer laut genug, daß der Riesenmensch alles verstehen konnte. »Hermos, auch du läßt deine Waffe fallen.«

Der Riesenmensch gehorchte verwirrt.

Marie zeigte mit dem Stab auf den Hauptmann der Soldaten. »Sag ihnen, was in der Schriftrolle steht«, fuhr sie ihn an.

Der Hauptmann sah sie an, die Lippen zu einem schmalen Strich verzogen.

»Mach schon«, drängte Marie und stieß die Wachen beiseite.

Der Hauptmann sah ihr mit einem stählernen Blick nach. »Wir rücken ab.«

»Was?« ertönte es förmlich im Chor.

»Ihr habt mich verstanden! Verbreitet den Befehl. Holt eure Sachen. Wir werden uns am Tor versammeln, bevor wir losmarschieren.«

Marie nickte. »Setzt euch in Bewegung, es sei denn, ihr wollt vor den Rat von L'Morai gezerrt und der Befehlsverweigerung angeklagt werden.«

Die Männer starrten sie wütend und ungläubig an, dann verschwanden sie zögernd vom Tor.

Marie ging über den gepflasterten Vorplatz. Sie suchte mit dem Stab den Weg und machte sich mit ernstem Gesicht zu dem Riesenmenschen auf.

Hermos stand mit offenem Mund da und hatte die Hände auf die Wunde in seinem zitternden Bein gedrückt. Er richtete sich auf und machte erst einen zögernden Schritt auf sie zu, dann einen zweiten. »Sie haben dich gehen lassen?«

»Natürlich«, fauchte Marie ungehalten. »Sie haben mir den Prozeß gemacht. Ich war unschuldig.« Ihre Stimme klang merkwürdig, als würde sie durch Eisenzähne gepreßt.

»Bist du... in Ordnung?«

»Ja«, erwiderte sie, und der harte Unterton in ihrer Stimme wurde weicher.

Mit einem unsicheren Lächeln machte der Riesenmensch zwei weitere Schritte auf sie zu und umarmte sie. Sie fühlte sich steif an. Statt sich aus der Umarmung zu befreien, ließ sie sie reglos über sich ergehen. Der Riesenmensch kniff die Augen zusammen, aber er trug sie kommentarlos auf die Arena zu. Der Schmerz in seinem Oberschenkel war wie weggeblasen, und trotz des zusätzlichen Gewichts, das er trug, hinkte er nur leicht. Er erreichte die Mauer und sah, daß jemand aus dem Seilende eine Schlinge geknüpft und es für sie in die Tiefe gelassen hatte. Die Artisten hatten sich an der Brüstung versammelt; einige hielten das Seil und winkten ihm zu, in die Schlinge zu treten.

Schneid stand ganz vorn; er saß rücklings auf der Mauer. »Macht schon!« rief er. »Wir können nicht darauf warten, bis du raufgeklettert bist, du Dummkopf!«

Hermos nickte, schob den Fuß seines unverletzten Beines in die Schlinge und hielt sich mit einem Arm an dem Seil fest.

»Zieht!« rief der Zwergmensch, und ein Freak nach dem anderen verschwand, als sie die Treppe hinunterliefen. Das Seil wurde straff, und plötzlich wurden Hermos und Marie mit erschreckender Geschwindigkeit in die Höhe gezogen.

Hermos lächelte der kichernden Mannschaft zu und setzte Marie ab. Sie strich ihr Gewand glatt und machte ein paar Schritte von dem Riesenmenschen fort. Hermos hob mühsam sein verwundetes Bein über die Brüstung und hinkte hinter ihr her.

Eine jubelnde, aus etwa siebzig Artisten bestehende Menge hatte sich bereits um Marie versammelt. Zögernd streckten sie die Hände nach ihr aus, um sie zu berühren, als fürchteten sie, vor einem Geist zu stehen; eine wahre Flut von Fragen regnete auf sie herab.

»Wie bist du entkommen?«

»Was steht in der Schriftrolle?«

»Wann rücken die Soldaten ab?«

»Was ist in L'Morai geschehen?«

Schneid drängte sich nach vorn und tippte gegen den Stab, den sie trug. »Wofür ist der? Ich habe immer gedacht, du würdest so etwas nicht brauchen«, zog er sie fröhlich auf.

»Jetzt brauche ich ihn«, erwiderte Marie mit unbewegtem Gesicht.

Hermos drängte die Freaks zur Seite. Er fiel vor Marie auf die Knie und umarmte sie.

Sie wandte sich ihm zu; ihr Gesichtsausdruck war ausgesprochen ernst, und der Blick ihrer blinden Augen schien ihn zu durchbohren. »Bitte, Hermos. Schluß damit.« Ihre zierlichen Finger spielten mit einem roten Edelstein, der ihr an einer Kette um den Hals hing.

Hermos erkannte ihn sofort: es war der Rubinanhänger mit Prin-zahs Abbild. Der Anhänger, den er beim Puppenspieler gesehen hatte.

»Komm schon, Marie«, drängte Schneid. »Erzähl uns, was geschehen ist.«

Marie wandte sich den Artisten zu. Sie zitterte, als wäre ihr sehr kalt, und ihre bebenden Lippen formten nur zwei Worte. »Setzt euch.«

Die Freaks verteilten sich auf den Steinbänken, begierig, wenn möglich einen Platz in ihrer unmittelbaren Nähe zu ergattern.

Hermos kniete noch immer neben ihr. »Ich verstehe nicht«, flüsterte er.

Sie wandte sich ihm zu, und das graue Gewand, das sie trug, ließ ihre Augen so weiß wie Schnee erscheinen. »Setz dich«, wiederholte sie und zeigte auf die Mauerbrüstung. Er stand mit abgewandtem Blick da und hatte das Gefühl, daß Marie ihm in die Gedanken blicken konnte. Mit gebeugtem Kopf setzte er sich.

Die anderen Artisten – es waren etwa siebzig Männer und Frauen, die noch in der Lage waren, sich ohne fremde Hilfe fortzubewegen – drängten sich unterhalb Marie auf den Sitzen. Ihre Gesichter waren schmutzig und von den schrecklichen Ereignissen gezeichnet. Ihre Kleidung hing zerfetzt von ihren Schultern; der Stoff war schmutzig, blutig, rußig und verschwitzt. Die Schminke war verschwunden, genau wie die Masken, die Federn und die Seide. Sie waren nicht länger eine Truppe exotischer Artisten, sondern ein Schwarm schmutziger Ratten. Doch trotz Dreck und Verzweiflung starrten sie Marie hoffnungsvoll, beinahe schon gierig an.

Marie lehnte ihren Stab an die Mauerbrüstung und verschränkte die Arme vor der Brust. Der Wind wehte durch ihr rabenschwarzes Haar und trieb es ihr spielerisch ins Gesicht, während sie allen Mut sammelte, um zu sprechen. »Wir sind frei«, sagte sie, allerdings so leise, daß sich diejenigen, die ab der vierten Reihe saßen, vorbeugten, um sie verstehen zu können. Sie fing noch einmal von vorn an, diesmal aber lauter. »Wir sind frei. Wir müssen unseren Rummelplatz wieder aufbauen.«

»Was ist in L'Morai geschehen?« fragte eine hochgewachsene Frau.

»Ich bin vor Gericht gestellt worden«, antwortete Marie und senkte einen Augenblick lang den Kopf. »Ich bin vor Gericht gestellt worden und habe ihnen von dem Rummelplatzmörder berichtet. Ich habe ihnen berichtet, was wir herausgefunden haben, und sie haben den Mann in Gewahrsam genommen und ihn hingerichtet.«

Erstauntes und ungläubiges Gemurmel ertönte. »Wer war es?« rief jemand mit schriller Stimme.

Marie biß sich auf die Unterlippe und schloß die Augen. »Es war... Es war...« Ihr Kinn bebte einen Augenblick lang, dann verhärteten sich ihre Gesichtszüge. »Es war der Schuster. Sein Name war Francis Martinique.« Sie errötete, und für einen Moment wandte sie sich von ihnen ab.

»Ich dachte, der sei vor zehn Jahren gestorben«, warf ein Zwerg ein.

»Warum haben sie dich gehen lassen?« rief Schneid; seine Stimme hatte ihren hoffnungsfrohen Unterton verloren.

»Ich... Ich war unschuldig«, erwiderte Marie. »Ich habe nur mein Volk verteidigt: Zumindest hat das der Rat entschieden.«

»Also erbauen wir nun die Stadt, von der wir gesprochen haben?« fragte der Junge mit dem Hundegesicht aufgeregt.

Marie schüttelte den Kopf und versuchte, etwas zu sagen. Seufzend sah sie wieder zur Heide hinüber. »Nein«, sagte sie schließlich. »Das war nur ein närrischer Traum. Darum haben so viele in diesem Krieg ihr Leben lassen müssen. Ich hätte euch in ein Heer verwandeln sollen, nicht in eine Stadt. Wir« – sie holte tief Luft – »wir sind keine Bauern. Wir sind keine Handwerker. Wir sind... Artisten, Freaks, Kuriositäten. Wir leben für unsere Kunst und unsere Kunst für uns... Wir müssen alles wieder aufbauen.«

Schneid sah den Riesenmenschen, der sich den Oberschenkel hielt, um den Blutstrom einzudämmen, besorgt an. Hermos' Blick war ernst und traurig.

»Was sollen wir zuerst tun?« rief Fang erschöpft. Schneid blickte ihn erstaunt an. Großer Junge war beim ersten Brandpfeilhagel getötet worden, und Fang hatte seitdem kein Wort mehr gesagt.

»Ja«, sagte er, rutschte von der Bank und verbeugte sich vor Marie. »Wir werden alles tun, was Ihr verlangt. Was Ihr auch verlangt! Ihr seid unsere Anführerin! Gebt nur den Befehl!«

Marie schluckte, und es kostete sie alle Kraft, etwas zu sagen. »Reißt die Mauer vor dem Haupteingang nieder.«

Schneid erhob sich mit einem breiten Grinsen. »Das ist dank mir bereits so gut wie erledigt.« Er nahm ihre Hand. Sie war so kalt wie Eis. »Darf ich Euch nach unten zu dem feierlichen Ereignis führen?«

Marie zog die Hand zurück. »Nein... Ich muß mich um Hermos' Verwundung kümmern.«

Der Zwergmensch starrte sie einen Augenblick lang an, dann wirbelte er herum und rief den Freaks zu: »Ihr habt gehört, was unsere Herrscherin gesagt hat! Schnappt euch die Spitzhacken und Schaufeln, die Balken und Seile. Wir werden diese Mauer wieder einreißen!« Er brachte einen Hochruf aus, und die Freaks erwiderten ihn müde. Der Zwergmensch blickte sie wütend an, und diesmal ertönte ein lautes Jubeln. Schneid ging die Treppe hinunter, und die Freaks schlossen sich ihm an.

Marie entspannte sich und ließ die Schultern hängen, als die Artisten nach unten gingen. Sie trat auf Hermos zu. Einer der Freaks brachte ihr ein sauberes Laken und einen kleinen Tiegel Salbe. Marie nahm beides entgegen, bedankte sich und trug es zu dem Riesenmenschen.

Hermos ließ sie nicht aus den Augen, aber er sagte kein Wort, nicht einmal, als sich ihre Hände auf sein Bein legten, um die Wunde zu ertasten. Sie hielt das Gesicht abgewandt und sagte auch nichts Tröstendes. Nachdem sie den glatten Durchschuß lokalisiert hatte, riß sie Hermos' Hosenbein auf und untersuchte die Wunde vorsichtig mit den Fingern. Dann riß sie das Laken in Streifen.

»Was ist geschehen?« fragte Hermos schließlich.

Marie hielt kurz inne, dann fuhr sie fort, das Laken zu zerreißen. Sie legte sich die Streifen über den Arm, während sie den Salbentiegel öffnete.

»Was haben sie dir angetan?« wollte er besorgt wissen.

Sie kippte den Tiegel und ließ die zähflüssige Salbe mit zitternder Hand auf die Wunde tropfen. »Nichts«, stieß sie mühsam hervor.

Ein lautes Donnern ertönte, als die Artisten mit einem provisorischen Rammbock gegen die Mauer anrannten.

Hermos musterte das abgewandte Gesicht der Blinden. »Bist du das wirklich?« platzte er heraus.

Marie hörte auf, seinen Oberschenkel zu verbinden. Wieder ertönte ein Donnern, dem das Geräusch zu Boden rauschender Steine und Schutt folgte. Sie arbeitete weiter.

Hermos fuhr ihr mit der blutverschmierten Hand über den Nacken. »Ich habe dich vermißt.« Er strich ihr das Haar nach vorn über die Schulter und drückte sanft den Haaransatz glatt. Sie versteifte sich kurz, als wüßte sie genau, was er beabsichtigte. Aber da hatte er bereits gesehen, daß die beiden Tätowierungen nicht mehr da waren.

Wortlos beendete Marie die Arbeit an dem Verband.

Als Hermos sie ungläubig anstarrte, bekam sie im Nacken eine Gänsehaut. Er nahm ihr das Ende des Leinenstückes aus der Hand und steckte es nachlässig fest. Dann nahm er ihren Kopf in seine blutigen Hände und zog sie hoch, bis sie ihm ins Gesicht sehen mußte. Als Hermos tief in ihre pupillenlosen Augen blickte, huschte eine Mischung aus Furcht und Erleichterung über ihre Züge.

Wieder ertönte das Donnern des Rammbocks.

»Kannst du mich sehen?« flüsterte Hermos bekümmert.

Eine Träne rann über Maries Wange. Sie mußte blinzeln. »Natürlich nicht.«

Der Riesenmensch umarmte sie. Sie widersetzte sich nicht, legte ihre zierliche Hand auf seinen Rücken und klammerte sich an ihm fest. Hermos nickte stumm. Er hob eine Hand an ihren Hinterkopf, nahm ihr zärtlich den Rubinanhänger ab und sagte die letzten Worte, die Marie die blinde Jongleurin in ihrem Leben hören sollte.

»Möge Schlaohr mir vergeben.«

Das leise Brechen ihres Genicks wurde von dem lauten Poltern der zusammenbrechenden Mauer übertönt. Lauter Jubel drang aus dem Gang, als sich die Mauertrümmer nach außen auf den sandigen Boden ergossen. Hermos nahm Maries schlaffe, leblose Gestalt in den Arm und wiegte sie sanft, so wie ein Vater sein schlafendes Kind wiegen würde.

»Die Mauer ist zusammengebrochen!« rief Schneid überschwenglich aus der Arena. »Wie lautet Euer nächster Befehl, o große Marie?«

Hermos, der gedankenverloren die reglose Gestalt in seinen Armen sah, hätte die Frage beinahe gar nicht gehört. Die ungeduldig auf eine Antwort wartenden Freaks kamen die Treppe hinaufgelaufen. Hermos legte Marie auf den kalten Steinboden und küßte sie sanft auf die Stirn.

»Leb wohl.«

Er richtete sich zu seiner vollen Größe auf. »Lauft! So lautet Maries Befehl! Lauft!« Die Freaks verharrten zögernd auf den Stufen und sahen fragend zu dem Riesenmenschen hoch. »Sie befiehlt, daß wir fliehen sollen! Folgt mir in die Freiheit!«

Mit fünf gewaltigen Schritten hatte der Riesenmensch die Arena erreicht. »Freiheit!« schrie er.

Es war Schneid, der den Ruf aufnahm, während er Hermos einen verstehenden Blick zuwarf. »Freiheit! Unsere einzige Hoffnung. Flieht!«

Die Freaks nahmen den Ruf auf, und sie folgten wie eine furchtsame, blökende Lämmerherde. Hermos stürmte in den Tunnel, der aus der Arena herausführte. Die Freaks folgten ihm dichtauf. Sie schoben sich durch die Bresche in dem Wall und folgten dem wie entfesselten Riesenmenschen auf den Rummelplatz.

Und so machten sie sich auf den Weg, sie alle; sie liefen, gingen oder humpelten – auf Tragen, auf Krücken und an Stöcken – vom verbrannten und in Trümmern liegenden Rummelplatz bis zur Heide und von dort in den Wald der tausend Gräber. Die Soldaten sahen ihnen mürrisch nach: den Läufern, den Kriechenden, den Nachzüglern.

Allein die blinde Jongleurin blieb in der Arena, und die Kälte des Steinbodens nahm langsam von ihrem Leichnam Besitz.

Epilog

Der Rummelplatz lag in Trümmern. Diese Ruinen waren wie dafür geschaffen, daß sich hier Jungs wunderbar austobten. Der schwarzhaarige Pierre, der sich unter einem ausgebrannten Wohnwagen versteckt hatte, stieß einen quiekenden Freudenschrei aus, als sein Freund Claude ihn entdeckte. Claude stocherte mit seinem krummen Stock unter dem Wohnwagen herum, aber Pierre rollte sich weg.

»Ich habe ihn gefunden! Ich habe ihn gefunden! Hier drüben!« rief Claude den anderen zu.

Vier Jungen kamen herbeigelaufen. Sie waren alle älter als Pierre und hatten blondes Haar.

»Hast du den kleinen, schwarzhaarigen Stinkbeutel berührt?« rief Bernard.

»Aber klar«, log Claude. »Hab ihn mit dem Stock erwischt.«

»Gar nicht wahr«, protestierte Pierre und lief weiter. Er kreischte wieder, als die Jungen ihm hinterherjagten. Er sprang in die Lücke zwischen zwei zerstörten Buden und ließ sich auf Hände und Knie fallen, um durch ein enges Loch unter eine Bühne zu kriechen. Claude konnte noch gerade rechtzeitig abbremsen und versuchte vergeblich, Pierre nachzukriechen. Als ihm das nicht gelang, streckte er den Arm in die Öffnung und versuchte, Pierre am Fuß zu erwischen. Der Jüngere zog ihn gerade noch rechtzeitig fort und lachte schrill und aufgeregt.

»Wir kriegen dich schon«, sagte Claude und sprang auf die

Bühne, während Bernard um sie herumging, um nach einer anderen Öffnung im Fundament zu suchen. Die restlichen Jungen schlossen sich Claude an und hüpften auf den Planken auf und ab, was einen höllischen Lärm verursachte.

Pierre kroch nervös zur Öffnung zurück und schlüpfte hindurch. Dann lief er die Gasse entlang. Bernard entdeckte ihn, und die Jungen sprangen von der Bühne und verfolgten Pierre.

Als ihn seine Spielkameraden fast erreicht hatten, schlug Pierre einen Haken und lief in die Arena. Bernard war direkt hinter ihm, Claude folgte dichtauf. Keuchend hastete Pierre durch den tunnelförmigen Eingang in den klumpigen Sand der Arena. Dort blieb er wie angewurzelt stehen.

Die älteren Jungen liefen in ihn hinein und rissen ihn brutal in den Sand. Zu jeder anderen Zeit wäre Pierre in Tränen ausgebrochen, aber er war zu sehr damit beschäftigt, zu den Zuschauerrängen hochzustarren.

Dort saß ein Mann mit dem Gesicht einer Katze; seine schlitzförmigen Augen blickten mit fast hypnotisierter Zufriedenheit auf den Rubinanhänger, der von seinen Fingern herabbaumelte.

Claude versetzte Pierre einen harten Schubs, der ihn erneut zu Boden stieß. »Hab ich dich, du kleiner Wurm!«

»Warte«, protestierte Pierre und richtete sich auf. »Seht euch den Mann an!«

Claude warf dem Katzenmann einen flüchtigen Blick zu. »Und? Wir haben dich erwischt.«

»Aber was hat er hier zu suchen?« fragte Pierre.

»Wen interessiert das?« erwiderte Claude und boxte Pierre in die Schulter. Er entdeckte ein getrocknetes Apfelkerngehäuse im Sand und warf es auf den Freak. Nur knapp verfehlte es das Gesicht des Mannes. Der sah die Jungen gelassen an, und seine einzige Reaktion bestand in einem rätselhaften Grinsen, als er den funkelnden Anhänger hob und sich die Kette um den Katzenkopf hängte. »Kommt, gehen wir«, sagte Claude und wandte seine Aufmerksamkeit von dem Mann ab. »Wer will die Schnecke sein? Der blöde, kleine Schwarzkopf ist nicht schnell genug für mich.«

»Komm schon, versuch uns zu fangen«, rief Bernard dem Jüngeren zu.

»Wartet«, wiederholte Pierre, hielt die kleine Hand in die Höhe und starrte den Katzenmann an.

Die anderen Jungen klopften sich bereits den Sand aus der Kleidung. »Der letzte, der draußen ist, ist eine Schnecke!« verkündete Bernard und lief auf den Bogengang zu. Seine Kameraden bissen die Zähne zusammen und folgten ihm.

Pierre war wieder der letzte.